개미들

개미들

초판 1쇄 찍은 날 2014년 1월 14일
초판 1쇄 펴낸 날 2014년 2월 3일

지 은 이 | 아진
펴 낸 이 | 서경석
편 집 장 | 권태완
편 집 책 임 | 어정원
디 자 인 | 신현아

펴 낸 곳 | 도서출판 청어람
등록번호 | 제1081-1-89호
등록일자 | 1999. 5. 31
어람번호 | 제10-0018호

주소 | 경기도 부천시 원미구 부일로 483번길 40 서경B/D 3F (우) 420-822
전화 | 032-656-4452 팩스 | 032-656-4453
http://www.chungeoram.com
E-mail | chungeorambook@daum.net
NAVER CAFE | http://cafe.naver.com/goldpenclub

© 아진, 2014

ISBN 978-89-251-3664-6 04810
ISBN 978-89-251-3663-9 (SET)

GOLDPEN CLUB NOVEL 014

1

아진 장편 소설

개미들

황금펜 클럽

GOLD

차례

_천칭

"피고인."

엄숙함이라는 단어 그 자체로 표현 가능한 곳. 보통 때도 침묵과 긴장감이 겹겹이 내려쌓인 공간이지만, 지금 이곳에 침체된 공기는 평소보다 한층 더 무거웠다.

그래서일까, 지난 몇 십 년 동안 이 장소에서 수많은 죄인들과 싸웠던 남자는 그 자신이 23년 전 새파란 애송이였을 때나 했던 행동을 취했다.

"크흠, 큼."

말을 끊고 가볍게 헛기침을 한 남자는 작게 심호흡했다. 그리고 주변의 인간들이 최대한 자신의 흔들림을 눈치채지 못하도록 목소리를 쥐어짜냈다.

"최후 진술… 흠, 하세요."

무거운 공기에 짓눌린 기색이 역력한 말소리가 입 밖으로 새어 나갔다. 당황하며 자신의 목에 손을 가져가려 하던 남자는 곧 움직임을 멈췄다.

지금 남자를 보고 있는 사람은 단 한 명도 없었다.

양팔에 차가운 수갑을 걸고 푸른색의 죄수복을 걸친 소년이 자리에 일어나자 무겁게 눌려 있던 공기가 술렁였다. 수많은 희로애락의 감정을 품은 형형색색의 시선들이 움직이는 소년의 등을 뒤따랐다.

"재판장님."

웃지도 울지도, 그렇다고 분노하지도 않는, 마치 표정이 빠져나간 가면과 같은 얼굴의 소년이 입을 열자 기묘한 깊은 침묵이 법정을 짓눌렀다.

"저는 왜 제가 이곳에 있는지 알고 있습니다."

누구도 이 소년의 말을 방해해서는 안 된다. 마치 모두가 그런 암묵적인 약속이라도 한 듯 사람들은 깊은 곳에서 꿈틀거리기 시작한 감정을 삼켰다.

"법을 피해 수많은 인간을 죽였기 때문이겠죠."

열두 구. 열한 건. 한 명.

그것은 조사 중 소년의 진술로 확인된 행방불명자 수, 미해결 상태였던 살인사건의 수, 마지막으로 그가 경찰에 체포되기 전 찌른 사람의 수였다.

더더욱 무서운 것은 그것이 경찰이 확인 가능했기에 사건으로 성립된 것뿐이라는 것. 소년이 얼마나 더 많은 인간을 죽였는지는 경찰도 파악하지 못하고 있었다.

"저와 아무런 상관도 없는 인간들을 말입니다."

4년 전 인터넷을 잠깐 달궜던 여중생 성폭력사건의 범인들. 그들은 소년과 일면식조차 없는 인간들이었다. 그저 같은 황인종, 한국인이라는 사실 정도가 유일한 공통점이랄까.

수년 동안 행인들에게 행패를 부리고 수많은 상해를 저지르며 대학로를 떠돌던 걸인은 더더욱 그렇다. 소년은 그 대학로를 갈 이유조차 없었다.

10억대 사기범, 사이비 종교의 교주 등, 피해자들이 활동하던 지역이 소년의 행동 범위와 겹치는 경우도 분명 있었지만, 결과적으로 소년과 아무런 관련도 없었다. 때문에 경찰은 소년이 잡히기 전에는 소년과 그 실종사건들, 살인사건들을 연결 짓지도 못했다.

"그리고 제가 그런 일을 한 이유는……."

그때 소년이 갑자기 몸을 돌렸다. 그리고 자신의 등을 바라보고 있는 수많은 사람의 눈을 하나하나 훑었다.

"이해할 수가 없기 때문입니다."

막아야 하는 행동이다. 하지만 재판관은 손에 쥔 의사봉을 내려치지도, 입 밖으로 말을 꺼내 소년을 제지하지도 못했다.

"그들이 받은 죗값이 적당했다고 생각합니까?"

소년의 말에 귀를 기울이고 있던 검사는 주먹을 꾹 움켜쥐었다.

딸을 10년간 성폭행하고도 겨우 3년의 징역형을 선고받은 남자. 그 이야기를 듣고 분노하지 않는 인간은 없을 것이다. 소년이 그의 시체가 서울 하수도의 어딘가를 흘러가고 있을 거라고 진술했을 때 어두운 쾌감을 느낀 법의 수호자들도 분명 있었다. 검사 자신을 포함해서 말이다.

하지만 이 세상에서 인간이 인간을 그런 식으로 심판하면 안 된다. 그런 심판을 인정하면 사회의 뿌리가 흔들리게 되기 때문에.

"물론 이 사회의 법에 따르자면 저는 죄를 저지른 게 분명합니다."

소년은 곧장 인정했다, 자신의 행동이 죄라는 것을. 그리고 그 죄를 부정하거나 누구의 탓으로 돌리지도 않았다.

그러나 그와 동시에,

"하지만 제 행동이 틀렸다고는 생각하지 않습니다."

그 죄를 회개하지도 않았다.

"전 멈추지 않을 겁니다. 징역형을 받는다면 그곳에서 나온 후 또 그런 자들을 처리할 겁니다. 교도소 안이라면 목표로 삼을 만한 인간은 더더욱 많겠지요."

법정 안이 술렁였다. 하지만 소년은 거침없이 말을 이었다.

"저를 멈추고 싶다면."

방청석을 쭉 훑어보던 소년의 눈이 어느 한 점에 멈췄다. 소년은 마치 그곳에 앉아 있는 자에게 전하듯 말을 끝맺었다.

"그렇다면 죽이세요."

법정은 침묵에 빠져들었다.

살인범, 재범의 여지 있음, 뉘우칠 기색도 없음, 그리고 그 결과로 내려질 수 있는 최고의 형벌. 검사로서는 더 바랄 것 없는 모든 것을 살인자 본인의 입으로 말하고 있다.

하지만 그렇기에 검사는 신음을 흘릴 수밖에 없었다.

소년은 자신이 한 일이 법률에 어긋났다는 것조차 알고 있다. 그럼에도 불구하고 그것이 악행이라고는 생각지 않는다. 어떻게 보통 인간이 이런 생각을 할 수 있을까? 어떻게 이런 모순에 빠져서 그것이 옳다고 믿으며 행동할 수 있는 것일까.

사실 그건 놀랍도록 단순한 결론으로 정의할 수 있다.

미친 것이다. 이미 거기에 대한 정신의학과 교수의 소견까지 나와 있는 상태다.

분명 이 소년은 이 나라에서 용인할 수 없는 존재다. 하지만 사형은 선고되지 못할 것이다. 이 나라에는 이런 정신병이 있는 소년 연쇄살인마를 어떻게 처리할지에 대한 판례조차 없다.

아이러니컬하게도 소년은 지금껏 자신이 속여 온 사회를 이루는 도구, 법에 의해 보호받게 된 것이다.

"이 개새끼야!"

하지만 소년을 악이라고 판단하는 자들 또한 존재했다.

"우리 아빠 살려내, 이 씨발 놈아!"

벽돌 조각에 찢겨진 살에서 터져 나온 핏방울이 사방으로 튀었다.

"사형시켜! 사형!"

"애라고 용서하는 건 아니겠지? 거기 판사! 말 좀 해보라고!"

가해자에서 피해자가 된 자들의 가족, 마지막까지 소년의 말을 잠자코 듣고 있던 이들이 자리를 박차고 일어나고 있었다.

"정숙! 정숙하세요! 경위!"

그 소란에 당황한 판사는 의사봉을 내려쳤다. 법정 경위들은 괴이한 비명을 지르며 앞으로 뛰쳐나오는 방청객들을 막았고, 그러는 사이 몇몇 이들은 피를 흘리는 소년에게 달려들어 상처를 지혈했다.

"이거 상처가……."

"일단 구급차! 구급차 불러!"

그 아수라장 속에서도 소년의 시선은 방청석의 한쪽 구석에 고정되어 있었다. 가슴에 붕대를 감고 있는 자기 또래의 아이에게 말이다.

"일단 퇴정시키세요! 어서!"

더 이상 소란을 막는 것이 불가능하다고 판단한 판사의 명령에 소년은 법정 밖으로 끌려 나가기 시작했다. 끌려 나가면서도 시선을 그쪽을 향해 고정시키고 있던 소년은 닫혀져 있는 입술을 뗐다. 소리는 나오지 않았다. 하지만 그 소년이 무엇을 말하는지 알 수 있었다.

"난 나쁘지 않아, 수영아."

"이 멍청이가!"

찢어지는 외침과 함께 자리에서 몸을 일으킨 수영은 반사적으로 가슴에 손을 가져다 댔다.

고통스러울 정도로 두근거리는 심장의 고동이 손끝에서 느껴졌다.

하지만 가슴 어디에도 붕대는 감겨 있지 않았다.

잠시 가쁜 숨을 몰아쉬던 수영은 눈을 깜빡였다.

밝았는데 갑자기 어둡다. 옆에는 아무도 없다. 주변의 풍경은 이질적이지만 동시에 익숙하다.

수영은 고개를 내려 가슴을 내려다봤다. 거기에는 상처 대신 이미 메워진 지 오래된 작은 흉터가 자리 잡고 있었다.

아직 희미하게나마 남은 이질감을 흘려보내던 수영은 어딘가에서 들려오는 강렬한 진동에 퍼뜩 고개를 들었다. 몸을 쭉 뻗어 아슬아슬하게 손이 닿는 책장 위에서 모서리가 둥글납작한 직각 상자가 요란하게 진동하고 있는 중이다.

손을 뻗어 핸드폰의 알람을 끈 수영은 액정에 뜬 숫자를 확인했다.

"여섯 시?"

이제 이질감은 완전히 사라졌다. 지금 수영은 이곳이 어딘지, 자신은 누군지, 그리고 여섯 시에 울린 이 알람이 뭘 의미하는지 확실히 인지했다.

"출근… 해야지."

조금 전과는 전혀 다른 착 가라앉은 목소리가 좁은 방에 퍼져 나갔다. 수영은 돌아올 리 없는 대답을 기다리는 대신 몸을 덮고 있는 이불을 젖히고 비틀거리며 화장실로 향했다.

불을 켜고 거울 앞에 선 수영은 강렬한 빛에 잠시 눈을 찡그렸다. 거울에 비쳐진, 이제 20을 넘어 30으로 다가가고 있는 청년 또한 눈을 일그러뜨렸다.

잠시 거울 속의 자신을 바라보던 수영은 가만히 손을 들었다. 그리고 러닝셔츠 사이로 비추고 있는 가슴의 흉터를 다시 한 번 더듬거렸다.

"멍청한 자식……."

무엇을 향한 것인지 알 수 없는 욕지거리를 내뱉은 수영은 입술을 깨물었다. 그러고는 손을 뻗어 샤워기를 잡았다. 7년 전의 그날도 그랬듯 시간은 결코 누군가를 기다려 주진 않았다.

I 부

_일탈

일은 고되고 그에 대한 보상은 적다. 이 시대를 살아가는 대부분의 사람은 자신의 처지를 그렇게 생각한다. 그리고 불행히도 그런 생각의 대부분이 옳다.

중소기업의 공장에서 4년차라는 짧지 않은 경력에도 불구하고 수영이 타인과의 음주가무를 멀리하는 이유 중 반은 바로 그것 때문이다. 뭘 하려 하든, 얼마를 가지고 있든 쓰려고 하면 부족하게 느껴지는 것이 바로 돈이니까.

하지만 가끔은 약속을 잡기도 한다. 바로 오늘처럼.

"어서 오세요. 혼자…신가요?"

카운터에 앉아 벽에 걸려 있는 TV를 보고 있던 중년 여성이 수영을 반갑게 맞았다. 어깨의 눈을 털어낸 수영은 중년 여성에게서 고개를 돌려 가게 안을 둘러봤다.

"친구 찾아왔어요."

"아, 아아, 예."

중년 여성은 약간 맥이 풀린 듯 다시 자리에 앉았다. 그럴 만
도 했다. 금요일 밤인데도 불구하고 가게 안은 여기저기 빈자리
가 많았다. 눈 탓일지도 모른다. 어린이나 아직 마음의 여유가
있는 사람들에게나 아름다운 것. 하루 벌어 하루 먹고사는 이들
에게는 먼지와 엉켜 검게 굳었다가 질퍽하게 녹는 쓰레기일 뿐
이다.

"아, 진짜 저런 새끼들은 죽지도 않아요. 어휴."

눈을 털어내며 가게 안을 쭉 둘러보던 수영의 시선이 한쪽에
멈췄다.

[…경찰은 업주 이 씨가 불을 피해 달아나는 손님들이 술값을
내지 않고 나가는 것을 막기 위해 비상구를 잠갔다가 인명 피해
를 확대시켰을 가능성을 두고 수사에 착수했습니다. 다음 뉴스입
니다. 19일 오후 7시경, 폭력 조직 양준파의 조직원 A씨가 운전
중 다른 조직의 조직원들과 말다툼 끝에 삼중 추돌 교통사고를
일으켰으나 부상은 경미한…….]

"진짜 죽을 새끼는 안 죽고 엉뚱한 사람만……. 저런 양아치들
은 확 목을 뽑아버려야 되는데."

"뭘 사람을 죽인다는 소릴 그렇게 쉽게 해?"

혼자 앉아 벽면에 박혀 있는 작은 TV를 보고 있던 남자가 슬
쩍 수영을 돌아봤다.

"늦었네? 여자라도 만나고 오냐?"

"헛소리 작작 하고, 기준이 넌 사람이 오기도 전에 혼자 자작질이야? 이제 애도 생겼으니 술은 적당히 자중해라, 좀."

점퍼를 벗어 옆의 의자 위에 올린 수영은 이미 비어 있는 소주 반병을 힐끔거리며 미리 세팅되어 있는 소주잔을 들었다. 수영의 잔에 술을 채운 기준은 피식 웃으며 아직 남아 있는 소주병을 흔들었다.

"그냥 앉아 있기 뻘쭘하잖냐. 그보다 오랜만이다?"

"한 달 만이니까 딱히 오랜만도 아닌데, 뭐."

"엎어지면 코 닿을 데 살면서 못 본 거니까 오랜만이지."

그 말에 수영은 어깨를 으쓱거리며 소주병을 받아 비어 있는 기준의 잔을 채웠다.

"사실 바쁜 건 나보다 너잖아. 회사 일이 어쩌고저쩌고 하더니만 그건 잘됐나 보네."

"엉? 그건 어떻게 알아?"

소주잔을 집어 든 수영은 기준의 잔에 가볍게 부딪치며 짧게 말했다.

"표정 보니까 자랑하고 싶어서 안달이 났는데, 뭘. 코코머스였던가? 축하한다."

"흐흐흐……."

얼굴 가득 미소를 떠올리고 웃던 기준은 잔을 비우고 수영에게 내밀었다.

"와, 이번 계약 따내느라 진짜 얼마나 개고생했는지 아냐? 동남아 요린가 뭔가는 입에 맞지도 않은데 억지로 먹으면서 보고

서 쓰고, 마침 그쪽 대표이사 생일을 알아둔 게 다행이었지. 생일 빌미로 선물을 갖다 바쳤으니까. 그런데 선배라는 새끼는 일다 되니까 자기도 발 담그려고 지랄하다가 일 망칠 뻔하지를 않나, 참."

"그 이진명인가 하는 사람?"

"사람은 뭔 놈의 사람, 그냥 개새끼라니까."

"그래그래, 그 개새끼."

수영은 노골적으로 툴툴거리는 기준에게 술을 따랐다.

"윗사람이 그러면 일이고 뭐고 힘들지."

"진짜 가끔은 네가 부럽다니까. 가끔은 이따위 일 집어치우고 좀 단순한 일을 하고 싶다고."

그런 기준의 투덜거림에 수영은 짐짓 정색했다.

"그러면 안 되지. 돈 많이 벌어야 하잖아."

"엉? 왜?"

"그래야 내가 술 얻어먹지."

"아, 진짜! 지금 그걸 말이라고."

수영은 뻗어오는 기준의 손을 가볍게 피하며 웃었다.

기준은 수영과 확연히 다른 길을 걷고 있었다. 대기업의 식자재 유통사업부 홍보과 대리. 그게 기준의 직함이다. 그에 비해 수영은 중소기업의 부품 생산 공장 4년차 직원. 하지만 둘은 친구였고, 그런 직함 따위는 이 자리에서 아무 상관없는 이야기였다.

오랜만에 만난 친구다. 잘 있었는지, 뭘 하고 지냈는지, 할 말은 그럭저럭 많았다. 기준은 기분 좋은 얼굴로 연신 소주잔을 기울였고, 수영 역시 기준이 주는 잔을 마다하지 않았다.

"근데 말이야."

"응?"

그렇게 한참이나 술잔을 주거니 받거니 하던 중 기준이 혀가 꼬부라진 목소리로 키득거렸다.

"어릴 때는 남을 돕는 새 나라의 착한 어린이니 뭐니 하던 놈이 술값이나 뜯어내고 있냐."

수영은 담담히 그 주정을 받았다.

"기억도 안 나는데. 뭐 그때는 어렸으니까."

"뭐야, 너 나도 도와주고 그랬잖아. 그거 기억 안 나? 그 도식이 새끼가 나 때릴 때 달려들어서 싸웠던 거."

"도식이?"

"응. 그 성질 더럽고 건방진 놈. 아, 지금 기자 하고 있다던데. 재작년인가 작년인가 신입으로 들어갔다나?"

그 말에 수영은 눈을 살짝 찡그렸다. 기분이 나쁘기 때문이 아니다. 기억이 나지 않기 때문이었다. 사실 수영은 과거 자신과 기준에 대한 일을 기억하는 게 없었다. 비단 기준에 관한 것뿐만이 아니다. 많은 사람이 과거의 기억을 잊어버리고 살 듯 수영도 자신의 어릴 때 추억에 대해서는 기억하지 못하고 있을 뿐이다. 그 정도가 약간 심하긴 하지만 말이다.

특히 초등학교 때 이전의 기억은 더더욱 그랬다. 오히려 기준과 이런저런 이야기를 하면서 과거 자신이 어땠는지에 대한 기억을 하나하나 다시 되새기고 있을 정도이다.

'아무리 그렇다고 해도 강렬한 기억이라면 남아 있을 만도 한데 말이지.'

만약 4년 전쯤 기준이 우연히 탄 버스에서 수영을 알아보지 못했다면 지금 이 관계도 없을 것이다. 자신의 기억력을 탓하는 듯 한숨을 내쉬는 수영의 모습에 기준은 슬쩍 화제를 바꿨다.

"이진명 이 개새끼한테 당하고 있으면 초딩 때 일 같은 건 진짜로 아무것도 아니지만 말야. 이거 한번 봐봐."

핸드폰을 꺼내 잠시 뭔가를 조작한 기준이 수영에게 액정을 내밀었다. 거기에는 이진명이 보낸 메시지가 한가득 쌓여 있었다.

"한밤중에 자고 있는데 취해 가지고 전화해서 욕질을 하질 않나, 이런 거나 보내놓고 시시덕거리질 않나. 진짜 선배라고 어떻게 하지도 못하고……. 봐봐, 내가 진짜 기회만 되면 이 새끼 확실히 밟아놓을 거야. 어차피 삼십대 후반에 나랑 직급이 같을 정도면 끝물이니까."

"음, 확실히 개새끼는 개새끼구만."

제삼자인 수영이 보더라도 수위가 높아 보이는 욕설과 일방적인 메시지. 뭔 일을 해놓으라든지 닥치고 하라든지 하는 식의 내용도 많았다. 그렇게 한참 동안이나 손가락으로 화면을 밀어 메시지를 살피던 수영은 조용히 진동하는 핸드폰에 손을 움찔거렸다. 녹색으로 바뀐 액정 화면의 한가운데에 '개새끼'라는 이름이 새겨져 있었다.

"야."

"응? 왜?"

수영은 잠시 TV에 한눈을 팔고 있는 기준에게 핸드폰을 내밀었다.

"개새끼한테 전화다."

"뭐? 아오, 대체 그 새끼는 또 왜……."

잔뜩 구긴 얼굴로 핸드폰을 받아 든 기준은 깊게 심호흡했다.

"여보세요, 선배님?"

[야, 이 새끼야! 전화 안 받고 뭐하고 있어!]

수영은 기준의 입술이 개새끼라는 모양을 만드는 것을 보고 피식 웃었다.

"예, 무슨 일이신데요?"

[너 인마! 회식에서 나가는 게 말이 된다고 생각해? 엉? 과장님 체면은 뭐가 되라고! 씨발, 빠져가지고 어딜 이 새끼가…….]

[이봐, 이 대리, 괜찮다니까 왜 그러나.]

[아닙니다, 과장님! 이런 걸 가만히 놔두면 안 되죠!]

핸드폰 너머에서 옆에 있는 다른 사람의 목소리도 들려왔지만 곧장 진명의 목소리가 말허리를 끊어냈다. 수영은 한심하다는 표정을 짓고 작은 목소리로 소곤거렸다.

"그게 이진명이야?"

"엉, 그 새끼야."

"하는 꼬라지를 보니 확실히 텄다."

"그지? 과장님한테도 이미 찍힌 지 오래라니까. 아, 잠깐만. 예, 선배님. 그러니까 과장님한테도 허락 맡았고, 아까는 선배님도 아무 말 안 했잖습니까."

수영을 옆에 두고 한참 동안 으르렁거리듯 통화를 하던 기준은 하늘을 올려다보며 긴 한숨을 내쉬었다.

"아, 진짜 돌겠네. 야, 수영아, 미안한데……."

"미안한데?"

기준은 자신을 바라보는 수영의 시선을 보며 멋쩍은 표정을 지었다.

"아니, 사실 오늘 회식에서 좀 일찍 빠져서 너 보러 온 거거든."

"뭐? 야, 회식이 있으면 약속을 미루거나 하지 뭘……."

"그만큼 너 보기가 힘드니까 그렇지. 어차피 과장님은 나 예뻐해서 이런 일로 빠진다고 뭐라고 하시지도 않는다고. 내가 일 잘하니까. 아, 망할. 장모님 집에 온다고 핑계 대고 허락까지 받고 나온 거였는데 이 새끼가……."

"무시 못해?"

"응, 아직은 좀……. 그래도 선배라. 미치겠다, 진짜."

미안한 기색으로 웃는 기준의 모습에 수영은 눈을 돌렸다.

"그러면 뭐, 별수있냐."

공장에서 노동에 시달리는 것은 분명 힘든 일이지만 마음은 편하다. 같이 일하는 사람들은 평범하고 일반적인 사고방식을 가지고 있는 사람들이다. 보수는 그다지 많다고 할 수 없지만 수영은 그것에 만족했다.

기준은 결혼도 했고 벌써 아이까지 하나 있다. 연봉도 쏠쏠하며 회사에서도 인정받는 우수한 사원이기도 하다. 하지만 그런 행복한 삶을 얻은 만큼 큰 고통에 시달리고 있었다. 무능한 동료와 선배의 텃세와 삽질, 그리고 한번 굴러 떨어지면 다시 올라가기 힘든 계단을 오르고 있다는 위협에 말이다.

"정말 미안하다. 아, 진짜……."

"됐어. 잔말 말고 얼른 출세나 해. 그래야 이런 일 안 생기지."

수영이 귀찮다는 듯 손을 흔들자 기준은 피식 웃으며 의자에 걸어놨던 코트를 챙겨 들었다.

"그럼 나중에 좋은 데 놀러가자고. 우리 마누라도 너랑 놀면 안심된다고 하니까. 알았지?"

"제수씨 안심한다고 날 방패로 삼을 생각은 하지 마라."

짓궂은 인사를 주고받은 후 기준은 가게 문을 열고 사라졌다.

"하아, 나도 가야 되나."

그 뒷모습을 잠시 바라보던 수영은 한숨을 내쉬며 고기가 지글거리는 탁자 위로 시선을 돌렸다.

"응? 이 자식……."

수영의 눈이 살짝 찡그려졌다. 잠시 후 수영은 손을 뻗어 기준이 앉아 있던 자리에 있는 갈색 가죽판을 들어 올렸다.

"부를 때 자기가 쏜다고 해놓고는."

*   *   *

"추워라……."

문의 비밀번호를 입력하고 재빨리 집 안으로 들어선 수영은 보일러 전원부터 눌렀다. 웅웅 하는 소리와 함께 보일러 작동하는 소리가 들리기 시작하자 수영은 비로소 몸을 돌려 형광등을 켜고 한쪽 구석에 있는 의자에 주저앉았다.

"아아, 죽겠네, 정말."

전세 4천에 8평 정도의 좁은 방. 이곳은 수영이 다른 사람들 눈을 신경 쓰지 않고 행동할 수 있는 유일한 공간, 안식처였다. 한참 동안이나 멍하니 등받이에 머리를 걸치고 천장을 올려다보던 수영은 몸을 앞으로 숙이며 한숨을 내쉬었다.

"하아!"

수영은 벽의 아날로그시계를 돌아봤다. 금요일 11시. 예정보다 훨씬 빠른 시간이다. 기준과의 약속을 잡았을 때 다음 날의 숙취까지 예상해서 잔업을 처리했기에 내일은 비번이었다. 시간은 넉넉하다 못해 지루할 정도로 남아 있었다.

"아아~"

그렇다고 이대로 계속 있을 순 없었다. 상체를 튕겨 몸을 일으킨 수영은 점퍼를 벗고 컴퓨터의 전원을 넣음과 동시에 리모컨을 쥐었다. TV가 켜지자 수영은 점퍼를 옷걸이에 대충 걸어두며 시큰둥한 얼굴로 채널을 돌리기 시작했다.

재현 방송에 자주 출현하던 배우가 스토커에 의해 살해당했다는 내용을 가십거리로 내비치는 방송, 범죄자를 찾기 위해 고군분투하는 내용의 미드가 화면에 스쳐 지나갔다. 얼굴을 찡그리고 채널을 계속 돌리던 수영은 결국 몇 번이나 본 버라이어티쇼를 재방송하는 채널에 화면을 고정시킨 후 몸을 돌렸다.

"뭐 좀 재미있는 거 없나?"

한쪽 손으로 턱을 괴고 시선은 컴퓨터의 모니터와 TV의 중간쯤. 리모컨을 놓은 오른손으로 마우스를 조작했다. 자주 가는 유머 사이트를 연 수영은 추천수를 많이 받은 유머 글을 위에서부터 하나하나 클릭하기 시작했다.

귀여운 고양이가 뒹구는 영상과 자신의 형제자매가 벌인 엽기

적인 이야기 등, 어지간하면 쓴웃음이라도 나올 법한 게시물들이
었지만 수영의 얼굴에는 피식거리는 작은 미소조차 없다.

　내색은 하지 않았지만 수영은 굉장히 짜증이 나 있는 상태
였다.

　그렇게 게시물을 하나하나 클릭하던 수영의 손이 잠시 멈췄
다. 마우스의 커서가 향하고 있는 게시물의 제목은 '잃어버렸던
작은아버지를 찾았습니다'였다.

　잠시 고민하듯 집게손가락을 까딱거리던 수영은 결국 게시물
을 클릭했다.

　저는 대전에 사는 20대 학생입니다.

　전격 긴급구출이라는 프로그램을 아실 겁니다. 이번에 방송한 섬에 팔
려간 노예 할아버지에 대한 이야기를 기억하시나요? 그 할아버지가 제 작
은아버지입니다.

　방송 전에 PD님한테 전화가 왔습니다. 전 어릴 때라 기억도 잘 안
나는데 원래 지능이 좀 낮았던 분이라고 합니다. 시골집에서 할머니 할아
버지가 일이 있어 나가셨을 때 행방불명되셨고요. 신고를 했는데도 결국
못 찾아서 다들 포기하고 있었는데 20년이나 흘러서 이렇게 찾았네요.

　직접 가서 확인하시고 저희 아버지는 너희 할아버지 돌아가시기 전에
홍산이를 찾았어야 하는데 하면서 우시더라고요. 저도 따라갔는데 작은아
버지도 '아빠는?', '엄마는?' 하면서 할아버지 할머니를 찾으시고요.

　진짜 말이 안 나옵니다. 어떻게 이 시대에 사람을 사고파는 노예가 허
용되는 겁니까? 대체 경찰들은 뭘 한 걸까요?

　지금 아버지는 작은아버지랑 같이 병원에서…….

게시물의 중간쯤에 고개를 저으며 길게 스크롤을 잡아당긴 수영은 그 끝에 달려 있는 리플들을 살폈다.

ㅇㄴㅁ | 11.07 01:09
그런데 저거 주위 사람들도 다 알고 있었다는 거 진짜임?

어사김문수 | 11.07 01:09
저래 봤자 징역 몇 년이나 받나요. 저런 금수 같은 놈들을 제대로 처벌도 못 하는 우리나라 법… 암울합니다.

곰국논문 | 11.07 01:13
마을 하나가 통째로 저런 걸 눈감아줬다는 이야긴데, 경찰도 못 믿을 미친 세상이네??

섬집아이 | 11.07 01:09
다들 시골이 인심 좋니 어쩌니 하는데 저런 건 도시보다 더 쩝니다;; 외부인은 딱 외부인 취급하면서 자기들끼리 막 뭉침. 섬 같은 데면 더 그렇고요.

수영은 모니터에 가까이 대고 있던 상체를 뒤로 쭉 빼며 중얼거림을 씹어뱉었다.
"유머 사이트에는 유머를 올리란 말이야. 장난해?"
하지만 정작 수영도 주제를 보고 애초에 이런 글일 거라는 것을 반쯤 예상하고 클릭했던 참이다. 호기심은 고양이를 죽인다고 하던가. 잠시 그렇게 모니터를 노려보고 있던 수영은 문득 TV에서 보험을 권유하는 광고 멘트가 꽤나 오랫동안 흘러나오고 있다는 것을 알아차렸다.

"이건 뭔 순 광고만 나오고. 이럴 거면 대체 요금은 왜 받아?"

다시 신경질적으로 채널을 돌리던 수영의 손이 잠시 멈췄다. 뉴스 채널이다.

[검찰은 박 모 씨 등 업자들과 인신매매를 사주한 직업소개소 업주 김 모 씨에 대해 구속 영장을 신청하는 한편…….]

그 뉴스를 가만히 보던 수영은 얼굴을 문지르며 모니터를 힐끔거렸다. 방금 전 본 게시물과 이 뉴스는 아마도 같은 내용에 대해 다루고 있는 듯했다. 정신지체 장애인이나 노숙자들을 유괴하거나 꾀어내 섬에 팔아치운 인신매매 집단이 그렇게 흔할 리가 없을 테니까.

그때 모니터에 비친 게시물의 맨 아래에 달려 있는 리플이 수영의 눈에 보였다.

킬러J | 11.07 01:09
ㅅㅂ, 진짜 저런 쓰레기들은 누가 안 죽이나.

"쯧."

신경질적으로 혀를 차는 소리와 함께 윈도우 창이 닫혔다.

수영은 모니터에서 눈을 떼고 등받이에 머리를 걸쳤다. 하지만 꼭 감고 있는 눈앞으로는 여전히 방금 전 본 닉네임이 어른거렸다.

"멍청한 자식들, 그딴 닉을 뭐가 좋다고 달고 다니는 거야?"

묘한 혐오감과 안타까움이 깃든 얼굴로 짧게 욕지거리를 내뱉은 수영은 거칠게 팔걸이를 내려쳤다. 얼얼한 통증이 손 전체로 퍼져 나갔다. 하지만 그 아픔은 느껴지지도 않았다. 욱신거리기 시작한 가슴의 통증에 수영은 자리에서 일어났다. 분출점을 찾지 못한 기묘한 열기와 고통이 온몸을 맴돌아 미쳐 버릴 것 같은 기분이 들었다.

"아, 진짜, 내가 이걸 왜 봤지?"

거칠게 TV를 꺼버린 후 컴퓨터 또한 종료시킨 수영은 양 눈을 손바닥으로 꾹 눌렀다. 그리고 전세 4천만 원의 작은 원룸 안을 서성이며 이를 갈았다. 은근히 타들어가던 숯불에 가솔린을 끼얹은 것 같은 기분이다. 지금 당장에라도 폭발해 이곳을 박차고 나가고 싶은 욕구가 치솟았다.

하지만 당연하게도 그렇게 할 수는 없었다.

이렇게 나가서 뭘 어쩌겠단 말인가. 홧김에 범죄라도 저지를 것인가?

"으……."

수영은 질끈 눈을 감으며 깊게 심호흡했다. 잠시 그렇게 서 있던 수영은 이불을 펼친 후 불을 껐다. 그리고 누워 눈을 감았다. 수영이 아는 한 이보다 더 조용히 화를 잠재울 방법은 없었다.

　　　　　＊　　　　＊　　　　＊

"정말 그렇게 생각해?"

갑작스럽게 들려온 투명한 목소리에 수영은 깜짝 놀라며 고개를 들었다. 주변을 둘러보자 온통 회색의 페인트로 칠해진 것 같은 공간이 보인다. 그리고 지금 수영에게 말을 건 목소리의 주인은 그 건너편에 앉아 있었다. 구멍이 숭숭 뚫린 두껍고 투명한 유리벽을 마주한 채로.

그리고 다음 순간, 수영의 입에서 자신도 모르게 말이 튀어나왔다.

"당연하지. 넌 지금 이 상황이 이해가 안 가?"

"나야말로 알 수가 없는걸. 왜 너나 형사 아저씨들은 이해를 못하는 건데?"

너무나도 태연한 대답이 들려왔다. 수영은 고개를 내려 붕대가 감겨 있는 자신의 가슴 언저리를 가만히 내려다봤다. 그렇다. 지금 수영의 가슴에 난 이 깊은 상처는 눈앞의 이 소년에 의해 생겨났다.

하지만 고개를 든 수영의 앞에 앉아 있는 소년은 범죄자의 얼굴이 아니었다. 더없이 투명하고 순수한, 후광이 보이는 듯한 천사의 얼굴이었다.

"네가 정말로 이런 살인을 전부 계획하고 저질렀을 리가 없잖아. 우린 어린애라고. 그럴 힘도 무엇도 없다는 것 정도는 다들 알고 있어. 그러니까 주신아, 지금이라도 모든 걸 털어놔. 그러면 최소한 형량이……."

"어째서?"

말꼬리를 흐리는 수영을 가만히 바라보던 주신은 입술을 꽉 물었다. 늦가을의 기운이 감돌던 면회소 안에 온도에서 느껴지는 그것과 또 다른 싸늘함이 흘렀다.

"왜 내가 네 말을 들어야 하는데? 함정에 날 빠뜨리고, 날 이렇게 잡는 데 가장 큰 공헌을 한 너한테?"

"난 함정 같은 건……."

그 원망하는 듯한 말에 수영은 눈을 돌렸다. 그런 수영을 잠시 바라보던 주신이 싱긋 웃었다.

"농담이야. 이해해. 난 이러니저러니 해도 법률 기준으로는 살인마니까. 넌 평범한 사람이고. 그러니까 날 용인할 수 없다는 것 정도는 알아. 너같이 착한 애라면 더 그랬을 거야. 아무리 내가 친한 친구라고 해도… 아니네. 그러니까 더 날 자수시키려고 한 거였나?"

잠시 둘 사이에 침묵이 흘렀다. 겨우 다시 주신과 눈을 마주친 수영이 뭔가를 말하려고 입을 열려는 순간, 주신이 말을 이었다.

"하지만 그러니까, 알겠지? 나도 너랑 달라."

주신의 손가락이 수영의 가슴을 향했다. 수영은 찌릿찌릿한 가슴의 상처를 손으로 감쌌다.

"난 도망치려고 널 찔렀어. 미안하긴 한데 잘못했다는 생각은 안 해. 나도 널 가장 친한 친구로 생각하지만 그 일은 너보다 더 중요한 일이었으니까. 가장 친한 친구 하나를 포기하는 것으로 나쁜 놈들을 더 많이 처리할 수 있다면 그게 더 옳은 일이라고 생각하지 않아? 음, 넌 내가 아니니 그렇게까지는 생각하지 않을지도 모르겠다."

지독하게 삐뚤어지고 뒤틀린 생각이다.

변호사, 검사, 판사, 그들 중 누가 주신을 정상이라고 생각하겠는가. 그렇기 때문에 수영은 어렴풋이 눈치챘다. 어쩌면 주신은 결코 그 죄에 대한 정당한 판결을 받지 못할지도 모른다는 것을.

그러는 사이 그 천사 같은 미소를 띤 소년은 손을 내리고 수영을 향해 말했다.

"그리고 만약에 누군가 내 일을 도왔다고 해도 말이야."

가슴이 철렁 주저앉았다.

"뭐? 역시 너 누구한테……."

"아니, 그러니까 만약에 말이야, 만약. 난 누군가에게 세뇌당하거나 설득당한 게 아냐. 이 일이 옳다고 생각했기 때문에 한 거야. 그런데 내가 그런 걸 말할 리가 없잖아? 내가 그냥 입 다물고 모든 걸 받아들이면 누군가가 내 뒤를 이어줄 텐데, 왜 내 손으로 그걸 뒤집어엎겠어?"

그 씩 웃는 얼굴에 수영은 등골이 오싹했다. 그 말에 한 점의 거짓도 없다는 것을 알기에 수영은 더 이상 말을 하지 못했다. 주신은 진심으로 그렇게 생각하고 있는 것이다. 지난 몇 년 동안 알아왔던 주신이 인간이 아닌 다른 생물체로 보일 정도였다.

그때 요란한 소리가 울렸다. 바로 머리 옆에서.

"시간 다 됐네."

주신은 자리에서 일어났다. 그리고 곁에 서 있는 간수에게 고개를 끄덕여 보인 후 수영을 바라보며 짧게 말했다.

"이제 돌아가. 그리고 다시는 오지 마."

"뭐? 내 말 아직… 허억!"

그 말을 다 내뱉기도 전에 온몸이 바르르 떨렸다.

감전이라도 당한 것처럼 상체를 튕겨 올린 수영은 두근거리는 심장을 지그시 눌렀다. 가쁘게 숨을 몰아쉬던 수영은 조심스레 고개를 들었다. 닫혀 있는 창문 밖은 아직 어두웠다.

이번에는 어렵지 않게 상황을 판단할 수 있었다.

또 꿈이다. 그것도 악몽이다.

"아, 진짜……!"

그렇게 앉아서 이를 갈던 수영은 눈을 찡그리며 어디선가 들려오는 벨소리를 쫓았다.

"끄응, 어디야?"

오늘은 비번이다. 어젯밤에 핸드폰의 알람도 거기에 맞춰 미리 꺼놨다. 즉, 지금 울리고 있는 이 소리는 알람이 아닌 벨소리였다. 어둠 속을 소리에 의지해 더듬거리던 수영은 결국 벽에 걸어둔 점퍼의 주머니에서 울고 있는 핸드폰을 잡을 수 있었다.

"아."

핸드폰을 잡는 순간 벨이 끊겼다. 찡그린 얼굴로 핸드폰의 화면을 터치한 수영은 한 번 더 얼굴을 찡그렸다. 거기에는 기준이라는 글자가 떠올라 있었고, 그 위쪽에는 1:47라는 숫자가 적혀 있었다. 그리고 시계는 새벽 1시 48분. 아직 한밤중이었다.

"술 먹고 주정하는 버릇은 없을 텐데, 이놈."

떨떠름한 얼굴로 입맛을 다시던 수영은 어깨를 축 늘어뜨렸다. 애매한 상태다. 졸리고 피곤한 건 여전했지만 정작 잠이 완전히 깨버린 것이다.

"진짜 이 자식은 약속 깬 것도 모자라서⋯⋯."

그렇게 말하긴 했지만 수영은 사실 기준에게 감사 인사라도 하고 싶었다. 그 덕분에 악몽에서 깨어났으니까.

보통 인간은 꿈의 세세한 부분까지는 기억하지 못한다. 수영도 마찬가지였다. 하지만 수영은 이 악몽의 세세한 부분을 똑똑히 기억하고 있다. 이 악몽을 처음 꾼 것이 아니기 때문이다. 어째서 하필 이 장면이 수십 번이나 악몽으로 반복되는지는 알 수 없었다. 굳이 말하자면 차라리 가슴이 찔렸을 때의 일이 더 악몽으로 나올 법한데 말이다.

"쓸데없는 걸 봐서 그런가?"

수영은 혼잣말을 중얼거렸다. 사실 범죄나 사건에 관한 뉴스가 유난히 연속으로 눈에 띄긴 했다. 기괴하고 흉악한 사건들이 말이다. 연이은 악몽도 수영이 그런 것을 보며 주신을 무의식중에 떠올렸기 때문일 것이다. 어쩌면 수영이 자기 전에 봤던 그 킬러J라는 닉네임이 방아쇠를 당겼을지도 모를 일이다.

수영은 그 닉네임이 뭘 의미하는지 곧장 이해했다. 바로 7년 전 체포된 후 무려 스물세 명을 살해한 것으로 밝혀진 연쇄살인마 정주신의 머리글자 J를 딴 것이리라.

보통 살인마들을 찬양하며 숭배하는 인간들은 그런 개인 취향을 함부로 드러내지 못한다. 사회의 시선이 무섭고도 두렵기 때문이다. 하지만 그 킬러J와 같이 대놓고 정주신을 찬양하는 자들은 여기저기에서 어렵지 않게 찾아볼 수 있었다. 웃기는 소리지만 캐릭터 상품까지 나올 정도였다. 그건 정주신이 벌인 살인사건들의 본질 때문이었다.

죄인 살해자, 정의 살인마라는 본질 말이다.

법적 판결이 내려졌음에도 모두의 공분을 샀던 자들이나, 죄를 저지르고도 벌을 받지 않는 자들, 힘없는 시민들이 피눈물을 흘리며 죽으라고 저주하지만 웃으면서 살고 있는 쓰레기들, 정주신은 그런 자들만을 살해했다. 아무리 그래도 사람이 사람을 죽이는 건 옳지 않다는 이외의 그 어떤 말로도 감싸지 못할 폐기물 같은 것 말이다.

그렇기에 소년의 인기는 가히 컬트적이었다. 천벌을 행한 자. 백 년 전에 태어났더라면 영웅이라 불렸을 소년. 매스컴에서는 정의의 용사니 살인마니 하는 이름으로 수많은 이야깃거리를 쏟아냈다. 전 국민은 그 광기와도 같은 열기에 휩쓸렸다.

심지어 어떤 이들은 소년의 구명운동까지 벌였을 정도다.

무려 스물세 명을 살해한, 앞으로도 더 많은 살인을 예고한 연쇄살인마의 구명운동을 말이다.

법원 역시 당황할 수밖에 없었다. 그 죄질과 언행만 보면 사형, 혹은 무기징역이 당연했다. 하지만 청소년에게는 엄하지 못한 법의 구조, 그리고 보통 인간과는 판이하게 다른 소년의 정신 구조, 거기에 철저하게 범죄자만을 살해한 기묘한 수법. 선례조차 없는 난감한 상황에서 법원은 결국 정신 이상에 의한 치료감호라는 결론을 낼 수밖에 없었다.

그리고 정주신은 재판을 받을 때 스스로 말한 대로 정신병원에서 탈출을 시도했다.

정신병원에 수감된 지 6개월 만에 벌어진 일이다. 다행인지 불행인지 그 탈출은 성공하지 못했다. 정주신은 탈주 후 곧장 교통사고에 휘말렸고, 그 전설은 쓸쓸하게 끝을 맞이했다.

동시에 그렇기에 정주신의 존재는 신격화됐다.

이미 죽었기에 벌하는 것이 불가능해진 반사회적인 영웅으로서.

수많은 사람이 그의 죽음을 애도했고, 영화나 만화에서나 나올 자경단을 조직해 범죄자들과 싸우다 경찰에 체포되기도 했다. 그의 후계를 자청한 자들이 등장해 범죄자를 살해하다가 잡힌 사건도 꽤 있었다.

그로부터 7년이 지난 지금에도 그 불길은 완전히 꺼지지 않았고, 많은 이가 정주신의 존재를 그리워하고 있었다.

하지만 그렇지 못한 자들도 분명 존재했다. 바로 여기 이곳에도 한 명이 있다.

"망할⋯⋯."

그렇게 멍하니 앉아서 신음을 흘리던 수영은 억지로 허리에 힘을 주고 자리에서 일어나 냉장고로 향했다.

냉장고를 열자 눈에 보이는 것은 하나가 빠진 여섯 개들이 맥주 캔, 그리고 김치통. 그림에 그린 것 같은 홀아비의 냉장고를 보고 있자니 당장 오늘과 내일 먹을 것에 대한 걱정이 들었다.

"내일 장이라도 봐야 하나."

수영은 한숨을 내쉬며 반쯤 비어 있는 생수통을 집어 들었다.

"응?"

그때 막 왼손에 쥐고 있던 핸드폰에서 다시 벨이 올리기 시작했다. 화면에 익숙한 이름이 보였다. 또다시 기준이었다. 한 번이면 실수지만 두 번이라면 실수일 리가 없다. 이 야밤에 수영에게 어떤 용건이 있는지는 알 수 없지만.

의아해하던 수영은 페트병의 주둥이에 입을 가져다 대며 가볍게 화면을 밀었다.

[여, 여보세요?]

어쩐지 축 늘어진 목소리에 수영은 가볍게 말을 던졌다.

"응, 너 때문에 자다 깼다. 뭔 일이냐?"

[나… 나 있잖아, 나…….]

귓속으로 파고드는 목소리에 순간 수영은 뭔가 이상한 것을 느꼈다.

보통 듣던 기준의 목소리가 아니다. 다급하고 잔뜩 겁먹은, 단지 듣는 것만으로도 뭔가 무서운 일이 일어났다는 것을 알 수 있는 목소리였다

"뭐야? 왜 그래? 무슨 일이라도 있어?"

[그, 그러니까 그게…….]

이어지는 목소리를 멍하니 들으며 서 있던 수영의 눈이 크게 떠졌다.

물병을 거칠게 내려놓은 수영은 옷매무새를 재빨리 체크했다. 들어온 그대로 잔 탓에 양말도 옷도 벗지 않은 상태다. 벽에 걸려 있는 점퍼를 낚아챈 수영은 문 쪽으로 다가갔다.

"잠깐, 좀 진정해 봐."

핸드폰을 어깨와 얼굴 사이에 끼우고 점퍼를 입은 수영은 신발 속으로 발을 밀어 넣으며 마른침을 삼켰다. 그러고는 조용히 현관문을 열며 목소리를 낮춰 속삭이듯 말했다.

"대체 뭐라는 거야? 똑바로 말해봐. 뭐? 사람을 죽여?"

*　　　*　　　*

"으으······."

중형 세단의 뒷좌석. 히터를 틀었기 때문에 춥지는 않았지만 기준의 몸은 덜덜 떨리고 있었다. 기준은 숨을 진정시키려 담배를 꺼내 입에 물었다. 그리고 아까 전 가게를 나오면서 챙겼던 일회용 라이터를 꺼내 들었다.

엄지가 몇 번이나 일회용 라이터의 부싯돌을 긁었지만 불은 피어오르지 않았다. 라이터는 문제가 없었다. 문제는 담배를 문 입 사이로 거칠게 내뿜어지는 숨결이었다.

"왜, 일 저지르고 나니까 겁나냐? 병신 새끼가."

마치 귓가에 들리는 듯한 환청. 기준은 몸을 움찔거리며 옆을 돌아봤다.

거기에는 진명이 앉아 있었다. 금방이라도 평소에 하던 것처럼 자리에서 일어나 욕지거리를 해서 기준의 성질을 긁을 것 같았지만, 기준은 진명이 그러진 못할 것임을 너무나도 잘 알고 있었다.

조금 전 전화를 하기 전까지도 몇 번이나 확인했는지 모른다. 진명의 심장박동과 숨소리를.

"윽!"

담배에 불을 붙이려 하던 기준은 엄지가 찢기는 아픔에 당황
해하며 라이터를 떨어뜨렸다. 부싯돌의 마찰 때문에 갈려 나간
엄지손가락에서 피가 흘러내렸다.

기준은 거칠게 담배를 꺾으며 무릎 사이에 머리를 묻고 이를
악물었다.

지금까지 자기 자신을 깎아가며 위로 기어 올라갔고, 힘든 일
이 있어도 웃으며 참았다.

그런데 그 결과가 이런 것이란 말인가?

'대체 어디부터 잘못된 거지?'

기준은 침착하려 애쓰며 딱딱거리는 턱을 눌렀다.

일단 장소. 그렇다. 회식을 했던 장소부터가 문제다. 만약 보
는 눈이 많은 시가지였다면 이런 일 따위는 일어나지 않았을 것
이다.

진명이 선택한 회식 장소는 도시의 불빛이 잘 보이지 않는 시
의 외곽 지역이었다. 그가 아는 사람이 하는 고깃집이라고 하던
가? 진명은 회사 돈으로 매상을 올려주기 위해 굳이 그런 곳을
선택한 것이다. 돌아가기 위해 대리운전이나 콜택시를 불러야 하
는 부하들의 주머니 사정이나 귀가하는 데 걸리는 시간 등은 전
혀 생각하지 않고서 말이다.

그렇다. 이것만 봐도 알 수 있다. 가장 큰 원인이며 모든 문제
의 시작이자 끝, 그것이 바로 지금 기준의 옆에 앉아 있는 이진명
이라는 인간이다.

기준보다 9년이나 먼저 이 바닥에 뛰어들었으면서도 아직도
직책은 대리. 윗사람에게 아부를 하고 자신의 잘못은 아랫사람에

게 뒤집어씌우며 그 가느다란 목숨을 연명해 왔다. 약한 자에게 강하고 강한 자에게 약한 더러운 인간의 표본. 남의 일을 방해하는 건 물론이고 그 공까지 빼앗으려 하는 비열한 쥐새끼 같은 인간이다. 이젠 그 수법이 너무 널리 퍼져 회사에서도 그의 편을 드는 인간은 거의 없을 정도다.

그런데 그런 쥐새끼가 마침내 오늘 기준의 발목을 제대로 잡아채고 말았다.

"난 잘못 같은 거 안 했어……. 안 했다고!"

"지가 하늘 같은 선배님 안 모신 건 생각 안 하고, 뭐? 잘못을 안 해?"

차 바닥을 내려다보며 다리를 떨던 기준은 그 소리를 듣지 않으려는 듯 귀를 막았다. 그리고 무릎 사이에 머리를 처박고 비명을 내질렀다.

"으아아아악! 으아아아! 으아아아아아악!"

분노와 공포가 섞인 비명을 내지르던 기준이 숨이 막혀 잠시 숨을 들이키려 했을 때, 갑자기 허리춤에서 강한 진동이 느껴졌다. 다시 비명을 내지르려 하던 기준은 가쁘게 숨을 몰아쉬며 덜덜 떨리는 손으로 허리를 더듬거렸다.

강렬한 진동이 허리를 간질였다. 이런 진동이 느껴질 이유는 하나밖에 없었다.

발신자를 확인할 겨를도 없이 기준은 앞좌석에 이마를 댄 채로 핸드폰을 귀에 가져다 댔다.

"여, 여보세요?"

[나야. 응? 목소리가 왜 그래?]

순간 피가 식었다. 심장이 일순간 멈출 정도로 강하게 수축했고, 온몸에는 뭐라 표현할 수 없는 싸한 기운이 흘렀다. 퍼뜩 정신이 든 기준은 마른침을 삼키며 핸드폰을 귀에서 떼고 발신자를 확인했다.

[여보세요? 여보세요?]

"어, 어, 당신이구나."

재빨리 다시 귀에 핸드폰을 가져다 대자 픽 하고 웃는 소리가 들려온다.

[얼마나 마셨길래 그래? 당신, 괜찮아?]

목소리의 주인공은 진소진, 바로 기준의 아내였다.

"응, 괜찮아. 그런데 무슨 일이야?"

[너무 늦어서. 회식 후에 수영 씨랑 좀 놀다 온다더니 아직 회식이라며?]

가슴이 철렁했다. 기준은 마른침을 삼키며 시간을 확인했다. 2시 반을 넘어가고 있었다.

"으, 응. 근데 회식인 건 어떻게 알았어?"

[으응, 수영 씨가 당신한테 전화 좀 해보라고 하던 걸. 일 때문에 다시 회식에 불려갔는데 엉뚱하게 자기한테 전화해서 술주정한다고.]

긴장하고 있던 기준의 어깨가 탁 풀렸다.

"어? 수영이가?"

[그래. 나보고 당신한테 전화해서 뭐라고 좀 해달라더라. 엉뚱

한 짓 하지 말고 정신 차리라고.]

그 말에 기준은 목이 메었다.

"그, 그러게. 응. 미안해, 이상한 소리 듣게 해서."

기준은 새삼스레 30분 전 단축번호 3번을 누른 것은 최악의 일을 저지른 와중에서도 최선의 선택이었다는 것을 새삼스레 되새겼다.

[왜, 또 그 선배가 짜증나게 해? 많이 힘들면 뒤는 걱정하지 말고 확 저질러 버려. 내가 설마 당신 하나 못 먹여 살리겠어?]

"괜찮아. 진짜로 괜찮아."

핸드폰 너머에서 들려오는 앳되지만 당찬 목소리에 작게 웃던 기준은 살며시 눈을 감았다.

"소진아."

[왜?]

"사랑해."

평소라면 망설여도 백 번은 망설였을 말이 너무나도 쉽게 나왔다. 잠시 조용히 있던 소진은 부끄러운 듯 웃더니 잔뜩 들뜬 어투로 말했다.

[뭐야, 새삼스럽네? 어쨌든 너무 늦지 마.]

"응, 곧 들어갈게."

쑥스러워하는 목소리와 쪽 하는 소리를 마지막으로 통화가 끊겼다. 기준은 깊게 숨을 몰아쉬며 핸드폰을 꽉 움켜쥐었다. 수영이 굳이 소진에게 이런 일을 시킨 이유를 알 것 같았다.

"정신 차리란 말이지."

수영이 굳이 소진에게 그런 일을 시킨 이유, 그건 기준이 이성을 잃지 않게 하기 위해서일 것이다. 기준은 핸드폰을 꾹 움켜쥐며 옆을 돌아봤다. 진명의 모습은 어느새 사라지고 없었다.

겉보기에 강하고 단단해 보이는 외모에 평소 하는 행동도 남자 중의 남자. 다른 이들은 기준에 대해 그렇게 말한다. 5년 전 소진이 기준에게 반한 것도 그런 남자다운 행동에 겉으로 내색하지 않는 사려 깊은 마음씨 때문이라고 할 정도이다.

하지만 사실 기준은 사려 깊은 것이 아니다. 단지 마음이 약한 탓에 남한테 상처받을까 봐 두려워하고, 상처 줄까 두려워하기에 사려 깊은 것처럼 행동할 뿐. 직장이나 가족에게는 비밀인 만성 스트레스성 위염으로 고생 중인 평범하고도 여린 남자일 뿐이다.

아무 말도 하지 않았는데 그걸 먼저 눈치챈 것은 주위에서 수영밖에 없었다. 그리고 아무 말도 하지 않았지만 그런 점을 다소 거칠게 신경 써주는 것도 역시 수영뿐이었다.

그렇기에 기준은 수영을 진짜 친구로 생각하고 있었다.

퉁퉁—

생각에 잠겨 있던 기준은 순간 차 지붕을 뚫고 하늘로 솟아오를 것처럼 펄쩍 뛰어올랐다. 비명조차 지를 수 없었다. 숨 쉬는 것조차 잊어버렸을 정도다. 마치 생각할 수 있는 모든 이성이 송두리째 날아간 것 같았다.

방금 그 소리는? 누군가 차 창문을 두드렸다. 뭔가를 해야 한다. 그런데 무엇을? 아니, 왜 뭔가를 해야 하는 거지? 지금 왜 나는 이곳에…….

"야! 야! 정신 차려, 이 멍청아!"

눈을 뜬 채로 정신을 잃어가던 기준은 누군가의 독설 서린 외침에 정신을 차렸다. 열린 차문 밖에서 뻗어온 손이 차가운 겨울 바람과 함께 기준의 어깨를 흔들고 뺨을 두드리고 있다.

"괜찮냐?"

문이 열리자 켜진 내부 등이 익숙한 얼굴을 비췄다. 가쁘게 숨을 몰아쉬고 있는 그 청년은 조금이라도 이곳에 빨리 도착하기 위해 온 힘을 다한 것이 틀림없었다.

잠시 멍하니 그 얼굴을 바라보던 기준은 닫혀 있던 입을 열었다.

"아, 아……."

겹겹이 쌓여 있던 고독감과 죄책감이 억지로 세워놨던 이성의 벽을 무너뜨렸다. 제어하려 했지만 제어할 수 없는 뭔가가 넘쳐 흐르려 하고 있다.

그 순간 그 청년의 손이 기준의 어깨를 가만히 토닥였다

"그래그래, 1분만 봐준다."

기준은 앞에 서 있는 수영의 점퍼를 꽉 움켜잡았다. 그리고 수영의 손이 등을 두드리는 것에 맞추듯 소리없는 울음을 쏟아내기 시작했다.

*　　　*　　　*

"이거 원래부터 이 자리에 있었어?"

"어? 어, 응. 손도 안 댔어."

"혹시 지나간 사람은 있고?"

"아니, 없었는데……."

시체 옆에 쭈그려 앉은 수영은 심란한 얼굴로 눈앞의 시체를 내려다봤다. 이 시체에 대해서는 대충 알고 있다. 이진명. 지난 몇 년 동안 기준의 술주정에 반드시 등장했던 남자. 직접 만나본 적은 없지만 항상 남의 일을 방해하고 자기 보전만 생각하는 쓰레기.

'별로 보고 싶지도 않았지만 첫 만남치고는 상당히 상황이 더럽네.'

시체는 한쪽 손을 주머니에 넣은 모습으로 눈도 감지 못한 채 갓길 옆쪽의 마른 풀숲에 엎드려 있었다.

"야, 기준이."

수영은 허리를 펴고 일어났다.

"진정했으면 똑바로 다시 설명해 봐."

"어, 뭘?"

그리고 눈물을 닦는 기준을 보며 짤막하게 답했다.

"여기서 일어났던 일 말이야, 멍청아."

"뭐? 그건 아까 전화로……."

싸늘한 시선이 꽂히자 기준은 자신도 모르게 수영의 시선을 피했다. 하지만 수영은 기준이 눈을 피하게 가만두지 않았다.

"뭔 말인지도 모르게 횡설수설해 놓고 무슨. 똑바로 말해봐. 빨리."

수영에게 멱살을 잡혀 억지로 눈을 맞춘 기준은 겁먹은 얼굴로 고개를 끄덕였다.

"어, 어어, 그러니까……."

기준은 떠듬떠듬 이곳에서 있었던 일에 대해 늘어놓기 시작했다.

약 두어 시간 전, 회식은 의외로 빨리 끝났다. 다른 직원들은 물론 과장까지도 기세 좋게 소리치는 진명의 눈을 피해 다시 끌려온 기준을 위로했다. 이제 곧 기준의 시대가 올 거라고. 기준 역시도 그런 생각을 하며 과장과 대리들, 그리고 부하 직원들까지 다 돌려보내는 매너를 보인 후에야 돌아가기 위해 콜택시를 부르려 했다.

그때 갑자기 진명이 등장했다. 마치 모두가 돌아갈 때까지 기다린 것 같았다. 진명은 웃는 낯으로 직접 기준을 데려다 주겠다고 자청했다. 기준은 진명이 술이 깬 후 이제 잘나가기 시작한 자신에게 잘 보이기 위해 아부를 떠는 것으로 생각했다. 지금까지 계속 윗사람에게 꼬리치던 것처럼 말이다.

"잠깐. 그래서 그때 콜택시는 불렀어?"

"어? 아니, 부르기 전에 그 개새끼가 나를 붙잡아서……."

"그럼 네가 저거랑 같이 나가는 거 본 사람은?"

"그건… 그 고깃집 사장이 봤어."

수영은 알겠다는 듯 고개를 끄덕였다.

"계속 말해봐."

"어, 그러니까……."

기준이 말을 이었다. 차가 시내와는 반대 방향으로 가고 있다는 것을 알아차리는 데는 그다지 오랜 시간이 걸리지 않았다. 진명은 기준이 그걸 눈치채고 말을 꺼내자 곧장 차를 멈춰 세우고 그를 내리게 했다.

"인적 없는 데 날 내려놓고 가 골탕 먹일 생각이었나 싶어서 내렸더니 자기도 차에서 내리며 나한테 선배에 대한 존경심이 부족하다느니 그런 개소리를 하면서 삿대질을 하잖아. 그래서 무시하고 좀 걸어서 고깃집으로 돌아가 콜택시 불러 가야 하나 하는데 어디서 봉 같은 걸 꺼내더니 막 패잖아. 안 그래도 취해서 제대로 반항도 못하고 두들겨 맞아서 정신도 못 차리겠고……."

말을 멈춘 기준은 팔을 감싸며 몸을 떨었다.

"난 죽기 싫어서 자기방어를 한 것뿐이야. 그런데……."

누군가를 죽였다는 말을 입 밖으로 내뱉는 것이 쉬울 리가 없다. 수영은 그 뒷말을 재촉하는 대신 풀숲에 숨겨져 있는 시체 쪽으로 다가가 한쪽 무릎을 꿇고 앉았다.

'얼마나 병신인 거야? 이 병신은.'

싸늘하게 죽은 진명을 내려다보자 절로 욕지거리가 튀어나왔다.

말릴 사람도 없는 이런 곳에서 상대가 계속 맞아줄 거라고 생각했던 건가. 기준은 키 185센티미터에 몸무게 84킬로그램의 근육질의 거한이다. 그런 상대가 딱 한 번만 제대로 걸리라고 잔뜩 벼르고 있는데 말이다. 정말로 세상에 둘도 없는 멍청이라고밖에는 할 수 없었다.

시체는 겉보기에는 딱히 상처도 없어 보였지만 자세히 보면 머리가 움푹 들어가 있고, 그 곁에는 아마도 그 상처를 만들었을 피가 묻은 돌이 굴러다니고 있었다.

"아, 젠장. 야, 이 멍청아!"

뒤를 돌아본 수영이 화난 목소리로 외쳤다.

"하다못해 맨손으로 치던가. 겁난다고 하필……."

수영은 잔뜩 풀이 죽어 눈을 피하는 기준의 모습에 뒷말을 삼켰다. 기준도 이미 후회하고 있을 것이다. 더 이상 뭐라고 해봤자 의미는 없었다.

잠시 그렇게 기준을 바라보던 수영이 고개를 저었다.

"자수하자. 아마 과실치사일 거야. 너도 그렇고, 저 새끼도 평소 하던 짓이 있으니 직원들이 탄원서 내줄지도 모르고. 운 좋으면 집행유예로 끝날지도 몰라."

"아, 안 돼!"

그 말에 기준은 눈을 크게 뜨더니 미친 듯이 고개를 저었다.

"직원들이 내 편을 들어준다고 해도 회사가 가만히 날 놔둘 리가 없어. 같은 회사의 사원을 죽였는데……. 최소한 휴직이나 퇴사 권고를 받을 거야. 그리고 취직은? 사람을 죽인 놈을 대체 누가 써주겠냐고! 게다가 징역형이라도 받으면… 소진이는? 성현이는?"

"야, 야, 진정해."

예상보다 거친 반응에 수영은 당황해하며 입을 다물었다.

하지만 사실 그 말대로다. 자수한다고 치더라도 재판부가 살의가 없었다고 판단할지 어쩔지는 알 수 없다. 수영이 보기에도 저 상처는 자기방어를 넘어선다. 최악의 경우라면 과실치사가 적용되지 않을지도 모를 일이다.

골치가 아팠다. 수영은 진명의 시체를 돌아보며 이를 갈았다.

'대체 저 병신은 왜 후배를 패는 데 삼단봉 같은 걸 쓴 거야? 그냥 주먹질이라면 적당히 싸운 걸로 끝날 수도 있을 텐데…….

호신품인가?'

속으로 진명의 병신 같음에 대해 투덜거리던 수영의 뇌리에 뭔가 스치고 지나갔다.

건방진 후배를 훈육하는 데 삼단봉 같은 것을 쓰던가? 게다가 그런 것으로 폭행당한 기준이 그냥 참아줄 거라고 생각했을까? 아니, 설사 본인이 참는다고 해도 주변인들이 가만있을 것이라고 장담할 수 있을까? 이 정도까지 가면 어지간한 사람이라면 경찰에 신고할 것이 뻔하다.

쓰디쓴 예감이 뒷골을 따라 흘렀다. 수영은 정신이 나간 듯 몸을 떨고 있는 기준을 힐끔 쳐다본 후 진명의 시체 앞에 쭈그려 앉았다.

'그러고 보면……'

이 모습은 뭔가 이상하다. 막 상대가 덤비려고 하는 판국에 어째서 주머니에 손을 넣었을까? 수영은 장갑을 낀 채로 굳어 있는 진명의 몸을 만져 보았다. 장갑 너머로 차갑게 식은 육질과 그 아래의 뼈의 촉감이 느껴졌다.

"후우."

그 이질적이고도 끔찍한 감각에 손을 멈추고 입술을 깨물고 있던 수영은 한 차례 심호흡을 한 후 손을 뻗었다.

우직거리는 소리와 함께 관절이 꺾이고 주머니에서 진명의 손이 나왔다. 수영은 조심스레 방금 전만 해도 진명의 손이 있던 그 주머니에 손을 집어넣었다. 보통 사람이라면 이런 주머니에서 나올 것은 기껏해야 지갑과 핸드폰, 라이터 정도일 것이다.

하지만 그것과는 다른 뭔가가 만져졌다. 손바닥만 한 크기의 두꺼운 막대. 그것을 잡으려고 하자 장갑 너머에서 손에 착 감기는 묵직한 그립감이 느껴졌다.

주머니 밖으로 손을 꺼낸 수영은 눈으로 그 물체를 확인했다. 그리고 조용히 입을 열었다.

"기준아."

"어? 응?"

"이 인간, 혹시 등산 같은 거 했었냐?"

뜬금없는 그 질문에 어리둥절해하던 기준은 곧 고개를 저었다.

"아니. 그냥 술만 먹고 운동은 안 했는데. 과장님이 뭐라 그래도 웃기만 하고……. 골프도 칠 줄 모를걸?"

"그래? 그렇단 말이지?"

다시 차 쪽으로 걸어온 수영은 어리둥절해하는 기준을 놔둔 채 트렁크를 열었다.

"이 새끼가 정말……."

가만히 자리에 앉아 있던 기준은 수영이 작은 신음을 흘리자 그 묘한 느낌에 조심스레 뒷좌석의 의자에서 일어나려 했다.

"왜 그래? 뭐 있어?"

"응? 아니. 아무것도 아냐."

수영은 재빨리 트렁크를 닫아 기준이 그 안을 보지 못하게 했다. 의아한 얼굴로 트렁크를 힐끔거리던 기준은 수영이 자신을 돌아보자 몸을 움츠렸다.

"김기준."

"으, 응."

기준은 자신에게 다가온 수영이 팔짱을 끼고 내려다보자 슬며시 눈을 피했다.

"자수할 생각 없어? 정말로?"

기준은 이번에도 그 답변을 회피하듯 침묵했다. 하지만 수영은 이번엔 기준을 타박하거나 화를 내지 않았다. 그 대신 조용한 목소리로 다시 기준을 불렀다.

"기준아."

"알아. 어쩔 수 없다는 거, 나도 안다구. 하지만……."

피가 날 정도로 입술을 물어뜯으며 어깨를 들썩이는 기준의 모습에 수영은 고개를 저었다.

"그럼 말이야."

"응?"

"그러니까……."

마치 이 말을 정말로 해야 할지 확신하지 못하는 듯 입을 열고도 말을 하지 않던 수영이 다시 고개를 저었다. 그리고 또박또박 확실하게 자신의 의지를 표현했다.

"다른 길이 있다면 어쩔래?"

"다른 길?"

수영은 자신을 올려다보는 놀란 기준의 시선을 보며 웃지 않는 얼굴로 고개를 끄덕였다.

"그래. 네가 더 힘들어질지도 모르겠지만."

*   *   *

이런 걸 운수 좋은 날이라고 하던가.

손님을 내려놓자마자 다른 손님이 타고, 손님이 잠깐 끊기는 타이밍에는 곧장 근처에서 콜택시 호출이 들어온다. 평일인데도 휴일 뺨칠 정도로 손님이 쏟아지다 보니 아직 새벽도 아닌데 이미 평소의 하루 매상이 거의 다 채워졌다.

너무나 잘 올라가는 매상에 불현듯 불안해져 집에 전화를 해서 무슨 일 있지 않느냐고 물었다가 애먼 소리 한다며 아내에게 야단을 맞기도 했다.

어쨌거나 그 정도로 운이 좋은 날이었다. 그랬기에 경진은 평소라면 멀리서도 부른다고 툴툴거렸을 콜에도 그렇게 기분이 나쁘지 않았다.

한참이나 어두운 도로를 질주하던 경진은 잠깐 택시를 멈췄다. 인적도 빛도 없다시피 한 시 외곽, 한 가게의 간판이 도로변에 하얀 빛을 내뿜고 있었다.

"흐음."

경진은 고개를 돌려 가게 쪽을 바라봤다. 화선암이라고 했던가. 대체 이런 곳에서 무슨 장사를 하겠다는 건지 알 수 없지만, 그럼에도 불구하고 손님이 없지는 않은 듯했다. 경진도 이곳에 몇 번 콜을 받아서 와본 적이 있었다.

다만 오늘 밤에 받은 콜은 좀 특이했다.

"어디 보자, 그러면 여기서……."

경진이 잠깐 밟고 있던 브레이크를 놓자 차가 천천히 앞으로 가기 시작했다.

화선암을 지나서 이백 미터쯤 가다 보면 4582번 번호판을 단 차가 도로변에 서 있을 테니 그쪽으로 와달라는 것이 경진이 받은 콜의 내용이었다.

차가 고장 났으면 견인차를 부르든지 해야지, 아무리 생각해도 이상한 콜이다. 하지만 어쨌든 손님은 손님, 돈은 돈이다.

"음?"

천천히 서행하며 길가를 주시하던 경진의 눈이 살짝 가늘어졌다. 저 앞쪽에 차 한 대가 서 있었다. 좀 더 가까이 가자 차의 엉덩이에 박혀 있는 번호판이 라이트에 반사되며 번쩍였다. 4582. 분명했다. 무전으로 콜택시 회사에서 들었던 그 번호다.

택시의 속도를 줄이며 가까이 가자 엔진이 멈춰 있는 차 앞에 뭔가가 보였다. 사람. 두 명의 남자다. 한 명은 보닛에 앉아 경진을 등지고 있고, 한 명은 왠지 찡그린 얼굴로 그 남자와 대치하듯 서 있었다.

조심스레 택시를 멈춘 경진은 창을 슬쩍 내리고 고개를 내밀었다.

"콜 부르셨죠?"

그 말에 얼굴을 찡그리고 있던 남자가 고개를 들었다.

"아, 예."

"뭐야, 이 새끼가? 너 지금 하늘 같은 선배를 놔두고 가겠다는 거야?"

갑작스럽게 터져 나온 욕지거리에 경진은 살짝 몸을 떨었다. 경진에게서 등을 돌리고 있던 남자는 술 냄새를 풍기며 앞을 향해 삿대질하기 시작했다.

"씨발, 건방진 새끼! 감히 선배가 하는 말에 토나 달고, 시키는 대로도 안 하고! 너 때문에 다른 새끼들도 날 우습게 보잖아!"

그 욕지거리에 얼이 나간 듯 한참이나 멍한 표정을 짓고 있던 남자는 잠시 후 얼굴을 찡그리고 일갈했다.

"지, 지금까지 술주정 잘 들어줬으면 됐지, 뭘 더 바랍니까? 선배가 그 일 건드리지만 않았으면 더 쉬웠다고요! 그리고 어차피 선배라고 해봤자 같은 대리면서 일도 제대로 처리 못하고! 자기 앞가림 못한 것까지 내가 뭘 어떻게 해줘야 합니까? 그런데 이런 데까지 날 끌고 와서 삼단봉으로 패고, 뭐, 무릎을 꿇어요? 미친 거 아냐?"

"뭐, 뭐? 뭐가 어째?"

보닛에 앉아 있던 사내가 벌떡 일어나자 앞에 서 있던 남자가 깜짝 놀라며 뒤로 물러났다.

"이 씨발 놈이! 너 죽어볼래? 엉?"

"뭐, 뭐하는 거예요, 지금?"

분위기가 이상해진다. 경진이 그걸 인식한 것도 잠시, 앞에 서 있던 남자가 팔을 치켜 올리며 뒤로 물러났다. 순간 경진은 온몸이 경직되며 가슴이 두근거리는 걸 느꼈다. 경진을 등지고 있던 남자는 손에 작은 칼 같은 것을 들고 있었다.

"진짜 미친 거 아냐? 칼 내려요! 뭐하는 거야!"

"그래, 미쳤다! 이 개새끼야! 미쳤다고!"

보닛에서 뛰어내린 사내가 앞의 남자에게 칼을 휘둘렀다. 이번에는 경진에게도 확실히 보였다. 헤드라이트에 번쩍거리는 금속질의 칼날이.

도와야 할까? 하지만 경진은 차에서 내리지 못했다. 만약에 내렸다가 칼에 찔리기라도 하면?

"에이씨!"

"어쿠!"

경진은 화들짝 정신을 차렸다. 엎어뜨리고 있던 남자가 사내를 밀었는지 사내는 보닛에 쿵 소리가 나게 머리를 찧고 쓰러지면서 경진의 시야에서 모습을 감췄다. 그사이 남자는 찡그린 얼굴로 팔에서 손을 떼며 재빨리 경진의 택시 쪽으로 다가왔다. 그러고는 뒷좌석의 문을 거칠게 열고 거의 구르듯 택시 안으로 뛰어들었다.

"출발해 주세요! 빨리!"

경진은 부들부들 떨리는 손으로 기어를 변경하고 엑셀을 밟았다. 끼익 하는 소리가 소름 끼치게 울려 퍼지며 택시가 뒤로 후진해서 그 차와 멀어졌다.

"으와아아아아아아악!"

술에 전 괴성과 함께 방금 보닛에 머리를 찧었던 사내가 몸을 일으켰다. 그는 비틀거리면서 택시를 향해 뛰어오기 시작했다. 경진은 두근거리는 심장을 억누르며 재빨리 문을 잠갔다. 그러자 그와 거의 동시에 쿵쿵거리는 소리가 들렸다.

"이 개새끼! 죽여 버린다! 죽여 버릴 줄 알아!"

경진은 소리가 들리는 창 쪽은 바라보지도 않고 재빨리 기어를 다시 변경하며 핸들을 돌렸다. 그리고 조금 전 자신이 왔던 길을 되돌아 달리기 시작했다.

"으아아아아아아아아!"

소름 끼치는 고함 소리가 서서히 작아져 가자 경진은 겨우 정신을 차렸다. 안도의 한숨을 내쉰 경진은 방금 전 자신의 택시의 안에 뛰어든 남자를 돌아봤다.

"괜찮으세요, 손님? 무슨 일이에요?"

"아, 아아, 예, 예. 회사 선배 새끼가 갑자기 미쳐서… 윽!"

그는 혼이 나가 버린 것같이 팔을 부들부들 떨며 맹렬히 눈을 깜빡여댔다. 팔과 옆구리가 베여 코트 위로 피가 흘러나오고 있었지만 상처가 깊은 것 같지는 않았다. 잠시 그 남자의 모습을 살피던 경진은 한숨을 내쉬었다. 대체 무슨 일에 휘말려 들었는지는 모르겠지만 앞으로 귀찮아질 것은 너무나도 자명했다.

어쩌면 오늘 특히 운수가 좋았던 것은 이런 일이 일어날지도 모른다는 계시였을까.

"후우."

다시 한 번 한숨을 내쉰 경진은 침착하게 핸들을 잡았다. 다행히 뒤에서 뭐가 쫓아오지는 않는 것 같았다. 어쨌든 지금은 침착하게 대응하는 수밖에 없었다.

"일단 가까운 병원으로 갈까요, 아니면 경찰로?"

"이, 일단 병원으로 좀 가주세요. 으, 그 개새끼가……."

겨우 정신을 차린 것 같은 대답이 들려오자 경진은 고개를 끄덕였다.

운수 좋은 날도 이것으로 끝이었다.

*　　　*　　　*

"잘됐나?"

차가 멀어지는 것을 가만히 바라보고 있던 수영은 안도의 한숨을 내쉬었다. 그리고 조금 전 있었던 일을 하나하나 침착하게 다시 되짚어 나갔다.

택시 기사는 기준이 선배라고 부르는 사람에게 욕설을 듣고 찔리는 것을 분명히 목격했다. 기준의 연기가 조금 어색하다고 해도 죽을 뻔한 상황이니 이상하게 생각하진 않을 것이다.

또한 택시 기사는 수영의 얼굴도 보지 못했다. 차의 보닛에 기대고 앉은 채 등만 보였고, 택시로 뛰어갈 때도 의도적으로 고개를 숙여 얼굴을 감췄다. 게다가 택시를 두드리며 슬쩍 확인했을 때도 택시 기사는 의도적으로 수영에게서 시선을 피하기까지 했다.

여기까지는 완벽하다. 하지만…….

'정말로 이래도 괜찮은 건가?'

수영은 다시 한 번 마음속으로 되뇌었다. 아무리 진명이 악인이라고 해도 잘못을 저지른 것은 기준이다. 벌을 받아야 하는 건 기준인 것이다.

"난 나쁘지 않아."

귓가에서 들려오는 어딘지 익숙한 목소리에 수영은 놀라지도 않았다.

"하하하! 빌어먹을. 무슨 영화도 아니고."

오히려 너무나도 당연한 수순으로 생각됐기에 웃음까지 나올 지경이다. 이것이 바로 죄책감이 불러오는 환청 같은 것인가. 하지만 이미 수영은 이성적으로 그 죄책감을 누를 논리를 구축하고 있었다.

"이건 그거랑은……."

수영은 손에 쥐고 있는 것을 내려다봤다. 조금 전 기준의 팔과 옆구리에 상처를 입힌 날카로운 등산용 나이프였다.

문제는 그 나이프가 어디서 나왔냐는 것.

당연히 수영이 가지고 왔을 리는 없다. 수영에게 흉기를 가지고 다니는 철이 덜 든 양아치 같은 취미는 없었다. 그건 바로 아까 수영이 진명의 코트 주머니에서 찾아낸 물건이다.

수영은 나이프를 조수석에 슬쩍 던져 놓으며 작게 중얼거렸다.

"그거랑은 달라. 완전히 다르다고."

말라붙은 피가 끈적거리는 손으로 운전석에서 버튼을 조작하자 철컥 하는 소리와 함께 트렁크가 열렸다. 아까 기준이 보지 못하게 했던 것들이 여전히 그 자리에 있었다.

5kg라는 글자가 찍힌 아령이 열 개, 그냥 보기에도 쉽사리 썩거나 하는 재질이 아닌 등산용 밧줄이 두 묶음, 우비가 한 벌, 김장용 비닐 한 묶음, 한 번도 사용하지 않은 실톱.

보통 운전자들이 트렁크에 넣고 다니기에는 매우 이상한 물건들. 그래도 보통 사람이라면 조금 별나다고 생각할 정도이다. 보통 사람들은 이 물건들이 조합되었을 때 어떤 일이 가능한지 모르기 때문이다.

그러나 수영은 달랐다. 과거 주신과 마주한 경험이 있는 수영은 그 물건들에서 한데 뭉쳐 풍겨 나오는 살의를 느낄 수 있었다.

마른침을 삼키자 목 뒤에서 뭔지 모를 비린 쓴맛이 느껴졌다.

그건 분노의 맛이었다.

수영은 손을 뻗어 김장용 비닐 한 장을 꺼냈다. 그리고 그것을 뒷좌석에 깔아놓은 다음 갓길 옆의 마른풀 쪽으로 다가갔다.

"야, 병신아."

당연히 대답은 돌아오지 않았다.

"웬만하면 기준이를 설득시켜 자수시키려고 했거든. 네가 천하의 병신이라고 해도 어쨌든 기준이가 널 죽인 건 사실이니까."

수영은 시체를 내려다보며 차갑게 말을 이어갔다.

"근데 네 주머니에서 나온 물건이랑 저기 트렁크 보니까 화가 나더라. 이 미친놈아, 아무리 자기 후배를 질투한다고 해도 이게 말이나 되는 일이야? 어떻게……."

그 자리에 쭈그려 앉은 수영은 아직 감기지도 않은 진명의 눈을 노려봤다.

"후배를 죽이려고 해?"

수영은 이미 확신하고 있었다.

사냥감이 움직이지 못하게 두들겨 팬 다음 쓰러져 있을 때 칼로 확실히 숨통을 끊는다. 그다음 몸이 더러워지지 않게 우비를 입고 실톱으로 사냥감을 해체하여 비닐로 싼 다음 등산용 밧줄로 아령과 묶는다. 그것을 인적이 드문 강이나 바다에라도 던져 버리면 끝. 대규모 간척 공사라도 하지 않는 이상 발견되지 않을 것이다. 부력에 따라 다르다고는 하지만 인간의 시체는 50킬로그램 정도의 추가 있다면 물 아래에서 떠오르지 못하니까.

"어디서 본 건 있어가지고는. TV가 애들을 망친다더니 애들만 망치는 게 아니구만……."

수영의 눈에는 진명이 하려 했던 것들이 영악해 보였다. 만약 기준이 조금만 더 취해 있었더라면 정말로 가능했을지도 모른다. 맨 마지막에 이제 쓰러졌다고 생각하고 숨통을 끊으려 했을 때 기준이 반항하지 못했다면 말이다.

그렇기에 수영은 진명을 용서할 수가 없었다.

"그냥 못된 짓을 한 정도라면 모를까, 사람을 죽이려고 한 쓰레기 때문에 내 친구가 인생을 망치는 꼴을 볼 수는 없잖아? 안 그래? 이 정도쯤 되면 정당방위라고."

사실 그것은 과거의 자신을 설득하는 의식에 가까웠다.

과거였다면 수영은 죽어도 이런 범죄 행위를 실행할 생각 따위는 하지 않았을 것이다.

7년 전의 수영은 누구나 인정하는 도덕적인 인간이었다. 그것이 옳은 것이라고 믿었기에 친우를 신고하는 일도 서슴지 않을 정도로 말이다.

"뭐, 그때는 아직 어렸으니까."

하지만 그 후 사회에 던져져 배워야 했던 도시의 룰과 현실은 정의감에 넘치던 소년을 이렇게 만들고 말았다. 수영은 욱신거리는 가슴을 꾹 눌렀다.

그때 멀리서 소리가 들려왔다. 수영은 깜짝 놀라 고개를 돌렸다. 저 멀리 등 뒤에서 빛과 함께 뭔가가 바람을 가르고 작게 폭발하는 소리가 들려왔다.

반사적으로 신음 소리가 흘러나왔다.

새삼스럽지만 이곳은 도로다. 언제든지 누군가가 왕복할 수 있는 길인 것이다. 지금까지 차가 한 대도 없었다는 것이 오히려 이상한 일이었다.

'침착하자. 침착하게…….'

수영은 싸늘하게 굳어 있는 진명의 시체를 잡아끌었다. 추운 날씨에 사후경직이 진행된 인간의 육체는 나무토막같이 딱딱했다. 만지는 것만으로도 몸서리가 쳐졌지만 수영은 용기를 냈다. 그리고 자기 자신도 놀랄 정도로 침착하게 시체를 끌고 와 비닐 위에 올리고 뒷문을 닫았다.

재빨리 트렁크까지 닫은 수영은 코트의 주머니를 뒤적였다. 원래 진명의 것인 담배와 라이터를 꺼낸 수영은 재빨리 거기에 불을 붙이고 뒤에서 다가오는 헤드라이트로부터 등을 돌렸다.

마치 수십 미터를 전력 질주한 것처럼 두근거리는 심장 소리가 고막을 울렸다. 트럭이 차 곁을 스치는 순간 수영은 한순간 잠깐 눈을 감았다가 떴다. 곧 빛과 함께 닥쳐든 무거운 엔진 소리는 저 멀리 사라져 갔다.

"휴우."

수영은 안도의 한숨을 내쉬었다. 이런 어둠 속에서 슬쩍 스쳐 지난 사람의 얼굴을 구분하는 건 사실상 불가능. 특별한 사건이라도 없으면 당장 일주일 전에 먹은 저녁 반찬도 제대로 기억하지 못하는 게 사람이다.

차에 문질러 끈 꽁초를 바닥에 버리려 하던 수영은 멈칫거리며 주먹을 꽉 쥐었다.

"조심해야지."

지금부터 자신이 하려는 건 범죄다. 자그마한 행동 하나하나 주의를 기울여야 한다. 무엇 하나 증거를 남겨서는 안 되는 것이다. 꽁초를 코트 아래에 걸치고 있는 점퍼 주머니에 넣은 수영은 운전석에 올랐다. 그리고 깊게 심호흡을 한 뒤 키를 돌렸다.

부르릉 하는 소리와 함께 차가 흔들거리자 수영은 조용히 엑셀을 밟았다.

뒷좌석에 시체를 실은 차는 그대로 어딘가를 향해 달려가기 시작했다.

*   *   *

"다행히 혈관이나 근육은 안 다치셨네요."

"그, 그런가요?"

"예, 칼에 베이셨는데 이만하길 다행입니다."

작은 병원의 응급실 당직 의사의 말에 기준은 고개를 끄덕였다.

지금부터 몇 분 전 수영은 말했다. 연극 도중에 상처를 내려 하다가 오히려 상처가 더 크게 날 수도 있고 수상하게 보일지도 모르니 미리 상처를 만들어두자고. 멀리서 차의 낮은 엔진 음이 들렸을 때 수영은 앞에 서 있는 기준의 어깨를 두드렸다. 고개를 끄덕이며 막 각오를 다지려 하던 기준은 다음 순간 팔과 허리에 화끈거리는 아픔을 느꼈다. 기준의 주의가 어깨로 기운 사이 수영은 이미 나이프를 휘둘러 상처를 낸 것이다.

마치 주사를 놓는 의사가 아이들의 주의를 딴 데로 돌리는 것과 같은 값싼 트릭. 하지만 기준은 등골이 서늘해짐을 느꼈다. 만약 조금이라도 잘못했다면 기준은 정말로 큰 상처를 입었을지도 모른다. 그런데도 수영은 너무나도 가볍게, 그리고 확실하게 결단을 내렸다.

'그러고 보면 예전부터 그랬지.'

사실 기준이 회사에서 보이는 결단력은 원래 친구를 흉내 낸 것이다. 이 도시에서 다시 만나기 전, 십여 년 전 다른 지방에서 초등학교 다닐 때의 그 친구를 말이다.

예전부터 수영의 그 행동력은 기준이 아는 그 누구보다 뛰어났다. 고아라는 것이 믿어지지 않을 정도였다. 그렇기에 기준은 수영을 잊지 않을 수 있었다. 그로부터 오랜 시간이 지나 이 도시에서 다시 마주쳤을 때 곧바로 기억해 냈을 정도로.

다시 만나고 나서는 수영이 과거와 너무나도 많이 달라졌다고 생각했지만, 기준은 자신의 생각이 약간 틀렸다는 것을 인정해야 했다. 사람을 죽이고 겁먹고 있던 기준을 도우러 오는 것은 물론, 그 살인을 덮어버리자는 계획을 순식간에 세우고 실행하다니 결단력만큼은 전혀 변하지 않았다고 해도 과언이 아니었다.

"아프신가요?"

"아, 아뇨. 그냥……."

몸을 다시 떨기 시작한 기준의 모습에 잠시 손을 멈췄던 의사는 상처의 소독을 마쳤다.

"그럼 일단 마취하고 꿰매야겠네요. 팔에도 금이 갔으니까 깁스도 하셔야 되고. 잠시만요."

"예, 잘… 부탁드립니다."

기준은 의사가 응급실 구석으로 걸어가자 고개를 숙이고 눈을 꼭 감았다.

새삼 수영이 대단하게 느껴졌다. 남의 일에, 잘못하면 엄청난 벌을 뒤집어쓸 수도 있는 죄를 그렇게 태연히 저지를 생각을 하다니 말이다.

정작 그 죄를 저지른 본인은 지금도 심장이 벌렁거리고 몸이 떨리는데.

"자, 마취주사 놓습니다. 좀 따끔하실 거예요."

뾰족한 주사 바늘이 상처 근처에 박히자 기준은 살짝 몸을 꿈틀거렸다.

차라리 그냥 다 포기하고 진실을 말해 버리고 싶었다. 하지만 그럴 수 없다. 이미 이 병원에 들어오면서 경찰에 신고를 했고, 곧 경찰관이 올 것이다. 애초에 자수가 아닌 이쪽을 선택한 건 기준 자신이다. 지금 포기하면 오히려 죄가 더 커질 뿐이다.

'참아야 해. 날 위해서 이런 일까지 무릅쓴 수영이를 봐서라도.'

그렇게 다시 한 번 각오하자 떨림이 잦아들었다. 게다가 마취주사 때문에 팔의 아픔이 뭉툭하게 변한 탓인지 마음도 좀 더 편해졌다. 기준은 슬쩍 고개를 들어 주변을 두리번거렸다. 응급실의 벽면에 있는 커다란 디지털시계는 붉은빛으로 시간을 표시해 주고 있었다. 이 응급실에 온 지도 벌써 20분쯤 흘렀다.

"실례합니다. 신고 받고 왔습니다만……."

그때 두 명의 경찰이 응급실로 들어왔다. 그 제복의 푸른색에 순간 양심이 찔려왔지만 기준은 재빨리 얼굴에 반기는 빛을 띠었다.

"예, 접니다."

20분 전 기준은 응급실에 들어오자마자 일부러 의사가 보는 앞에서 경찰에 신고를 했다. 이런 식의 폭력사건은 어지간하면 의사가 바로 신고를 하게 마련이라지만, 쓸데없는 데 말려들기 귀찮다고 생각해 그러지 않을 경우도 있었다. 일종의 보험이기도 했고, 기준이 떳떳하다는 것을 보여주기 위함이기도 했다.

그리고 바로 지금 기준의 신고 전화를 받은 경찰이 막 도착한 것이다.

"싸우다가 다치셨다고 했죠? 어이구, 이거 많이 베이셨네."

그때 기준의 곁으로 다가온 경찰들이 팔의 상처를 보고 눈을 찡그렸다.

지금부터가 정말로 중요한 부분이다. 다른 누구도 아닌 경찰이다. 공권력, 국가를 속이는 일이다. 당황해서 실수하거나 하면 끝장이다.

"예, 그 망할 선배가… 회식 끝나고 절 갑자기 불러서 같이 가자고 하더니 이상한 데 가서 막 욕하면서 무릎을 꿇으라고 그러잖습니까. 싫다고 하니까 어디서 뭐 봉 같은 걸 꺼내서 막 때리는데… 그러다가 멈추고 욕지거리 내뱉으면서 졸릴래 슬쩍 돌아가려고 콜택시를 불렀는데, 택시가 오니까 정신 차리더니 욕하면서 이번엔 이상한 걸로 막 찌르더라고요. 칼 같았는데……. 아, 진짜, 이거 살인 미수로 신고 가능할까요?"

그 말을 차분하게 듣고 있던 경찰은 수첩에 뭔가를 적으며 말했다.

"아직 확실히 말씀드릴 순 없겠네요. 그런데 혹시 그 장면을 본 사람이라도?"

"아, 예."

기준은 주머니에서 아까 받아놨던 택시 기사의 전화번호가 적힌 명함을 내밀었다.

"이분이 제가 찔리는 걸 보셨습니다. 이분 택시 타고 거기서 도망쳤거든요."

"택시 기사라……. 그렇군요."

"그래도 이분, 이만하시길 다행이네. 선생님, 이분 치료 언제쯤 끝날까요?"

그 말에 막 봉합 실을 준비하던 의사가 상처를 힐끔거렸다.

"허리랑 팔을 베이셨고 팔에는 금까지 갔어요. 좀 오래 걸릴 겁니다."

"팔까지요?"

"아, 흉기에 맞으셨다고 했지, 참."

자기들끼리 이야기하던 경찰은 납득한 듯 고개를 끄덕이며 기준을 돌아봤다.

"그러시면… 김기준 씨, 지금 다른 경찰들이 말해주신 곳으로 순찰하러 갔으니까 아직 피의자가 거기에 있으면 체포해 올 겁니다. 사건 접수하고 진술도 좀 해주셔야 되는데, 치료 끝나고 내일 서로 오시겠습니까?"

"아뇨, 지금 당장 가죠. 치료 끝나면."

"그러시겠습니까?"

그때 의사가 기준의 팔을 탁자에 올렸다.

"자, 그럼 봉합합니다."

의사가 상처를 봉합하고 붕대를 감는 사이에도 기준은 두근 거리는 가슴을 진정시키며 뒤쪽에서 들리는 말소리에 귀를 기울였다.

"진짜 세상 험악해졌네."

"그러게. 어떻게 자기 회사 후배한테 칼을 휘둘러? 저 사람도 멀쩡한 사람 같은데."

"하여튼 술이 문제야, 술이."

기준은 안도의 한숨을 내쉬었다. 상처와 목격자. 경찰도 순순히 믿고 있다. 지금까지는 무서울 정도로 계획대로 흘러가고 있다. 하지만 이게 끝이 아니다. 수영이 꾸민 그 계획에는 이 뒤가 남아 있었다.

"아, 김기준 씨, 저거 김기준 씨 전화 아닌가요?"

"예? 아."

의사가 붕대가 잘 감아졌는지 확인하던 그때, 기준은 뒤에서 부르는 소리에 구급 침대 쪽을 돌아봤다. 그 위에 올려둔 코트 안에서 요란한 진동이 울리고 있었다.

기준은 마른침을 삼켰다. 드디어 때가 왔다. 기준은 이제 마지막으로 최대한 연기를 잘해야 했다.

"저, 선생님, 전화 좀······."

의사가 뒤로 물러나자 기준은 침대로 다가갔다. 서로 대화를 나누던 경찰들의 시선도 기준에게 향한 상태였다. 핸드폰을 꺼내든 기준은 움찔거리며 재빨리 얼굴을 찡그렸다. 거기에는 개새끼라는 이름이 떠 있었다.

"아니, 뭐, 뭐야, 이놈?"

잠시 그 핸드폰을 노려보며 화가 난 듯 숨을 몰아쉬던 기준은 통화 버튼을 눌렀다.

"여, 여보세요?"

[진정해. 혀 꼬였다.]

익숙하고도 침착한 목소리가 핸드폰 너머에서 흘러나왔다. 기준이 입을 다물자 그 목소리의 주인공이 차분히 말을 이었다.

[뭐하냐? 그렇게 가만히 있지 말고 말을 해야지. 일은 잘됐어?]

기준은 짐짓 화가 난 듯 외쳤다.

"그래요! 지금 병원이에요! 근데 무슨 낯짝으로 이렇게 전화를 하는 겁니까? 사람을 찔러 놓고 뭐가 어째요?"

[잘됐나 보네. 경찰은 불렀고?]

"지금 누가 잘못했다고 용서를 빌어야 하는지 이해를 못하나 본데, 난 지금 병원 와서 치료하는 중이고, 경찰에 신고까지 해놨다고요! 목격자도 있고, 거기도 경찰 갔다는데 안 잡힌 거 보니, 뭐 도망이라도 쳤나 봅니다?"

[잘했어. 그럼 지금 경찰이랑 같이 있는 거지?]

"그래요! 경찰도 지금 와 있다고요! 못 믿겠다고? 뭐? 경찰 바꿔줘요? 허 참."

기준은 눈을 휘둥그레 뜨고 있는 경찰에게 핸드폰을 내밀었다.

"좀 받아봐 주실래요? 어이가 없어서."

경찰은 약간 당황하는 얼굴로 핸드폰을 받았다. 그리고 조심스레 귀로 전화를 가져갔다.

"전화 바꿨습니다. XX파출소 강동권입니다."

[…후욱!]

"여보세요? 여보세요?"

[콰작!]

길고 거친 한숨과 함께 전화가 끊겼다. 경찰은 불쾌한 표정으로 핸드폰을 귀에서 떼고 자신의 동료를 돌아봤다.

"이거 끊어졌는데, 뭐가 부서지는 소리가 들린 것 같아."

"어디 봐. 전화 건 사람 이름이… 개새끼?"

통화가 끊기고 깜빡이는 이름을 본 경찰이 그렇게 말하자 기준은 고개를 끄덕였다. 이제 마무리를 할 때였다.

"원래 개새끼라 그렇게 저장해 놨어요. 그런데 이 미친놈은 지금 무슨 상황인지도 모르나 보네요. 진짜 회사 선배라고 참으니까 별⋯⋯."

타인의 감정을 알아차리는 일은 애매한 일이다. 화가 났든 겁을 먹었든 심장은 뛰고 얼굴은 붉어진다. 그렇기에 경찰들은 잔뜩 찡그린 기준의 얼굴에 맺혀 있는 감정이 정확히 어떤 것인지 알지 못했다. 그저 기준이 내뱉는 말에 화가 났을 거라고 대충 판단할 뿐이다.

"어쨌든, 그럼 치료도 끝난 것 같으니 가시겠습니까?"

"예, 그러죠."

경찰의 인도에 기준은 고개를 끄덕이며 자리에서 일어났다. 끝났다. 이제 남은 건 경찰에서 조서를 작성하는 것뿐.

그리고 그 후 모든 일이 잘 풀리도록 기도하는 수밖에 없었다.

*　　　*　　　*

사건 현장에서 단 하나의 흔적도 놓치지 않고 찾아내는 법의
관의 활약을 그린 드라마가 있었다. 원래부터 외국에서 유행하는
범죄 드라마를 한국식으로 만든 것뿐이지만, 어쨌거나 그 드라마
의 주인공들은 그야말로 초인적인 힘과 운, 집중력을 발휘해서
어떤 난해한 사건이라도 차례차례 해결하곤 했다.

그렇다면 현실은 어떤가. 사실 현실에서도 그들의 능력은 드
라마와 별로 다를 바 없을 것이다. 과학 수사라는 면에서 그들은
정말로 유능하며 어쩌면 드라마의 주인공들보다 더더욱 뛰어날
지도 모른다.

문제는 다른 곳에 있다. 바로 드라마에서는 표현하지 않는 현
실적인 부분에.

그것은 바로 피로다. 국과수의 법의관들은 과로에 압사할 정
도로 혹사당하고 있다.

법의관뿐만이 아니다. 경찰 역시 크고 작은 격무에 찌들게 마
련이다. 그렇기에 일선에서도 물리적 증거와 상황적 증거, 목격
자의 증언이 갖춰진 후 마지막으로 유족의 항의가 없다면 해당
사건을 그 선에서 정리하려 한다. 정말로 수상쩍은 상황이 벌어
지거나 양심에 걸려 넘기기 힘들 정도로 중대한 문제가 있지 않
는 한은 말이다.

[…경찰은 A씨가 회사 후배인 B씨를 흉기로 해치려 하다가 실
패한 후 그것을 무마하려 했으나, 이미 경찰에 신고가 되었다는
것에 겁을 먹고 자살한 것으로 판단하여 저수지를 수색하는 중입

니다. 이어서 다음 뉴스입니다. 전 국무총리의 측근 이조수 씨가……]

"뭐해, 수영 씨? 안 먹어? 이제 슬슬 일어나야지."

"음? 예? 아, 예. 먹어야죠."

밥집의 벽에 붙어 있는 TV에서 눈을 떼지 못하던 수영은 상사인 진수의 말에 급히 얼마 남지 않은 순대국밥을 후루룩 들이마셨다.

"읔!"

"왜 그래? 돌이라도 씹었어?"

수영은 고개를 저었다. 그리고 왠지 신기하다는 듯 중얼거렸다.

"아뇨. 이거 좀 짜… 네요?"

"뭐? 이 사람이. 다 먹어놓고 이제 와서 짜다 그러면 어떻게 해?"

진수의 웃는 얼굴에 수영은 멋쩍은 표정을 지으며 입안에 들어간 밥을 꼭꼭 씹었다. 그사이 자리에서 일어난 진수는 어느새 카운터로 걸어가 지갑을 꺼내고 있었다.

"아아, 잘 먹었다. 아, 천천히 와. 이번엔 내가 살게."

"예?"

"괜찮아, 괜찮아. 비싼 것도 아닌데, 뭘."

그릇을 내려놓은 수영이 막 신발을 신고 밖으로 나오는 사이, 이미 카운터 앞에 선 진수는 지갑에서 꺼낸 지폐를 앞으로 내밀고 있었다.

"그럼 나중에 밥 먹을 때는 제가 계산하겠습니다, 홍 대리님."

"괜찮다니까, 사람이 참. 갑자기 일 생겨서 잔업까지 시켰는데 이 정도는 해줘야지."

"아뇨. 잔업비는 저도 받으니까요."

그 말에 진수는 어깨를 으쓱였다.

"이럴 때는 그냥 넘어가도 되는데 말이야."

"신세 지는 건 싫어해서요."

그 말에 진수는 주인에게 거스름돈을 받으며 고개를 끄덕였다.

"하긴, 그게 수영 씨 장점이기도 하지. 나도 4년 전 수영 씨 처음 봤을 때는 그걸 이해 못했는데 이제는 좀 알 것 같아. 좀 사람이 정이 없어 보여도 오히려 확실하게 공사를 가르니까 적도 안 만들고, 일도 확실히 하고."

"그런가요?"

칭찬인지 어쩐지 알 수 없는 잔소리였다. 하지만 거기에 악의가 없는 건 분명했다.

수영은 새삼스레 기준을 떠올렸다. 기분 나쁜 상사나 고객을 상대하며 속을 썩이는 건 수영으로서는 도저히 생각할 수 없는 삶이었다.

"어쨌든 오늘은 참 고마웠어. 덕분에 야근까지는 안 했네. 잘 들어가라고. 내일도 늦지 말고."

"예, 대리님도 잘 들어가세요."

상사가 걸어가는 반대 방향으로 한참 동안 걸어가던 수영은 어느 순간 비틀거렸다.

"하, 하하!"

바람이 빠지는 것 같은 웃음소리를 흘리던 수영은 길가에 늘어져 있는 높은 돌 턱 위에 주저앉았다. 그리고 양쪽 주먹을 꽉 움켜쥐고 몸을 떨었다.

"하하하하! 젠장."

소리는 높지 않았지만 거기에는 분명 환희가 깃들어 있었다.

"성공했구나."

수영은 작게 중얼거리며 입가를 훔쳤다.

지난 며칠 동안 수영의 태도나 행동은 평소와 다를 바가 없었다. 지난 4년간 해왔던 것처럼 자고, 먹고, 싸고, 일한다. 가끔 동료들과 대화를 나누기도 했다.

하지만 누구도 수영이 속으로 공포심과 조바심을 삭이고 있었다는 것은 몰랐을 것이다.

준비한 것들이 경찰에게 제대로 먹혀들었는지 알 수는 없었다. 어쩌면 바로 다음 순간 문을 열고 들어선 경찰이 수영의 팔에 수갑을 채울지도 모를 일이다. 그 스트레스 때문에 잠도 제대로 자지 못했다. 입에 들어가는 것은 모두 모래를 씹는 감촉이었다.

그렇게 하루하루 피폐해져 가면서도 수영은 필사적으로 일상을 연기했다. 자기 자신조차 속이려 하면서 말이다. 하지만 이제 안심이었다.

방금 본 뉴스에는 본 바로는 경찰은 수영이 꾸민 상황을 그대로 믿고 움직이고 있었다. 경찰이 정말로 조사 방향을 그쪽으로 잡은 것인지, 아니면 단순히 기자가 별 흥미가 없었는지는 알 수 없다. 하지만 전자일 가능성이 높았다. 이런 잘 팔릴 만한 자극적인 사건을 기자들이 흘려 넘길 이유가 없기 때문이다.

그렇기에 뉴스를 봤을 때 수영은 어떤 해방감을 느꼈다. 모든 것이 잘 풀렸고, 더 이상 걱정할 게 없다는 해방감을 말이다.

"이렇게 됐으면 괜찮다고 봐도 되는 거겠지."

수영은 혼잣말을 중얼거리며 핸드폰을 꺼내 시간을 체크했다. 9시 40분. 집까지는 걸어서 20분 정도 거리다. 하지만 다리가 좀처럼 움직이지 않았다.

"아, 못 움직이겠다."

한순간의 안도에 긴장이 풀리자 몸에 힘이 좀처럼 들어가지 않았다.

물론 이것이 끝이 아닐지도 모른다. 어쩌면 경찰이 뒤에서 뭔가 음모를 꾸미며 기자에게 거짓 먹잇감을 던져줬을지도 모를 일이다.

하지만 수영은 확신했다. 이 일은 무사히 넘어갈 것이라는 걸.

이번에 수영이 따른 매뉴얼은 쾌락범죄가 아닌 완전범죄를 목표로 했던, 수영이 수상쩍게 느끼지 않았더라면 지금까지도 잡히지 않았을 자를 흉내 낸 것이었으니까.

"음?"

이제 어떻게 할까 고민하며 핸드폰을 만지작거리던 수영은 손에서 느껴지는 진동에 고개를 내렸다.

—괜찮을 때 연락 줘.

기준이다. 어쩌면 방금 수영이 본 그 뉴스를 봤을지도 모른다.

마지막으로 기준과 연락한 것은 나흘 전이다. 그것도 만에 하나라도 있을지 모를 경찰의 의심이나 덫을 피하기 위해 간단한 안부 대화만 나눴을 뿐이다.

그 메시지를 빤히 바라보던 수영은 통화 버튼을 누르고 핸드폰을 귀에 가져다 댔다.

[여보세요? 수영이? 수영이지?]

"그래, 연락해도 괜찮은 거냐?"

[어, 응… 아, 여보, 잠깐만.]

우당탕하는 소리가 들려오자 수영은 잠시 입을 다물었다. 막차가 지나다니는 도로에서 나와 골목길로 접어들 무렵, 부스럭거리는 소리와 함께 기준의 목소리가 다시 들려왔다.

[베란다로 나왔어. 응, 경찰은 의심하지 않는 것 같아. 너랑 전화 왜 했는지도 안 물어보고. 경찰도 그날 이후로 나한테는 연락도 안 하더라고. 방금 보니까 뉴스에 나오더라. 원래 피해자한테는 일이 어떻게 돌아간다고 연락 안 주는 게 맞나?]

호들갑스럽게 이어지는 기준의 말을 가만히 듣고 있던 수영은 조용히 말을 꺼냈다.

"조사하는 중에 그런 거 함부로 말해주겠냐? 사건 종결되면 연락 올 거야."

수영이 그렇게 속을 썩였는데 그보다 훨씬 정신력이 약한 기준이라면 오죽했을까.

아마도 지난 며칠간 누구에게도 호소하지 못할 스트레스를 계속 쌓아가며 폭발하기 직전까지 부풀어 오르고 있는 중일 것이다.

그나마 다행인 것은 기준은 병원에서 만들어진 알리바이 때문에 용의선상에서 내려왔다는 점이다. 아니, 애초에 살인사건으로 취급하지 않고 있다는 것이 더 옳을까.

[그런데 그… 거 말이야.]

"응?"

[자살한 것처럼 한 거지? 시체 발견돼도 괜찮을까?]

물론 괜찮을 리가 없다.

만약 시체가 발견된다면 사인은 너무나도 쉽게 밝혀질 게 뻔하다. 둔기에 의한 머리 타격과 이미 물에 빠지기 전에 죽어 있었다든지 하는 것들이 말이다. 그렇게 된다면 진명의 실종은 자살이 아니라 살인사건으로 처리되어 경찰은 수사망을 넓힐 것이다.

하지만 수영은 자신할 수 있었다.

"괜찮을 거야."

[어? 왜? 어떻게 한 건데?]

그 질문에 수영은 잠시 입을 다물었다.

본질적으로 중요한 것은 진명의 시체가 증거를 품은 채로 누군가에게 발견되지 않아야 한다는 것. 수영은 그를 위해 다양한 시체 처리 방법을 생각했다. 하지만 대부분의 방법은 당장 수영이 실행할 수 없는 것들뿐이었다.

시체의 처리법은 다양한 만큼 주의할 점도, 필요한 것도 있다. 예를 들어 시체를 태우기 위해서는 뼛가루밖에 남지 않을 정도의 불을 피울 수 있는 시설이 필요하다든지, 묻기 위해서는 사람들이 절대로 찾지 않을 만한 곳을 찾아야 한다는 식으로 말이다.

불행 중 다행으로 이미 진명은 기준을 살해하고 은폐하기 위한 수단을 마련해 놓은 상태였다. 수영은 단지 그것을 쓰기만 하면 됐다.

다만 시체가 발견될 수도 있다. 그렇기에 수영은 일부러 치료 중인 기준에게 전화를 한 후 경찰이 받게 했다. 기준이 치료를 받는 그 순간에 진명이 살아 있는 것처럼 위장한 것이다. 그렇게 기준은 시체가 발견된다고 해도 수사망에서 벗어날 수 있는 알리바이를 얻었다.

그다음은 시체의 처리. 비록 기준이 알리바이가 있다고 해도 가장 좋은 것은 시체가 발견되지 않아 행방불명으로 처리되는 것이다. 거기에서 수영은 엉뚱한 기지를 발휘했다. 바로 시체를 인적이 없는 바다에 가져다 버린 후 정작 자살 현장은 그로부터 30킬로미터는 떨어진 저수지에 꾸며놓았다. 그리고 자신은 아침에 고속버스를 타고 집으로 돌아왔다.

경찰은 차가 서 있고 신발이 놓여 있는 그 저수지를 조사할 뿐, 그곳에서 약 30킬로미터 정도 떨어져 있는 하구를 조사할 리가 없다. 그리고 인류의 기술이 만들어낸, 수십 년은 충분히 썩지 않는 나일론 로프와 아령은 시체를 하구 바닥에 단단히 고정시킬 것이다. 앞으로 최소한 몇 십 년 정도는 말이다.

모든 것은 매뉴얼대로. 그렇기에 안심할 수 있었다.

하지만 그것을 과연 기준에게까지 말해야 할까.

"됐어."

[어? 뭐가?]

"그냥 알 거 없어."

비밀은 알고 있는 사람이 적을수록 좋다. 게다가 기준 같은 새

가슴이 그런 사실을 알고 있어봤자 위염 앓는 일밖에 더 있겠는가. 수영은 약간 목소리를 높여 기준을 놀리듯 그 속내를 덮었다.

"어차피 더 그런 거 알아봤자 신경 쓰이기밖에 더해? 혹시라도 나중에 그게 발견돼도 넌 상관없으니까 그냥 시침 뚝 떼면 돼. 알았어? 그건 그렇고, 너 꽤 다쳤잖아. 몸 괜찮아? 회사에서는 뭐라고 안 하고?"

[응? 어?]

"회사 말이야, 회사."

기준은 순식간에 주제가 바뀌자 당황해 어물거리며 말했다.

[으, 응, 유급 휴가 받았어. 정신적인 충격이 클 거라고. 어쨌든 앞으로는 어떻게 될지 모르겠지만 회사에서는 내 탓은 안 하는 거 보니까 좋게 끝날 것 같아.]

"그래?"

생각해 보면 당연한 일이다. 사실 회사 입장에서는 월급 도둑에 암덩이 같은 사원이 사라졌다는 것에 기뻐하고 있을지도 모른다.

[다른 후배한테 들어보니까 인성교육 같은 거 하고 있다고 하더라고. 또 이런 일 생기면 안 된다고. 다들 건의할 때는 그냥 넘어가더니 정작 일 터지니까 이러네.]

"그래, 다행이네."

마침내 수영은 완벽하게 안도했다. 완전범죄는 어디까지나 목적을 위한 과정. 그리고 그런 일을 한 진정한 목적은 기준과 수영이 다시 평범한 삶으로 돌아가는 것이다.

이 이상은 수영이 고민한다고 해도 어떻게 할 수 없는 영역이다. 있는지 없는지도 모를 신에게 빌 수밖에 없었다.

"어쨌든 그럼 더 걱정할 건 없겠네. 푹 쉬어라. 신경 쓰지
말고."

[아, 저기 있잖아.]

막 전화를 끊으려 하던 수영이 손을 멈췄다.

"또 왜?"

[그러니까…….]

한참 동안 머뭇거리며 말을 꺼내지 못하던 기준은 수영이 길
게 내뱉는 한숨에 자극당한 듯 계속 미루고 있던 말을 꺼냈다.

[괜찮을까?]

"괜찮다고 했잖아. 그냥 조용히 있으면 된다니까."

[아니, 그거 말고.]

수영은 귓가에서 들리는 기준의 숨소리에 살짝 눈을 찡그렸
다. 다시 한 번 잠시 말을 멈춘 기준은 깊게 심호흡을 한 후 다시
조심스럽게 말했다.

[나 사람… 죽였잖아. 근데 그래도 그거…….]

"어… 응?"

[괜찮을까?]

곧장 대답할 수 없었다. 잠시 뜸을 들이던 수영은 멍청하게 고
개를 끄덕였다.

"괜찮아. 나쁜 놈이었잖아."

무심코 내뱉었지만 그것이 기준이 듣고 싶어 하는 정답에 가
깝다는 건 누구보다 수영 자신이 잘 알고 있었다.

"그러니까 괜찮을 거야, 아마."

다른 누구도 아닌 기준을 구하기 위해 그 죄를 나누어 받은 수영이다. 그렇기에 수영은 기준의 질문에 이렇게 답할 수밖에 없었다.

[응……. 그래, 그렇지?]

잠시 말이 없던 기준은 애써 밝은 목소리로 말했다.

[그럼 나중에 보자. 그때는 내가 술 쏠게.]

"그래, 그때 보자, 그럼."

전화는 끊겼다. 수영은 전화를 내려다봤다.

"나쁜 놈이라 죽여도 된다고?"

자신이 내뱉은 혼잣말에 수영은 몸을 떨었다.

"말도 안 되는 소릴……."

악당이라고 해서 죽어도 된다는 것이 과연 옳은가?

그럴 리가 없다. 과거 수영은 그것을 부정했다. 어디까지나 죄에는 벌이다. 그렇기에 자신의 손으로 둘도 없는 친우를 이 세상에서 격리시키기까지 했다. 그런데 이게 뭔가. 지금까지 이상할 정도로 눈치채지 못했지만, 수영은 진명의 시체를 숨기고 사건을 은폐함으로써 과거의 주신과 같은 일을 하고 만 것이다.

"젠장, 씨발, 망할, 빌어먹을."

수영은 핸드폰을 주머니에 넣으며 입술을 깨물었다.

하지만 그렇다고 기준을 벌할 수도 없다. 수영이 벌을 받아야 할 이유도 없다. 진명이 살아 있다면 기준이 죽었을 것이고, 수영은 하나밖에 없는 가장 친한 친구를 잃었을 테니까.

그렇기에 수영은 혼란스러웠다.

"돌겠네."

비틀거리며 자리에서 일어난 수영은 집을 향해 천천히 걷기 시작했다. 조금 전 온몸의 힘이 빠져나갈 정도로 느꼈던 환희는 이미 물에 씻기듯 사라지고 없었다.

*　　　*　　　*

"아, 피곤해서 죽을 것 같네, 진짜."

"그러게 누가 새벽까지 나이트 가서 놀래? 우리도 이젠 사촌들 용돈 줘야 하는 나이라고."

"시끄러워. 머리 울려서 죽겠구만."

"잘하는 짓이다."

수영은 벽에 기대앉은 채 담담히 종이컵에 담긴 커피를 홀짝이며 공장을 둘러봤다. 좁은 공장 안에는 밖의 신입들과 마찬가지로 자유 시간을 즐기는 직원들이 여기저기에 삼삼오오 모여 있었다.

수영은 평소라면 신경조차 쓰지 않았을 그들의 이야기에 잠시 귀를 기울였다. 딸이 시험에서 몇 등을 했다는 둥, 어제 했던 야구 경기의 결과, 오랜만에 가족 간에 외식을 했다는 둥, 그냥 흘려들을 별 의미 없는 평범한 이야기들이다.

그 평범하고 별것없는 이야기에 수영은 겨우 자신이 평범한 삶으로 돌아왔다는 것을 자각할 수 있었다.

"하아."

그러나 수영이 내쉬는 한숨에는 안도가 아닌 짙은 후회가 깃들어 있었다.

어제 기준과 전화를 하며 다시 자각한 사실이 있었다. 이제 모두 잊어버리고 평범한 삶을 살아간다고 다짐해도 시체를 나르고 그것을 물속 깊숙한 곳에 수장시켜 경찰을 속였다는 사실이 사라지는 것은 아니다. 후회한다고 해도 이젠 되돌릴 수 없었다.

'그냥 신고해야 했나.'

그때 막 수영의 곁을 지나던 직원 중 한 명이 발을 멈췄다.

"수영 씨, 뭐 기분 나쁜 일 있어?"

"예?"

"표정이 영 안 좋아 보여서. 힘든 일 있으면 털어놓기만 해도 기분이 풀린다니까. 그러니 너무 그렇게 쌓아두지 말라고. 수영 씨가 낯가리는 건 알지만 말이야."

수영은 자신에게 조언을 던지는 직원을 보며 짐짓 태연한 척 말했다.

"아뇨. 별일 아닙니다. 괜찮아요."

"그래? 그러면 뭐⋯⋯."

어딘가 서늘한 미소에서 무언가를 느낀 걸까. 직원은 어깨를 작게 경직하며 뒷걸음치듯 물러갔다. 주위에 다시 한 번 아무도 없게 되자 수영은 다시 길게 한숨을 내쉬며 손으로 얼굴을 문질렀다.

'대체 누구한테 이걸 털어놓으라고⋯⋯.'

친구의 살인을 은폐하고 시체를 남몰래 매장까지 했다는 고민을 대체 누구에게 털어놓으라는 말인가.

"제엔장."

그렇게 이를 악물고 있자니 문득 누군가가 떠올랐다.

정주신. 수십 명의 인간을 죽인 희대의 미치광이 살인마이자 과거 수영의 친우다.

수영은 단 한 명이다. 그것도 실제로 죽이지도 않고 시체만 숨겼을 뿐인데 후회와 고민의 늪에서 계속 허우적대고 있다. 그런데 수십 명을 자신의 손으로 죽이고 은닉했던 주신은 최후의 최후까지 떳떳했다.

정말로 자신이 정의라고 생각했는지, 아니면 그것을 정당화하기 위한 궤변을 늘어놓은 것인지는 모르겠지만 수영은 지금이라면 주신을 약간이나마 이해할 수 있을 것 같은 기분이 들었다. 이런 고민에 빠지지 않으려면 미쳐 있어야 했을 것이다.

"이런 씨……!"

짜증을 내며 비어버린 종이컵을 우그러뜨려 내던지려 하던 수영은 손을 멈췄다. 그러고는 구겨진 종이컵을 들고 밖으로 나섰다. 아직 찬바람이 몰아치는 겨울이기에 밖에는 담배를 피러 잠깐 나왔다가 들어가는 사람들밖에 없었다.

주변에 아무도 없는 것을 확인한 수영은 불을 피워 그을음으로 뒤덮인 드럼통에 종이컵을 내던졌다.

"…발!"

지난 며칠간을 그렇게 잘 넘겨놓고 이제 와서 사람들 시선을 끄는 짓을 할 수는 없었다. 이를 갈며 주먹을 꽉 움켜쥐던 수영은 길게 심호흡을 하며 고개를 쳐들었다.

"환장하겠네."

지독하게 나태하고 지루한 평범한 일상이라도 상관없다. 애초에 수영은 그런 일상을 벗어난 일탈 따위는 바라지도 않았다. 그런데 어째서 이런 고민을 하며 수년 전에 죽은 살인마까지 떠올려야 한단 말인가.

회색 하늘을 올려다보며 수영은 주머니에 손을 넣었다. 누군가에게 털어놓으면 마음이 풀린다. 고통은 나누면 반이라는 소리는 결코 헛된 소리가 아니다. 그리고 지금 수영이 이런 말을 털어놓을 수 있는 상대는 이 지구상에서 단 한 명밖에 없었다.

핸드폰을 꺼내 든 수영은 길게 숨을 내쉬며 최근 통화 목록에 떠 있는 번호를 누르고 귀에 가져다 댔다.

[웬일이야? 혹시 무슨 일이라도 있어?]

벨이 두 번도 울리기 전에 전화를 받은 기준은 누가 들을세라 작게 속삭였다. 수영은 그런 기준을 진정시키듯 차분한 어투로 말했다.

"아니, 그런 게 아니라, 너 오늘 시간 괜찮냐? 괜찮으면 좀 보자."

[어? 시간? 응, 남기는 남는데, 음……]

이상한 반응이다. 마치 누군가의 눈치를 보는 것 같은 그런 느낌이 전화 너머에서 짙게 풍겼다.

"남는데 뭐?"

[그러니까, 병원에서 절대 안정 취하라고 하기도 했고, 소진이도 조심하라 그러고. 그래서 좀……]

끙끙거리는 기준의 말을 가만히 듣고 있던 수영은 눈을 감고 입술을 깨물었다.

[그런데 왜? 무슨 일 있어? 혹시……]

"당연히……"

그런 일도 없으면 왜 전화했겠냐고 하려던 수영의 머릿속을 뭔가가 번뜩이며 스쳤다. 재빨리 입을 닫아 목소리가 목구멍 밖으로 튀어나오려는 것을 막은 수영은 입술을 깨물었다.

수영이 아무 일도 아니라고 했음에도 불구하고 기준은 계속 그 일에 관해 뭔가 잘못되지 않았는지 걱정하고 있다. 그런데 대체 뭐라고 할 것인가. 일은 잘 풀렸는데 누구 잘못이니 어쩌니 하는 죄책감 때문에 같이 이야기할 사람이 필요하다고?

정작 살인의 죄책감 때문에 가장 걱정하고 있을 본인에게 말인가?

"아니, 됐어. 아무것도 아냐."

[그러니까 왜 그러는데? 말 좀 해봐.]

"그 일하고는 상관없는 거야. 걱정하지 말고 쉬어."

전화 너머에서 기준의 말소리가 들려오는 것 같았지만 수영은 전화를 끊어버렸다. 주위가 조용해지자 수영은 말없이 땅을 내려다보며 핸드폰을 움켜쥔 손을 부르르 떨었다.

'미친 거 아냐? 애초에 이 자식이 고민하지 않게 하려고 세세한 부분까지 다 말도 안 했으면서. 이제 와서 내가 고민된다고 그걸 말하겠다고? 대체 뭐하자는 삽질이야? 병신이냐?'

수영은 얼굴 가죽이라도 뜯어낼 것같이 손으로 얼굴을 문질렀다.

그렇게 수영이 추위조차 잊을 정도로 자기 환멸에 빠져 있을 때, 닫혀 있던 건물의 무거운 철문이 살짝 열리며 누군가가 머리를 내밀었다.

"어이, 수영 씨. 쉬는 시간 끝났어. 슬슬 들어오라고. 어우, 추워라."

"아, 예."

자괴감에 빠져 일을 제대로 하지 못했다는 또 다른 자괴감이 드는 악순환까지 겪을 수는 없었다.

재빨리 웃는 낯으로 얼굴을 위장한 수영은 핸드폰을 주머니에 집어넣으며 아무 일 없었다는 듯 건물 쪽으로 발을 옮겼다. 마음 속에서는 여전히 병신 같은 자신을 향해 거친 욕을 내뱉으면서.

*   *   *

혼자서 술을 마시지 말라는 말이 있다.

즐거운 일로 마시는 술이라면 자랑할 사람이 없고, 괴로운 일로 마시는 술이라면 고충을 토로할 사람이 없다. 결국 혼자 마시는 술은 아무런 의미를 가지지 못하게 된다는 말이다.

수영도 그랬다. 그렇기에 보통 혼자서 술을 마시는 경우는 집에서 스포츠라도 보며, 혹은 영화를 보며 맥주 한두 캔 정도 마시는 게 전부였다.

하지만 지금 수영은 집이 아니었다. 눈앞에 깔아놓은 것도 맥주 캔이 아니었다.

"이모, 여기 소주 한 병 더 주세요."

"예, 소주 한 병요."

잠시 후 중년 여성은 느릿한 걸음걸이로 수영에게 다가와 플라스틱 탁자 위에 소주병을 올렸다. 수영은 낡은 탁자 위를 바라봤다. 안주라고는 기본으로 나온 김치전과 처음에 시킨 오뎅탕

뿐. 그 옆으로는 빈 소주병이 세 병, 꽉 찬 소주병이 한 병 놓여
있다.

수영은 눈을 문지르며 혼잣말로 중얼거렸다.

"음……. 취했나?"

눈앞에 피어오르는 열기에 사물의 일부가 흐릿하게 보였지만,
그래도 아직 소주병의 수를 셀 수는 있었다. 수영은 아직 자신이
취하지 않았다고 판단했다. 물론 이것이 정말로 멀쩡한 것인지
취해서 필름이 끊긴 것인지는 내일 아침에 일어나 봐야 알 수 있
겠지만.

소주병의 뚜껑을 비틀어 딴 수영은 다시 차분히 잔을 채우며
긴 한숨을 내쉬었다.

"후우우……."

낡고 좁은 실내포차. 구석에서 핸드폰에 집중한 채 홀로 잔을
기울이고 있는 여성과 한쪽 테이블을 차지하고 시끌벅적하게 떠
들며 그 여성을 꼬이고 있는 두 명의 남자를 빼면 다른 손님은 없
었다.

"아가씨, 혼자면 우리랑 같이 마시자니까."

"뭐가 그렇게 괴로운지 이 오빠들이 다~ 들어줄게."

여성은 말이 없었고, 남자들은 그 여성에게 수작을 거느라 수
영에게는 전혀 신경 쓰지 않고 있었다. 가게 주인도 그저 주문하
는 대로 술과 안주를 내올 뿐 딱히 말을 걸거나 하진 않았다. 그
고독감은 수영으로서는 다행스러운 일이었다. 일부러 집이나 회
사에서 멀리 떨어진, 처음 와보는 포차를 찾아온 보람이 있었다.

사실 이런 포차에서 홀로 술을 마셔보는 것은 평생 처음이다.

어색하기도 했다. 하지만 그럼에도 불구하고 수영이 이 포차를 찾아온 이유는 간단했다. 가능한 한 알코올로 머릿속을 채운 걱정거리를 소독해 버리고 깨끗해진 빈 공간에 다시 평범한 일상을 채워 넣고 싶었기 때문이다.

물론 그게 불가능하다는 것 정도는 잘 알고 있다.

술을 마셔봤자 고민은 해결되지 않는다. 당장 내일 숙취로 머리가 지끈거리고 위가 타들어갈 듯 쓰라리게 되어 그 고통에 신경을 쓰게 된다고 해도 결국 잠깐 잊었던 고민은 다시 생각나고 말 것이다. 그야말로 임시방편도 되지 못하는 눈 가리고 아웅 하는 식의 해법이다.

하지만 지금 수영은 그 임시방편이라도, 잠시의 망각이라도 절실했다.

"크으읏."

달작지근하고 쓴, 그리고 혀를 차갑게 태우는 소주의 알코올 향이 비강을 타고 흘러나왔다. 수영은 다시 잔을 채웠다. 언제부터인지 안주에는 손조차 대지 않고 있다. 그저 묵묵히 술을 쏟아붓고 뇌를 마비시켜 버릴 생각뿐이다.

"아, 죽겠다."

수영은 꽉 찬 잔을 잠시 흔들었다. 그러고 보면 이렇게 주량을 넘겨 마시는 것도 처음이다. 과하게 취해 남에게 폐를 끼치는 것은 나쁜 일이니까. 물론 음주에서만 있어서 그런 건 아니다. 모든 경우에서 수영은 절대로 선을 넘지 않고 올곧은 길을 고집하곤 했다.

기억하는 가장 오래된 과거에서부터, 고아원에서부터 규율과 규칙을 잘 지키고 옳은 행동만을 해야 한다고 교육받으며 지내왔기 때문이다.

"젠장."

수영은 얼굴을 찡그리며 다시 잔을 채웠다. 그랬다. 올곧은 길을 가야 한다. 그래야 고아는 그것밖에 안 된다는 소리를 듣지 않으니까. 그렇게 살아왔기에 과거 주신이 범죄를 저지른다는 낌새를 챘을 때 수영은 조금도 망설이지 않았다. 아무리 친구라고 해도 그것은 옳지 않은 일이라고 생각했기 때문이다.

그런데 얼마 전 수영은 그렇게 지켜오던 곧은길을 벗어나고 말았다.

"누가 나쁜 놈이냔 말이지……."

눈앞은 물론 머릿속도 흐물거렸지만, 그렇기에 오히려 더욱 똑똑히 알 수 있었다.

나쁜 놈이니까 괜찮다. 기준에게 그렇게 말한 후 지금까지 심각하게 고민하고 흔들리는 이유, 그건 내심 그 나쁜 놈이 바로 자신이 아닐까 하고 생각했기 때문이다.

"이런 씨, 좆같… 우욱!"

내뱉으려 한 욕지거리 대신에 구역질이 올라왔다. 몇 번 욱욱거리던 수영은 불편한 얼굴로 고개를 쳐들었다. 걱정스러운 얼굴로 가게 주인이 수영을 바라보고 있다.

수영 자신은 지금까지 이런 경험을 해본 적이 없지만, 적어도 이 정도가 되면 어떤 상태인지는 타인들의 모습을 봐왔기에 잘 알고 있다.

"저기, 화장실이 어디……."

"이쪽요."

비틀거리며 자리에서 일어난 수영은 비틀거리며 가게 주인이 가리킨 가게 안쪽으로 걸어갔다. 화장실이라는 문패가 붙어 있는 문을 밀고 들어간 수영은 다시 눈앞을 가로막는 얇은 문을 밀었다. 그러고는 그대로 변기 앞에서 고개를 숙였다.

"우웨에에엑!"

지독한 암모니아 냄새가 수영의 비위를 강하게 건드렸다. 하지만 입에서 흘러나오는 고체는 거의 없었다. 그렇게 한참 동안 누런 액체를 뱉어내던 수영은 물을 내리고 가쁘게 숨을 몰아쉬었다.

"퉤, 퉤."

위액이 역류해 식도가 눈물이 나올 정도로 따끔거렸다. 입안에서는 빌어먹게도 시큼한 맛이 났다. 침을 변기 위에 뱉어내던 수영은 겨우 상체를 일으키고 벽에 걸려 있는 휴지 몇 장을 떼어 입가를 닦았다. 위가 비자 조금 정신이 들고 눈앞이 또렷하게 보였다.

다시 변기의 물을 내리고 휘청거리며 밖으로 걸어 나온 수영은 갑자기 이를 악물었다. 그리고 주먹으로 화장실의 단단한 타일 벽을 후려갈겼다.

"웃기고 있네!"

수영은 언제나 옳으려 노력했다.

그 선택 때문에 친우를 잃었고, 중상을 입은 탓에 빚을 져야 했다. 겨우 살아난 후에는 병원비를 갚기 위해 공장에서 일했다. 겨우 입학할 수 있었던 대학에서도 제적당했다.

사회에 던져져서도 그랬다. 언제나 악인들이 교활하게도 그
틈을 파고들어 온다고 해도. 어릴 적에 생각대로 올바르게 살아
도 밝고 아름다운 미래가 펼쳐지지 않는다고 해도. 힘도 없는 소
시민의 정의 같은 것은 천 원짜리 지폐 한 장의 가치도 가지지 못
한다고 해도 말이다.

그러다가 한 번. 딱 한 번 길을 벗어났을 뿐이다. 그것도 상대
는 악당이다.

그런데 자기방어에 가까운 그런 일 때문에 왜 이렇게 죄책감
에 빠져 있어야 한다는 말인가? 대체 어째서?

"후우!"

이를 악물고 주먹을 바들바들 떨던 수영은 몸의 힘을 빼고 화
장실 문을 더듬거렸다. 지금 자신은 취한 것이 틀림없다. 그러고
보면 화장실로 들어오기 전에 마셨던 소주병의 개수조차 생각나
지 않았다. 하지만 이걸로 부족했다. 좀 더 머릿속을 엉망진창으
로 뭉개 버리고 싶다. 이런 헛생각조차 나지 않을 정도로.

수영은 문을 열고 다시 가게 안으로 들어갔다.

"건드리지 마!"

눈앞의 장면과 목소리가 수영의 망막과 고막에 일순간 새겨
졌다.

추파를 던지는 남자들을 무시하며 계속 핸드폰을 만지작거리
던 여성이 자신의 두 배는 될 것 같은 남자의 뺨을 올려붙이고 있
다. 그녀의 어깨에 손을 올리고 있다가 뺨을 맞고 어이없는 얼굴
로 뒤로 물러난 남자는 일순간 얼굴을 일그러뜨리더니 그대로 큰
손을 들어 여자의 머리를 후려쳤다.

"이 미친년이!"

주방에 서 있던 주인은 물론 친구와 같이 추파를 던지던 일행도 그대로 굳어버렸다.

손바닥으로 머리를 맞은 여성은 비명조차 지르지 못하고 요란한 소리를 내며 옆으로 쓰러졌다.

"어딜 손찌검하고 지랄이야?"

"어? 야, 야! 뭐하는 거야! 미쳤어?"

뒤에서 낄낄거리며 그 장면을 보고 있던 일행은 소스라치게 놀라 벌떡 일어나더니 남자의 어깨를 잡았다.

"놔! 씨발!"

하지만 남자는 자신을 말리는 일행을 뒤로 밀어버리며 쓰러져 있는 여성을 내려다봤다.

"이 잡년이 뒈지려고 어디서 사람을 함부로 쳐? 죽어볼래? 엉?"

수영은 눈을 끔뻑거리며 눈앞의 상황을 이해하려고 노력했다.

분명 화장실을 가기 전만 해도 상황은 이렇지 않았는데, 왜 이 여자는 남자의 뺨을 때린 것일까. 그리고 왜 이 남자는 그렇게까지 분노하며 인정사정없이 여자에게 폭력을 행사하는 것일까.

"…쓰레기 같은 새끼."

그때 쓰러져 있던 여성이 힘겹게 상체를 일으켰다. 하지만 자리에서 일어나진 못했다. 다리가 풀린 것 같았다. 그러는 와중에도 여성은 지지 않으려는 듯 눈을 치켜뜨고 남자를 노려봤다. 그 당돌한 시선에 남자는 얼굴을 찡그리고 발로 그녀의 허벅지를 툭툭 건드렸다.

"말하는 꼬락서니 봐라. 왜? 한 대 더 때려달라고? 확 밟아줄까?"

"야, 이 미친놈아! 그만하라고! 뭐하는 거야!"

"아이고, 손님!"

일행과 가게 주인이 달려들어 그를 말리려 했다. 하지만 그는 몸부림을 치며 자신을 뒤로 밀어내는 두 사람을 떼어내려 했다.

"좀 심한 것 같은데, 뭔 일 있었나요?"

갑작스러운 새로운 목소리에 네 명의 시선이 한곳으로 꽂혔다.

물론 수영은 이 여자와 아무 관계도 없다. 다만 이 상황이 왜 이렇게 돌아간 것인지 궁금했을 뿐이다. 수영은 비틀거리며 앞으로 걸어가 그 남자의 앞에 서서 느릿느릿 다시 말했다.

"그 여자분이 무슨 짓이라도 했나요?"

"엉덩이 좀 만졌다고 사람을 치잖아!"

그 말에 수영은 웃고 말았다. 그건 명백히 이 남자 잘못이 아닌가.

"그쪽이 잘못했네요. 아까부터 귀찮게 하기도 했고."

정당한 의문이다. 하지만 그 남자는 더 이상 수영의 말에 답하는 대신 자신의 팔을 잡고 있는 일행을 뿌리치고 주먹을 휘둘렀다.

"이 씹새끼가!"

수영의 몸이 크게 휘청거렸다. 눈앞이 아찔하고 입안에서 피맛이 느껴졌다. 하지만 의외로 통증은 크게 느껴지지 않았다. 알코올에 녹아든 뭉툭한 아픔이 번져 나가고 있다.

"니가 뭔데? 이년 남친이라도 되냐? 좆 까지 마!"

"손님, 자꾸 이러시면 경찰을 부를 거예요!"

"그만 좀 하라고! 너 왜 그래?"

"놔! 놓으라고! 경찰? 먼저 맞은 건 나라고! 부를 거면 불러보든가!"

수영은 벌리고 있던 입을 천천히 닫았다. 취한 탓일까. 잠시 잊고 있었다. 그렇다. 세상에는 이렇게 멋대로 폭력을 휘둘러 자신의 정당함을 주장하는 양아치, 깡패들이 넘쳐 난다.

이 세상은 원래 그런 빌어먹을 곳이다.

"씨바, 내가 이래봬도 왕년에… 어?"

일행에게 잡힌 팔을 떨쳐내려고 상체를 흔들던 남자는 순간 머리 옆에서 뭔가가 날아오는 것을 희미하게 봤다. 하지만 그것이 뭔지 알아채기도 전에 이미 가까이 다가온 강렬한 충격이 남자의 정수리를 후려갈겼다.

"억!"

짧은 비명과 함께 남자는 바닥을 나뒹굴었다. 플라스틱 탁자가 뒤집어지자 식은 매운탕과 휴대용 가스레인지가 바닥을 나뒹굴었지만, 그의 팔을 잡고 있던 일행과 가게 주인은 얼이 빠진 얼굴로 한 걸음도 움직이지 못했다.

"후우."

숨을 길게 내쉰 수영은 손을 바라봤다. 당연하게도 유리병은 픽션처럼 깔끔하게 깨지진 않는다. 남자의 정수리를 후려갈기며 깨진 소주병 조각에 베인 손바닥에서는 피가 흘러내리고 있었다. 피가 뚝뚝 떨어지는 손을 가만히 보고 있던 수영은 유리 조각을 다시 쥐었다. 그리고 앞으로 한 걸음 내디뎠다.

"소, 손님?"

수영의 모습에 가게 주인은 소스라치게 놀라며 의자를 밀치고 뒤로 물러났다.

머리를 맞은 탓인지 눈앞에서 소란 피우는 인간들의 모습도 흐릿한 허수아비처럼 보였다. 어쩌면 그냥 취했기 때문에 안 들리는 걸지도 모르지만 그런 건 상관없었다.

'죽여 버릴까, 이 새끼.'

지금이라면 할 수 있다는 생각이 들었다. 그날 했던 것보다 한 발 더 들어갈 수 있었다.

수영은 앞으로 한 걸음 내디뎠다.

그때, 뭔가가 수영의 발에 걸렸다. 갈색의 굽이 낮은 여성용 단화였다.

"어."

이상한 목소리와 함께 손에서 피 묻은 소주병 조각이 미끄러졌다. 수영은 마치 꿈속에서 깨어난 것 같은 표정으로 모두를 둘러봤다. 막 전화를 들고 경찰에 신고하려 하는 주방장, 놀란 얼굴의 남자와 가게 주인, 아직 제대로 정신을 차리지 못하고 신음을 흘리고 있는 남자, 마지막으로 입술을 깨물고 자신을 올려다보고 있는 단화의 주인까지.

"큼."

수영은 가볍게 기침을 했다. 그리고 천천히 입을 움직여서 말을 만들어냈다.

"사람이 좋게 대해주니까 좆으로 보이나? 그리고 댁도 일행이면 좀 제대로 말리쇼. 경찰 부르고 싶으면 맘대로 하고. 경찰 오면 누가 더 엿 되는지 한번 봅시다."

수영의 말에 남자는 쓰러져 있는 자신의 일행을 살폈다. 소주병으로 머리를 맞았지만 어디 찢어지거나 크게 다친 곳은 없는 듯했다. 게다가 무엇보다 먼저 싸움을 건 건 자신의 일행이다. 가게 주인은 물론이고 도망가지 않고 표독하게 눈을 뜨고 있는 성희롱 피해자도 있다. 경찰로 일이 넘어가면 이쪽에 유리하게 일이 풀리지 않을 것이라는 건 뻔했다.

그렇게 그가 머리를 굴리는 사이 수영은 가게 주인 쪽을 돌아봤다. 그리고 정중하게 사과했다.

"소란 피워서 죄송합니다."

"아니, 그……."

막 수영의 말에 답하려 하던 가게 주인은 주방에서 뛰쳐나와 핸드폰을 쳐들고 있는 자신의 남편과 눈을 마주쳤다.

'신고해?'

'아니, 잠깐만. 좀만 있어 봐요.'

정말로 경찰이 온다면 가게 입장에서도 귀찮은 일이다. 당장 오늘 장사는 다한 것이나 마찬가지고, 만약 손님끼리 법적으로 싸운다면 증인으로 출석해야 할 수도 있기 때문이다.

그들이 망설이는 사이 수영은 슬쩍 화제를 바꿨다.

"이모, 얼마예요?"

"예, 예?"

"계산요."

가게 주인은 너무나 태연한 수영의 말에 살짝 당황한 듯 말했다.

"28,500원인데요. 저기, 손님, 손이……."

수영은 지갑을 더듬거려 꺼낸 3만 원을 내밀었다.

"괜찮아요. 곧 멈추겠죠. 잔돈은 됐고요. 뭐 부서진 거 있으면 저놈한테 받으세요. 먼저 잘못한 건 저놈이니까."

"아, 예."

뒤도 돌아보지 않고 포차 밖으로 나온 수영은 몸을 떨었다. 겨울의 밤바람이 온몸을 핥듯이 휘감자 술 때문에 뜨거워진 몸과 머리가 급속도로 식었지만, 미친 듯이 두근거리기 시작한 심장은 전신이 욱신거릴 정도로 피를 돌렸다.

"허억! 윽!"

수영은 비틀거리면서도 도망치듯 그 자리에서 최대한 빨리 멀어졌다.

취한 채로 거리를 내달리자 흥분하며 쏟아져 나온 아드레날린 탓에 온몸이 부들부들 떨리며 이빨이 딱딱거리며 부딪쳤다.

'뭘 하려고 한 거야?'

일보 직전이었다. 지금 수영의 머릿속에는 방해가 없었다면 뭘 했을지에 대한 상상이 너무나도 리얼하게 펼쳐지고 있었다. 정말로 저질렀을 것이다. 만약 앞으로 걸어갈 때 발치에 그 단화가 걸리지 않았다면, 그래서 그 여성의 얼굴을 보지 못했다면 말이다.

하지만 사실 가장 큰 문제는 그 일을 저지른 후다.

'대체 뭔 짓을 하려고 한 거냐고?'

외딴곳, 늦은 밤이다. 손님이 더 오진 않을 것이다. 일단 목표를 처리한 후에는 알리바이를 꾸미고 목격자를 조작해야 한다. 말로 해서 통하면 괜찮지만, 안 된다면 강경책을 쓸 수밖에 없다. 그리고 증거를 조작해 그들 모두가 실종된 것처럼 처리한다.

그렇다. 실종된 것처럼 처리해야 한다. 목격자를 말이다.

그런데 대체 어떻게? 멀쩡히 살아 있고 자아가 있는 사람들을 어떻게 실종된 것처럼 처리할 수 있을까?

그 답이 바로 지금 수영이 미친 듯이 당황하고 있는 이유였다.

불쾌한 열기가 온몸에서 끓어올랐다. 눈앞이 흔들리고 숨을 쉬는 게 괴로웠다. 온 세상이 빙빙 도는 것 같은 와중에도 등골은 계속 오싹거렸다.

'왜 내가 그런 생각을⋯⋯.'

혼란스러웠다. 지금까지 흔히 말하는 살의라는 것을 느껴본 경험이야 많다. 화가 머리끝까지 났을 때 죽여 버릴까 하는 생각 한두 번 해본 경험 정도야 다들 있지 않은가. 하지만 대부분의 사람이 참으며 살아가듯, 정말로 그것을 실행으로 옮기진 않는다. 게다가 그런 일을 덮어버리기 위해 아무 죄 없는 이를 해친다는 것은 더욱 말도 안 되는 일이다.

"우욱! 우웩!"

더 이상 자세한 생각을 할 틈도 없이 구역질이 났다. 이건 술 때문이 아니다. 자신이 저지를 뻔한 일에 대한 혐오감 때문이다. 글썽이던 눈물이 한두 방울 떨어져 내렸다.

수영은 이를 악물고 입을 막았다. 그리고 꾸불꾸불하고 좁은 골목길의 벽에 부딪치면서 네온사인 아래의 어둠 속으로 발길을 재촉했다.

＊　　　＊　　　＊

　겨울답지 않을 정도로 밝은 빛이 내리쪼이는 오전. 식당에서 사용한 물수건을 수거하기 위해 좁은 골목길을 천천히 굴러가던 탑차가 어설프게 멈춰 서 있는 승용차에 막혀 멈추었다. 깜빡이가 켜져 있는 승용차를 잠시 노려보던 운전수는 창문을 내리고 소리치는 대신 핸들 한가운데를 강하게 내려쳤다.

　빠앙—!

　강렬하고 길게 울려 퍼지는 경적 소리가 사방으로 퍼져 나갔다. 곧바로 옆에 있는 편의점에서 캔 커피를 손에 든 남자가 뛰쳐나와 차에 올라탔지만, 그 경적 소리는 점점 멀리, 넓게 번져 나갔다. 그리고 그 소리 중 일부는 바로 옆에 있는 원룸 촌의 꼭꼭 닫혀 있는 창문의 틈까지 비집고 들어갔다.

　"허큭, 음, 크음."

　강렬한 소음에 몸이 제멋대로 움찔거렸다. 마치 전원이 들어간 기계같이 기괴한 소리를 흘리던 수영은 기침을 내뱉으며 눈을 깜빡였다.

　"으으? 윽."

　몸을 일으키려 한 순간 머리가 깨질 듯이 아파오자 수영은 눈을 꽉 감으며 신음 소리를 흘렸다.

　평소 가끔 느끼던 두통은 애교스럽다고 해도 과언이 아니다. 머릿속에 달궈진 칼을 쑤셔 박아 후벼파는 것 같았다. 거기에 크게 숨을 들이쉬자 잔뜩 말라 있던 목이 팽창하며 갈라지는 아픔

마저 느껴졌다.

"숙취라……. 진짜 오랜만이네."

무심코 중얼거리자 자신의 것이 아닌 것 같은 목소리가 튀어나왔다. 그 이질적인 목소리에 놀란 듯 잠시 입을 다물고 있던 수영은 눈을 깜빡이며 마른침을 삼켰다. 그리고 딱딱하게 굳어 있는 목을 억지로 돌려 자신의 몸과 방을 둘러봤다.

실소가 나왔다. 바닥에 이불도 깔려 있지 않다. 옷은 어제 입고 나간 그대로다. 심지어 점퍼까지. 발에도 뭔가가 감싸고 있는 감각이 느껴지는 걸로 봐서 신발도 벗지 않은 듯했다.

그렇게 멍하니 누워 있던 수영은 문득 창 쪽을 바라봤다. 이미 해는 하늘 높이 떠서 방을 비추고 있었다. 불을 켜지 않아도 방 안이 밝게 느껴질 정도다.

"…으악!"

반사적으로 고개를 쳐든 수영은 시계를 보려다가 강렬한 두통에 입술을 깨물었다.

한 손으로 머리를 누른 수영은 얼굴을 찡그리며 아날로그시계를 올려다봤다.

"아… 씹……."

열한 시. 이미 출근하기에는 늦어도 너무나 늦은 시간. 수영은 주머니를 뒤적거렸다. 핸드폰을 꺼내 보니 부재중 통화 표시가 세 개, 메시지가 한 개 떠 있었다. 그리고 거기에는 모두 홍진수라는 이름이 붙어 있었다.

—뭐하는데 전화도 안 받아? 이거 보는 대로 연락 줘.

짤막한 메시지였지만 목적은 명확했다. 수영은 신음을 흘리며 통화 버튼을 눌렀다.

[여보세요? 수영 씨?]

"예, 대리님."

잔뜩 갈라진 목소리가 수화기를 타고 흘러가자 진수가 오히려 깜짝 놀란 듯 물었다.

[어? 목소리가 왜 그래? 무슨 일 있어?]

"아뇨. 무슨 일 있는 건 아니고요, 좀 아파서요."

[감기야?]

감기는 아니다. 잠시 말을 망설이던 수영은 눈을 감았다.

"예, 그런 것 같아요. 아침에 연락 못 드려서 죄송합니다."

약간 양심에 찔리긴 했지만 아픈 것만큼은 진짜다.

[목소리만 들어도 엄청 아픈 것 같은데, 그럼 오늘은 쉬는 게 어때? 수영 씨는 월차도 잘 안 쓰는데 내일은 토요일이니까 마침 잘됐네. 일은 걱정하지 말고 푹 쉬어. 병원도 가고.]

"그래도 갑자기 일을 쉬을… 으윽!"

진수의 말에 대답하는 순간 머리가 다시 깨질 듯 아파왔다.

[거봐. 그럼 오늘은 쉬는 걸로 하자고. 과장님한테는 내가 잘 말씀드릴 테니까.]

"예, 죄송합니다."

[그래, 그럼 잘 쉬고, 월요일에 보자구.]

전화가 끊기자 수영은 안도의 한숨을 내쉬며 다시 바닥에 드러누웠다.

"다행이다……."

그동안 착실하게 지내온 보람이 있다. 역시 남에게 호감을 사는 일은 중요한 일이다. 만약 그렇지 않았다면 무단결근 같은 큰 문제를 이렇게 쉽게 넘어가지 못했을 것이다.

그렇게 한참 동안 누워 있던 수영은 꿈틀거리며 상체를 일으켰다. 생각 같아서는 하루 종일 이렇게 누워 있고 싶지만, 수영의 몸은 어제 술을 많이 마셨다는 것을 새삼스레 증명하려 하고 있었다. 인간에게 있어서 가장 기본적인 욕구인 생존본능으로써.

발끝으로 신발을 문질러 벗고 몸을 뒤집은 수영은 네발짐승처럼 손을 바닥에 짚었다. 그리고 천천히 몸을 일으키려 했다.

"으으으으으윽."

온몸은 굳은 콘크리트같이 딱딱했고 머리는 쪼개질 듯 아팠다. 비명도 나오다 말 정도로 지끈거리는 두통에 자연스럽게 몸이 허물어졌다. 가쁘게 숨을 몰아쉬던 수영은 결국 완전히 일어나는 걸 포기하고 무릎으로 바닥을 기었다.

반쯤 홀린 듯 냉장고의 문을 연 수영은 물병을 꺼낸 후 고개를 젖혀 하늘을 향해 입을 벌렸다. 목이 말랐다. 침조차도 제대로 흘러나오지 않았다. 몸이 알코올에 탈수되어 말라비틀어진 것같이 느껴졌다.

"쿨럭! 쿠르륵, 쿠륵!"

마신다기보다는 쏟아붓는 것에 가깝다. 기도로 흘러간 물 때문에 기침이 계속 나왔지만 손을 멈출 수가 없었다.

"하아아아……."

반이 좀 안 되게 채워져 있던 2리터 생수가 바닥난 후에야 수영은 긴 한숨을 내쉬며 물병을 내려놨다. 말라붙어 있던 온몸의 장기가 다시 움직이기 시작하는 것 같았다. 격심하던 두통도 조금 누그러졌다.

"윽, 아얏?"

비어버린 생수병을 옆에 세워놓으려 하던 수영은 손바닥에서 느껴지는 생생한 그 통증에 깜짝 놀라며 손을 바라봤다. 말라붙어 있던 피가 물병에서 흐른 소량의 물기에 젖어 손가락을 따라 바닥에 떨어지고 있었다.

순간 등골에서 식은땀이 흘렀다.

"우욱!"

수영은 재빨리 입을 막았다. 위로 흘러 들어갔던 물이 식도를 역류하려 했다. 수영은 무릎을 꿇고 눈을 부릅뜬 채 몸을 떨었다. 원하지도 않았건만 망각에 새겨졌던 기억이 머릿속에서 다시 재생됐다.

긴 머리의, 어쩐지 묘하게 날카롭고 어두운 인상의 마른 여성, 그리고 그 여성은 겁도 없이 덩치가 자신의 두 배는 되는 남자의 따귀를 갈겼다. 자신의 엉덩이를 만졌다는 이유로.

"으으으으윽."

수영은 머리를 눌렀다. 떠오르는 기억은 거기에서 그치지 않았다. 마치 벽의 틈 사이로 흘러나오던 물이 결국 벽을 무너뜨리며 용솟음치는 것처럼 바닥에 잠들었던 기억들은 순식간에 머릿속에서 엉키며 빈자리를 채우기 시작했다.

자신이 취했는지 체크하기 위해 소주병을 세었던 것, 자신이 나쁜 게 아닐까 하고 고민했던 것, 그리고 화장실에 가서 토한 후

나오다가 맞는 여성을 보고 그것을 말리려고 했던 것, 마지막으로 자신과 그 여성에게 폭력을 휘두른 그 남자를 없애 버릴까 생각한 것, 그리고 목격자들까지 모두 치워 버릴까 생각했던 것.

"이런 미친……."

다행히도 불발에 그쳤지만, 수영은 돌이킬 수 없는 짓을 할 뻔했다.

"대체 뭐야, 이게."

대체 왜 자신이 이렇게 된 것일까. 그렇게 자문하며 짐승과도 같은 낮은 울음소리를 흘리던 수영은 힘없이 다시 바닥을 내려쳤다. 그 답은 너무나도 쉬웠다.

이것이 일주일 전에 있었던 일의 진짜 대가다.

한 번 선을 넘어버린 탓에, 그런 짓을 너무나도 쉽게 할 수 있다는 점을 알아버린 것이다.

"환장하겠네, 진짜."

수영은 힘없이 중얼거렸다. 술은 자제력을 깎아낸다. 제대로 된 결정할 수 없게 한다. 마음속에 있는 욕망을 엉망진창으로 풀어놓는다. 그렇기에 수영은 그 선을 넘어서 정말로 저지를 뻔했다. 시체 유기가 아니라 시체를 만드는 작업을 말이다.

고민을 지우기 위해 술을 마신 것 자체가 실수였다. 도망치는 것으로는 아무런 해결책이 되지 못한다는 점을 알고 있는데도 거기에 손을 대고 말았다. 자신이 그따위 약해빠진 선택을 했다는 것이 도저히 용납되지 않았다.

"하아……."

한참 동안 그렇게 무릎을 꿇고 앉아 있던 수영은 긴 한숨을 내쉬며 고개를 쳐들었다. 정신을 수습하는 데 걸린 시간은 의외로 길지 않았다. 천만다행으로 일을 저지르지는 않은데다가, 어젯밤과는 달리 지금은 이 이상 고민하고 자책만 하고 있어봤자 의미가 없다는 것을 자각할 수 있는 이성이 있었다.

"술은 마시면 안 되겠다."

수영은 손등으로 눈물을 닦으며 중얼거렸다. 고민하거나 후회해도 소용없다. 필요한 것은 맹세와 각오다. 일을 저지르지는 않았어도 반성하고 앞으로의 방침을 정해야 했다. 수영은 앞으로 술을 마신다고 해도 어제같이 폭주하지는 않을 것이라며 스스로에게 다짐했다. 무슨 일이 있어도 그런 식으로 정신줄을 놓아버리는 짓은 절대로 하지 않을 것이다.

그리고 수영이 막 그렇게 다짐했을 때,

꼬르르륵.

어이없는 듯 입을 벌리고 있던 수영은 한심하다는 듯 고개를 흔들었다.

"염치없네. 진짜로."

조금 전까지만 해도 고민하던 것이 거짓말 같았다. 어젯밤에는 금방이라도 자살할 것처럼 자기 자신에게 분노를 퍼붓고, 일어나서도 자괴감에 빠져서 허우적거렸다. 그런데 조금 긴장이 풀렸다고 이렇게 노골적으로 밥을 요구하는 몸뚱이라니.

잠시 자괴감에 빠져 있던 수영은 입술을 깨물고 휘청거리며 자리에서 일어났다. 어쨌든 일단 먹어야 산다는 건 분명한 사실이다.

하지만 냉장고에도 찬장에도 딱히 먹을 건 없었다. 햇반이나 참치조차도.

있는 거라곤 언제 사놓은 것인지 모를 콘프로스트뿐이었지만 우유가 없었다.

"장도 봐야겠고… 나가서 먹어야 하나."

수영이 먹을 것을 찾아 찬장을 뒤지고 있을 때, 갑자기 새가 우는 듯한 전자음이 방 안에 작게 울렸다. 누군가가 문의 벨을 누른 것이다. 수영은 손을 멈추고 문을 잠시 바라봤다.

'누구지?'

금요일 아침에 누군가가 벨을 울릴 만한 이유가 딱히 생각나지 않았다.

더럭 겁이 났다. 어쩌면 어제 자신이 소주병으로 후려갈긴 그 남자가 신고를 했을지도 모른다.

수영은 마른침을 삼키며 조심스러운 발걸음으로 천천히 문 앞으로 다가갔다. 그리고 숨을 죽인 채 도어 뷰에 살짝 눈을 댔다. 문 앞에 서 있는 남자는 오렌지색 조끼를 입고 손에는 작은 상자 같은 것을 들고 있었다.

"정수영 씨, 퀵입니다. 안 계신가요?"

막 수영이 좀 더 눈을 굴려 남자의 얼굴을 보려 한 순간 목소리가 들려왔다.

순간 맥이 탁 풀렸다. 수영은 어깨를 늘어뜨리고 자물쇠를 열었다. 수영의 조용한 등장에 살짝 놀란 듯 움찔거린 기사는 곧 웃어 보이며 상자를 내밀었다.

"계셨네요. 여기 있습니다."

"뭔가요, 그건?"

그 질문에 남자는 약간 당황한 듯 재빨리 상자에 적혀 있는 메시지를 확인했다.

"예? 글쎄요. 내용물은 안 적혀 있어서 모르겠고, 김화연 씨가 보낸 물건인데요. 모르시나요?"

들어본 적도 없는 이름이다. 대체 누가 자신에게 이런 물건을 보낸단 말인가. 기사는 이상하다는 듯 고개를 갸우뚱거리는 수영의 반응에 조심스레 질문을 던졌다.

"정수영 씨… 맞으시죠?"

"예, 맞는데요."

그 말에 기사는 고개를 끄덕이며 상자의 윗부분을 수영에게 보였다.

"주소도 맞고요, 확실히 정수영 씨 앞으로 온 물건입니다."

그 말대로다. 날카로운 필체로 쓰인 주소와 이름은 그 상자가 수영의 것이라는 점을 확실하게 주장하고 있었다. 결국 수영은 손을 뻗어 상자를 받았다. 물건을 수영에게 넘긴 기사는 할 일을 다했다는 듯 고개를 가볍게 숙여 보였다.

"안녕히 계세요."

"예, 수고하세요."

기사가 그대로 복도를 지나 계단 아래로 뛰어 내려가는 사이 수영은 조용히 문을 닫고 방 안으로 걸어 들어왔다.

"뭐지, 이건?"

상자 안에 있는 물건은 가벼웠다. 마치 빈 상자같이 느껴질 정도다. 의자에 앉은 수영은 조심스레 테이프를 뜯어냈다. 그러자 뭔가가 에어 캡에 둘둘 말려 있는 것이 보였다. 수영은 에어 캡을 풀어 그 가운데에 조심스레 보호되고 있던 것을 꺼내 들어 손 위에 올렸다.

"USB?"

그것은 디스켓이나 CD—RW 등을 밀어내고 현 시대에서 명실상부한 저장 매체로 자리 잡은 USB 메모리였다.

손톱 정도 크기의 작은 메모리를 꺼내 들고 살피던 수영의 눈에 문득 에어 캡의 아래쪽에 흰색의 종이가 들어 있는 것이 보였다. USB를 책상 위에 올려두고 에어 캡 안에 싸여 있는 종이를 펼치자 상자에 쓰여 있던 것과 같은 필체로 메시지가 들어 있다.

이 USB 안에 있는 파일을 보세요.

약간 기분이 나빴다. 정체불명의 물건. 어쩌면 바이러스라도 들어 있을지도 모를 일이다. 하지만 수영의 컴퓨터가 이 정도로 공을 들여서 공격할 만한 가치가 없는 것 또한 사실이다.

잠시 그 USB를 바라보던 수영은 컴퓨터의 전원을 켰다. 기분이 나쁘다기보다는 궁금함이 앞섰다. 김화연이라는 사람의 정체는 무엇인가. 그리고 그 USB 메모리에는 무엇이 들어 있는가.

컴퓨터에 메모리를 끼운 수영은 폴더를 열었다. 폴더에는 동영상 파일 하나가 들어 있을 뿐이다. 온통 검은 섬네일은 그 동영상이 한밤중에 촬영되었다는 것을 보여주고 있었다.

"후웁."

잠시 손을 주저하던 수영은 깊은 심호흡과 함께 그 파일을 더블 클릭했다.

[쏴아아아—]

　가장 먼저 들려온 것은 물소리였다. 아마도 뭍 쪽에서 물 위에 떠 있는 모터보트를 찍고 있는 듯했다. 영상에 주의를 기울이자 그 위에 있는 세 명의 남자가 보였다. 한 명은 보트의 조종석에 앉아 있고, 다른 두 명은 긴 장대 같은 것으로 물 아래를 휘젓는 중이다.

　시큰둥하게 화면을 보던 수영의 얼굴이 점점 굳어갔다. 기억에 있는 곳이다. 그렇다고 익숙한 곳은 아니다. 자신도 뉴스로만 봤을 뿐이고, 실제로 가본 것은 한 번뿐인 곳이니까.

　"어떻게……."

　수영은 자리를 박차고 일어났다. 온몸이 떨려왔다. 그러는 사이에도 영상은 멈추지 않았다. 곧 그 남자들은 정면을 향해 손을 흔들었다. 뭔가 찾았다는 것 같았다. 그 장면을 촬영 중인 누군가가 그에 답하듯 손짓하자 그들은 장대를 잡아당기기 시작했다.

　어두운 물 아래에서 흰색의 뭔가가 보였다. 커다란 비닐 뭉치 같았다.

　"헉!"

　그때 갑자기 핸드폰이 진동했다. 수영은 소스라치게 놀라며 핸드폰을 손에 들고 번호를 확인했다. 모르는 번호지만, 왠지 어디서 본 것 같은 번호다. 잠시 핸드폰을 내려다보던 수영은 깜짝 놀라며 바닥에 떨어져 있는 상자를 집어 들었다.

　"이거……."

그 전화번호는 USB 메모리를 보낸 사람의 이름 옆에 쓰여 있던 전화번호와 같았다.

전화기와 화면을 번갈아 보던 수영은 부들부들 떨리는 손으로 통화 버튼을 눌렀다.

[정수영 씨?]

곧장 한 여성의 목소리가 들려왔다. 수영은 대답하지 않은 채 계속 영상에 시선을 고정시켰다.

[영상은 봤나요?]

남자들은 비닐 뭉치를 배 위에 올리려 끙끙거리고 있었다. 등산용 밧줄로 꽁꽁 감겨 있고, 여기저기에 회색의 금속 뭉치가 달려 있는 비닐 뭉치를 말이다. 영상을 보고 있는 수영은 자신도 모르게 신음을 흘렸다. 도저히 진정할 수 있는 상황이 아니었다.

"누구… 죠, 당신?"

[봤나 보군요. 그게 뭘 의미하는지는 잘 아시겠죠?]

수영의 떨림은 더더욱 커졌다.

"당신, 대체 누구야? 이런 걸 어떻게……."

누군가에게 목을 졸린 상태에서 비명을 내뱉는 것 같은 끔찍한 목소리다. 하지만 전화기 너머의 여성은 그런 수영과는 다르게 차분하고 조용히 말을 이었다.

[식사는 아직 안 하셨죠? 나오세요. 만나서 말씀드리죠.]

수영은 아무 말도 할 수 없었다.

_함정

수영은 고급 한정식을 딱히 좋아하지 않았다. 정확히는 갈 이유가 없다는 게 맞을 것이다. 개인적으로 좋아하지도 않고 공장의 회식에서도 선택되지 않는 경우가 많으니까.

그렇기에 수영에게 있어 눈앞에 한문으로 쓰여 있는 간판은 어색했다.

정체불명의 퀵을 받은 지도 벌써 40분이 지났다. 이곳은 그 김화연이라는 목소리의 주인이 지정한 곳이다. 수영은 지정된 장소의 정확한 위치가 어딘지도 알 수 없었지만 그건 걱정할 필요가 없었다. 전화를 받고 난 지 10분 후 집 앞에 콜택시가 도착했으니까.

"어서 오십시오."

문을 열고 들어가자 깔끔한 황색 개량한복을 입은 여성 직원

두 명이 먼저 와서 수영에게 고개를 숙여 보였다. 수영은 떨리는 목소리를 억누르며 최대한 태연히 말했다.

"김화연 씨가 먼저 와 있을 텐데요."

"예, 안내해 드리겠습니다."

건물 안은 마치 커다란 한옥이 통째로 들어앉은 것 같은 모습이다. 천장의 반투명한 유리로는 자연광이 쏟아지고 있었고, 돌다리가 놓여 있는 실내 정원의 연못에서는 깨끗한 물이 흐르고 있다. 하지만 지금 수영에게는 그런 모습이 들어오지 않았다.

수영은 그저 잔뜩 긴장한 채로 앞서서 걸어가고 있는 직원의 뒤를 따랐다.

마침내 마루가 있는 한 방 앞에 도착한 직원은 한쪽으로 비켜서서 수영을 향해 가볍게 고개를 숙여 보였다.

"이쪽 방에 계십니다. 필요하신 것 있으면 불러주십시오."

직원이 돌아간 후에도 수영은 신발을 벗고 그 안으로 섣불리 들어가진 못했다. 그저 마른침을 삼키며 미닫이문을 노려보고 있을 뿐이다.

"들어오시죠."

문 너머에서 들려온 나지막한 재촉에 수영은 온몸에 전기가 흐르는 기분을 느꼈다. 그렇다. 계속 이대로 있을 수는 없었다. 그런데 뭔가 이상했다. 전화로 들었을 때는 몰랐지만, 왠지 들어본 적이 있는 것 같은 목소리다. 수영은 마루 위에 올라서서 깊게 심호흡을 하며 조용히 문을 열었다.

"어?"

수영은 얼빠진 소리를 냈다. 식탁에는 한정식이 화려하게 차려져 있었지만 그런 것에는 눈이 가지 않았다. 수영은 문의 건너편에 벽을 등지고 앉아 자신을 올려다보고 있는 여성의 모습에 입을 다물지 못했다.

"당신……."

말은 몇 마디밖에 듣지 못했기에 목소리는 기억하지 못했지만, 그 모습만은 확실히 기억할 수 있다. 아무리 취했다지만 잊을 수 있을 리가 없다.

지금 수영의 앞에는 어제 수영이 살인을 저지를 뻔한 사건을 만들고, 동시에 막았던 그 여성이 앉아 있었다.

"당신이… 김화연?"

"예."

짤막하게 답한 화연은 어이가 없는 얼굴로 서 있는 수영을 향해 말을 이었다.

"앉으시죠? 언제까지 서 있을 생각인지 모르겠군요."

"아니, 그전에 당신, 뭡니까? 대체 어떻게?"

화연은 냉랭하지만 차분한 목소리로 다시 말했다.

"앉으시죠."

순간 울컥하는 기분이 들었지만 수영은 입술을 깨물었다.

지금 이 상황에서 아쉬운 것은, 아니, 위험한 것은 수영이다. 진명의 시체를 건져 내는 동영상을 찍었다는 것은 수영이 저지른 일에 대해서 알고 있다는 것을 의미한다.

"식사 못하셨을 텐데 일단 식사부터 하시죠. 용건은 그 이후에."

명령에 가까운 권유다. 수영은 고개를 저었다.

"몇 끼 굶는다고 죽는 거 아니니까 일단 용건……."

"사람은 생각보다 쉽게 죽죠."

단숨에 말허리가 잘려 나간 수영은 입을 다물었다. 잠시 화연을 바라보던 수영은 수저를 집어 들었다. 그리고 공격적으로 밥공기를 긁어댔다. 화연은 음식을 거의 씹지도 않고 삼키는 수영의 모습에 조용히 입을 열었다.

"좀 더 천천히 먹어도 될 텐데요."

대답은 하지 않았다. 수영은 식사에 1초도 더 소모하지 않겠다는 듯 순식간에 그릇을 비웠다.

목이 메여 국을 마시다가 사레가 들린 듯 기침을 하던 수영은 입가를 손등으로 문질러 닦으며 화연을 노려봤다.

"자, 다 먹었네요."

수영의 선언에 화연은 한숨 비슷한 것을 내쉬며 상 구석에 있는 벨을 눌렀다.

"상 좀 치워주세요."

[예, 곧 직원을 보내겠습니다.]

잠시 후 쟁반을 가져온 직원은 거의 손도 대지 않은 반찬 그릇들을 치우기 시작했다.

"용건 있으시면 다시 불러주세요."

상 위를 순식간에 정리한 직원은 공손하게 인사한 후 방을 나갔다.

이제 상 위에 남은 건 은은한 향이 풍기는 찻잔 두 개뿐이다. 하지만 수영과 화연 누구도 그 찻잔에 손을 대지 않았다. 그저 서로를 경계하는 눈과 냉랭한 눈으로 마주 보고 있을 뿐이다.

"그럼 이제 시작하죠."

잠깐의 침묵이 지나간 후 화연은 옆에 놓여 있던 가방에서 뭔가를 꺼냈다. 검은색의 태블릿PC였다. 수영이 어리둥절해하는 사이 능숙하게 태블릿을 조작한 화연은 화면을 수영에게 향하게 한 후 상 한가운데에 놓았다.

[실제로는 처음 보는군요, 정수영 씨.]

목소리가 들려왔다. 하지만 이상한 목소리다. 남잔지 여잔지, 늙었는지 어린지도 특정할 수 없는 기괴한 기계음이 섞인 목소리였다. 보이스 체인저를 사용하고 있는 것이 분명했다.

수영은 화연을 힐끔거렸지만 화연은 더 이상 아무 말도 하지 않겠다는 듯 눈조차도 마주치지 않았다. 그저 고개를 조금 숙인 채로 전원이 빠진 로봇같이 앉아 있을 뿐이다.

결국 수영이 태블릿을 바라보며 입을 열었다.

"당신은 누굽니까?"

[숙취는 괜찮나요? 잠은 잘 잤고?]

보이스 체인저 탓에 좀 이상하게 들리긴 했지만, 상대를 다독이는 다정한 어투다. 하지만 수영은 그런 것을 느낄 여유가 없었다. 태블릿과 화연을 번갈아 본 수영은 낮은 목소리로 다시 질문을 던졌다.

"묻잖아요! 대체 당신들 누구냐고요!"

그 공격적인 으르렁거림에 잠시 멈췄던 목소리가 다시 이어졌다.

[우리는 오래전부터 당신을 주시하고 있었습니다. 일주일 전 있었던 일과 어제 있었던 일은 비록 우연이지만, 그 때문에 정수영 씨와 접촉하기에 적당한 때가 됐다는 것을 알게 됐죠.]

"오래전?"

혼란스러웠다. 정체를 알 수 없는 조직. 그렇다. 일단 조직임에는 틀림없다. 진명의 시체를 건져 낸 세 명의 남자와 그것을 찍은 누군가, 그리고 눈앞에 있는 여성, 전화를 걸어온 정체불명의 인간. 이것만 봐도 이들은 최소 네 명 이상의 조직이라는 것은 분명하다.

그런데 그런 조직이 왜 수영을 오랫동안 주시해 왔단 말인가.

[일단 그 영상은 정수영 씨를 협박하기 위해 찍은 게 아닙니다. 오히려 그건 정수영 씨가 우리를 협박하지 않게 하기 위해 한 일이라고 생각하세요. 일종의 보험이죠.]

"뭐라고요? 내가 왜 당신들을 협박해요?"

[정식으로 소개하지요. 나는 여왕개미라고 합니다. 그리고……]

당연히 본명일 리가 없다. 막 거기에 대해 말하려 하던 수영은 다음 순간 들려온 여왕개미의 목소리에 할 말을 잃고 말았다.

[주신이의 일을 도왔던 사람이기도 합니다.]

수영의 머릿속에서 흐르던 모든 생각이 멈췄다. 스스로 마치 기절한 것이 아닌가 하는 착각이 들 정도로 아무 생각도 할 수 없었다. 어느 정도 시간이 흐른 후에야 수영은 떨리는 턱을 억지로 움직여 말을 내뱉었다.

"어? 어? 뭐, 뭐라고?"

여왕개미는 그런 수영의 질문에 답하듯 말했다.

[예, 주신이는 우리 중 하나였죠. 정말로 좋은 아이였답니다. 우리를 위해서 자신의 몸을 아끼지 않고 열심히 일해줬으니까요.

마지막까지 우리를 배신하지도 않았고.]

　수영은 순간 자리를 박차고 일어나 외쳤다.

　"네놈이었냐? 주신이에게 그런 걸 시킨 게!"

　좁은 방 안이 쩌렁쩌렁 울렸다. 하지만 화연은 전혀 반응하지 않았다. 그저 고개를 들어 무심한 눈으로 수영을 올려다볼 뿐이었다.

　어젯밤 수영이 살인을 저지를 뻔한 것을 막은 그 눈으로 말이다.

　"큭……."

　얼음같이 차가운 시선에 수영은 입을 꽉 다물었다. 순간 자신을 잃을 정도로 분노와 당혹감에 빠져들었던 수영은 화를 억누르며 자리에 앉았다.

　그러자 태블릿PC에서 놀란 것 같은 여왕개미의 목소리가 흘러나왔다.

　[진정하라고 말할 틈도 없군요. 좀 더 화를 낼 거라고 생각했는데요.]

　"이야기를 먼저 들어야겠어. 당신들, 대체 뭐야? 왜 주신이한테 그런 일을 시킨 거지? 그리고 왜 나를 찾아와서 이런 이야기를 하는 거고?"

　수영을 바라보고 있는 듯 잠시 침묵을 지키던 여왕개미는 조용히 말을 하기 시작했다.

　[일단 나는 주신이에게 그런 일을 억지로 시킨 게 아니에요. 말했지만 주신이가 하는 일을 도왔을 뿐입니다.]

　"그거랑 그게 뭐가 다르……."

막 목소리를 높이려 하던 수영은 억지로 뒷말을 삼켰다. 그리고 잔뜩 억눌린 목소리로 최대한 차분하게 말했다.

"뭐가 다르다는 거야?"

여왕개미는 태블릿PC에 화면을 띄웠다. 오래된 신문을 스캔한 기사였다.

[이 기사를 본 적 있나 모르겠군요.]

수영은 태블릿PC에 떠오른 기사를 살폈다.

지금으로부터 14년 전쯤, 지역 유지와 결탁하여 토지 사업을 벌인 후 뇌물을 받은 국회의원이 괴한에 의해 살해당했다는 내용이다.

[큰 사건이었죠.]

수영의 기억에도 어렴풋이 남아 있는 큰 사건이다.

검찰 조사를 미꾸라지같이 빠져나간 국회의원이 허무하게 살해당했다는 것 이외에도 이 사건이 전 국민의 기억에 남아 있는 이유는 분명히 존재했다.

지금까지도 범인이 잡히지 않았으니까.

[나도 평범한 사람이었고 주신이도 평범한 아이인 시절이었습니다. 그런데 어느 날 주신이 사라졌다가 한밤중에 돌아왔더군요. 엉뚱한 구석이 있는 아이라 가끔 사라졌다가 돌아오곤 했기에 그날도 그런 줄 알았던 난 깜짝 놀라고 말았습니다. 주신이가 피에 젖어 있었으니까요. 이 피가 뭐냐는 내 외침에 주신이는 TV를 가리켰습니다. TV의 뉴스에서는 마침 그 의원의 이야기가 나오고 있었죠. 살인자를 찾을 수 없다는 뉴스만 반복되고 있더군요. 겁을 먹은 나는 주신이를 자수시킬 생각조차 하지 못하고

바보같이 계속 두려움에 떨며 주신이를 숨겼습니다. 어차피 잡힐 게 뻔하다고 생각하면서 말입니다. 그런데 말이죠, 경찰은 며칠, 몇 주가 지나도록 주신이를 찾아오지 않더군요. 겨우 사춘기를 넘긴 아이가 저지른 조잡한 살인인데, 증거나 증인이 없을 수가 없는데도 그걸 찾지 못하고 계속 노력하고 있다는 뉴스만 나왔죠. 왜라고 생각합니까?]

대답할 마음은 없었지만 수영의 머릿속에서는 단서가 자연스럽게 끼워 맞춰지기 시작했다.

살인을 저지른 아이가 있다. 하지만 증거도 증인도 찾을 수 없다. 아무도 그 아이를 찾지 않는다. 어째서 그런 일이 일어났는가. 그건 어려운 문제가 아니었다. 바로 얼마 전 기준이 경찰에 잡혀가지 않은 것과 비슷한 이유일 것이다.

[나중에야 조사해 보고 알았습니다. 조상 대대로 내려오던 토지를 헐값에 빼앗긴 노인이 살인 현장에서 주신이를 빼냈고, 공사장에서 항의하다가 사고로 불구가 된 아들의 어머니가 칼을 숨겼죠. 공사 현장의 소음 때문에 아내가 유산해 버린 남자는 집까지 주신이를 태워줬습니다. 물론 이 세 사람은 서로 잘 알지도 못했습니다. 하지만 이 셋은 주신이를 도와줬죠. 왜 그런 일이 생겼다고 생각합니까?]

수영은 답하지 못했다. 잠시 침묵을 지키던 여왕개미는 자신의 질문에 대한 답을 스스로 짧게 말했다.

[세상이 더럽기 때문이죠.]

허망할 정도로 염세적인, 동시에 현실적인 말이다.

[주신이는 그 몇 주 동안 자신이 잘못했냐고 나에게 묻더군요.

난 겁이 났었습니다. 살인은 죄죠. 그런 엄청난 죄를 그런 작은 어린아이가 저질렀다는 건 말도 안 되는 일 같았습니다. 하지만 몇 주의 시간이 지나자 주신이가 그런 일을 저지르고도 잡히지 않았다는 것이 생각나더군요. 게다가 오히려 많은 사람이 기뻐했고, 주신이가 잡히지 않게 돕기까지 했습니다. 그런 단계를 지나니 그다음에는 이런 생각이 들더군요. 이런데 주신이가 한 행동이 정말로 나쁜 거였을까? 오히려 주신이는 그런 죄인들을 심판하기 위해 하늘이 내린 재목이 아닐까 하는 생각이 말입니다.]

수영은 헛웃음을 흘릴 뻔했다.

미쳤다.

이 여왕개미라는 자도 주신과 마찬가지로 미쳐 버린 것이 틀림없었다. 어쩌면 원래부터 여왕개미는 염세적인 인간이었는지도 모른다. 그러다가 주신이 저지른 살인에 모두가 암묵적인 동의를 보이자 정신이 뒤틀려 버려 망상을 품게 된 것이다.

자신의 손으로 이 세상의 악을 일소할 수 있다는 불가능한 망상을 말이다.

[주신이 때문에 난 눈을 떴습니다. 세상에 억울한 사람들, 약한 사람들은 얼마든지 있습니다. 그 일이 있은 후에 난 그런 사람들에게 접근해서 그들을 도우려 했습니다. 그들 역시 우리를 도왔지요. 세상을 좀 더 깨끗하게 만들기 위해 불의에 당한 사람들이 모여서 서로를 돕기 시작한 겁니다. 나는 그 과정을 도왔습니다. 사람을 모으고, 주신이가 잡히지 않고 계속 약한 자들을 도울 수 있게 했죠. 하지만 결국 주신이는…….]

잠시 말꼬리를 흐리던 여왕개미는 작은 목소리로 중얼거렸다.

[친구에게 배신당했죠.]

등골이 오싹했다. 그 마지막 몇 마디의 말은 보이스 체인저로도 가려지지 않는 살의가 스며 있었다. 증오할 만도 했다. 말하자면 주신은 여왕개미에게 있어서 하늘이 내려준 선물.

그런데 수영이 그것을 빼앗아가 버린 셈이니까 말이다.

"배신이 아냐."

[뭐라고요?]

"애초에 당신들이 잘못한 거잖아. 살인을 저질렀다고."

하지만 수영은 주눅 들지 않았다. 오히려 고개를 쳐들고 그 살의를 물리쳤다.

"왜 살인죄라는 게 이 세상에 있는지 알고나 하는 소리야? 약한 자들을 돕는다고? 좋아, 그건 좋다고. 그렇다면 봉사활동 같은 걸 하면 되잖아? 사람을 죽이면 안 되잖아. 상식적으로 범죄자를 죽이는 게 약한 사람들을 돕는 일이라는 게 말이 돼? 그건 그냥… 화풀이에 불과하다고."

[상식적이라…….]

어쩐지 비웃는 것 같은 말투다. 잠시 쿡쿡거리며 웃던 여왕개미는 웃음을 멈췄다.

[화연 씨.]

"예."

[그걸 꺼내요.]

여왕개미의 말에 화연은 가방에서 두툼한 뭉치를 꺼내 들었다. 스크랩북이었다.

화연은 스크랩북을 수영을 향해 손끝으로 밀며 짤막하게 말했다.

"보시죠."

잠시 주저하던 수영은 손을 뻗어 조심스레 스크랩북을 움켜잡았다. 허름한 겉모습만 보면 꽤 낡은 물건이다. 잠시 화연의 눈치를 보던 수영은 조용히 스크랩북을 넘겼다. 몇십 페이지인지 모를 그 스크랩북에는 십여 년 전의 기사가 차곡차곡 스크랩되어 있었다. 모두 범죄자에 대한 기사였다. 성폭행 범죄자나 인신매매범, 사기꾼, 사이비 종교 교주, 표준적인 인간쓰레기들의 예를 정리해 놓은 것으로 보이기까지 했다.

"왜 이런 걸 보라고 하는 거야?"

수영이 의아해하는 사이 여왕개미가 입을 열기 시작했다.

[우리는… 내가 붙인 이름입니다만, 개미라고 하죠. 왜 내가 우리를 개미라는 이름으로 부르는지 알겠습니까?]

스크랩북을 보던 수영은 고개를 살짝 들어 태블릿PC에 달려 있는 캠을 바라봤다.

[강한 힘을 가진 자들은 발아래를 보지 않습니다. 권력자들, 힘이 있는 놈들, 법을 이용할 줄 아는 놈들이 움직일 때마다 거기에 휘말린 수많은 사람이 상처입죠. 굳이 뉴스 같은 걸 보기 전에 주변을 둘러봐도 일상적으로 벌어지는 일입니다. 이런 것이 정수영 씨가 말하는 세상의 상식입니까?]

"아니, 그건……."

[우린 그 커다란 발에 개미처럼 짓밟힙니다. 하지만 그들에게 복수조차 할 수도 없습니다. 작은 개미는 밟히면 버둥거리면서 죽는 게 전부죠. 다시 묻죠. 이게 당신이 말하는 세상의 상식입니까? 힘없는 자들이 힘있는 자들에게 밟히며 죽어가는 것이?]

답할 수가 없었다. 그렇다. 상식적으로 벌어져서는 안 되는 일들이 이 세상에서는 항상 일어나고 있다. 있어서는 안 될 일이 일어나도 피해를 보는 것은 오직 소시민뿐.

권력자들은, 돈이 있는 자들은 그런 피해를 입지 않는다.

오히려 그런 일을 일으키는 쪽이다.

여왕개미의 반론에 할 말을 잃고 침묵을 지키던 수영은 순간 뭔가를 깨닫고 스크랩북을 거칠게 넘겼다. 그렇게 스크랩북을 한 장씩 넘길 때마다 수영의 표정은 조금씩 변해갔다.

"설마……."

[눈치챘습니까?]

그 스크랩북은 앞뒤가 한 장인 구성이었다. 앞쪽은 그 범죄자의 범행에 대한 기사, 그리고 뒷장은 그 범죄자가 실종되거나 살해된 채 발견됐다는 기사였다.

어림잡아도 수십은 넘어 보이는 페이지가 모두 그런 식으로 만들어져 있었다.

[그 스크랩북은 주신이의 작은 취미였죠.]

수영은 경직된 손을 스크랩북에서 떼어냈다. 그저 낡은 잉크 냄새가 풍기고 있는 스크랩북에서 왠지 모를 피비린내가 느껴지는 것 같았다.

[정수영 씨는 우리가 하는 일을 선한 짓이 아니라 단순한 화풀이라고 비난하는군요. 하지만 그들이 정당한 법의 심판을 받고 개과천선할 거라고 믿습니까? 같은 죄를 몇 번이나 저지르는 놈들이 얼마나 많은 줄 아요? 그리고 그런 놈들이 얼마나 많이 우리 같은 사람을 만들어낼지도?]

반론을 해야 한다. 하지만 할 수 없었다.

수영은 스크랩북을 다시 집어 들었다.

이 스크랩북에 올라와 있는 이들은 하나같이 쓰레기라고밖에 할 수 없는 놈들뿐이다. 전과 2, 3범 정도는 우습고 자기가 죄를 저질렀다는 것 자체를 부정하는 놈들도 있다. 그나마 단순한 성폭력이라면 어느 정도 처리가 되지만, 권력으로 검찰을 길들여 부를 쌓은 쓰레기들은 같은 죄를 몇 번이나 되풀이해서 저질러도 법으로 심판하는 것조차도 불가능하다.

"그래도… 그건……."

수영은 억지로 목소리를 냈다. 이미 자신도 알고 있다. 세상이 상식만으로 돌아가지도 않고 더러운 놈들이 넘쳐 난다는 걸.

하지만 그렇다고 멋대로 죄를 심판해 버리는 것을 용납하면 안 되지 않느냐 말이다.

그렇게 수영이 고민하고 있을 때 여왕개미가 말했다.

[쉽게 이해해 줄 거라고는 생각하지 않았습니다. 언론이 한번 걸러낸 뉴스 같은 것으로는 진짜 시궁창을 볼 수 없죠.]

"무슨 소리를 하려……."

고개를 든 수영은 순간 눈앞의 모습에 굳어버렸다. 수영의 지식으로는 지금 눈앞에 있는 여성이 영화에서나 나올 법한 가스마스크를 얼굴에 대고 자신을 향해 이상한 분무기를 들고 있는 것이 뭘 의미하는지 알 수 없었기 때문이다.

"어?"

다음 순간 분무기에서 뭔가가 뿜어져 나오자 눈앞이 어질거렸다. 정신을 차려야 한다는 의지와는 상관없이, 의식의 가장자리가 좀먹듯이 빠르게 검게 변해갔다.

"이, 이건 무슨… 짓을……."

억지로 자리에서 일어나려던 수영은 휘청거리며 쓰러졌다. 손으로 상을 짚을 틈도 없었다. 온몸에서 힘이 빠져나가고 있었다. 손에 부딪친 찻잔이 바닥에 나뒹굴었지만 이미 수영의 눈에 그런 건 보이지도 않았다. 이미 의식이 나락으로 떨어져 가고 있었다.

그렇게 몽롱해지는 의식 사이로 여왕개미의 목소리가 들려왔다.

[그러니 한번 그 시궁창의 밑바닥을 보지 않겠습니까?]

혹시 어쩌면 이들이 자신과 접촉한 것은 주신의 복수를 위한 것이 아닐까. 애초에 여왕개미가 말하는 중에도 그런 기색은 있었다. 주신에 대한 사랑과 숭배, 그리고 그런 주신을 죽게 한 수영을 향한 증오 말이다.

"난……."

화연은 팔을 쳐드는 수영을 보며 조용히 가스마스크를 내렸다. 그리고 벨을 눌러 직원을 호출했다.

"직원분들 보내주세요."

[예, 알겠습니다.]

수영은 감겨가는 눈을 깜빡이면서도 화연의 냉랭한 얼굴을 바라보려 애썼다.

이제 알 수 있었다. 유난히 수영을 향한 화연이 냉정하게 보인 이유. 그건 화연의 얼굴에 경멸이 담겨 있기 때문이다. 당연하다. 저 개미라는 조직의 조직원들이 모두 여왕개미와 같은 생각을 가지고 있다면 수영은 개미의 원수일 뿐일 테니까.

'젠장.'

조심해야 했는데……. 수영은 그 생각을 마지막으로 뒤쪽의 문이 열리는 소리를 들으며 완전히 의식을 잃었다. 공포와 두려움을 느낄 틈도 없이.

*　　*　　*

애완동물에 대한 관심이 높아지며 새롭게 떠오른 사업이 있다. 바로 애완동물 장례업이라는 것이다. 동물의 사체를 마치 사람을 다루듯 하여 장례를 치르는 것은 물론, 화장하고 남은 뼈도 납골당에 안치시켜 주인들이 찾아와 볼 수 있도록 하는 사업이다.

하지만 동물의 사체를 화장할 수 있는 시설을 만드는 데에는 여러 가지 법적 기준을 통과해야 한다. 게다가 주변 사람들의 인식 또한 신경 써야 할 필요가 있었다. 인간을 화장하는 화장터도 인식이 좋지 못한데, 애완동물을 위한 시설이라면 오죽하랴.

그렇기에 그런 시설은 대부분 인적이 드문 곳에 위치하게 마련이다.

"흐음."

도시에서 벗어난 외딴곳. 시설의 입구를 지키고 있던 늙은 경비원은 멀리서 피어오르는 먼지의 모습에 헛기침을 내뱉었다. 주변 사람들이 농사일을 하지 않고 거의 집 안에만 앉아 있는 겨울이기에 그 움직임은 너무나도 똑똑히 보였다.

그 먼지가 이윽고 SUV 차량의 모습이 되자 경비원은 책상 서

랍 안에서 뭔가를 꺼냈다. 쌍안경이었다.

"73로 XXXX……. 크흠."

차량 번호를 소리 내서 되뇐 경비원은 쌍안경을 내렸다. 그리고 경비실 안에 설치되어 있는 모니터에 비춰지는 CCTV를 확인하듯 힐끔거렸다.

경비원은 시설의 정문이 열리게 조작한 후 손님을 맞이하듯 밖으로 천천히 걸어 나갔다.

그사이에 시설의 앞까지 다가온 차는 서서히 속도를 줄였고, 이윽고 경비실 앞에서 멈춰 섰다. 짙게 선팅한 창문이 내려지자 경비원은 운전자의 얼굴을 확인했다.

"들어가쇼."

경비원은 가래 끓는 목소리로 짧게 말했다.

창문이 올라가고 차가 시설 안쪽의 주차장으로 진입하자 경비원은 경비실 안으로 들어가 다시 한 번 CCTV를 확인했다. 그리고 CCTV에 그 차량의 번호판이나 운전자의 얼굴 대신 자신의 등만 찍혔다는 것을 확인한 후에야 다시 경비실에서 나왔다.

경비원이 나오는 사이 차에서 내린 화연은 뒤쪽 트렁크를 열었다. 그 뒤에는 접혀 있는 휠체어가 수납되어 있었다.

화연이 트렁크에서 휠체어를 내려 조립하는 사이 차에 가까이 다가온 늙은 경비원은 차의 뒷좌석을 열었다.

"이 사람인가?"

"그래요."

경비원은 기절하듯 잠들어 있는 수영을 위아래로 훑어봤다. 그 팔과 다리는 케이블타이로 단단히 묶여 있었다. 경비원은 화연이 휠체어의 조립을 마친 것을 확인한 후 수영을 차 안에서 끄집어냈다.

"조심하세요."

"끄응! 걱정 마쇼. 늙어도 아직 이 정도는 할 수 있으니까."

축 늘어져 있던 수영을 휠체어에 앉힌 경비원은 뒤로 물러나서 됐냐는 듯 화연을 돌아봤다.

"준비는 다 되어 있을 거요. 먼저 온 사람들이 거기에 던져 놓고 갔수. 문은 미리 다 열어놨으니까 그냥 들어가면 돼요."

화연은 경비원의 말에 고개를 끄덕이며 가방을 어깨에 메고 휠체어 뒤로 돌아가 손잡이를 잡았다.

"그런데 내가 같이 안 가도 괜찮겠나? 이 사람이 난리라도 피우면 힘들 텐데."

"괜찮습니다."

그 짧은 대답에 경비원은 뒤로 물러났다.

"뭐 그러면야……. 혹시라도 일 있으면 부르슈."

경비원이 경비실로 돌아가는 것을 확인한 화연은 천천히 휠체어를 밀며 건물 안으로 들어갔다. 어제, 오늘이 기일인 동물도, 예약객도 없다는 건 이미 알고 있었다.

즉, 오늘 이곳에 찾아올 손님은 없다는 이야기다.

향냄새가 풍기는 납골당을 지나 좁은 복도를 쭉 걸어가던 화연은 복도 끝에 있는 관계자 외 출입금지라는 문구가 적혀 있는 문 앞에서 잠깐 발을 멈췄다. 평소라면 단단히 잠겨 있을 문이지만 오늘은 아니었다. 쉽게 그 문을 연 화연은 안으로 휠체어를 밀었다.

쿵 하는 소리와 함께 문이 닫히자 아무것도 보이지 않았다. 하지만 화연은 침착하게 손을 뻗어 벽을 더듬었다. 그러자 천장에 달려 있던 여섯 개의 형광등이 켜지며 방 안을 환하게 밝혔다.

양쪽 벽에 선반들이 있었고, 거기에는 향이나 위패, 액자 같은 것이 상자째 쌓여 있었다. 이 방은 이 시설의 창고로 쓰이고 있는 곳이었다.

하지만 화연의 목적지는 여기가 아니었다. 화연은 휠체어를 쭉 밀어 창고의 깊은 곳으로 걸어갔다. 선반 뒤쪽으로 마치 숨겨져 있는 것 같은 또 다른 작은 문이 있었다. 마치 금고와 같이 탄탄해 보이는 철문이었다.

마침내 휠체어를 미는 것을 멈춘 화연은 가방에서 태블릿PC를 꺼냈다.

"도착했습니다."

[그래요? 그럼 시작하세요.]

여왕개미의 말에 화연은 가방에서 단단히 봉인되어 있는 작은 병을 꺼냈다. 그리고 뚜껑을 연 다음 수영의 코앞에 가져다 댔다.

"크흡! 큭?"

기절해 있던 수영은 강렬한 암모니아 냄새에 번쩍 눈을 떴다. 그리고 초점이 잡히지 않은 흐릿한 눈으로 앞에 서 있는 화연의 얼굴을 마주 봤다.

[일어났나요?]

화연이 들고 있는 태블릿PC에서 다정하다고는 할 수 없는 인사가 흘러나왔다.

깊은 잠에서 억지로 끄집어져 나온 것 같은 기분은 최악이었다. 물론 그러는 와중에도 수영은 순간적으로 상황을 파악하고 자리에서 일어나려 했지만 그건 쓸데없는 헛수고였다.

"으악!"

요란한 소리와 함께 휠체어가 뒤집혔다. 바닥에 쓰러진 수영은 묶여 있는 자신의 팔과 다리를 힐끔거리며 낮은 목소리로 화연에게 말했다.

"뭐야? 왜 이런 데로 끌고 온 거야? 복수라도 하려고?"

[사실 그런 생각도 했습니다만 주신이 바라지 않을 일이니 일단 미루도록 하죠. 수영 씨를 이곳에 데려온 것은 다른 이유 때문입니다. 아, 기절시킨 건 미안합니다. 얌전히 따라올 것 같지 않아서 강경책을 썼을 뿐이니 이해하세요. 얌전히 이야기를 듣겠다면 묶어둔 것도 풀어주겠습니다만, 어떻게 하겠습니까?]

대답은 엉뚱한 데서 들려왔다. 자신에게 향해져 있는 태블릿 PC의 화면을 노려보던 수영은 말없이 고개를 끄덕였다.

[좋아요. 그럼… 화연 씨?]

화연은 가방에서 손잡이 같은 것을 꺼내더니 그 끝에 있는 버튼을 눌렀다. 그러자 손잡이 쪽에서 날카로운 칼날이 튀어나왔다. 수영의 몸이 눈에 띌 정도로 크게 움찔거렸지만 화연은 수영을 안심시키거나 하지는 않았다. 대신 엉덩이를 비비며 뒤로 물러나려 하는 수영에게 단숨에 다가가 한쪽 무릎을 꿇고 앉았다. 그리고 팔과 다리를 묶고 있는 케이블타이 사이에 칼날을 끼워 넣었다.

"윽!"

몸이 자유롭게 되자마자 자리에서 벌떡 일어난 수영은 화연과 몇 걸음 떨어진 곳으로 물러났다. 잠시 경계하는 눈으로 화연을 바라보던 수영은 묶여 있던 팔을 만지작거리며 주변을 두리번거렸다.

"여긴 어디지?"

[애완동물 화장터입니다.]

"애완동물?"

태블릿PC에서 작은 웃음소리가 들려왔다.

[애완동물을 가족처럼 여기는 사람들은 그 가족이 죽어서 의료용 폐기물과 섞여서 쓰레기장에 매립되거나 태워지는 것을 바라지 않으니까요. 대형견을 화장시키기 위한 꽤 큰 화장 시설도 있어서 시체를 처리하는 데 가끔 손을 빌리고 있습니다. 자, 그러면 슬슬 본론으로 들어갈까요?]

수영이 고개를 쳐들고 태블릿PC를 바라보자 여왕개미가 말을 이었다.

[수영 씨는 범죄자를 죽이는 우리의 방식이 나쁘다고 했지요?]

"당연하지."

[당연하다……. 왜죠?]

수영은 당황했다. 너무나도 당연하게 생각했고 행해온 것에 대한 질문. 그건 마치 사람은 왜 살아야 하는가를 묻는 것과도 같았다.

그 철학적인 질문에 잠시 굳어 있던 수영은 문득 묘한 데자뷰를 느꼈다. 예전에도 누군가에게 이 질문을 받고 답한 것 같은 기억이 있었다.

"법이란 게 있는 이상 사람을 맘대로 죽이는 게 용납될 리가 없잖아. 사람을 죽이는 건 죄라고. 다른 무슨 죄보다 큰 죄란 말야. 그런 규칙을 지키지 않으면 이 세상이 어떻게 될지 생각이나 해봤어? 다들 규칙을 무시하고 죽이고 싶으면 죽이는 세상이? 그리고 당신들이 죽인 사람 중에서 자기가 잘못한 걸 느끼고 죄를 뉘우칠 사람이 없었을 거라고 장담할 수나 있어? 그런데 그냥 죽여 버리다니 그건…….”

계속 말을 이어가려던 수영은 화연의 눈초리가 더더욱 냉랭해지는 것을 눈치챘다. 혐오하다 못해 저주하는 것 같은 눈초리다. 그때 가만히 수영의 말을 듣고 있던 여왕개미가 강한 논조로 수영의 말을 끊었다.

[노예 같군요.]

“뭐?”

여왕개미는 버럭 화를 내는 수영을 역으로 찌르듯 격앙된 목소리로 외쳤다.

[권력자들은 법의 테두리 밖에 서 있습니다. 넓은 초원을 자신의 것으로 생각하고 울타리를 치죠. 그리고 그 안에 있는 우리에게 자신들의 말을 듣는 것이 옳은 것이라고 가르칩니다. 그리고 우리가 목장의 양 떼처럼 순진하고 멍청하게 이용되기를 바라죠. 그런 자들은 법의 심판을 제대로 받지 않습니다. 자신들의 이익을 위해서 멋대로 법을 이용하고, 초원에 늑대가 숨어들어도 자신들에게 해가 오지 않으면 거들떠보지도 않죠. 그런데 우리가 자신의 몸을 지키기 위해서 그 늑대를 잡는 것마저 죄라고 하는 겁니까?]

숨을 돌리듯 잠시 말을 멈춘 여왕개미는 조금 전과는 다른 부드러운 어투로 말을 이었다.

[어젯밤의 일도 그렇습니다. 수영 씨는 연약한 여성과 자신의 몸을 지키기 위해 그런 일을 한 것이지만, 그 사람들이 수영 씨를 신고했다면 지금쯤 수영 씨는 구치소에 들어가 있을 겁니다. 상대가 먼저 때렸고, 2 대 1이라는 상황이었다고 해도 말이죠. 수영 씨는 그저 운이 좋았던 겁니다.]

수영은 마른침을 삼켰다. 그 말에 반박하고 싶다.

하지만 뭐라고 반박할 것인가? 수영도 살아오며 교과서와 사회에서 떠드는 올바른 삶이라는 것이 얼마나 허망한지 듣고 보아 왔다. 타인의 아이를 돕다가 사고를 당했지만 아무런 보답도 받지 못한 남자, 수십 년 전 버린 자식이 남긴 유산에 대한 권리를 주장하는 부모, 타인의 가방을 들어주다가 마약 밀수의 죄를 뒤집어쓴 사람.

그야말로 이 세상은 부조리투성이다.

'젠장.'

수영은 이를 갈았다. 아직 세상이 깨끗하다고 믿던 몇 년 전이라면 모를까, 지금에 와서는 자신조차 신뢰하지 못하게 된 논리로 남을 납득시키는 게 가능할 리가 없었다.

[하지만 수영 씨의 말도 완전히 틀리다고는 할 수 없죠.]

"어?"

예상외의 말에 수영은 잠깐 숙였던 고개를 들었다. 여왕개미는 수영이 자신을 바라보는 것을 인식한 듯 말을 이었다.

[그러니 내기를 한번 해보지 않겠습니까?]

예상외의 제안에 수영은 의문을 표했다.

"내기? 무슨 내기를?"

그 질문에 답하듯 화연은 태블릿PC를 선반에 올려두고 닫혀 있던 문으로 다가갔다. 화연은 주머니에서 꺼낸 열쇠를 꺼내 세 겹으로 장착되어 있는 자물쇠를 모두 해제했다. 그리고 마지막으로 전자자물쇠의 비밀번호까지 입력했다.

"열겠습니다."

화연이 무거운 문을 열자 지하로 향하는 계단이 나왔다. 슬쩍 그 안을 보자 계단의 끝에 있는 지하실에서는 엄청난 밝기의 빛이 뿜어져 나오고 있는 것이 보였다. 수영은 얼굴을 찡그리며 화연과 태블릿PC를 번갈아봤다.

[자, 일단 들어가죠.]

대체 뭐냐고 물을 틈도 없었다. 태블릿PC를 집어 든 화연은 문 옆에 서서 수영을 향해 손짓했다. 잠시 망설이던 수영은 각오를 하듯 입술을 꽉 물고 그 안으로 들어갔다. 그 뒤를 따라 안으로 들어온 화연은 문을 닫고 자물쇠를 걸어 잠갔다.

"내려가세요."

문이 닫히는 소리에 놀라 뒤를 돌아봤던 수영은 화연의 말에 조심스레 계단을 걸어 내려가기 시작했다. 그러는 사이에도 여왕개미는 느긋한 어투로 말을 이어갔다.

[원래 이곳은 지하 창고로 쓰는 곳이라고 합니다만 오늘은 특별히 내기를 위해 좀 비워달라고 부탁드렸습니다.]

곧 계단 끝에 다다른 수영은 방 안쪽에서 뿜어져 나오는 강렬한 빛에 살짝 눈을 가리며 안으로 걸어 들어갔다.

"혁?"

수영은 반사적으로 신음을 흘렸다.

작은 원룸 정도 크기의 방. 그 가운데에 한 명의 인간이 의자에 앉아 있었다.

입은 청테이프로 막혀 있고 안대를 쓴 채 귀에는 시끄러운 소리가 흘러나오는 헤드폰을 낀 남자다. 수영은 그에게서 풍겨오는 악취가 시체 썩는 냄새가 아닌지 잠시 긴장했지만, 곧 의자에 묶여 있는 다리와 팔이 떨리는 것을 보고 안도의 한숨을 내쉬었다. 그리고 곧장 화연을 돌아보며 외쳤다.

"이게 무슨 짓이야! 사람을 왜 이런 데다 가둬놓고……."

[자자, 일단 들어보세요. 멋대로 움직이지 말고.]

남자를 향해 막 걸어가려던 수영은 그 싸늘한 경고에 발을 멈췄다. 그사이 화연은 저 앞으로 걸어가 이 방을 한눈에 내려다볼 수 있는 곳에 있는 작은 선반에 태블릿PC를 올렸다. 화연이 뒤로 물러나자 여왕개미는 말을 잇기 시작했다.

[일단 이 남자는 이성규라는 인간입니다. 이름을 들어본 적이 있나요?]

수영이 고개를 젓자 여왕개미는 약간 끄는 듯한 목소리로 중얼거렸다.

[하긴, 당시에는 지역 뉴스에만 조금 나왔을 정도이니 모를 수도 있겠군요. 14년 전 중국에서 밀수입한 다이어트 약을 팔았던 남자입니다. 어쨌든 그 약을 구입했던 여성들은 살이 빠지긴 했습니다만…….]

그 말에 수영은 어이없다는 듯 외쳤다.

"살이 빠졌다고? 아니, 근데 대체 무슨 문제가……."

[병에 걸리거나 내장이 망가지기도 했으니 안 빠지면 이상한 거겠죠?]

눈앞에 앉아 있는 남자의 처참한 모습에 살짝 이성을 잃었던 수영은 여왕개미의 싸늘한 중얼거림에 겨우 정신을 차렸다.

그렇다. 이 남자가 개미의 표적이 됐다면 그건 기본적으로 이 남자가 죄인이기 때문인 것이다.

[그나마 죽지 않은 사람은 다행이었죠. 유족들은 그를 고소했고, 이 나라는 결국 그 남자를 잡아서 감옥에 가뒀습니다. 8년 정도였죠. 그 후 나라에서 정한 그 죗값을 다 치르고 감옥에서 나온 이 남자는 이번엔 중국에서 밀수입한 건강식품을 팔기 시작했습니다. 예전과 달리 물건에 큰 문제는 없었습니다. 많은 노인이 반강제적으로 산 물건값을 내기 위해 거리에 내앉거나 심지어 자살을 택하기도 했다는 것만 빼면 말이죠.]

말을 아끼듯 입을 다물고 있던 수영은 여왕개미가 더 이상 말을 잇지 않자 조심스레 질문했다.

"그런데, 그럼 내기란 건 무슨 소리야?"

[음, 이제 다 설명했으니 말해도 되겠군요.]

여왕개미는 짧게 말했다.

[이 남자를 설득해 보세요.]

수영은 고개를 갸웃거렸다.

"설득?"

[이 남자는 자신이 저지른 죄로 감옥에 갔다 나왔지만 또다시 죄를 저질렀습니다. 결국 원한을 산 건 물론이고 이제 우리에게 잡혀서 처형당하게 될 상황이 됐죠. 그런데 아까 수영 씨가 말했

죠? 죄인은 갱생시켜야 한다고.]

"그래, 그랬지."

[그러니 이 남자가 자신의 죄를 뉘우치고 다시는 그렇게 살지 않는다고 맹세하게 해보세요.]

수영은 마른침을 삼켰다. 마치 이런 상황이 만들어질 거라고, 수영이 그런 대답을 할 거라고 예상한 후 거기에 대한 답과 내기를 위한 도구까지 준비해 놓은 것 같은 상황이다.

어째서 여왕개미가 그런 것을 알고 준비해 놓았는지도 의문이지만, 지금 그 의문은 그다지 중요한 것이 아니었다.

"설득해서 뭐 어쩌란 거야? 그래 봤자 당신들은……."

[저 남자를 죽일 거라고요?]

말허리를 가로채인 수영은 기분 나쁜 얼굴로 고개를 끄덕였다. 여왕개미가 웃는 소리가 태블릿PC 쪽에서 들려왔다.

[그게 바로 이 내기의 판돈입니다. 만약 수영 씨가 설득에 성공해서 이 남자가 자기 죄를 뉘우치고 깨끗하게 살아간다고 맹세하게 된다면 이 남자를 놓아주겠습니다. 아, 그리고 덤으로.]

잠시 말을 멈춘 여왕개미는 수영이 듣지 못했다고, 혹은 잘못 들었다고 생각할 수 없을 정도로 분명하고 똑똑히 말했다.

[우리의 조직도 해체하도록 하죠.]

"예?"

"뭐라고요?"

순간 당혹한 음성이 두 군데서 튀어나왔다. 수영은 처음으로 보는 화연의 깜짝 놀란 얼굴을 바라봤다. 화연은 크게 떴던 눈을 깜빡거리고 입을 꼭 닫으며 수영에게서 고개를 돌렸다. 하지만 당혹감이 가시지 않은 떨리는 목소리로 말했다.

"그런 건 말해주지 않았잖습니까? 개미를 해체하면 전 대체……."

[진정하세요, 화연 씨. 나는 믿고 있습니다. 화연 씨도 알 텐데요?]

"대체 뭘요?"

만약 이 자리에 여왕개미가 있었다면 그는 고개를 돌려 수영을 똑바로 노려봤을 것이다. 여왕개미는 수영이 그런 기분이 들게 만드는 어투로 똑똑히 말했다.

[쓰레기는 절대로 변하지 않지요, 절대로.]

그 말을 들은 화연은 잠시 뭔가를 생각하더니 납득한 듯 고개를 끄덕이며 뒤로 물러났다.

[아, 하지만 이쪽만 거는 게 있어서는 내기가 성립이 안 되죠. 그러니 수영 씨도 판돈을 걸어줬으면 좋겠네요. 만약 수영 씨가 실패했을 때는…….]

마치 수영의 긴장한 상태를 즐기듯 말꼬리를 흘리던 여왕개미는 비웃듯이 말했다   .

[우리가 옳다는 걸 인정하세요.]

"뭐? 그건……."

수영은 재빨리 말꼬리를 삼켰다.

결론적으로 만에 하나 진다고 해도 수영이 할 것이라고는 단순히 너희가 옳다는 걸 인정한다는 말 한마디뿐인 것이다. 역으로 이긴다면 저 사람이 살게 되는데다가 무엇보다 개미가 해체된다.

즉, 얻는 것에 비하면 위험도가 지나칠 정도로 낮다. 평범하게 생각해 보면 내기 자체가 성립되지 않아도 이상하지 않은 상황이다.

하지만 여왕개미의 말에는 알 수 없는 자신감에 차 있었다. 절대로 패할 일이 없을 거라는 확신을 가지고 있는 것 같았다.

[어떻게 할 거죠? 이 조건으로 내기를 승낙하겠습니까, 아니면 포기하겠습니까?]

계속되는 침묵에 여왕개미는 대답을 독촉했다. 그 독촉에 수영은 고개를 들었다.

"알았어."

선택을 망설이던 수영은 결국 고개를 끄덕였다.

진다고 해봤자 수영이 손해를 입는 것은 약간의 자존심뿐이다. 비록 그 자존심을 하찮은 것이라 취급할 생각까진 없었지만, 눈앞에 있는 인간의 목숨과 앞으로 죽을 인간들의 목숨에 비하면 그것은 가벼운 것이었다.

"좋아."

수영은 태블릿PC를 똑바로 바라보며 외쳤다.

"내가 이 사람을 설득하면 이 사람 살려주고 당신들의 조직도 해체하는 거야. 그리고 실패하면 내가 당신들이 하는 일이 옳다고 인정하면 되는 거고. 맞지?"

[또한 어떤 경우에라도 설득 도중에 죄를 뉘우치면 우리가 살려주겠다고 한 사실을 말하면 안 됩니다. 이 자리에서 벗어나게 해서도 안 됩니다. 그리고 마지막으로. 설득은 두 시간 동안 하는 걸로 하죠. 그걸 넘으면 실패한 걸로 하는 겁니다. 동의합니까?]

부수적으로 붙는 조건을 들은 수영은 잠시 망설이다가 고개를 끄덕였다. 여왕개미는 그런 수영의 모습에 작게 웃었다.

　[좋습니다. 그럼 이제 악수라도 할까요?]

　그 농담에 수영의 얼굴이 일그러지자 여왕개미는 작은 웃음을 흘렸다. 그러고는 이내 선언하듯 말했다.

　[지금부터 두 시간 동안, 조건 이외의 어떤 방법도 좋습니다. 이 남자를 설득해 보세요.]

＊　　　＊　　　＊

　뭐라고 하는지도 모를 찢어지는 목소리와 천둥소리 같은 전자음. 오랫동안 혹사당한 남자의 고막은 그 찢어지는 것 같은 소음조차 이제 제대로 들리지 않았다. 하지만 지금 남자에게 있어서 청력이 다시 회복될 수 있느냐 없느냐는 아주 사소한 문제였다.

　마지막으로 남자가 본 것은 물건을 사고도 그 대가를 지불하지 않는 늙은이의 얼굴이었다.

　그 낡고 더러운 집에 찾아가는 것도 세 번째. 잔뜩 겁먹은 모습으로 두 손을 모아서 싹싹 빌던 그 늙은이의 모습을 떠올리며 발을 옮기던 남자는 이상하게도 당당한데다가 웃고 있는 늙은이의 얼굴에 살짝 당황해야 했다.

　그리고 그것에 대해 이상하게 생각할 틈도 없이 쓰러졌다. 누군가에게 공격당해서.

　고개를 돌릴 틈도 없이 날아온 구둣발에 그는 몸을 웅크려야 했다. 한둘이 아니었다. 어림잡아 셋 이상은 될 것 같은 괴한들은 남자를 금방이라도 죽일 것처럼 폭력을 행사했다.

그리고 그렇게 두들겨 맞던 중 남자는 마침내 정신을 잃었다.

감당할 수 없는 수준의 소음에 정신이 들었을 때, 남자는 뭔가가 자신의 눈을 가리고 입을 막고 있다는 것을 알아차렸다.

그리고 곧바로 다시 시작된 폭행. 비명을 지를 수조차 없고 뭔가 의사를 표현할 수도 없다. 남자는 그저 계속 맞으며 뭔가를 말하기 위해 입을 웅얼거리다가 기절하는 것을 몇 번이나 반복해야 했다.

네 번째로 정신을 차렸을 때 남자는 이상함을 느꼈다. 이번엔 뭔가 달랐다. 남자는 자신이 의자에 앉혀져 있다는 것을 알아차렸다. 그리고 마지막으로 기절하기 전에는 스피커를 틀어놓은 듯이 들리던 그 소음이 좀 더 귀에 밀착된 채로 들려오고 있다는 것도 말이다. 아마도 헤드폰 같은 것을 씌워놓은 것이 틀림없다.

게다가 무엇보다 다른 것은 이번에는 곧바로 그 무자비한 폭력이 날아오지 않는다는 점이다.

소음 때문에 주위에 누가 있는지, 이곳이 어딘지도 알 수 없었지만 남자는 겁에 질려 몸을 떨면서도 겨우 생각할 시간을 가질 수 있었다.

대체 이들은 누구인가. 어째서 자신을 납치해서 이런 식의 폭력을 행사하고 있는가.

그 답은 이미 나왔다. 아마 자신이 벌인 일의 피해자임이 틀림없다. 어쩌면 너무나 나댄 것일지도 모른다. 너무 심하게 먹잇감을 쪼아댄 것이 이런 결과를 낳았을지도 모를 일이다.

하지만 지금 무엇보다 중요한 것은 자신의 과거와 이 일의 원흉 따위가 아니었다. 지금 이 순간 가장 중요한 것은 바로 이것이다.

살아남을 수 있을 것인가.

남자가 몸을 떨고 있을 때, 바닥에 붙이고 있는 발에서 진동이 느껴졌다. 비록 소리는 들리지 않았지만 진동을 느끼는 것은 촉각의 영역이다. 뭔가 둔중한 것이 쿵 내려앉는 듯한 진동에 이어 뭔가가 연속적으로 땅을 작게 울리는 것 같은 진동이 발아래에서 느껴졌다.

누군가가 걸어서 자신에게 다가오는 것 같은 진동이다.

곧이어 남자는 몸 앞에서 어떤 열기를 느꼈다. 누군가가 있다. 체온 36.5도의 살아 있는 인간이 풍기는 에너지가 남자의 앞을 왔다 갔다 하고 있다. 남자는 이를 꽉 악물었다. 이 징조는 또 다른 폭력의 시작일 수도 있었다.

하지만 이상하게도 주먹은 날아오지 않았다. 꽤 오랫동안. 시간은 알 수 없었지만 최소 십 분은 지난 것 같다. 그때 갑자기 귀가 시원해졌다. 얼마나 오랫동안인지 모를 시간 동안 남자의 귀를 감싸고 있던 헤드폰이 벗겨진 것이다.

"…니까?"

처음에는 그 소리를 알아들을 수 없었다. 오랫동안 귀를 강타한 클럽 음악에 상한 남자의 고막은 그 목소리를 정확하게 체크하지 못했다. 마치 물속에서 말하는 것을 듣는 것같이 소리가 멀었다.

하지만 다행이었다. 그 목소리의 주인은 참을성 있게도 몇 번이나 같은 말을 반복했다. 그렇기에 잠시 후 남자는 상대가 무엇을 말하는 것인지 겨우 알아들을 수 있었다.

"들립니까? 괜찮아요?"

그것은 어쩌면 구원의 목소리일지도 몰랐다.

* * *

"괜찮아요?"

몇 번이나 말했을까. 약 삼십 분 동안 같은 말을 하던 수영은 마침내 남자가 고개를 끄덕이자 마른침을 삼켰다. 일단 말소리는 아직 알아들을 수 있는 것이다.

다행이다. 말이 들리지도 않으면 설득도 불가능할 테니까 말이다.

"지금부터 안대를 벗기고 테이프를 뗄게요. 알겠죠? 비명 같은 거 지르지 말고요."

성규는 조금 전보다 훨씬 더 확실히 고개를 끄덕였다. 수영은 조심스레 성규의 입에 달라붙어 있는 청테이프를 떼어냈다.

"으흑! 흐으으윽! 흑! 힉!"

테이프를 떼자마자 상처 입은 산짐승 같은 신음 소리가 흘러나왔다. 수영은 성규의 턱이 떨려 이빨이 부딪치는 것을 보며 조심스럽게 안대를 벗겨냈다. 홀로 어둠 속에 오랫동안 방치되어 있던 성규는 천장에서 내려쬐는 밝은 빛에 눈을 찡그리면서도 필사적으로 수영의 얼굴을 바라보려 애썼다.

"서, 선생님은 누, 누구, 누구신가요?"

성규가 덜덜 떨면서도 필사적으로 내뱉는 말에 수영은 잠시 망설이다가 입을 열었다. 본명을 말해도 문제는 없을 것 같았다.

"저는 정수영이라고 합니다. 이성규 씨죠?"

그 말에 성규의 고개가 살짝 갸웃거렸다. 수영은 성규가 무엇을 의아해하는지 느꼈다. 아마도 갑자기 이런 신사적인 대응을 받으니 당황스러운 것이다.

수영은 재빨리 말을 덧붙였다.

"저는 이성규 씨를 납치한 사람이 아녜요. 저는 그러니까… 이성규 씨를 설득해 달라는 부탁을 받았습니다."

"설득… 이요?"

"예."

수영은 태블릿PC와 화연을 힐끔거렸다. 어째서 설득을 해야 하는지는 밝히지 않았으니 이 정도는 선을 넘지 않았다고 봐도 될 것이다. 다행히도 화연이 수영을 제지하거나 하지 않는 걸 보아 수영의 그 생각은 인정된 것 같았다.

"무, 무슨 말씀이신지 모르겠지만… 제발 살려주십쇼, 제발……."

다 큰 남자가 어린애처럼 우는 모습에 수영은 약간의 안도감을 느꼈다. 무슨 일이 있었는지는 모르지만 이렇게 공포에 질려 있는 상태라면 죄를 뉘우치고 살라는 설득은 매우 쉬울 것이다.

여왕개미의 말대로 수영이 이겨야 살아간다는 걸 말하지 않는다고 해도 조금이라도 살 수 있다는 희망의 기색이 보인다면 거짓으로라도 잘못했다고 할 테니까.

'그래, 살 수만 있다면 뭐든 하려고 하겠지.'

수영은 속이 매스꺼워졌다. 성규의 바짓단에서 풍기는 악취 때문이 아니다. 돈을 위해서 남을 희생시킨 주제에 자기가 살기 위해서는 뭐든 하려 하다니. 한숨이 나올 지경이다.

하지만 곧 수영은 고개를 저었다. 지금 수영은 성규의 편이어야 했다.

"왜 여기에 이렇게 잡혀왔는지는 알고 있겠죠?"

"그, 글쎄요. 그러니까……."

성규는 고개를 살짝 들어 수영을 바라보며 비굴하게 우는 표정을 지어 보였다.

"제가 지은 죄가 너무 많아서……. 죄, 죄송합니다. 정말로 죄송합니다."

생각보다 너무나도 간단했다. 이쯤해서 다시는 죄를 짓지 않겠다고 약속할 거냐고 하면 이 남자는 분명 그럴 거라고 할 것이다.

이건 예상이 아니다. 확신이다. 마치 이미 잡아놓은 물고기나 다름없었다.

"정확히 뭘 잘못했다고 생각하죠?"

너무나도 간단했기 때문일까. 수영은 마치 장난치듯 말을 던졌다.

"그, 그러니까……."

어지럽게 눈알을 굴리던 성규는 바닥으로 시선을 떨어뜨렸다.

"자, 잘못했습니다."

"그러니까 뭘요?"

성규의 앞에 쪼그려 앉은 수영은 바닥을 향하고 있는 성규의 눈을 올려다봤다. 그런 수영의 눈빛에 움찔거리며 눈을 피한 성규는 눈알을 굴리다가 목소리를 쥐어짜냈다.

"노인분들에게… 건강식품 판 거요."

"건강식품?"

수영이 고개를 갸웃거리며 되묻자 성규는 깜짝 놀라며 자신의 말을 정정했다.

"아, 아뇨. 그냥 한약 찌꺼기를 모은 겁니다. 예, 제가 잘못했습니다. 제발……."

등 뒤로 뭔가가 전격같이 흘렀다. 그 기묘한 간질거림에 수영은 몸을 떨었다.

나쁜 느낌은 아니다. 그건 일종의 쾌감에 가까웠다.

"그렇죠? 사기 친 거죠?"

"예, 예. 정말 잘못했습니다."

수영은 고개를 끄덕였다.

"정말로 잘못했다고 생각한다면 앞으로 절대로 그런 일은 안 하겠죠?"

"무, 물론입니다! 앞으로는 절대로! 절대로 그런 일은 하지 않고 착하게 살겠습니다!"

성규는 격하게 고개를 끄덕이며 필사적으로 외쳤다. 수영은 절로 쓴웃음이 나왔다. 저 입에서 수영이 바라는 말이 나오는 데 걸린 시간은 어느 정도일까. 3분? 2분?

만약 이런 상황이 아니었다면 그 말을 하게 하는 게 가능했을까. 경찰 앞에서도 이 남자는 그것을 인정하지 않았을 것이다. 설사 가능하다고 해도 세 시간 정도로는 어림도 없을 것이 틀림없었다.

'어쨌든 내가 이겼어.'

주먹은 가깝고 법은 멀다는 게 이럴 때 쓰는 말일까. 허무했다.

너무나도 쉬웠기 때문에 승리의 기쁨 같은 것은 느껴지지도 않았다. 그렇게 앉아서 씁쓸한 허무감을 곱씹던 수영은 허리를 펴고 일어났다. 어찌 되었든 이제 이 남자는 살 것이고, 개미는 해체될 것이다.

수영은 태블릿PC 쪽을 바라보며 외쳤다.

"이제 됐지? 약속은 지키라고! 너무 간단히 나왔다고 인정 안 하거나 그러진 않겠지?"

잠깐의 침묵 후 기계음이 나왔다.

[화연 씨?]

수영은 화연을 돌아봤다. 화연은 동요하는 얼굴로 수영과 태블릿PC를 번갈아봤다.

"하지만 이러면……."

[풀어줘 보세요.]

잘라 말하는 여왕개미의 명령에 화연은 살기를 그대로 드러내며 수영을 노려봤다. 피부가 저릿할 정도의 감정의 투사에 수영은 자신도 모르게 움찔거리며 뒤로 물러났다.

"…알겠습니다."

잠시 동안 그렇게 수영을 노려보던 화연은 눈을 꾹 감으며 아까 묶여 있던 수영을 풀어줄 때 썼던 칼을 꺼내 들었다. 그리고 성규에게 다가갔다.

"히, 히익!"

"닥쳐."

서슬 퍼런 목소리가 화연의 목에서 튀어나오자 성규는 뱀 앞의 쥐처럼 몸을 경직시켰다.

성규를 잡아먹을 듯 노려보던 화연은 의자와 성규를 묶어두고 있던 청테이프를 거칠게 잘라냈다. 그리고 그대로 뒤를 돌아서 수영을 향한 후 지금까지 수영이 화연에게 들었던 그 어떤 것보다 생생한 감정이 담겨 있는 목소리로 말했다.

"당신은 이걸 잘했다고 생각할지도 모르겠지만 그건 오만이에요. 알고 있어요? 이런 쓰레기들은… 꺄악!"

화연은 말을 끝내지 못했다. 순간 머리채를 잡힌 탓이다. 화연이 자신이 처한 상황을 파악하기도 전에 더럽혀진 팔은 목을 졸랐다. 그리고 다른 쪽 팔은 화연이 손에 들고 있던 등산용 나이프를 낚아챘다.

"움직이지 마아아악!"

비명에 가까운 외침과 함께 화연의 몸이 거칠게 흔들렸다. 수영은 순간 팔에 닭살이 돋는 불쾌한 느낌에 몸서리치면서도 이해할 수 없다는 듯 외쳤다.

"무슨 짓이에요, 지금?"

"너, 너희 이 씨발 잡것들이! 사람을 가지고 놀아? 응?"

공포 반에 분노 반. 묶여 있던 중에 눌려 있던 감정이 죄다 터져 나와 흐르는 것 같았다.

성규는 칼을 화연의 목에 가져다 댄 채 이를 달달 떨고 있었다. 수영은 성규를 자극하지 않기 위해 뒤로 한 발 물러나며 낮은 목소리로 말했다.

"아니, 그러니까, 그럴 필요 없다니까요. 지금 이성규 씨는 자유…….."

"가만히 있어! 안 그러면 주, 죽여 버린다!"

말이 통할 상태가 아니라는 건 분명하다. 수영은 자신과 화연을 번갈아가며 겨누는 칼을 피해 물러났고, 성규는 화연을 질질 끌면서 계단 쪽으로 슬금슬금 움직였다. 곧 성규가 계단으로 올라가서 보이지 않게 되나 싶더니 곧장 철컹거리는 소리에 이어 커다란 목소리가 들려왔다.

"이거 열어, 이 쌍년아!"

그 외침에 깜짝 놀란 수영의 어깨가 움찔거렸다. 분명히 저 위에는 자물쇠가 달린 문이 있다. 화연으로서는 어떤 일이 일어날지 모르니 좀 더 철저히 하자는 생각이었겠지만, 그 예상이 적중한 셈이다. 문제는 지금 그 상대가 화연의 목에 칼을 대고 있는데도 문을 여는 것을 거부하고 있다는 사실이다.

수영은 앞으로 뛰어가 뒤쪽에 놓여 있는 태블릿을 낚아챘다.

"다 보고 있지? 저 여자, 당신 쪽 사람이잖아. 어떻게 좀 해봐. 저러다가 진짜 다쳐!"

[하지만 아직 내기가 안 끝났잖습니까?]

"뭐? 그건 또 무슨 소리야? 분명히 내가 이겼잖아."

그러자 곧장 이상하다는 듯한 대답이 돌아왔다.

[무슨 소립니까? 설득에 성공해야지요.]

"그래, 그래서 설득하는 데 3분도 안 걸렸잖아!"

그 외침에 태블릿PC 너머에서 웃음소리가 들려왔다.

[아아, 수영 씨는 내가 풀어주라고 말한 게 졌다고 인정한 거라고 생각했나 보네요.]

웃음을 멈춘 여왕개미는 노골적인 비웃음을 담아 말했다.

[난 졌다고 하지 않았습니다만. 그냥 풀어주라고 했을 뿐이죠.]

"지금 장난해? 그런 말장난으로 자기가 진 걸 덮으려 하는 거야?"

그 말에 여왕개미는 정색하고 말했다.

[그럼 수영 씨는 지금 저 남자를 설득했다고 하는 건가요? 앞으로 죄를 짓지 않겠다고 한 남자가 화연 씨에게 칼을 겨누고 있는데?]

수영은 입을 다물 수밖에 없었다. 성규는 구속에서 풀려나는 즉시 자신의 말이 입에 발린 거짓이었다는 것을 스스로 증명했다. 이 상황에서는 여왕개미가 오히려 수영이 패했다고 선언해도 할 말이 없는 것이다.

수영의 몸이 자신도 모르게 비틀거렸다. 순식간에 몸 주변의 땅이 전부 내려앉는 것 같았다. 아까같이 평지에서 10센티미터도 안 떨어진, 춤을 추며 건너도 충분할 너비의 발판이 아니다. 겨우 한 뼘이 될까 말까 한, 그것도 천 길 낭떠러지 사이에 걸쳐져 있는 발판에 올라선 식겁함이 느껴졌다.

그런 수영의 등을 떠밀 듯 여왕개미가 작게 속삭였다.

[어디 보자, 아직 5분 정도밖에 안 지났군요. 그럼 계속해 보시죠.]

"대체 뭐하자는 헛소리야! 저 여자 죽는다고!"

그때 쿵쾅거리는 소리와 함께 성규는 화연을 질질 끌며 다시 지하실로 내려왔다.

성규는 수영을 보자 몸을 부르르 떨며 외쳤다.

"문 열어! 이 새끼야!"

그 외침을 듣고 얼굴을 보니 화가 났다.

대체 왜 자신의 잘못을 인정하고 뉘우치지 않는 걸까. 어째서 저렇게 악의에 물든 행동밖에 하지 못하는 것일까. 기회를 주는데도 그 기회를 발로 차버리는 성규의 모습은 그야말로 멍청한 악당의 표본일 뿐이었다.

하지만 수영은 그런 감정을 억누르고 눈앞의 상황에 집중했다.

지금 눈앞에 있는 것은 폭력과 감금에 시달려 지극히 불안정해진 남자와 그 남자에게 잡힌 인질이다.

"너! 너! 빨리 문 열어! 안 그러면 이년 죽여 버린다!"

수영은 마른침을 삼켰다. 분명한 건 조금 전의 일방적인 상황이 완전히 뒤집혔다는 것이다. 이제 문자 그대로 칼자루는 저쪽이 쥐고 있다. 지금 수영은 어떻게 해야 저 남자의 입에서 잘못했고 다신 그러지 않겠다는 말이 나오게 할 수 있을지 알 수가 없었다.

"일단 진정하세요. 칼을 들고 있는 건 그쪽이잖아요? 그렇죠? 인질도 잡고 있고. 그러니까 일단 진정하시고 대화를 좀 하죠."

그 말도 맞는다고 생각한 듯 잠시 눈을 깜빡이던 성규는 순간 움찔 놀라며 화연의 목을 감고 있는 팔을 조였다.

"웃기지 마! 여, 여기 너, 너희 아지트잖아! 진정하라고? 시간 끌지 말고 저 좆같은 문 열라고! 빨리!"

수영에게는 불가능한 일이다. 자물쇠의 키는 화연이 가지고 있으니까.

하지만 그걸 말했다가는 성규가 화연에게 무슨 짓을 할지 알 수 없다. 그렇다고 눈치를 줘서 화연에게 열쇠를 내놓으라고 설득하는 것도 불가능해 보였다. 화연은 자신을 바라보는 수영의 시선을 피하듯 고개를 돌리고 고집스럽게 입술을 꽉 다물고 있다.

'어쩌지?'

이 상황을 타개할 방법을 생각할 시간이 필요했지만, 성규는 그 시간을 허락하지 않았다.

"빨리 문 열라고! 다른 놈 오길 기다리는 거냐? 엉?"

떨리는 팔은 칼을 흔들거리게 했고, 화연의 목에 가까이 붙어 있던 칼날은 피부를 얇게 베어냈다. 수영은 화연의 목에서 흘러내리기 시작한 피에 깜짝 놀라며 손을 앞으로 뻗었다.

"알았으니까 잠깐, 잠깐만! 진정 좀 하라고요!"

"진정하라고? 씨발! 닥쳐!"

성규는 고개를 내저으며 수영을 향해 외쳤다.

"너희, 이, 이 씨발 연놈들! 사기 좀 쳤다고 사람을 죽이려고 들어? 응? 아니지. 이렇게는 안 죽어. 안 죽는다고! 빨리 문 열어, 이 새끼야!"

수영은 욕지거리를 듣고 순간 울컥한 기분을 삭였다.

"지금 안쪽에서 잠겨 있어서 못 나가는 거잖아요? 그러니까 누가 오더라도 못 들어오죠. 그리고 인질도 잡고 있고. 그러니까 그쪽이 유리한 거죠? 그죠? 그러니까 일단 좀 진정하고……."

"닥치라고 했잖아!"

성규는 칼끝을 앞으로 내밀고 온 방이 울리도록 외쳤다. 수영은 그의 말대로 입을 다물었다. 말이 통하지 않았다. 조금이라도 이성을 찾고 말을 할 수 있으면 좋으련만.

차라리 외계인과 대화하는 게 나을 것 같았다. 진퇴양난이다. 이 위기에서 벗어날 구멍 같은 것은 보이지 않았다.

"그, 그렇지."

그때 성규가 뭔가가 떠오른 듯 얼굴을 경련시키며 웃었다.

"그, 그래, 너희가 날 죽이려고 했으니까 내가 그런다고 해도 정당방위겠지? 응? 나도 이 정도로 맞았으니까 너희도 좀 다쳐 봐야 정신을 차릴 거 아냐!"

"예? 지금 무슨 짓을 하려는······."

수영이 그 말이 무슨 의미인지 알아내기도 전에 수영을 위협하듯 앞을 향하고 있던 칼날이 곧장 화연의 목으로 파고들었다.

"안 돼!"

수영은 순간 자신이 무슨 일을 저질렀는지 알지 못했다. 머리가 뭔가를 생각하기도 전에 몸이 움직인 탓이다.

그렇기에 성규도 예상외의 상황을 좀 더 자세히 보려는 듯 자연히 움직임을 멈췄다.

"어?"

조금 전만 해도 성규가 묶여 있던 파이프 의자, 그것이 회전하며 성규와 화연을 덮치고 있었다.

"이 씨······!

성규가 욕지거리를 내뱉으며 화연의 목을 감고 있는 팔을 풀었다. 그와 거의 동시에 앞으로 뛰어나간 수영은 화연의 팔을 잡아당겼다. 겨우 의자를 피한 성규가 뒤늦게 손을 뻗었지만, 이미 화연은 수영의 뒤로 몸을 숨긴 후였다.

"이 새끼가 잔머릴 굴려?"

던져진 의자에 어깨가 맞았지만 성규는 칼을 놓치지 않았다. 잠시 비틀거리던 성규는 계단 옆의 벽에 기대서서 이를 갈며 수영을 노려봤다. 그 잠깐의 대치 상황에 수영은 자신의 뒤에 있는 화연에게 속삭이듯 낮은 목소리로 말했다.

"열쇠 내놔요, 빨리."

"안 돼요."

"죽고 싶어요, 지금? 그렇게 상황 파악이 안 돼요?"

그 말에도 화연은 다시 고개를 저었다.

"저 쓰레기를 그냥 풀어주면 무슨 짓을 할지 알 수 없어요."

그 흔들림 없는 속삭임에 수영은 입을 다물었다.

사실 그 말이 맞았다. 팔다리를 풀어주자마자 사람의 목에 칼을 가져다 대는 것만 봐도 알 수 있다. 이미 저 남자는 갱생의 여지가 없다고 봐도 과언이 아니다.

이제 확실하다. 이미 설득이 어쩌고 하는 단계는 지나 버린 지 오래였다.

그것을 스스로 인정한 순간, 수영의 목울대가 분노에 크게 경련했다.

"당신, 대체 왜 그럽니까?"

"뭐? 뭐, 이 새끼야?"

성규는 부들부들 떨리는 칼을 앞으로 겨누고 외쳤지만, 수영은 이번엔 입을 다물지 않았다.

"아까 잘못했다고 했잖아요. 그건 거짓말입니까?"

그 말에 성규는 상체를 크게 흔들어 웃었다.

"하하! 뭐 어째? 야, 이 미친 새끼야, 내 죄는 이미 나라에 다 갚았다고! 그런데 이 미친! 엉? 야, 사기 같은 건 당할 만한 놈들이 당하는 거야. 근데 당할 만한 놈들이 당해놓고, 그, 그 분풀이 한답시고 사람을 납치해서 패 죽이려고 해놓고 잘못이 뭐 어째?

씨발, 개소리 작작해, 이 씹색갸!"

성규의 욕지거리를 들을 때마다 수영의 목울대와 혈관이 꿈틀거렸다. 단단히 닫아놓고 일부러 외면하고 있던 뭔가가 한계를 넘어 출렁거리는 느낌이다.

이런 쓰레기라도 살아야 하고, 죄를 지은 것은 나라에서 벌해야 한다고, 법은 지켜져야 한다고 말했던 자신이 너무나 바보같이 느껴졌다.

그렇다. 이것이 바로 이론이 아닌 현실인 것이다.

'난 이런 쓰레기를 변호하려고…….'

이런 쓰레기를 살려주기 위해 노력했다는 것 자체가 화가 났다. 타인을 존중하고 알려 하는 생각은커녕 자신이 품고 있는 악의조차 억누르지도 못하는 저 남자에 대한 분노가 스멀스멀 피어올랐다.

굳어가는 수영의 얼굴에 움찔거리던 성규는 이내 다시 광기를 내뱉었다.

"너, 너 역시 누구 기다리나 본데. 오냐, 그래. 시간 끌고 싶다 그거지? 네 생각대로는 안 될 거다, 이 새끼야!"

그것은 분명 진심이다. 왠지는 모르겠지만 수영은 알 수 있었다.

지금 성규는 여기서 나갈 수 있다면 무엇이라도, 수영과 화연을 죽이는 것까지도 불사할 것이다. 그리고 그것을 증명하듯 벽에서 몸을 떼어낸 성규가 비틀거리며 수영을 향해 다가오기 시작했다.

"이러지 마요! 진짜 계속 이러면……."

거기에 답하듯 한 뼘도 안 될 등산용 나이프의 칼날이 수영을 향해 휘둘러졌다.

수영은 급히 화연을 뒤로 밀어내며 몸을 피했다. 간신히 칼날은 수영의 몸에 닿지 않았지만, 점퍼의 앞섶이 길게 찢어지며 하얀 솜이 쏟아져 나왔다.

"으윽."

순간 수영의 온몸이 경직되며 심장이 오그라드는 듯했다.

가슴이 급격히 두근거리기 시작하며 눈앞의 화상이 일그러졌다. 그것은 일종의 트라우마였다. 날카로운 금속 칼날이 인간의 몸에 어떤 짓을 할 수 있는지 수영보다 잘 아는 사람도 이 세상에 드물 것이다.

"피했어? 오냐, 어디 또 피해봐라!"

몸이 굳어 있었기에 그 공격에 대한 대응은 좀 더 늦었다. 이번에는 앞에서부터 찔러 들어온 칼날이 수영의 팔에 박혔다. 두꺼운 겨울 점퍼와 짧은 칼날 덕택에 상처는 깊지는 않았지만, 그 강렬한 통증은 굳어 있던 수영을 흔들어 깨웠다.

"으아아아!"

둑을 무너뜨릴 듯 출렁거리던 감정이 폭발했다. 트라우마가 솟아오른 분노에 짓밟혀 힘없이 부서졌다.

수영은 칼을 바로잡으려 하는 성규를 향해 야수처럼 달려들었다.

"어? 어어어?"

예상외의 상황에 당황한 성규는 칼을 휘두르려 했다. 하지만 수영은 칼을 잡고 있는 성규의 손이 움직이기 전에 먼저 팔을 뻗어 손을 제압했다. 그리고 눈을 크게 뜨고 입을 딱 벌리고 있는 성규의 얼굴에 그대로 박치기를 날렸다.

"커헉!"

성규의 콧대가 부러지며 피가 섞인 숨이 비산했다. 수영은 그대로 성규와 엉킨 채 바닥으로 넘어졌다. 성규는 자신의 위로 쓰러진 수영에게 칼질을 하려 했지만, 수영은 그 팔을 절대로 놓지 않았다. 그리고 그대로 반대편 손과 무릎으로 바닥을 짚고 상체를 일으켰다. 성규의 위에 완전히 걸터앉은 폼이 된 수영은 이를 악물고 말없이 성규를 내려다봤다.

"크륵! 저리 안 비켜? 놓으라고! 놔!"

기관지로 넘어온 피를 내뱉은 성규는 수영의 표정을 살피려 했다. 하지만 볼 수 없었다. 빛을 등진 것 때문일까. 수영의 표정은 선명한 빛만큼이나 짙은 그림자에 감춰져 있었다. 성규가 알수 있는 것은 수영이 거친 숨을 몰아쉬며 자신을 내려다보고 있다는 것뿐이었다.

"으, 으으으……."

성규의 얼굴에서 분노와 광기가 순식간에 가셨다. 볼 수 없는 수영의 얼굴은 성규가 자신이 우위를 완전히 잃었다는 것을 깨닫게 했다. 그러자 광기 때문에 잠들어 있던 공포가 순식간에 깨어나 성규의 전신으로 퍼졌다.

"죄, 죄송합니다. 잘못, 잘못했습니다."

비굴한 말을 들은 수영은 아무 말도 하지 않았다. 대신 꽉 쥔 오른 주먹을 치켜들었다. 그것이 무엇을 의미하는지 눈치챈 성규는 고개를 흔들며 필사적으로 외쳤다.

"제발! 제발……. 컥!"

비명 소리가 울리기 시작했다.

"컥! 크억! 억!"

수영의 주먹이 아래로 내려쳐질 때마다 성규의 다리가 움찔거렸다. 이미 성규의 오른손은 칼을 쥐고 있지도 못했다. 절망적인 공포와 폭력에 파르르 떨리는 손은 그 무엇도 쥘 수 없을 것같이 꿈틀거리는 것밖에 하지 못했다.

"제, 제발! 살려! 살려주… 컥!"

성규가 유일하게 자유로운 왼손으로 얼굴을 필사적으로 가리려 할 때마다 수영은 그 손을 뜯어내듯 옆으로 밀어내며 계속 성규의 얼굴을 맨주먹으로 내려쳤다. 마치 참아왔던 울분과 저 의식 깊은 곳에 있던 혐오감을 뱉어내듯이.

"으으……."

몇 번이나 주먹을 내려쳤을까. 누구도 말리지 않았기에 한없이 계속될 것 같은 주먹질이 서서히 잦아들었다. 마침내 시큰거리는 주먹의 아픔에 정신을 차린 수영은 손을 멈췄다.

성규는 잔뜩 부어오른 얼굴로 신음을 흘리고 있다.

"살려… 목숨만… 제발……."

반쯤 정신을 잃고 비몽사몽 중얼거리는 성규를 내려다보고 있자니 뒤쪽에서 목소리가 들려왔다.

[이제 대화를 할 상태가 된 것 같네요.]

수영은 고개를 돌렸다. 어느새 화연은 바닥에 떨어져 있던 태블릿PC를 주워 들고 있었다.

[그럼 설득을 계속해 보겠습니까? 아직 한 시간 넘게 남았는데.]

아무 말 없이 한참을 바닥을 내려다보던 수영은 자리에서 일어났다. 그리고 화연의 앞까지 비틀거리며 다가왔다.

"열쇠 내놔요."

잠시 머뭇거리던 화연은 떨리는 손으로 가방에서 열쇠를 꺼냈다. 열쇠를 받아 든 수영은 앞으로 걸어갔다. 더 이상 움직일 정신조차 남아 있지 않은 성규를 지나쳐 계단 쪽으로 다가가던 수영의 무릎이 꺾이며 휘청거렸다. 벽을 짚어 간신히 쓰러지지 않은 수영은 천천히 손을 뗐다. 흰색 페인트로 칠해져 있는 벽에 누구의 것인지 알 수 없는 피가 손 모양으로 남아 있다.

"내가……."

[예? 뭐라고 했습니까?]

주먹을 움켜쥐고 잠시 입을 다물고 있던 수영은 계단에 발을 올렸다. 그리고 바닥에 쓰러져서 흐릿한 눈을 굴리고 있는 성규를 잠시 내려다봤다. 성규와 눈이 마주치자 수영은 고개를 돌렸다.

"내가."

그리고 계단으로 올라가며 작게, 하지만 뒤에 서 있는 화연에게 닿을 정도의 목소리로 중얼거렸다.

"졌어요."

_처절

"어이구, 크게 다치셨나 보네."

"술 먹고 싸우다가요."

수영의 말에 늙은 의사는 그의 손과 팔에 지그재그로 박혀 있는 검은색 실밥에 가볍게 가위질을 한 후 핀셋으로 뽑아냈다.

"되도록 조심하고 그래요. 젊을 때 이렇게 다치면 늙어서 고생하니."

가벼운 참견을 하며 조심스레 상처를 살피던 의사는 고개를 끄덕였다.

"상처는 잘 붙었네요. 되도록 물 안 닿게 주의하시고, 항생제 처방해 드릴 테니까 꼭 드시고. 요즘 이런 상처에 붙이는 흉터 안 생기는 반창고 같은 것도 있는데…….'

수영은 의사의 말을 귓등으로 받아넘기며 대충 고개를 끄덕였다.

길게 느껴지는 3, 4분이 지난 후 수영은 진료실에서 나와 접수
대 앞에 섰다.

"여기 처방전요. 4,100원입니다."

간호사가 넘기는 처방전을 받아 든 수영은 천 원짜리 네 장과
백 원짜리 동전 한 개를 접수대 위에 올려놨다.

"안녕히 가세요."

묵묵히 등 뒤로 인사를 흘리며 병원 밖으로 나온 수영은 손을
내려다봤다.

실을 뺀 자국이 약간 남아 있긴 하지만 유리병에 베인 상처는
붉게 변해 있는 정도다. 옷에 가려져 있긴 하지만 팔뚝의 찔린 상
처도 마찬가지였다. 상처가 생각보다 깊지 않았던 탓이다.

"으."

아직 남아 있는 상처를 보고 있자 꼴불견이었던 자신의 모습
이 다시 떠올라 얼굴이 뜨거워졌다. 아직 차가운 늦겨울의 공기
를 깊게 들이켰다가 내쉰 수영은 점퍼를 추스르며 종종걸음으로
집으로 향했다.

며칠 전, 지하에서 걸어 나온 수영은 무작정 밖으로 나가려
했다.

하지만 입구를 지키고 있던 경비는 수영의 모습을 보고 깜짝 놀
라며 저지했다. 그렇게 잠시 실랑이를 벌이고 있자 곧이어 뛰어나
온 화연은 곧장 콜택시를 부른 후 수영을 데리고 병원으로 향했
다. 병원에 도착하자 화연과 눈을 마주친 의사는 말없이 수영의
상처를 꿰맸다. 그 의사 역시 개미의 일원인 것이 틀림없었다.

그 후로 수영은 화연을 보지 못했다. 여왕개미의 연락 같은 것

도 오지 않았다.

그리고 아마도 그 남자는…….

'죽었겠지.'

아련히 밀려오는 기억에 수영은 주먹을 꽉 움켜쥐었다. 찌릿한 불쾌한 아픔이 팔을 따라 전신으로 퍼져 나갔다.

잊을 수 있을 리가 없다. 말하자면 그건 자기 자신의 손으로 한 생명을 놓아버린 것이나 다름없으니까. 하지만 지금 그때 그 시점으로 돌아간다고 해도 그 남자를 구할 것이라는 자신은 없었다.

아니, 구할 이유나 있을까. 지금 팔의 상처는 바로 그 남자가 만든 것인데.

"우리가 옳다는 걸 인정하세요."

귓가에 여왕개미의 말이 들려오는 것 같은 느낌이 들자 수영은 몸서리를 쳤다. 정체불명의 조직의 대장이 어째서 한낱 시민일 뿐인 수영과 내기를 하고 그런 기분 나쁜 경험을 하게 했는지 알 수가 없었다. 하지만 단 하나의 사실만큼은 분명했다.

이제 수영은 그들의 말을 대놓고 부정할 수가 없었다.

물론 그들이 하는 짓이 범죄라는 것도 분명하다. 여전히 껄끄러운 느낌은 남아 있다. 그러나 그곳에서 패배를 인정한 순간, 수영의 가치관은 뒤틀려 버렸다. 예전의 그 미친 주신에게 약간이나마 공감할 수 있을 정도로.

"응?"

그때 타이밍 좋게도 핸드폰이 진동했다. 어두운 생각을 멈춘 수영은 핸드폰을 꺼내 액정에 떠 있는 메시지를 확인했다.

—실밥은 잘 뺐어? 오늘은 병원 간다고 해서 일찍 퇴근시켜 줬으니까 내일은 일찍 와. 오늘 놀았으니 그만큼 또 일해야지.

아마도 반쯤 농담일 그 메시지에 수영은 피식 웃었다. 그리고 빠르게 메시지를 입력했다.

—지금 막 끝나고 집에 가는 중입니다. 내일은 야근하면 됩니까?
—농담이야. 그런데 누가 수영 씨 찾아왔던데?
—예? 누가요?
—웬 예쁜 아가씨. 수영 씨한테 전해줄 물건이 있다고 하다가 갔어.

여자? 거기에 전해줄 물건이라니? 의아해하며 막 다음 메시지를 입력하려 하던 수영은 앞쪽에서 갑작스러운 인기척을 느끼고 걸음을 멈췄다.
"아, 죄송하……."
고개를 든 순간 수영은 심장이 얼어붙는 것 같은 기분에 입을 다물었다.
며칠 전에 봤던 그 모습 그대로다. 그 젊은 여성은 날카롭고 공허한 눈으로 수영을 바라보고 있었다.
잠시 입을 꾹 다물고 그 여성과 눈싸움을 하던 수영은 짧게 물었다.

"무슨 용건이죠?"

"전해줄 물건이 있어서요."

당신이었나. 수영은 그 목소리가 입 밖으로 튀어나가는 걸 억누르고 진수에게 보내는 메시지를 마무리한 후 주머니에 넣었다. 그리고 화연을 다시 바라보며 짧게 말했다.

"뭔지 몰라도 받고 싶지 않은데요."

"하고 싶은 이야기도 있습니다만."

"이야기? 저번처럼 자기 할 말만 하다가 사람을 납치하려고요?"

그 말에 화연은 며칠 전과 다를 바 없는 냉랭한 어투로 답했다.

"불안하다면 장소는 수영 씨가 정하시죠. 저는 상관없으니."

물론 대화를 더 나눌 필요는 없다. 마음속에서는 더 이상 이자들과 관계될 필요가 없다는 무언가의 외침이 들려왔다. 그것이 옳다. 지극히 이성적인 생각이다. 하지만 그와 반대로 찝찝한 기분을 지울 수 있을지도 모른다는 생각과 무엇을 주려고 하는지에 대한 호기심이 들었다.

수영은 결론을 내렸다. 그리고 주변을 슥 둘러봤다. 바로 저 앞에 커피숍이 눈에 띄었다.

"가죠."

수영이 앞서 걷기 시작하자 화연은 재빨리 그 뒤를 따랐다. 뒤에서부터 인기척이 느껴지자 수영은 뒤도 돌아보지 않고 마치 공중에 대고 말하듯 입을 열었다.

"그런데 회사까지 찾아올 이유가 있습니까? 우리 집이 어딘지도 알 텐데."

"집으로 찾아가면 문도 열어주지 않을 것 같아서요."

수영은 어이없다는 듯 피식 웃고 말았다. 농담 같아도 저건 진심일 것이다. 그리고 정답이기도 했다. 화연과 대화를 하고 싶은 마음, 무시하고 싶은 마음은 반반이다. 만약 화연이 집으로 와서 문을 두드렸다면 수영의 마음은 후자로 기울었을 것이다. 벽 하나를 사이에 두고 있는 상황이었다면 말이다.

"어서 오세요."

한가한 카페 문을 열고 들어간 수영은 카페 맨구석 자리를 가리켰다. 화연은 말없이 그쪽으로 걸어가 자리를 잡고 앉았다.

"아메리카노 두 잔요."

"예, 아메리카노 두 잔 주문 받았습니다."

잠시 후 커피 두 잔 값을 계산한 수영은 계산대에서 멀리 떨어진 구석 자리로 향했다. 그리고 양손에 들고 있는 아메리카노 두 잔 중 한 잔을 화연 앞에 놓았다.

"내가 왜 그쪽한테 이걸 사는지 모르겠네요. 솔직히 좋은 감정은 눈곱만큼도 없는데."

"굳이 제 것까지 살 필요는 없었습니다만."

날이 선 말이 서로의 뺨을 아프게 긁고 지나갔다. 한 차례의 공방을 지나간 후 둘은 잠시 동안 서로를 주시할 뿐 아무 말도 하지 않았다. 의자를 빼서 화연의 건너편에 앉은 수영은 말없이 커피를 마실 뿐이다. 하지만 그 침묵은 오래가지 않았다. 막 커피잔을 들어 입에 가져다 댄 화연이 무심코 말을 내뱉었기 때문이다.

"쓰네요."

"쓴 거 싫어하나 보죠?"

눈에 띌 정도로 얼굴을 찡그리는 화연의 모습에 수영은 어쩐지 어린아이같이 유쾌해지는 기분이 들었다. 마치 예상하지 못한 일로 맘에 들지 않은 학우를 골탕 먹인 느낌이랄까. 피식 웃는 수영을 한 번 노려본 화연은 말없이 커피잔을 내려놨다. 그리고 의자 옆에 세워놨던 가방을 다리 위에 올렸다. 수영은 왠지 섬뜩한 느낌에 재빨리 말했다.

"귀나 눈알 같은 거라면 이런 데서 안 꺼내는 게 좋을 것 같은데."

"기분 나쁜 농담이네요."

화연은 가방을 열고 내용물을 꺼냈다.

"그럼 먼저 여왕개미의 말을 전하겠습니다."

그것은 수영도 한 번 본 적이 있는 물건이다.

"더 이상 상관하지 않을 테니 자기가 계속 믿었던 게 틀렸다는 사실이나 곱씹으면서 살아보라고 하더군요."

수영이 그 말에 얼굴을 찡그리는 사이 화연은 그것을 수영이게 내밀었다. 오래되고 낡은 두툼한 스크랩북. 수영은 자신의 기억을 의심치 않았다. 저것은 그때 봤던, 주신의 단 한 가지 취미라고 했던 그 스크랩북이었다.

"그리고 이건 수영 씨에게 주라고 했고요."

수영은 화연이 손가락 끝으로 앞으로 밀어낸 스크랩북을 잠시 바라봤다. 그리고 손을 뻗어 그것을 다시 화연에게 밀었다.

"필요없어요."

그 말에 잠시 수영을 바라보던 화연은 다시 스크랩북을 밀어 냈다.

"필요없으면 가져가서 버리든지 맘대로 하세요. 난 들은 대로 전해주는 것뿐이니까."

냉랭하게 말을 되받아친 화연은 수영이 뭐라고 하기도 전에 재빨리 말을 덧붙였다.

"그리고 이건 여왕개미의 부탁과는 별개입니다만, 개인적으로 할 말이 있습니다."

"할 말?"

수영은 개인적이라는 단어에 살짝 놀랐다. 그동안 화연은 여왕개미를 대신해 말하거나 행동했을 뿐 자신의 의지로 무언가를 한 적이 없었다. 수영의 대답을 기다리듯 잠시 입을 다물고 있던 화연은 그 침묵이 허락이라고 판단했다.

"주신 씨에 대한 이야기입니다."

"주신이?"

"예, 그동안 여왕개미에게 주신 씨에 대한 이야기를 자주 들었죠."

수영은 귀가 솔깃했다.

"주신이에 대해서? 무슨 말을요?"

화연은 허리를 똑바로 펴고 수영에게 시선을 고정시켰다.

"수영 씨는 개미에 대해서 얼마나 알고 있나요?"

정작 주신에 대해서는 말하지 않고 엉뚱한 말을 하려 한다. 수영은 명백히 거부감이 느껴지는 표정을 지으며 답했다.

"그거야 댁들한테 들은 정도죠."

마치 대답해 보라는 듯한 화연의 침묵에 수영은 짧은 한숨을 내쉬었다.

"약한 자들끼리 뭉쳐서 정의니 뭐니 하는 조직 아니에요?"

"아니에요."

단번에 수영의 말을 잘라낸 화연이 조용히 말했다.

"우리는 여왕개미와는 달라요. 몇몇 사람은 그럴지도 모르지만, 아마도 대부분의 사람… 개미들은 정의 같은 것에는 관심이 없죠."

"그럼 뭡니까? 왜 그런 미친 짓을 하는 건데요?"

날이 선 수영의 말에도 화연은 화를 내지 않고 담담히 말했다.

"우리는 모두 피해자예요. 누군가에게 무슨 일을 당했고, 죽이고 싶을 정도로 증오하고 있지만 아무런 힘이 없는 피해자죠. 여왕개미는 어떻게 알아내는지 몰라도 그런 피해자들에게 먼저 접촉해 와요. 그리고 그 사람을 개미로 끌어들이죠. 나처럼."

화연은 플라스틱 커피잔을 손가락 끝으로 빙글빙글 돌렸다.

"대부분 개미들은 아무것도 몰라요. 서로의 얼굴도 이름도 모르죠. 알려 하지도 않고요. 그저 여왕개미가 몇 년, 며칠, 몇 시, 몇 분, 몇 초에 어떤 일을 하라고 지시한 대로 행동할 뿐이에요. 왜 그렇게 여왕개미가 시키는 대로 하는지 알겠어요?"

"모르겠는데요."

화연은 웃었다. 그 서늘한 미소에 수영은 마른침을 삼켰다. 화연은 보기 드물게 진심으로 기쁘다는 듯 웃으며 말했다.

"누군가가 끝장나니까."

"뭐라고요?"

그 환희에 서린 표정과는 어울리지 않는 말이다.

수영은 등골이 오싹해지는 것을 느꼈다. 하지만 화연은 차분히 계속 말을 이어갔다.

"우리가 하는 건 CCTV를 잠깐 가리거나, 일부러 사고를 내서 길을 막거나, 주위를 경계하거나, 그 자리에 서 있거나 할 뿐이에요. 단지 그것만 하면 얼마 지나지 않아서 뉴스가 뜨죠. 누군가가 실종됐다고, 혹은 죽었다고."

"그러니까 누가요?"

화연은 담담히 말했다.

"나쁜 짓을 한 인간이 말이에요. 아마도 우리 중 누군가에게 나쁜 짓을 한 인간이, 그렇게 영원히 사라지는 거예요."

수영의 입이 살짝 벌어졌다.

알 것 같다. 대부분의 사람은 여왕개미처럼 사회에서 교육받은 일반적인 상식을 완전히 부숴 버리지 못한다. 그럼에도 그들이 극단적인 사고방식을 가진 여왕개미에게 동조하는 이유.

그것은 여왕개미가 그들에게 원래 그들이 가질 수 없는 것을 주기 때문이리라.

"여왕개미는 당신들을 모아서 복수를 해주는 거군요."

화연은 고개를 끄덕였다.

"여왕개미는 우리에게는 절대로 피해가 오지 않도록 하면서도 확실히 누군가의 복수를 해줘요. 어떻게 그런 게 가능한지 알겠어요?"

"그야 경찰들은 원한에 의한 사건이라고 생각되면 원한이 있는 사람을 먼저 의심하니까요. 아무 관련 없는 사람들이 관련되면 제대로 조사조차 하기 힘드니까… 응?"

그 대답에 화연의 눈이 커졌다. 놀란 건 수영도 마찬가지였다.

어느 정도 머리를 굴려야 할 문제였는데 어떻게 즉석에서 답할 수 있었던 걸까. 잠시 고민하던 수영은 그것이 바로 얼마 전에 자신이 진명의 죽음을 덮은 경험에서 나온 답이라고 생각했다.

"마, 맞아요."

잠시 당황해하던 화연이 다시 말을 이었다.

"그러니까 우리는 모두 개미를 배신하지 않죠. 모두 여왕개미가 시키는 대로 일을 하다 보면 언젠가 자신의 차례가 올 거라는 걸 아니까. 그것도 자신의 삶에 아무런 피해도 입지 않고 말이에요."

수영은 여왕개미가 자신에게 도박을 걸었을 때 왜 화연이 그렇게 당황했던 건지 알 수 있을 것 같았다. 누군가에게 복수를 원하는 화연으로서는, 개미가 사라진다는 건 생각조차 하지 않고 싶을 것이다.

"어쨌든 그게 바로 개미예요. 피해자 연대. 복수를 원하는 사람들."

그때 화연의 얼굴에서 웃음이 가셨다.

"하지만……."

잠시 말을 망설이던 화연은 고해성사를 하듯 말했다.

"여왕개미의 계획에는 관계없는 누군가가 그 죄인들을 죽여야 해요. 그래야 개미 중 누구도 의심받지 않고 다치지도 않으니까. 하지만 아무리 우리가 동질감을 느끼고 있다고 해도 자신과 관계없는 사람을 죽이는 건……."

화연은 고개를 들어 수영을 바라봤다.

"우리는 원래 평범한 사람들일 뿐이에요. 그래서 우리는 사람을 죽이는 건 죄라는 관념에서 벗어나질 못해요."

"죄책감이란 건가요?"

그 말에 화연은 머뭇거리다가 고개를 끄덕거렸다.

"그리고 겁쟁이들이죠. 그래서 모두 겁먹고 있어요. 언젠가 여왕개미에게 누군가를 죽이라는 말을 듣게 될 테니까요. 그걸 거부하면 다른 사람들의 복수가 늦어지는 거고."

수영은 화연에게 보이지 않는 탁자 아래에서 상처 입은 주먹을 꾹 움켜쥐었다. 그렇다. 개미라는 인간들은 피해자. 이 사회에서 피해자가 악한 인간인 경우는 거의 없다. 그것도 개미라는 조직의 힘이라도 빌리려 하는 사람은 그야말로 소시민들, 평범한 사람들뿐인 것이다.

그런 평범한 소시민들이 자신과 관계없는 생판 남을 죽인다는 대죄를 저질렀을 때의 죄책감이 얼마나 클지는 알 수 있을 것 같았다.

"그렇기 때문에 주신 씨는 개미에서 아주 중요한 사람이었어요."

수영은 자신을 원망스럽게 바라보는 화연의 눈에 당황하며 말했다.

"중요하다고요? 주신이가 왜요?"

"주신 씨가 무슨 일을 했는지는 수영 씨도 잘 알잖아요."

수영은 자신의 입을 막듯 입가를 손으로 쓸었다.

"살인?"

화연의 말대로 수영 역시 알 수 있을 듯했다. 그런 소시민들을 대신해 살인이라는 대죄를 받아들이는 죄책감이라는 것이 없는 인간, 그건 그야말로 그들에게 신이나 다름없으리라.

"그럼… 주신이가 한 일이 전부 당신들을 대신했던 거라고요?"

"예, 여왕개미가 그렇게 말해주더군요."

수영은 의자의 등받이에 등을 기댔다. 허탈했다.

이제야, 몇 년이 지난 지금에서야, 이해할 수 없었던 주신의 행동이 이해됐다. 주신의 그 끝을 볼 수 없는 자신감은 단순한 미치광이의 이기적이고 커다란 자아 때문이 아니었다. 수많은 타인의 인생을 구원했다는 현실을 바탕으로 가질 수 있는 신념이었던 것이다. 그렇기에 최종 변론에서도 떳떳이 자신의 정의를 설파했을 수 있었으리라.

물론 그걸 알았다고 해도 그때 수영은 주신을 막으려 했겠지만 말이다.

'그래도 다른 방법을 찾으려고 했을 텐데.'

수영이 그런 생각에 빠져 있는 사이 화연이 말을 이어갔다.

"그리고 여왕개미는 주신 씨가 수영 씨에 대해서도 자주 말했다고 했어요."

"나에 대해서? 주신이가요?"

"예."

궁금했다. 과연 주신은 자신을 감옥으로 보낸 친구에 대해 뭐라고 했을까. 화연은 자신을 향해 다가오듯 상체를 약간 기울이는 수영을 향해 말했다.

"수영 씨는 유일하게 친구로 인정할 수 있고, 이 세상에서 누구보다도 믿을 수 있다고요. 친구로든 인간으로든."

그 말에 수영은 아무 말도 할 수 없었다.

가슴에 생겨난 작은 아릿함이 마치 유리의 가는 균열처럼 퍼져 나갔다. 입을 꽉 다문 채 고개를 숙이고 있던 수영은 마른침을 삼키며 믿을 수 없다는 듯 물었다.

"그렇게 말했다고요?"

화연이 고개를 끄덕였다. 수영은 긴 한숨을 토해냈다.

"말도 안 돼."

혼란 속에서 떠오른 아련한 느낌이 수영의 안에서 녹아들어 갔다. 그 과정을 기다리듯 한참 동안 침묵하고 있던 화연이 조심스레 말했다.

"그리고 만약에……."

잠시 말을 끊고 망설이던 화연은 오늘 보이지 않던 조심스러운 어투로 조용히, 그리고 최대한 차분하게 속삭였다.

"자기가 없어지면 유일하게 이 일을 맡길 만큼 정의감 넘치는 사람이라고도……."

화연은 급히 말꼬리를 끊어야 했다. 자리를 박차고 일어난 수영은 분노한 눈으로 화연을 내려다보고 있었다. 순간 카페에 있던 사람들의 시선이 이쪽으로 꽂혔다.

주체하지 못할 정도로 온몸을 부들부들 떨던 수영은 놀라운 인내심을 발휘해 다시 자리에 앉았다. 그리고 화연을 씹어 먹을 듯이 노려보며 으르렁거렸다.

"이제 알겠네요."

"예?"

수영은 화를 억누르듯 얼굴을 찡그렸다.

"어째서 그로부터 몇 년이 지난 지금에야 나를 찾아서 그런 귀찮은 일까지 한 건지 궁금했는데 이제 알겠다고요."

"그게 무슨 소리……."

"닥쳐요."

온몸에서 쏟아지는 것 같은 살기에 화연은 몸을 떨며 움츠려 들었다.

"오랫동안 기다리다가 마침 약점도 잡았으니까, 당신들 아래에서 주신이 같이 일하라고요? 왜, 내가 주신이를 죽게 한 장본인이니까? 미안한데, 그렇게는 못해요. 어디 신고할 테면 신고해 봐요. 살인 같은 걸 하느니 내 발로 감옥에 들어가 버릴 테니까."

수영은 분노를 조용히 억누르며 자리에서 일어났다. 그때 몸을 떨고 있던 화연이 용기를 내 고개를 들고 항변하듯 말했다.

"잠깐만요. 여왕개미도 말했지만 우린 수영 씨를 협박하거나 할 생각이……."

"혹시 지금까지 이야기한 것도 다 거짓말 아녜요? 나에게 죄책감이 들게 해서 그 일을 승낙하게 하려고?"

"아니에요!"

화연이 당황한 듯 외쳤다. 수영은 고개를 저으며 자리에서 일어났다.

"다시는 날 찾아오지 마요."

"잠깐만요, 수영 씨. 좀 더 이야기를……."

"이야기?"

수영은 냉정하게 화연에게서 등을 돌렸다.

"당신들이랑 더 이상 말 섞고 싶지 않네요."

화연은 수영이 거칠게 문을 열고 사라지는 것을 보며 입술을 깨물었다. 잠시 고민하듯 눈을 굴리던 화연은 뭔가를 결심한 듯 스크랩북을 챙겨 들었다. 그리고 재빨리 수영의 뒤를 쫓듯 커피

숍 밖으로 뛰쳐나갔다.

*   *   *

인적이 드문 거리를 걸으며 머릿속을 정리하려 했지만 쉽지
않았다.

어째서 주신이 그런 일을 했는지, 어떤 이유 때문에 그런 생각
을 품고 있었는지, 그리고 어째서 자신에 대해서 그렇게 말했는지.

갑작스럽게 알게 된 수많은 진실은 머릿속에서 섞이지 않고
어지럽게 맴돌았다.

'내가 자기 뒤를 이을 만한 유일한 인물이라고?'

몸서리가 쳐졌다. 어째서 주신은 그런 말을 했을까. 옳은 일을
하려 한다는 점에서는 같았지만 그것을 실행하는 방법은 극과 극
이라고 해도 과언이 아니었는데.

'혹시 이것도 무슨 음모 같은 건가? 함정 같은 거?'

어쩌면 화연은 단순히 여왕개미가 시킨 대로 말했을 뿐일지도
모른다. 수영을 이용해 먹기 위해서 말이다. 하지만 수영은 곧 고
개를 내저었다.

'거짓말하는 표정은 아니었어.'

그동안 여왕개미에게 지시를 받으며 보였던 기계 같은 냉정함
과는 달랐다. 비록 서투르긴 하지만 여과없이 감정을 드러내는
그 모습은 분명 인간적이었다.

'그럼 그게 전부 진짜라고?'

그렇게 수영이 혼란스러워하며 계속 길을 걸어가고 있을 때,

갑자기 뒤쪽에서 누군가의 외침이 들려왔다.

"잠깐 기다리세요!"

익숙한 목소리에 수영은 움찔하며 뒤를 돌아봤다. 어느새 여기까지 쫓아온 것일까. 화연이 저 멀리서 수영을 향해 뛰어오고 있었다.

"정말로 협박 같은 거 할 생각 없어요! 일단 이야기를 좀⋯⋯."

"당신들이랑은 더 할 말 없다니까!"

인적이 드물다고 해도 아예 없는 것은 아니다. 두 남녀의 외침이 울려 퍼지자 사방에서 시선이 날아와 꽂히기 시작했다. 점점 더 가까이 다가오는 화연과 주변의 시선, 그리고 그 상황을 어떻게 처리해야 할지 생각할 여유조차 없는 복잡한 상황에서 수영은 가벼운 패닉을 일으켰다.

"잠깐⋯⋯!"

수영은 뒤에서 들려오는 화연의 목소리를 무시하며 무작정 앞으로 내달리기 시작했다. 회사를 다닐 때는 버스나 택시를 이용하기에 걸어서 가는 길은 익숙하지 않았지만, 회사와 집 사이에는 거미줄처럼 얽힌 골목이 있다는 것을 알고 있다. 이곳은 이른바 원룸 촌이라고 하는 곳이었으니까.

남성과 여성, 운동화와 구두, 들고 있는 짐의 유무, 지리의 익숙함.

그 어떤 이유를 찾는다고 해도 화연이 수영을 따라잡을 수 있는 요소는 없었다. 수영이 이리저리 얽혀 있는 골목길로 들어선 지 몇 분 후, 가끔 뒤를 살필 때마다 간간이 보였던 화연의 모습은 어느 순간부터 보이지 않았다.

"아우, 씨!"

사냥꾼에게서 도주하는 산짐승처럼 골목길을 미친 듯이 뛰던 수영은 겨우 이성을 찾았다. 발을 멈춘 수영은 전봇대 아래에서 가쁜 숨을 몰아쉬며 두근거리는 심장을 진정시키려 애썼다.

"저 여자, 대체 왜 저렇게 필사적이야? 아, 죽겠네."

수영은 가쁜 숨과 함께 혼잣말을 내뱉으며 전봇대에 등을 기댔다.

무엇이 진실인지 혼란스러울 뿐이다. 하지만 만약 주신이 그런 말을 한 것이 진짜라면, 어째서 그런 말을 한 것일까. 그것은 수영에게 있어서 도저히 이해할 수 없는 가장 큰 의문이었다. 당연하게도 기준이라면 그때 당시의 수영이 절대로 그런 짓은 하지 않으리라는 것을 알고 있었을 텐데 말이다.

'좀 더 이야기를 해볼 걸 그랬나.'

물론 화를 낼 만한 상황이긴 했지만 일단 좀 더 말을 들어보는 것도 괜찮았을지도 몰랐다. 적어도 말을 더 듣는다고 해서 상황이 악화될 일은 없었을 테니 말이다.

수영이 막 그렇게 후회하고 있을 때, 갑자기 점퍼의 주머니에서 진동이 울렸다.

"이건 또 뭐……."

진동은 계속 이어지지 않았다. 수영은 어쩐지 꺼림칙한 느낌을 누르고 핸드폰을 꺼내 들었다. 부재중 전화가 아니었다. 문자였다.

─전화를 하면 받지 않을 것 같아서 문자로 보냅니다. 내가 한

말은 거짓말도 협박도 아니에요. 여왕개미가 시킨 것도 아니고요. 답변은 해주세요. 그렇지 않으면 집에 가서 기다릴 테니까.

그 단어 하나하나를 또박또박 읽던 수영은 입술을 깨물었다.

그러고 보니 화연은 수영의 집 주소와 위치를 알고 있다. 그렇다면 여기에 답해야 할까? 만약 무시한다면 정말로 집에 가서 기다릴지도 모른다.

머리를 쥐어뜯으며 고민하던 수영은 마침내 거칠게 문자를 입력했다.

—그럼 왜 그런 소리를 했는데요?

뭔가를 고민한 것일까. 답장은 빠르지 않았다.

—솔직하게 말하자면 난 수영 씨가 그 일을 해주길 바라요. 여왕개미는 더 이상 수영 씨에게 신경 쓰지도 관여하지도 말라고 했지만, 난 수영 씨에게는 그럴 자격도 능력도 있다는 걸 알아요.

수영은 마치 대화를 하듯 곧바로 물었다.

—어째서 그렇게 생각하는데요?

이번 답은 빨랐다. 수영이 읽기도 전에 문자 두 개가 연달아 날아왔다.

—며칠 전 그날 그 상황에서도 수영 씨는 날 보호하려고 했어요. 난 수영 씨를 납치한 장본인이니 그냥 죽으라고 놔둬도 됐을 텐데. 게다가 그냥 가버려도 됐을 텐데 솔직하게 자신의 패배를 인정하기까지 했어요. 그러니까 자격이 있다고 생각해요.

—그리고 수영 씨는 그 남자를 제압했잖아요. 상대는 흉기를 들고 반쯤 미쳐 있었는데도. 힘이든 용기든 결단력이든 없으면 불가능한 일이에요. 난 그래서 수영 씨에게 능력이 있다고 생각해요.

수영이 그 글들을 되씹고 있을 때 문자 하나가 새로 도착했다.

—주신 씨가 죽은 후 일의 실행을 거부하는 개미가 늘어서 일을 제대로 진행하기 힘들다고 여왕개미가 그러더군요. 우리가 원수를 갚기 위해서 걸리는 시간이 훨씬 길어진 거예요. 그래서 난 수영 씨가 미웠어요. 저주스러웠죠.

주신이 개미들을 돕고 있었다면, 그런 주신을 잡게 도운 수영은 당연히 미움받아도 할 말이 없다. 자신을 바라보던 그 차가운 눈빛의 이유가 이제야 이해가 됐다.

그렇게 수영이 침묵하고 있는 사이 문자가 이어졌다.

—그래서 난 수영 씨가 주신 씨가 말했던 것처럼 주신 씨를 대신할 수 있다면, 그렇게 해주길 바랐어요. 그리고 난 수영 씨가

그걸 대신할 수 있다고 이제 믿어요. 수영 씨는 책임을 져야 하잖아요. 우리의 희망을 짓밟았으니까.

수영은 핸드폰으로 입을 두드리며 가로등에 벽을 기댔다. 짤막한 단문 텍스트에서 전해져 오는 것은 협박이 아닌 애원과 원망이다.

그 말대로 협박을 하는 게 아니라면, 정말로 여왕개미가 수영에게 이것을 강요할 생각이 없다면. 지금 화연의 말은 어디까지나 수영의 선의에 기대하는 부탁이다.

하지만 그 부탁이라는 것이 타인의 선의에 기대하기에는 너무나도 큰일이 아닌가.

―그래서 나보고 주신이를 대신해서 살인을 하라고? 당신들 대신에 죄책감을 짊어지라고? 그게 말이 되는 부탁이라고 생각해요, 지금?

당연한 말이다. 그렇게 문자를 보낸 수영은 돌아오지 않는 답에 머리를 긁적이며 제자리를 빙글빙글 맴돌았다. 대답할 말을 고민하고 있는 것일까.

―이기적이라고는 생각해요. 하지만 그래도 안 되나요?

상당한 시간이 흐른 후에 돌아온 짤막한 대답. 그것이 모순이라는 것을 알면서도 부탁을 한다는 것은 상황이 그만큼 절박하다는 것을 의미하기도 한다.

불쌍하다는 마음은 들었다. 하지만 그렇다고 마음이 기운다는 말은 아니다. 사람을 죽인다는 것은 세상에서 가장 악독한 죄라고 불릴 만하다. 봉사활동 같은 것도 아니고, 그런 대죄를 저지르면서까지 남을 돕는다는 선택을 쉽게 할 수 있을 리가 없다.

고민하던 수영은 몇 차례나 깊게 숨을 들이쉬었다 내쉬며 심호흡을 했다. 그리고 드디어 뭔가를 각오한 듯 핸드폰의 통화 버튼을 꾹 눌렀다.

[…여보세요.]

마치 울다 멈춘 것 같은 목소리가 들려오자 수영은 막 내뱉으려던 말을 삼켰다. 훌쩍거리는 소리를 들으며 입술을 깨물고 있던 수영은 억지로 말을 짜냈다.

"못해요."

대답은 돌아오지 않았다.

"당신들이 하는 짓을 무작정 부정할 수 없다는 건 알지만, 그렇다고 당신들을 대신해서 사람을 죽이진 못하겠어요."

[정말로 안 돼요? 다시 생각해 보면 안 되나요?]

그 호소하는 듯한 중얼거림에도 수영은 고개를 저었다.

"안 돼요. 나도 당신들… 개미에 대해서는 누구한테도 말하지 않을 테니까 그만해요."

[그럼 내가 협박한다면요?]

발끈한 말투다. 잠시 말을 멈췄던 수영은 조용히 되물었다.

"날 협박하겠다고요? 화연 씨가?"

[그래요. 난 수영 씨가 한 일에 대해서 전부 알고 있어요. 여왕

개미의 말대로 수영 씨에 대해서 조사하고 지금까지 계속 봐왔으니까. 예를 들어서, 그 친구를 위해서 무엇을 했는지도. 그 친구가 어떻게 된다고 해도 상관없다는 건가요?]

말의 내용 자체는 날카롭게 날이 서 있었지만 수영은 화가 나지 않았다.

그 목소리에는 적대감이 없었다. 그저 지푸라기라도 붙잡으려하는 처절함이 묻어나고 있을 뿐이다.

"정말로 화연 씨가 그러면 난 경찰에 자수할 거예요."

[예? 자수?]

"기준이를 엮으려고 한다면 내가 기준이의 죄를 뒤집어써 버리겠다는 거예요. 그러면 아무리 화연 씨가 기준이를 엮으려고해도 소용없을 테니까."

[그래도 괜찮다는 거예요, 지금? 짓지도 않은 죄로 감옥에 가는 게?]

"진짜로 사람을 죽이는 것보다는 낫죠."

답이 돌아오지 않는다. 잠시 화연의 말을 기다리던 수영은 짤막하게 내뱉었다.

"미안해요."

전화를 끊자 잠깐 밝게 빛나다가 자동으로 꺼지는 액정의 모습에 수영은 눈을 감았다.

한참 그렇게 서 있었지만 전화도 문자도 오지 않았다.

"돌아가야지, 이제."

혼잣말을 내뱉으며 발을 돌리던 수영은 깜짝 놀랐다. 머리가 시원했다.

며칠 동안 계속 가슴을 긁어대던 고통이 느껴지지 않았다. 진명의 죽음에 대한 책임, 개미와의 만남, 가치관의 뒤틀림, 주신의 진실에 관한 것이 말이다.

'왜?'

이유는 간단하다. 여왕개미의 의도가 어떻든, 화연이 수영을 미워하든, 혹여 나중에 진명의 죽임에 대한 진실이 밝혀지든 이제 그 모든 사실은 수영에게 있어서 족쇄가 되지 않았다. 수영은 화연과 대화 끝에 어떻게 할 것인지에 대한 결론을, 끝을 낸 것이다.

"결국 각오의 문제였다 이거야?"

수영은 입술을 깨물며 쓰게 웃었다.

그때 손에 들고 있던 핸드폰이 진동했다. 수영은 떨떠름한 얼굴로 핸드폰의 액정을 내려다봤다.

"끈질기네."

화연의 번호다. 잠시 그것을 바라보던 수영은 고개를 끄덕였다.

마지막으로 이제 무슨 일이 있어도 흔들리지 않을 것이라는 의지 정도는 전해도 괜찮을 것 같았다.

수영은 통화 버튼을 누르고 귀에 핸드폰을 가져다 댔다. 잠시 기다렸지만 말소리가 들려오지 않자 수영은 차분히 말했다.

"화연 씨, 난 이미 마음을 정했으니까 더 이상 연락하지 마요. 이제 아무리 연락을 해도 받지 않을 테니까. 미안하지만 이게 끝이에요. 알겠어요?"

차분하게 말을 끝맺은 후 화연의 답을 기다리던 수영은 이상함을 느꼈다.

"화연 씨? 듣고 있어요?"

기척이 느껴지지 않는다. 수화기를 얼굴에 대고 있으면 호흡이라도 느껴질 텐데 누군가가 수화기의 앞에 있는 느낌이 전혀 들지 않았다.

"화연 씨?"

대답을 기다리며 수화기 너머에 들리는 소리에 집중하던 수영의 귀에 뭔가가 들렸다. 툭탁거리는 소리, 뭔가가 몸부림치며 엎치락뒤치락하는 그런 소리가 말이다.

[퍼걱! 으지직! 콰직!]

이번에는 핸드폰이 뭉개지는 소리다. 수영은 불안한 느낌에 좀 더 귀를 기울여 건너편에서 나는 소리를 듣기 위해 애썼다.

[끄아아아아아아악!]

"끄아아아아아악!"

수영은 깜짝 놀라며 주변을 둘러봤다. 핸드폰에서 어떤 남자의 비명 소리가 들려온 순간, 골목길 사이사이로 그것과 같은 비명이 울렸기 때문이다.

사방을 둘러보던 수영은 다시 핸드폰에 귀를 가져다 댔지만 더 이상 아무런 소리도 들리지 않았다. 핸드폰의 화면에는 최종 통화 시간만이 반짝이고 있었다.

비명 소리에 놀라 핸드폰에서 귀를 뗀 사이에 통화가 끊어진 것이다.

"뭐야, 대체!"

비명 소리는 어느 시대 어느 때든 결코 좋은 징조가 아니다. 거기다 핸드폰에서 들리는 그 비명 소리는 지나칠 정도로 선명했다. 마치 그 비명을 지른 사람이 핸드폰의 바로 옆에 있었던 것처럼.

그것을 인지한 순간 수영은 이미 달리고 있었다.

어째서 그런 비명 소리가 화연의 핸드폰에서 들린 것일까. 그 이유는 알 수 없었지만, 그 전화의 주인이 화연이라는 것만은 분명하다. 그리고 먼저 전화를 걸어온 것 또한 화연이다. 수영은 화연이 보통 여자와는 다르다는 것을 너무나도 잘 알고 있다. 어쩌면 수영을 협박하기 위해 누군가를 잡아서 인질로 삼는 짓을 할 수도 있을 것이다. 여왕개미의 명령대로 수영을 계속 보아왔다면 이런 상황에서 수영이 그냥 지나치지 못한다는 것을 누구보다도 잘 알 테니까.

"대체 어디야!"

수영은 거미줄같이 펼쳐진 골목 여기저기를 누비며 비명의 근원지를 향해 뛰었다. 하지만 불시에 들려온 비명 소리 한 번에 정확한 위치를 찾는 것이 쉬울 리가 없다.

"헉헉!"

발을 멈춘 수영은 주변을 둘러봤다. 여기까지는 어떻게든 찾아올 수 있었지만 이 이상은 무리였다. 다행인지 불행인지 더 이상 비명 소리조차 들려오지 않았다. 발을 동동 구르던 수영은 순간 뭔가를 떠올리고 핸드폰을 꺼내 들었다.

'진동이 아니었으면 좋겠는데.'

수영은 통화 버튼을 누르자마자 곧장 숨을 죽이고 눈을 감았다. 그리고 귀에 온 신경을 집중했다. 들리는 거라고는 바람 소리밖에 없는 이런 외딴 골목에서라면……

띠리리리—

우연의 일치라고 보기에는 너무나도 정확한 타이밍.

수영은 벨소리가 들려오는 방향을 향해 마구 달렸다. 언제 소리가 끊길지 알 수 없다. 그리고 그 생각이 틀리지 않았다는 것을 증명하듯 수영이 막 가로등도 없는 골목으로 뛰어들 무렵 더 이상 벨소리는 들리지 않았다. 누군가 끊어버린 듯이.

하지만 다행히도 벨소리가 들려왔던 골목은 바로 코앞이었다.

"대체 뭐하는……."

막 화가 난 듯 외치려던 수영은 순간 입을 다물었다.

얼굴에 깊은 상처가 난 작고 꾀죄죄한 남자는 양손에 뭔가를 들고 있었다.

한 손에는 등산용으로 보이는 칼, 그리고 나머지 한 손에는 핸드폰. 그 두 개 다 수영의 기억 속에 있는 물건이다. 특히 그 칼은 며칠 전 그날 화연이 사용했고, 수영이 찔리기까지 한 물건이다.

그리고 그 칼의 주인은 바닥에 쓰러져 있었다.

찢어진 옷 사이로 속살을 드러낸 채로.

"뭐야, 이거?"

눈앞에 펼쳐지고 있는 장면은 수영이 상상했던 것과는 완전히 달랐다.

그 인기척에도 화연은 수영을 쳐다보지도 않았다. 단지 표독스러운 얼굴로 눈물을 흘리며 자신을 깔고 앉아 있는 남자를 노려보고 있을 뿐이다.

오히려 그 말에 반응한 것은 화연을 깔고 앉아 있는 그 남자였다.

"칵! #%#^#%&*!"

마치 짐승 같은 소리를 지른 남자는 수영이 이해할 수 없는 말을 외쳤다. 그러더니 그 말을 이해하지 못한 수영의 표정을 읽은 듯 얼굴을 찌푸리며 엉성하게 내뱉었다.

"저, 저리 꺼져!"

말투 자체에서 느껴지는 어색함. 그건 한글을 자국어로 사용하는 자에게서는 볼 수 없는 어색함이었다. 그리고 수영은 이런 어색한 한글을 들어본 적이 꽤 많았다.

'외국인? 조선족인가?'

별다른 반응이 없는 수영의 모습에 그 남자는 화를 내며 화연 위에서 일어났다. 그러더니 수영을 위협하듯 칼을 휘둘렀다.

"꺼져! 꺼지라고! 윽?"

마지막의 신음은 수영에 의한 것이 아니었다. 계속 발버둥 치던 화연이 남자가 자신의 몸 위에서 떨어지자 그 틈을 노려 다리를 물어뜯으려 한 것이다.

"#@#$^&!"

하지만 그건 말 그대로 발악밖에 되지 않았다. 욕지거리를 내뱉으며 화연의 얼굴을 발로 걷어찬 남자는 축 늘어져 신음 소리를 흘리는 화연을 보며 웃었다. 그리고 다시 수영을 위협하기 위해 그쪽으로 고개를 돌리려 했다.

"#%@?"

수영으로서는 상황을 전부 이해할 수 없었지만 하나만은 확실했다. 화연의 옷이 찢겨 있는 것만 봐도 알 수 있다.

이 남자는 분명한 악이다.

"카악!"

주먹으로 얼굴을 가격당한 남자가 바닥을 나뒹굴었다. 곧장 공격을 이어가야 했지만, 수영은 팔에서 느껴지는 통증에 잠시 움직임을 멈췄다. 상처가 아물었다고 해도 아직 완치된 것은 아니었기 때문이다.

그때 남자가 몸을 일으키려 했다. 겨우 고통을 삭인 수영은 재빨리 남자의 얼굴을 향해 사커 킥을 날렸다.

"크악! 이 @#^&$%!"

킥이 아슬아슬하게 빗나가자 남자는 코를 움켜잡은 어정쩡한 자세로 칼을 마구 휘둘렀다. 수영은 결국 뒤로 물러날 수밖에 없었다.

"이런 망할!"

욕지거리가 절로 튀어나왔다. 새로 산 점퍼의 여기저기에 칼집이 나며 솜이 흘러내렸다.

며칠 전에 상대했던 그 남자와는 차원이 달랐다. 공포가 아닌 분노에 지배되고 양심이 결여된 그 칼놀림은 정확히 수영의 급소를 노리고 찔러 들어왔다.

아슬아슬하게 그 공격을 피하던 수영은 뒤로 크게 물러나며 바닥에서 깨져 있는 콘크리트 조각을 집어 들었다.

"야, 이 %##^&@!"

날아온 돌조각에 남자가 멈칫거렸다. 그러고는 수영의 손에 들려 있는 또 다른 돌조각을 힐끔거리며 이를 갈았다. 수영이 나머지 돌을 던지고 나면 다시 돌을 집을 기회를 주지 않겠다는 심산이 분명했다. 수영 역시 그것을 알 수 있었기에 하나 남은 돌을 던지는 데는 신중을 기울일 수밖에 없었다.

"억! 어그그그긋!"

막 수영이 돌을 던지려 할 때, 갑자기 남자가 온몸을 미친 듯이 경련하더니 바닥으로 쓰러졌다. 쓰러진 후에도 발작하며 몸을 떠는 남자를 놀란 얼굴로 바라보던 수영의 눈이 남자의 발치로 향했다. 어느새 정신을 차린 화연이 불타는 눈을 부릅뜨고 무전기처럼 생긴 투박한 작은 상자를 남자의 발목에 찔러 넣고 있었다.

"어어억! 억억!"

"화연 씨, 잠깐만요! 그러다가 그놈 죽어요!"

수영은 화연을 말리기 위해 다가가려 했다. 그러자 화연은 그 작은 상자를 수영에게 겨눴다. 그 끝에 달려 있는 두 개의 전극에서 파란빛의 전기가 파직거리며 튕겼다.

수영이 멈칫거리자 화연은 독기 서린 떨리는 목소리로 외쳤다.

"왜 죽이면 안 되는데요? 왜? 어째서!"

"끄아아악!"

전극이 다시 몸속으로 파고들자 남자가 비명을 지르며 몸을 뒤틀었다. 짙은 분노가 섞인 화를 토해내는 화연의 모습에 수영은 고개를 저으며 다시 한 발을 앞으로 내디뎠다. 소스라치게 놀라며 뒤로 물러난 화연은 다시 전기충격기를 수영에게 겨눴다.

"오지 마!"

아직 충격에서 빠져나오지 못한 것이 분명했다. 잠시 화연을 바라보던 수영은 양손을 살짝 쳐들었다. 그러곤 쓰러져 있는 남자의 머리를 가볍게 걷어찼다.

"봤죠? 난 화연 씨 편이에요. 그러니까 일단 그거 내려놔요. 예?"

그런 수영의 행동에 화연은 살짝 정신을 차린 듯 고개를 끄덕이더니 전기충격기를 내려놓고 입술을 깨물었다. 그리고 바닥을 내려다보며 짧게 물었다.

"왜 왔죠?"

"도우려고요."

원래는 남자 쪽을 도우러 온 것이지만 말이다.

"쓸데없이……."

"그럼 뭐하려고 나한테 전화한 건데요?"

말을 잃은 화연을 빤히 바라보던 수영은 뭔가를 보고 슬쩍 고개를 돌렸다.

"싸울 생각 없으니까 일단 그거 가리세요."

화연은 수영이 가리키는 곳, 자신의 몸을 내려다봤다. 처음에는 그것이 무슨 소리인지 모르겠다는 듯 다시 수영을 돌아본 화연은 다음 순간 그 말이 뭘 의미하는지 겨우 눈치챘다. 고개를 다시 숙여 찢겨진 옷과 드러난 상체를 확인한 화연은 입술을 깨물며 맨살을 가렸다.

그사이에 수영은 남자를 살폈다. 숨은 붙어 있었지만 정신을 잃은 건 확실해 보였다.

"그럼 경찰 부르고, 병원 가죠."

그 말에 화연은 몸을 부르르 떨더니 고개를 내저었다.

"경찰은 싫어요."

"그래도 경찰에 신고는 해야……."

"경찰은 싫다고요! 더 이상 상관하지 마요!"

비틀거리며 일어난 화연은 남자가 떨어뜨린 자신의 핸드폰과 칼, 그리고 전기충격기를 들고 있던 가방에 넣었다. 그리고 그대로 남자에게서 등을 돌려 걸어가려 했다.

"아니, 그러니까 좀!"

수영은 재빨리 팔을 뻗었다. 비틀거리며 쓰러질 뻔하다가 부축 받은 화연은 이를 악물었다. 그리고 수영의 팔을 밀어내며 뒤로 물러나 벽에 등을 기댔다.

"내 몸에 손대지 마요!"

"알았어요. 알았으니까 진정해요."

뒤로 물러난 수영은 차분하게 질문했다.

"정말로 괜찮아요? 개미든 뭐든 아는 사람 있을 거 아녜요. 그 사람들이라도 부르던가요."

그 말에 화연은 고개를 살짝 숙이고 중얼거렸다.

"여왕개미가 수영 씨에게 신경 쓰지 말라고 지시를 내렸는데 이 근처에 지금 누가 있을 것 같아요?"

말을 끝내고 잠시 입을 다물고 있던 화연은 그사이에 모은 작은 힘을 전부 쏟아내듯 외쳤다.

"그러니까 상관하지 말고 가버려요! 알아서 할 테니까!"

화연은 수영에게서 등을 돌리고 상체를 가린 채 비틀거리며 골목길을 걸어가기 시작했다. 위태위태한 그 모습에 수영은 앞으로 뛰어나가 화연의 앞을 가로막았다.

"길도 모르잖아요. 그리고 큰길까지 나간다고 해도 그 몰골로 택시라도 탈 셈이에요?"

"그럼 어쩌라고요! 뭘 바라는 거야, 나한테!"

그 발악하는 외침과 눈물이 그렁거리는 눈동자에 수영은 깊게 숨을 들이마셨다. 그리고 뭔가 곤란한 것을 생각하듯 머리를 긁적이고 하늘을 올려다봤다.

그리고 마침내 말했다.

"됐으니까 사람 불러요. 오는 동안에 내 집에서 쉬고."

수영의 얼굴에는 마치 자신이 이런 말을 하게 될 거라고는 생각하지 못한, 그런 우울함이 담겨 있었다.

*   *   *

철컹거리는 소리와 함께 굳게 닫혀 있던 문이 열렸다. 말없이 방 안으로 걸어 들어간 수영은 불을 켜고 뒤를 돌아봤다. 그리고 20분 만에 다시 입을 열었다.

"들어와요."

여기저기가 터져 하얀 솜이 드러나 보이는 점퍼를 걸친 화연이 쭈뼛거리며 방 안으로 들어왔다. 화연이 문을 닫고 방으로 들어오는 사이 보일러를 켠 수영은 행거에 걸려 있는 두꺼운 티셔츠와 수건을 화연에게 내밀었다.

"대충 피 좀 닦고 위쪽이나 가려요."

화연은 고개를 끄덕였다. 그러고는 수영이 내미는 티셔츠와 수건을 받아 들고 화장실로 들어갔다. 곧 들리기 시작한 물소리에 잠시 멍하니 앉아 있던 수영은 겨우 생각난 듯 구급 세트를 찾기 시작했다.

'대체 이게 뭔 일이야?'

몇 시간 전만 해도 자신을 협박하던 여자를 돕게 되다니. 지금도 정확하게 무슨 일이 일어난 것인지 모르겠지만 분명한 것은 화연이 그 괴한에게 공격당했고, 상처를 입었다는 것이다. 정신적으로나 육체적으로나.

"아, 찾았다."

구급상자를 찾은 수영은 그 위에 쌓인 먼지를 털어내며 고개를 돌렸다.

문 옆에 화연이 놔둔 가방이 보였다. 순간 참지 못할 호기심이 들었다. 수영은 구급상자를 옆에 두고 가방 쪽으로 다가갔다. 그리고 바닥을 구르느라 더러워진 가방의 지퍼를 열었다.

가방의 내용물을 본 수영의 얼굴이 일그러졌다.

"우와!"

전기충격기, 폴딩나이프, 페퍼 스프레이, 진압봉.

어지간한 호신용품과 흉기들이 가방에 들어 있다. 그 충격적인 내용물에 넋이 나가 있던 탓일까. 등 뒤에서 쭉 뻗어오는 새하얀 팔이 가방에 닿을 때까지 눈치채지 못했던 수영은 소스라치게 놀라며 뒤를 돌아봤다.

"아, 저기……."

속옷 차림의 화연이 옷으로 상체를 가리고 있었다. 아마 가방을 뒤지는 소리에 옷을 입을 틈도 없이 화장실 밖으로 나온 것 같았다.

브래지어와 수건 사이로 보이는 흰 살결에 수영은 얼굴을 붉히며 고개를 돌렸다. 수영이 고개를 돌리자 그사이에 티셔츠를 걸친 화연은 말없이 가방을 들었다. 그리고 그 안에서 꺼낸 스크랩북을 수영의 책상에 내려놓은 후 문가로 다가갔다.

그 앞에 털썩 주저앉은 화연은 수영을 노려봤다.

할 말이 없었다. 사과의 말조차 허무하다. 남의 가방을 멋대로 뒤지다가 들키는 건 결코 보기 좋은 일이 아니다.

그렇게 잠시 동안 무안해하던 수영은 어색하게 구급상자를 들고 화연에게 다가갔다.

"다친 데 좀 보여줘 봐요. 일단 연고라도……."

화연의 몸이 소스라치듯 움찔거렸다. 마치 바닥에서 튀어오를 듯이 놀라는 화연의 모습에 수영은 반사적으로 걸음을 멈췄다. 그리고 겨우 생각해 냈다. 아까도 화연이 자신의 부축을 이상할 정도로 크게 거부했다는 것을.

어쩌면 타인의 손이 닿는 것 자체를 싫어하는지도 모른다. 결국 수영은 구급상자를 화연의 앞에 놔두고 문에서 가장 먼 책상 쪽으로 물러나 의자에 앉았다.

"소독약이나 연고나… 그런 거 있을 거예요."

수영의 말에 화연은 구급상자를 앞으로 끌어당겼다. 그리고 그 안에 들어 있는 소독약과 연고를 꺼내 찬찬히 살폈다. 그런 화연의 모습을 바라보면 수영은 속으로 혀를 찼다.

괴한들은 힘없어 보이는 여성을 공격한다는 소리를 들은 기억이 났다. 헛소리라고 생각했지만 지금 보고 있자니 그 말에도 신빙성이 있는 것 같았다. 지금의 화연은 마치 비 맞고 상처 입은 굶주린 새끼 고양이 같았다.

내색하려 하지 않고 있지만 몸이 파들파들 떨리는 것이 뻔히 보여 더욱 그렇게 느껴졌다.

'괜찮나, 이거?'

그때 화연이 구급상자를 닫으며 작은 목소리로 말했다.

"전부 유통 기한이 지났네요."

"예? 약도 유통 기한이 있나?"

"있죠. 어쨌든……."

화연은 구급상자를 옆으로 밀어내며 수영에게 눈을 돌렸다.

"번거롭게 해서 미안합니다."

"아니, 뭐 그런 건 상관없는데. 그것보다……."

잠시 눈치를 보던 수영은 아까부터 의아했던 것에 대해 질문을 던졌다.

"근데 왜 그놈이 화연 씨 칼을 가지고 있었던 거죠?"

그 말에 화연은 질끈 눈을 감더니 약간 떨리는 목소리로 말했다.

"얼굴을 찔렀다가 뺏겼을 뿐이에요."

"찔러요? 얼굴을?"

화연은 태연하려 애쓰며 고개를 끄덕였다.

"한 손으로 가방을 뒤지는데 칼밖에 안 잡혀서."

그러고 보니 그 괴한의 얼굴에는 무언가에 베인 듯한 상처가 있었다.

오싹했다. 그건 상대를 죽이려고 했다는 것이나 다름없는 말이 아닌가. 사실 새삼스러운 말도 아니다. 수영이 말리지 않았다면 그 남자는 전기에 지져져 죽었을 테니까.

하지만 그렇다고 해도 살인은 옳지 못하다는 말 따위는 할 수 없었다. 상대가 개미의 일원인 화연이니 말이다.

"그래도 위험할 때는 그런 것보다 호신용 경보기 같은 게 더 효과가 좋을 것 같은데요. 큰 소리가 나면 일단 도망가니까요, 그런 놈들은."

돌려 말하려는 것 같은 수영의 태도에 화연은 눈을 치켜떴다.

"그러면 누가 도와주긴 하나요?"

"보통은 그렇지 않아요?"

수영은 자신이 무슨 말을 잘못한 것인지 고민해야 했다. 화연은 마치 세상이라도 무너져 내린 듯이 분노하는 표정으로 수영을 노려보고 있었다.

"누가 도와준다고요? 대체 누가?"

화연은 수영이 뭐라고 하기도 전에 쏘아붙이듯 말을 이었다.

"어떤 일을 당한다고 해도 아무도 도와주지 않아요. 이 세상은 그렇다고요. 그래서 내 손으로 죽여 버리려고 하는데, 그것도 안 된다고요? 대체 어째서? 왜? 당신이 대신 죽여줄 것도 아니면서!"

무슨 말을 한다고 해도 통하지 않을 것이다. 그런 화연의 분위기에 수영은 입을 다물 수밖에 없었다. 그리고 말하는 대신 생각했다.

물론 당한 일을 생각해 보면 화를 낼 만하기도 하다. 하지만 이런 반응은 정상적이 아니다. 어째서 화연은 이 정도로 격렬한 반응을 보이는 것일까.

그런 생각을 하는 도중, 어쩔 줄 몰라 하며 눈을 피하던 수영의 눈에 뭔가가 보였다. 티셔츠의 늘어진 목 때문에 화연의 쇄골이 보인 것이다.

'어?'

유난히 흰 피부이기에 더 눈에 띄는 자국. 마치 살을 녹여서 뭉개놓은 것 같은 자국이 보였다. 그러자 수영의 머릿속에 아까 뒤를 돌아봤을 때 본 화연의 몸이 떠올랐다. 그때는 눈치채지 못했지만 지금 생각해 보니 화연의 몸 여기저기에는 그것과 같은 자국이 있었다. 불로 지진 듯한 담배빵 같은 자국이.

"아……."

화연은 말했다. 개미는 피해자들의 모임이라고. 그리고 너무나도 당연했기에 눈치채지 못했지만, 화연은 그 개미 중 한 명이다. 즉, 누군가에게 처절하게 당하고도 정의가 실현되는 것을 보지 못한 자들 중 하나인 것이다.

여자가 이 정도의 한을 품을 정도의 일, 그리고 그 대상이 아름다운 미녀라면 예상하기가 너무나도 쉽다. 그 예상이 맞는다면 화연이 이런 격렬한 반응을 보이는 것도 충분히 이해가 됐다. 깊은 곳에 잠들어 있던 트라우마가 파헤쳐진 꼴이니 말이다. 아니, 오히려 이 정도로 참아낼 수 있다는 것이 믿을 수 없을 정도이다.

화연은 누구에게 무슨 짓을 당한 것일까. 그리고 그것을 당한 후에는 어떤 삶을 살았을까. 하지만 수영은 그것을 묻지 않았다. 물을 수가 없었다.

"미안해요."

너무나도 안쓰러워하는 수영의 시선과 사과는 화연을 진정시켰다.

수영이 왜 그런 시선을 한 것인지, 왜 아무 말도 못하는지 알아차린 것이다. 그렇기에 화연은 입술을 꼭 다물며 얼굴을 돌렸다. 그리고 눈에 그렁거리는 눈물을 닦아냈다.

그때 벨이 울렸다. 화연은 눈물을 닦으며 가방에서 핸드폰을 꺼냈다.

"예, 예, 그렇습니다. 예, 지금요? 알겠습니다."

전화를 끊고 잠시 바닥을 보며 앉아 있던 화연은 자리에서 일어났다.

"옷과 옷 대금은 나중에 보내 드리죠."

억지로 강하게 말하려 하는 떨리는 목소리가 너무나도 처량하게 느껴졌다. 수영이 아무 말도 하지 못하는 사이 문을 연 화연은 여전히 수영에게 등을 돌린 채 마지막으로 독기 넘치는 목소리를 내뱉었다.

"도와주지도 않을 거면, 동정하지 마세요."

화연이 사라진 방은 적막으로 가득했다.

"아무리 그래도……."

이제 그 자리에 없는 화연의 뒷모습을 보듯 계속 문 쪽을 바라보던 수영은 힘없이 고개를 떨구었다. 그리고 책상 쪽으로 걸어가 화연이 놔두고 간 스크랩북에 손을 대며 씁쓸히 중얼거렸다.

"사람을 죽여 달라는 걸 어떻게 도와주라는 거야……."

_해방

"크으으으웃."

차가운 탄산과 알코올이 목구멍으로 흘러들어가 몸 구석구석으로 퍼져 갔다.

자신도 모르게 감탄사를 낸 기준은 기분 좋은 얼굴로 다시 자신의 잔을 채웠다. 술 자체를 그다지 좋아하지 않는 수영과 달리 기준은 어느 정도 술을 즐겼다. 때문에 오랜만에 몸으로 퍼져 나가는 알코올과 오장육부를 자극하는 탄산의 조합은 각별했다.

얼마만의 술인지 모른다. 그 사고가 있고 나서 계속 병원과 경찰서, 그리고 직장을 왕복하며 알코올이라곤 입에 대지도 않았으니까 말이다.

그때 닫혀 있던 문이 열리는 소리가 났다. 놀란 눈으로 문을 바라보던 기준은 안도의 한숨을 내쉬었다. 살짝 열린 문 틈 사이로 익숙하고 퉁한 얼굴이 서 있다.

"나 왔다."

"어, 응. 어서 들어와."

수영은 자신을 진심으로 환영하듯 웃는 기준을 보며 집 안으로 들어와 가방과 겉옷을 벗었다.

바닥의 작은 탁자에는 병맥주 몇 병과 안주로 먹을 오븐 닭이 올라와 있었다.

"거참, 아무리 약속은 잡았다만 남의 집에 막 들어와서 먼저 술판을 벌이냐? 비밀번호 바꿀까?"

"에이, 왜 그래? 미리 준비해 두니까 좋잖아?"

싱글벙글 웃는 기준의 모습에 수영은 그만 피식 웃고 말았다.

화연과의 마지막 만남 후 며칠이 지난 밤, 오늘은 이 겨울에 일어났던 믿을 수 없는 경험의 종지부를 찍는 날이기도 했다.

화연의 말대로 더 이상 개미는 수영에게 접촉하려 하지 않았다. 또한 차가운 겨울 저수지 바닥을 몇 주나 조사했지만 아무것도 얻지 못한 경찰은 수사를 종결시키고 말았다. 물론 앞으로도 수사는 계속되겠지만 시체를 찾을 수는 없을 것이다.

더 이상 수영과 기준을 속박하는 것은 없었다.

하지만 그건 누구의 앞에서 함부로 축하하기에 껄끄러운 일이다. 밤 말은 쥐가 듣는다는 옛말도 있으니 누가 들을지도 모를 일이다.

그게 축하 자리를 수영의 집으로 잡은 이유였다.

"웃차."

작은 상 앞에 앉은 수영이 잔을 내밀었다.

"그래, 잘 살았냐? 별일 없었고?"

기준은 수영의 잔에 맥주를 따르며 고개를 끄덕였다.

"응, 경찰도 행방불명으로 처리했다고 그러고, 그 이후론 별말 없었어."

"회사나 제수씨는?"

그 말에 잠깐 손을 멈췄던 기준은 마저 잔을 따르며 빙긋 웃었다.

"그쪽도 그래. 소진이는 아무것도 모르고, 회사에서는 사칙에 따라서 그놈한테 퇴사 권고 내렸고. 잘린 거나 마찬가지야. 아직 발견도 되지 않았으니까. 그런데……."

아무도 들을 사람은 없으련만 기준은 목소리를 낮췄다.

"넌 괜찮아?"

"음, 뭐……."

수영은 손에 든 잔을 쭉 비웠다. 사실 괜찮지 않다고 말하고 싶었다.

여러 가지 일이 있었다. 누군가가 수영이 유기한 시체를 찾아내고 그것 때문에 협박을 받았던 일, 그리고 개미와 얽혀 가치관이 뒤틀렸던 일, 과거에 자신의 손으로 이 세상에서 사라지게 한 친구의 진심을 알게 된 일 등.

"크읏."

하지만 수영은 뭔가를 말하는 대신 쭉 비운 빈 잔을 내려놓으며 마주 웃었다.

"그래, 괜찮아."

속마음을 숨긴 수영의 태연한 대답에 기준은 깊은 안도의 한숨을 내쉬었다.

"다행이다. 솔직히 나보다 네가 더 걱정됐었는데."

기준은 수영의 빈 잔을 다시 채웠다.

"자자, 마셔마셔. 부족하면 내가 나가서 사올 테니까."

"넌 좀 적당히 마셔라. 그때도 취해서 그래놓고."

수영의 농담 섞인 쓰디쓴 충고에 기준은 고개를 끄덕였다.

"그래, 알아. 그러니까 이것만 사왔지. 다시 태어났다고 생각하고 앞으로는 주의할 거야. 정말 네가 없었으면 내 인생은 거기서 끝났을 테니까."

"아니, 아무리 그래도 뭐가 끝나는 수준까지는 아니었을 텐데?"

좋게 말하자면 같은 비밀을 공유한 친구, 나쁘게 말하자면 같이 범죄를 저지른 일당.

말이야 어쨌든 남에게는 말할 수 없는 일이다. 그렇기에 그동안 누구에게도 말하지 못하고 마음 졸여야 했던 걱정과 비밀에 대한 이야기는 끝없이 이어져 갔다.

"그런데… 그거 대체 어떻게 처리한 거야?"

설명은 간단하다. 시체를 그 저수지가 아닌 다른 곳에 버렸는데, 누가 그걸 가져다가 태워 버렸다. 하지만 실제로 그것을 말하는 것은 쉽지가 않았다.

그렇기에 수영은 대부분 중요한 부분을 빼고 간단히 말했다.

"태워서 버렸어. 아무도 못 찾을 테니 걱정하지 마."

"태, 태워? 어떻게?"

"어떻게는 뭐 어떻게야. 불에 태웠지."

수영은 더 이상 자세한 것은 말하지 않았다. 멍하니 입을 벌리고 앉아 있던 기준은 어색하게 고개를 끄덕였다.

"응, 뭐 알아서 잘했겠지. 그래, 고마워. 정말로."

기준의 얼굴에 조금 남아 있던 불안감이 사라졌다. 그동안 수영과 연락도 하지 못하고 마음을 졸였을 테니 그럴 만도 했다. 수영은 고개를 끄덕이며 가볍게 질문을 던졌다.

"회사에서는 어때? 너보고 뭐라고 하는 사람 없어?"

"다들 내심 좋아하는 것 같아서 오히려 좀 무섭더라."

"좋아한다고?"

"그래, 저번에 말했잖아. 여러모로 원래 좀 더러운 새끼였다니까. 회사에서 좋아하는 사람도 하나 없고."

수영은 알겠다는 듯 고개를 끄덕였다. 그 이후로도 기준은 계속 회사와 가정에서 있었던 일을 쏟아냈다. 하지만 수영은 아니었다. 수영은 누군가가 이 사건에 대해 알고 있다는 것을 숨기고 있었다. 바로 개미라는 존재를 말이다.

'그걸 말하면 이 녀석이 어떻게 될지 뻔하니.'

기준은 겉보기에는 강해 보여도 약한 소시민에 불과하니 말이다. 애초에 수영이 기준을 도왔던 것이 바로 그것 때문이기도 했다. 절친한 친구가 망가지는 걸 보고 싶지 않았다. 한참 동안 그렇게 기준과 대화를 하며 술잔을 기울이던 수영은 문득 이상한 것을 느꼈다.

"그런데……."

"응?"

잔을 반쯤 비운 수영은 슬쩍 말을 던졌다.

"넌 괜찮아?"

사람을 죽였다.

그 충격은 결코 가벼운 것이라고 할 수 없다. 아무리 그것이 우발적이라고 해도 말이다.

그럼에도 불구하고 의외로 기준은 밝아 보였다. 수영의 조심스러운 시선에 그것이 무슨 뜻인지 눈치챈 기준은 얼굴을 조금 굳히며 고개를 끄덕였다.

"응, 괜찮긴 한데, 사실 말이야. 다른 데서 걱정이 들더라."

"다른 데서?"

"응, 그러니까……."

맥주잔을 비운 기준은 깊은 숨을 내쉬었다.

"경찰서 갔다가 그 새끼 가족들 볼 때가 있었어."

"가족을?"

"응. 근데 내 원망을 안 하더라."

기준은 빈 잔을 수영에게 내밀었다.

"오히려 그놈이 실종된 걸 다행으로 생각하더라고. 집안에서도 개판이었나 봐. 부모랑 같이 살면서 짜증나면 부모 패고 동생 명의로 돈 빌리고……. 야, 사실 가족이 그 정도로 생각하면 진짜 막장이지. 그러니까 생각이 들더라고. 내가 죄책감이 이렇게 안 드는 이유가 정말 그놈이 죽을 만한 놈이라 그런 게 아닐까 하는 그런 생각 말이야."

"죽을 만한 놈이란 게 세상에 어딨냐?"

수영이 술잔을 채우며 툭 던진 말에 기준은 놀란 듯 손사래를 쳤다.

"아니, 명진이 그 새끼는 내 원수나 다름없었잖아. 까놓고 날 죽이지만 않은 거지 죽을 정도로 괴롭히기도 했고, 내가 위에 구멍 뚫려서 피 토하고 병원 오간 게 그놈 때문이나 다름이 없는데. 그리고 사람을 그런다는 게… 잘못이라는 건 알고 있어. 앞으로 절대로 이런 일이 없게 할 거라는 건 맹세할 수 있지만 그래도 좀 그렇더라고. 그런 놈들을 봐주느라 다른 사람들이 피해보는 거 말이야."

잠시 수영의 눈치를 보던 기준은 마저 말을 이었다.

"그러고 나니까 무덤덤해지더라고. 혹시 내가 사이코패스나 그런 게 아닌지 막 걱정이 될 정도로."

잠시 우울한 표정을 짓던 기준은 어깨를 으쓱였다.

"그런데 그렇게 느껴지는 걸 어쩌겠어. 물론 너한테는 미안한 이야기고 화낼 거라는 것도 알아. 그런데 그렇더라고. 정말 솔직하게 말하는 거야. 다른 놈은 몰라도 너한테는 거짓말을 할 수 없으니까."

그 말을 끝까지 가만히 듣고 있던 수영이 고개를 끄덕였다.

"그래, 그렇겠지."

"어, 응? 응."

의외의 반응에 기준은 말없이 맥주잔을 비우면서도 수영의 기색을 살폈다. 수영 역시 기준이 채워준 맥주잔을 말없이 입에 댔다.

'이제 좀 잊어버리려고 했더니만.'

기준의 말을 듣고 있자니 다시 화연의 얼굴이 떠올랐다.

만약 개미와 만나지 않은 몇 주 전이었다면 수영은 기준의 말에 정말로 화를 냈을 것이다. 한번 가치관을 꺾어야 했던 그 경험이 없었더라면 말이다. 지금 기준이 하는 말은 화연이 한 말과 완전히 일치했다. 그렇기에 수영은 기준의 말이 이해가 됐고 납득도 됐다.

말을 멈추고 맥주를 마시던 수영은 문득 고개를 들었다.

"야, 기준아."

"응?"

정확하게 기준과 눈을 맞춘 수영은 천천히, 하지만 강하게 질문을 던졌다.

"너 지금 기분 어떠냐?"

기준은 수영의 눈을 피하는 대신 씁쓸하게 웃었다.

"좀 미친 소리 같지만, 후련해."

*　　*　　*

앉아 있는 것은 갈색의 의자.

그 의자가 막 지어진 병원과 같은 흰색의 넓은 방 한가운데 놓여 있다는 것을 알아차리는 것은 어렵지 않았다. 방 안에는 아무것도 없었고, 조명이라 부를 만한 것도 없었지만 밝았다. 마치 사방의 벽이 흰색 빛 자체로 발하는 것 같았다.

창이라곤 보이지 않는 기괴한 방. 그 흑백으로 보이는 방이 현실적으로 존재할 수 없는 곳이라는 것을 너무나도 자연스럽게 알 수 있었다.

"오지 말라고 했더니만."

뒤에서 목소리가 들렸다. 묶여 있는 것도 아닌데 수영은 의자에서 일어나지 않았다. 대신 그 시트에 깊숙이 몸을 기댔다.

"그런데 왜 또 오고 그래?"

뒤에 서 있던 목소리의 주인공이 수영의 앞쪽으로 걸어왔다. 수영은 그 얼굴을 확인했다. 이 세상에 있을 수 없는 인물의 얼굴이 보였다.

"꿈인가?"

"맞아."

주신은 그에 답하며 수영의 팔을 가리켰다.

"팔은 괜찮아? 남 일에 쓸데없이 힘쓰는 거 아냐. 괜히 다치기만 한다고."

"네가 할 소리냐?"

"응?"

수영은 죄수복을 입고 있는 주신을 똑바로 바라봤다.

"네가 왜 그런 짓을 한 건지 들었어."

그 말을 들은 주신은 말을 멈췄다. 그러고는 언제부터 수영의 앞에 있었는지 알 수 없는 책상에 걸터앉아 다리를 흔들었다.

"그래, 이제 겨우 들었구나. 좀 늦긴 했지만. 소감은?"

막 입을 열어서 뭔가 말하려 하던 수영은 말을 삼켰다. 이곳은 자신의 머릿속. 꿈이다. 무슨 말을 하든 자신 이외의 누구도 듣지 못한다. 진심을 말해도 상관없었다.

"이해가 가. 솔직히 후련하다는 맘도 들어."

수영은 고개를 저었다.

"하지만 아무리 그래도 사람을 죽이는 건……."

"왜 사람을 죽이면 안 되는데?"

막 말을 하려던 수영은 입을 다물었다. 여왕개미에게 들었던 바로 그 질문. 그때 느껴졌던 데자뷰의 정체를 알 수 있었다. 이 질문은 7년 전 기준에게도 들었던 질문이다.

그때 수영은 뭐라고 답했던가.

당연하다. 그때도 수영은 답하지 못했다.

빙긋 웃은 주신은 수영이 무슨 말을 하기도 전에 재빨리 말을 덧붙였다.

"그래, 맞아. 사람을 죽이는 건 죄지. 안 될 일이야. 그런데 그거 알아? 그 사람들 말이야. 착한 사람들. 그 사람들은 이미 죽어 있는 거나 마찬가지였어. 그 더러운 놈들 때문에. 그런 사람들 앞에서 '댁들이 당한 건 안 된 일이지만 그래도 밝게 살아야 합니다'라고 말할 수 있어? 난 그렇게 못했어. 그래서 그 사람들을 살리려고 악당 놈들을 처치했지."

잠시 말을 멈추고 있던 주신은 자신을 바라보는 수영의 시선에 피식 웃었다.

"어쨌든 그냥 그렇다는 거니까 들어둬. 거기까지 이해해 줄 거라고는 생각 안 해."

흐릿한 주신의 얼굴을 바라보던 수영은 눈가를 팔로 문지르며 툭 던지듯 말했다.

"후회나 원망 안 해?"

"응? 뭘?"

잠시 입을 꽉 다물고 있던 수영은 뱉듯이 말했다.

"넌 나 때문에 죽은 거나 마찬가지잖아."

그 말에 눈을 동그랗게 뜨고 수영을 바라보던 주신은 어깨를 으쓱였다.

"글쎄? 모르겠는데?"

"어?"

주신은 수영을 향해 손가락질했다.

"너나 나나 유령이니 영혼이니 하는 것 안 믿었잖아. 그럼 난 귀신이 아니라 그냥 네 머릿속에 있는 기억일 뿐이겠지. 진짜 내가 뭐라고 생각할지 어떻게 알겠어?"

그 솔직한 말에 수영은 입술을 깨물었다. 그 말대로 이건 꿈일 뿐이다. 이 주신은 어디까지나 수영의 머릿속의 기억과 정보가 모여서 만들어진, 지금의 수영이 가장 이상적으로 생각한 주신일 것이다.

"뭐, 이론적으로는 그렇다는 거고."

주신은 손가락을 빙글빙글 돌리며 말했다.

"글쎄, 원망 정도는 하지 않을까?"

그 장난스러운 말에 수영은 그만 쓰게 웃고 말았다.

"그래도, 뭐."

책상에서 슬쩍 내려온 주신은 수영에게 가까이 다가왔다. 그리고 어깨를 툭툭 두드렸다.

"어쩔 수 없잖아. 탈출하려다가 사고 나서 죽은 건 자업자득이니까. 죄책감 같은 거 갖지 마. 내 잘못이니까. 아, 그런데……."

수영을 지나치던 주신은 의자 뒤에서 멈춰 섰다.

"좀 아쉽긴 하다. 그때 네가 내 말을 조금만 더 잘 들어주고 이해했으면 일이 이렇게까지 안 됐을지도 모르는데. 하긴, 나도 제대로 이해 못 시켰으니까 내 잘못이기도 하지만."

그 중얼거림을 들은 순간, 수영은 더 이상 참을 수 없었다.

"이 멍청아! 그게 왜……."

수영은 의자에서 일어나며 뒤를 돌아봤다.

하지만 이미 거기엔 아무도, 아무것도 없었다.

"네 탓… 이야?"

이번에는 온몸을 꿈틀거리거나 경련하지 않았다. 조용히 눈을 뜬 수영은 몇 번 깜빡이다가 손을 뻗어 머리 주변을 더듬거렸다. 핸드폰을 집어 들어 잠금을 해제하자 액정에 시간이 떠올랐다. 6시 30분. 앞으로 30분 후면 알람이 울릴 시간이다. 이마 위에 손등을 대고 천장을 올려다보던 수영은 슬그머니 상체를 일으켰다.

당연하다면 당연하게도 어제 술자리는 금방 끝났다. 수영이나 기준 모두 인사불성이 될 정도로 술을 마시진 않았다. 기준은 너무 늦지 않은 시간에 택시를 타고 집으로 돌아갔고, 수영은 뒷정리를 한 후 잠에 빠져들었다.

그리고 꿈을 꿨다.

아무리 자각몽이라고 해도 꿈의 기억은 금방 사라진다. 심지어 악몽이라고 해도 인지하지 않으면 단지 뭔지 모를 기분 나쁜 꿈 정도로 기억에 남을 뿐이다. 그것을 알고 있는 수영은 상체를 일으켜 앉은 채 꿈의 기억을 하나도 잊어버리지 않으려는 듯 다시 곱씹었다.

수영을 비웃거나 악의에 젖어 있지 않은 주신이 꿈에 나온 것은 모든 것이 바뀐 7년 전의 그날 이후로 처음인 것 같다.

비틀거리며 자리에서 일어난 수영은 불을 켜고 의자로 향했다. 책상 위에는 반쯤 펼쳐진 주신의 스크랩북이 놓여 있다. 겉보기엔 피비린내 나는 기분 나쁜 취미 모음집일 뿐이다.

"착한 일이라……."

수영은 스크랩북을 한 장 한 장 넘겼다. 이제 수영은 주신의 목적과 생각을 알고 있다. 적어도 미치광이 살인마의 자기만족만은 아니었다는 것을 말이다. 그렇기에 이 스크랩북에 깃든 마음이 어떤 것인지 알 수 있을 것 같았다.

"응?"

한참 동안 스크랩북을 넘기던 수영은 가슴을 더듬었다. 악몽을 꾼 후 반드시 느꼈던 뜨끔거리는 기묘한 통증이 없었다. 마치 거기에 계속 박혀 있던 무언가가 사라진 느낌이다.

"어?"

갑자기 눈물이 흘러넘쳤다.

"아, 뭐야."

당황스러웠다. 수영은 쏟아지는 물을 손으로 받아내듯 얼굴을 감쌌지만 눈물은 멈추지 않았다. 하지만 나쁜 기분은 아니었다. 묘할 정도로 후련한 기분이 들었다. 머릿속에 잔뜩 끼어 있던 무언가가 눈물에 섞여 녹아 나오는 것 같았다.

"으, 뭐야? 이런."

수영은 혼잣말을 내뱉으며 눈물을 닦았다.

그동안 사회의 어둡고 불공정한 부분을 볼 때마다 수영은 화를 냈다. 그 이유는 간단하다. 수영 역시 그런 상황이 옳다고 느끼지 않았기 때문이다.

하지만 다른 보통 사람들과 마찬가지로 법과 규칙에 얽매여
있었다.

그것을 지키는 것이 옳은 것이라고 생각하며, 죄를 저지르면
그들과 똑같은 죄인이 된다고 아무것도 하지 않는 자신을 납득시
켜 왔다. 어쩌면 그게 옳은 일일지도 모른다. 사회적으로 봤을 때
는 그것이 분명 옳은 일이다.

하지만 옳다고 하는 것이 정말로 옳기만 한 것인가?

"좀 아쉽긴 하다."

꿈속에서 주신이 내뱉었던 말이 다시 들려오는 것 같았다. 수
영은 눈을 꽉 감았다.

왜 그때 주신을 이해하려 하지 않았을까. 어째서 가치관이 뒤
틀렸다거나 바보같이 자존심이 상한다거나 하는 말에 매달려 정
말 중요한 것은 생각하지 못했을까.

수영은 진심으로 후회했다. 그런 것에 매달려 있던 자신이 바
보같이 느껴졌다.

"미안해."

수영은 얼굴을 문지르며 중얼거렸다.

안타깝게도 그 말을 들을 존재는 이곳에 없었다.

*   *   *

어두운 방 한쪽 구석에 쭈그려 앉아 TV를 바라보고 있은 지

몇 시간이나 됐을까.

TV에서는 연예인들이 웃고 떠들고 있었다. 아이돌 가수가 나오자 진행자는 환호하며 친한 척을 했고, 아이돌 가수는 그런 상황을 마음껏 즐긴다.

그런 모습에 화연은 눈을 날카롭게 뜨고 엄지를 깨물었다.

"웃기네."

남보다 뛰어난 미모를 가져 어릴 때부터 떠받들어진 여자아이는 빛나는 길을 동경한다. 자신의 아름다움을, 끼를 펼쳐 보이고 싶어 한다. 화연 역시 그랬다.

이제 와서는 어떤 영화였는지, 그 내용은 거의 기억나지도 않는다. 다만 배우의 연기와 캐릭터만은 생생하게 남아 있다. 화연은 그 배우의 모습을 동경했고, 자기도 그렇게 될 수 있을 거라 생각해 그 길에 몸을 던졌다.

오로지 자신의 미모와 끼, 노력의 힘을 믿으며 말이다.

하지만 빛나 보이는 길에 올라간 순간, 화연은 그 길이 날카로운 유리 조각과 하얀 뼈로 만들어져 있다는 것을 알아차렸다. 일년에도 수백, 수천 명이 그런 길에 억지로 올라서려 하다가 추락하고 다시는 돌아오지 못했다.

인지도를 띄우기 위한 싼 티 나는 아이돌 데뷔, 실패, 절망, 힘 없는 소속사가 받아오는 자잘한 일들. 그런 것에 실망할 틈도 없었다.

그러는 사이에도 한 살 두 살 나이를 먹어갔고, 미모는 점점 시드는 것 같은 초조함이 닥쳤다. 하지만 화연은 길에서 굴러떨어지지 않게 버티는 것이 전부였다.

흔하디흔한 이야기다.

그렇기에 화연은 아름다운 여성이 할 수 있는 가장 쉬우면서도 어려운, 커다란 희생을 치르려 했다. 어떻게 해서든 위로 올라간다. 그것을 위해서라면 몸의 깨끗함 따위, 얼마든지 포기할 수 있다고 그때는 생각했다.

하지만 그때 당시에는 알 수 없었다. 자신이 눈을 감고 덫에 달려든 멍청한 산짐승에 불과하다는 것을.

몸의 상처가 늘어가기 시작했을 때 화연은 겨우 진실을 알아차렸다.

폭력, 협박, 학대, 거기서 벗어나려 발버둥 쳤지만 권력과 힘, 돈을 가진 자들에게 있어서는 화연의 그 반항조차 가벼운 유희에 불과했다.

그리고 어느 날, 그 권력자의 기분이 아주 조금 평소보다 좋지 않았을 때 반항하던 화연의 손은 그의 뺨에 작은 상처를 입혔다.

그리고 그 결과 장 파열, 안와 골절, 갈비뼈 골절, 다리의 복합 골절, 몸 여기저기에 새겨진 2도 화상, 타박상과 근육 파열.

보통 평범한 사람이라면 듣는 것만으로도 몸서리칠 부상이다.

화연은 그때 죽는다는 것이 무엇인지 자신의 몸으로 느꼈다. 평소의 학대는 단지 놀이였을 뿐이다. 살려달라는 말이 피거품과 섞여 겨우 나왔다.

이성을 차린 그는 아직 숨이 붙어 있는 화연을 병원으로 남몰래 이송시켰다.

눈을 감고 있는 화연이 자고 있다고 생각했던 것일까. 화연은 잊지 못한다. 후에 수많은 기계를 몸에 달고 있는 화연을 몰래 찾아온 그가 한 말을.

"그냥 묻어버리는 게 싸게 먹혔을 텐데."

화연은 공포에 떨었다. 도망치고 싶었다. 화연은 겨우 걸을 수 있게 되었을 때, 부상이 완전히 낫기도 전에 도망쳤다. 그는 그런 화연을 잡으려 하지 않았다. 단지 누구에게 말해도 믿지 않을 거라고, 정말로 죽고 싶지 않으면 닥치고 살라는 말을 남겼을 뿐이다.

"이익……."

기분 나쁜 기억이 물밀 듯 몰려왔다. 괴한에게 당할 뻔한 일과 폭력은 그때의 기억을 다시 화연의 눈앞에 가져다 대기에 충분했다. 벌써 며칠이 지났지만 아직도 잊히지 않는다.

화연은 엄지손가락을 깨물었다. 피가 나왔다. 하지만 그 정도의 아픔 따위는 화연에게 있어서 고통 축에도 들어가지 않았다.

띠리리리— 띠리—

그때 그런 화연을 말리듯 낮은 벨소리가 울렸다. 움찔거리며 고개를 쳐든 화연은 떨리는 손을 뻗어 핸드폰을 움켜잡았다.

[휴가는 잘 보내고 있나요? 몇 달 동안 그 남자를 감시하느라 고생했는데 말이죠.]

기계를 거친 이상한 목소리가 들려왔다. 몇 번을 들어도 익숙하지 않은 목소리다. 하지만 화연은 그 생리적인 혐오감을 억누르며 차분히 답했다.

"예, 잘 지내고 있습니다."

그건 거짓말이다. 이 좁은 방에 틀어박혀 있는 것만으로도 과거의 기억이 떠올라 미칠 것 같았다.

[그렇군요. 어쨌든 그럼 미안하지만 일을 좀 해줘야겠어요.]

"일입니까?"

그 말에 화연은 자신도 모르게 벌떡 일어났다.

[유감입니다만, 이번에도 화연 씨를 위한 것이 아닙니다.]

마치 그런 화연의 반응을 보고 있기라도 하는 듯한 말이다. 화연은 다시 무너지듯 자리에 앉았다. 그리고 최대한 내색하지 않으려 애쓰며 말했다.

"그렇군요."

[걱정 마세요. 언젠가는 반드시 화연 양의 복수를 할 때가 올 테니까요.]

화연은 입술을 깨물며 마음을 진정시켰다.

오래전, 화연은 삶을 포기하고 있었다. 누구도 화연을 감싸주지 않았다. 자살을 할 용기로 살아가라는 위선자들의 더러운 말을 들을수록 자기혐오만이 깊어질 뿐이었다. 부모조차도 화연을 더럽다고 쫓아낸 그때, 여왕개미는 화연에게 손을 내밀었다. 남자인지 여자인지, 이 세상에 실존하는지조차 알 수 없지만 지금은 믿을 수밖에 없다. 앞으로도 계속 말이다.

[그래도 이번 일은 화연 씨도 마음에 들 겁니다.]

"제 맘에 들다니……. 그건 무슨 소리죠?"

[자료는 보내놨습니다. 받아서 보세요.]

백문이 불여일견이라는 것일까. 여왕개미의 말에 화연은 급히 태블릿PC의 전원을 켜고 인터넷 주소를 입력했다. 곧 메일에 첨

부된 PDF 파일을 연 화연은 첫 번째 장의 인터넷 기사의 캡처 화면을 눈으로 훑었다.

"이건……."

13년 전, 너무나도 유명했던 사건이다. 기사를 읽어갈수록 머릿속에 잠들어 있던 기억이 떠올랐다.

[화연 씨도 알고 있죠? 그게 누군지.]

"예."

강렬한 분노가 피어올라 우울했던 기분을 날려 버렸다.

비록 화연 자신이 이 사건의 피해자는 아니지만 적어도 피해자가 당한 고통은 화연이 충분히 이해할 수 있는 것이었다. 그만큼 이 사건은 화연의 트라우마와 너무나도 비슷하게 겹쳐 있었다.

[타깃을 유혹해서 목적지까지 유인하는 게 화연 씨의 임무입니다.]

파일을 쭉 보던 화연은 입술을 깨물었다.

"저보고… 유혹하라고요? 이놈을?"

[알아요. 힘든 일이라는 걸. 하지만 꼭 화연 씨의 힘이 필요합니다.]

공포 때문에 몸이 떨려왔다. 잠시 동안 기도하듯 핸드폰을 잡고 고개를 숙이고 있던 화연은 작지만 확실한 목소리로 답했다.

"알겠습니다."

여왕개미는 복수라는 미끼를 화연의 코앞에 흔들고 있다. 그렇기에 지금 화연에게 있어 개미로서 하는 일은 종교이자 삶의 목표 그 자체였다. 당연하게도 거부한다는 선택은 존재하지 않았다.

[그리고 앞으로 한 시간 후에 사람이 갈 겁니다.]

화연은 눈을 살짝 찡그렸다. 개미들은 아무것도 알지 못한다. 단지 여왕개미에게 명령 받은 대로 행동할 뿐이다. 개미들은 누가 개미인지, 자신들이 하는 행동이 어떤 결과를 낳는지에 대해서도 알려 하지 않는다. 화연 역시 지금까지 몇 번이나 일을 했지만 다른 개미들과 노골적으로 관계된 적은 없었다. 여왕개미의 말이 이상하게 느껴지는 것은 당연했다.

[화연 씨의 옆에서 화연 씨가 하는 일을 보게 하세요.]

하지만 이어지는 여왕개미의 말은 더더욱 의아했다.

"예? 제가 하는 일을??"

[예, 그냥 보게 두면 됩니다.]

이상하다. 화연이 대답이 없자 여왕개미는 별것 아니라는 듯 말했다.

[딱히 신경 써주거나 하지 않아도 됩니다. 그 외에는 평소와 다를 게 없어요. 일은 좀 많겠지만 평소와 똑같이 행동하면 됩니다.]

"평소와 똑같이……."

그 말에 화연은 자신을 다잡았다. 상대를 유혹하고, 심판과 죽음의 구렁텅이로 몰아넣는다. 그게 화연의 일이다. 자신에게 내려진 임무만 완수하면 끝이다.

[나머지 자세한 내용은 자료를 보세요. 그럼 건투를 빕니다.]

전화가 끊기고 나자 잠시 멍하니 앉아 있던 화연은 고개를 내저었다. 고민하고 생각하는 것은 화연의 역할이 아니다. 그저 여왕개미의 말대로 움직이면 될 뿐. 어쨌든 움직여야 했다. 남은 시간은 한 시간뿐, 화장할 시간도 부족했다.

"씻자."

자신에게 명령하듯 혼잣말을 내뱉은 화연은 곧장 화장실로 들어갔다.

몸에 물을 뿌리던 화연은 눈을 감았다. 거울에 비춰진 몸에 새겨져 있는 흉터들을 보고 싶지 않았다. 그렇게 한참 동안 피부를 깎아내듯 몸에 물을 뿌리던 화연은 고개를 내저으며 물을 잠갔다. 이렇게 감정에 잠겨 있을 시간 따위는 없었다.

"후우."

몸을 닦고 속옷을 입은 화연은 옷장 앞에 섰다. 방의 크기에 비해 비정상적일 정도로 큰 옷장. 화연이 옷장을 열어젖히자 각양각색의 옷이 비닐에 싸인 채 모습을 드러냈다.

하지만 그것들은 모두 평소에 입는 옷들이 아니었다.

"자료대로라면……."

화연은 혼잣말을 중얼거리며 옷장을 뒤적였다. 그 옷들은 모두 여왕개미가 맡긴 임무에 맞추기 위해 연기할 때 입는 무대 의상이었다.

여왕개미가 개미들 중에서도 화연을 특별히 가까이 두며 활동비나 집까지 지원하는 이유가 바로 이것이었다. 전문적으로 연기를 배운 화연은 여왕개미가 짜놓은 상황극에 맞춘 배역을 확실히 연기해 냈다. 그 연기 실력은 일반인들에 비할 바가 아니었다.

"순진한 이미지에 맞춰야겠지?"

말꼬리를 흘리며 옷장을 뒤적이던 화연은 흰색의 꽃무늬 원피스를 골라냈다. 그리고 옷장의 바닥에서 흰색 단화를 꺼냈다. 옷

준비가 끝난 화연은 화장대 앞에 앉았다. 다음은 메이크업이다. 순진한 이미지에 맞춘다고 해서 화장을 하지 않는 것은 아니다. 오히려 순진하게 보이기 위한 화장법이라는 것이 존재했다.

한참 동안 그렇게 일 생각으로 머릿속을 채우고 있던 화연은 순간 머릿속이 흔들리는 것 같은 기분에 고개를 숙였다.

"흐윽."

울음이 터져 나왔다. 화연은 재빨리 화장지로 눈물을 닦았다. 몸이 떨렸다. 무서웠다. 아직 괴한에게 당한 상처조차 낫지 않았다. 만약 여왕개미에게 폭행을 당할 뻔했던 일을 말하면 일을 바꿔줄지도 모르지만 그날 있었던 일은 보고조차 하지 않았기에 그럴 수도 없었다.

"괜찮아. 괜찮아. 괜찮아."

화연은 두 손을 모으고 눈을 감은 채 주문을 외우듯 중얼거렸다. 괜찮지 않아도 괜찮다. 괜찮아져서 이 일을 해야 한다. 이 일을 계속할수록 쓰레기들이 사라지니까. 자신에게 그런 일을 한 놈과 비슷한 쓰레기들이 말이다.

그때 벨이 울렸다.

놀란 화연은 시계를 봤다. 샤워하느라 시간을 많이 소비한 탓일까. 벌써 한 시간이 지나 있었다. 다행히도 이제 머리만 빗으면 끝이다.

화연은 다시 얼굴에 철가면과 같은 표정을 썼다. 약한 모습을 보여서는 안 된다. 어떠한 감정도 내비치면 안 된다. 그렇게 되뇌던 화연은 두 번째로 벨이 울리자 자리에서 일어나 흰색 원피스를 입고 문 쪽으로 다가갔다.

"누구세요?"

"개미."

확실한 대답이다. 여왕개미가 보낸 그 개미일 것이다. 화연은 안심하고 문을 열었다.

"아?"

현관의 조명등이 자동으로 켜진 순간 화연의 손에서 빗이 굴러떨어졌다. 그사이 청년은 조용히 집 안으로 들어와 문을 닫았다.

현관에서 내리비치는 불빛은 청년의 후드 아래로 긴 그림자를 만들어냈다. 하지만 못 알아볼 리가 없다.

화연은 지난 몇 개월 동안 이 청년의 일거수일투족을 쫓아왔으니까.

"당신… 어떻게 여기에……?"

그 말에 청년은 후드를 벗으며 조용히 입을 열었다.

"어제 친구 꿈을 꿨어요, 아주 오래된 친구의 꿈을."

다소 엉뚱한 대답이다. 하지만 화연은 청년의 말을 막지 않았다.

"매일 악몽에 나와서 날 찔렀던 게 올바른 선택이었네 어쨌네 하면서 비웃었었는데, 어제 겨우 깨달았어요. 그럴 리가 없더라고요. 그 자식, 맨날 실없이 웃고 둥둥 떠 있는 것 같은 그런 놈이었는데… 그때도……."

청년은 자신의 가슴에 손을 올렸다.

"울고 있었죠, 그 자식."

화연도 알고 있다. 청년이 손으로 짚고 있는 가슴 아래에 어떤 흉터가 있는지 말이다.

"워낙 나쁜 기억이라 그냥 잊어버리고 있었는데, 아니, 뭐 의도적으로 잊어버리려고 했다는 게 맞으려나? 어쨌든 마지막일 거라며 어제 꿈에 나와서는 그러더라고요. 죄책감 가지지 말라고. 자기가 죽은 게 내 탓이 아니라면서."

청년은 바닥에 떨어져 있는 빗을 집어 들어 화연에게 내밀었다. 화연이 반사적으로 빗을 받자 청년은 문에 기대서며 중얼거렸다.

"근데 그건 안 될 것 같더라고요. 도저히."

벽에 기대선 청년은 깊게 심호흡을 했다.

잠시 그렇게 바닥을 바라보고 있던 청년은 고개를 들었다.

"하지만……."

청년은 고통스럽다는 듯 이를 악물었다.

"여전히 난 당신들이 하는 행동을 인정할 수가 없어요. 그러니까……."

망설이듯 입을 꽉 다물고 있던 청년은 몸부림치듯 상체를 떨었다. 그리고 온몸의 힘을 쥐어짜 내며 낮게 외쳤다.

"날 설득해 봐요."

그 포효에 화연은 잠시 입을 다물었다. 그리고 청년의 얼굴을 관찰하듯 바라봤다. 자신의 신념이었던 가치관을 찢어버리고 뛰쳐나온 청년은 고통스러운 기색을 역력히 드러내고 있다. 무엇이 청년에게 이런 결심을 하게 만들었는지는 알 수 없었다. 다만 확실한 것은 이것은 화연이 바랐던 기회라는 것이다.

"여왕개미가 나한테 가보라고 하던가요?"

청년은 말없이 고개를 끄덕였다. 그제야 화연은 이해할 수 있었다. 여왕개미가 화연이 하는 일을 그저 보여주기만 하면 된다고 한 이유를 말이다.

"알았어요."

어느새 화연의 눈가에 흐르던 물기는 완전히 말라 있었다.

"그럼 조금만 기다려요."

이번에야말로 설득해 볼 테니까. 화연은 그렇게 중얼거리며 화장대 앞으로 향했다.

*　　*　　*

"3,800원입니다."

남자는 말없이 주머니에서 꼬깃거리는 더러운 천 원짜리 지폐 네 장을 카운터에 집어던졌다.

편의점 알바생은 기분이 나쁜 듯했지만 그것을 내색하지 않으려는 듯 웃으며 지폐를 집어 들었다. 그리고 200원을 내밀었다. 잠시 알바생과 200원을 번갈아보며 노려보던 남자는 묵묵히 동전을 받은 후 소주 두 병과 어육 소시지가 들어 있는 비닐봉투를 집어 들었다.

"고맙습니다. 안녕히 가세요."

남자는 그 인사를 씹었다. 그리고 주머니에 손을 찔러 넣은 채 편의점 밖으로 걸어 나갔다. 문밖을 계속 보고 있던 여성 알바생은 남자가 편의점을 나간 지 한참 후에야 한숨을 내쉬며 투덜거림을 내뱉었다.

"냄새 쩌네, 진짜. 술 사서 처마실 돈으로 목욕이라도 좀 하지."

겨우 몇 번 본 사람의 얼굴은 쉽게 눈에 익지 않는다.

그것도 어떤 놈들이 피의자의 얼굴이라면서 엉뚱한 사람의 사진을 온 사방에 퍼뜨리고, 신문마저도 그런 소문에 현혹되었다면 더더욱 그럴 것이다.

게다가 12년이라는 시간은 사람들의 기억을 퇴색시켰다. 그리고 남자가 12년을 보낸 공간은 남자를 더더욱 늙어 보이게 만들었다.

그 알바생이 남자의 얼굴을 알아보지 못한 것도 무리는 아니었다.

남자는 계속 길을 걸었다. 가로등도 꺼진 아파트촌으로 접어든 남자는 비어 있는 놀이터 쪽으로 걸어갔다. 그리고 그 주위에 있는 벤치에 주저앉았다.

"흐으."

한숨 비슷한 것을 내쉰 남자는 비닐봉지에서 꺼낸 소주병을 꺼내 뚜껑을 비틀었다. 잔 같은 것은 없었다. 남자는 그대로 병나발을 불었다.

"크으으으으……."

소주를 반쯤 비운 후에야 병을 내려놓은 남자는 다리를 긁었다.

바짓단이 올라가자 작은 플라스틱 상자 같은 것이 달려 있는 발찌가 드러났다. 생각 없이 다리를 긁적이던 남자는 거기에 손이 닿자 겨우 정신을 차린 듯 움찔거리며 주변을 둘러봤다. 다행히 주변에는 아무도 없었다.

"씨발……."

남자는 안도의 한숨을 내쉬면서 재빨리 바짓단을 내렸다.

앞으로 10년이나 이런 것을 차고 다니며 사람들 눈을 신경 써야 하다니. 짜증이 치밀었다.

물론 긴 바지를 입고 있으면 잘 눈에 띄지도 않고 사람들이 눈알을 발끝에 달고 다니지 않는 이상 발목을 유심히 볼 리도 없지만 말이다.

"12년… 12년이나 가둬놓고. 개새끼들."

남자는 생각했다. 어째서 12년 전 자신은 그런 어리석은 짓을 했을까.

만약 12년 전으로 돌아갈 수 있다면 자기 자신을 목 졸라 죽여버리고 싶었다. 그리고 좀 더 확실한, 교묘한 범죄 계획을 세울 것이다. 목격자 따위 남기지 않고 증거 따위 남기지 않는 확실한 범죄 계획을 말이다.

"끄윽."

트림을 내뱉은 남자는 반쯤 남아 있는 소주병을 단숨에 비웠다. 남아 있는 소주를 한 방울도 남기지 않기 위해 소주병의 주둥이를 핥던 남자는 얼굴을 찡그렸다.

"빌어먹을 놈의 세상……!"

남자는 씩씩거리는 얼굴로 내던진 소주병은 시소에 부딪쳐 박살났다. 남자는 흩어져 있는 유리 조각을 보며 이를 갈았다.

"대체 어떻게 살라는 거냐고. 대체 어떻게!"

그 안에서도 좋은 일은 없었다. 다른 죄수들에게 구타당한 적도 있다. 하지만 오히려 그렇기에 자위할 수 있었다. 전부 쓰레기 같은 놈들뿐인 세상이니 자신 역시 쓰레기라도 상관없다고. 아니, 오히려 그게 당연하다고 말이다.

하지만 밖의 세상으로 나오자 진실은 남자의 코앞으로 다가왔다. 그 자신이 세상에 둘도 없는 쓰레기에 벌레 새끼에 불과하다는 진실이 말이다.

하루하루 머리를 짓누르는 무력감에 남자는 발버둥 쳤지만 달라지는 것은 없었다.

"내가 뭘 잘못했다는 거야?"

그래도 남자는 진실을 외면했다. 12년 전과 똑같이.

잘못된 것은 자신이 아니다. 자신 같은 사람이 이렇게 고통스럽게 살아야 하는 이 세상이 잘못된 것이다. 남자는 그렇게 계속 되뇔 뿐 조금도 움직이려 하지 않았다. 그저 고향집조차 버리고 어딘가로 도망가 버린 부모가 마지막으로 넣어준 영치금과 작업을 하고 받았던 임금으로 하루하루를 보낼 뿐이다.

"끅."

남자는 취기 어린 손으로 주머니를 뒤적였다. 바스락거리는 지폐의 감촉은 없었다. 남아 있는 건 미지근한 동전 두 개의 감촉뿐. 적지 않은 돈은 한 달 동안의 방탕한 생활에 남자의 손아귀에서 모래처럼 흘러나갔다. 이제 남자에게 남아 있는 것은 소주 한 병과 어묵 소시지, 그리고 거스름돈 200원뿐이다.

"흐, 그래, 좋다 이거야. 좋다고. 내가 이대로 가만있을 줄 알아? 응? 캑."

남자는 두 번째 소주병의 목을 비틀었다.

보통 사람이라면 당장 먹고살기 위해 뭔가를 해야겠다고 결심했을 것이다. 하지만 남자는 아니었다. 그저 일반인이라면 상상하는 것만으로도 혐오감을 느낄 추악한 기억을 떠올리며 웃을 뿐이었다.

"으?"

그때 뭔가가 보였다. 남자는 눈을 문지른 후 그쪽을 다시 바라봤다. 가로등도 꺼져 있는 어둠 아래에 흰색의 뭔가가 흔들리고 있다.

"흥흥~ 흐흐흥~"

순간 귀신이 아닐까 했던 남자는 안도의 한숨을 내쉬었다. 그건 십대 후반쯤이나 됐을까 싶은 여성이었다. 백색의 원피스를 입고 눈을 흐릿하게 뜬 그 여성은 마치 춤추는 것 같은 걸음걸이로 놀이터를 향해 다가오고 있었다.

"별게 다 사람 놀라게 하고 있어."

남자는 나발을 불며 그쪽을 힐끔거렸다. 잠깐 치밀어 오르려 하던 공포가 흔적도 없이 사라지자 호기심이 들었다. 대체 저 여성은 왜 콧노래를 흥얼거리며 이런 밤길을 거닐고 있는가. 남자는 여성을 찬찬히 살폈다.

"에?"

콧노래를 흘리며 놀이터로 다가온 여성은 남자를 보고 잠깐 머뭇거리는 것 같았다. 잠시 남자를 조심스레 살피던 여성은 곧 남자는 신경 쓰지 않는 듯 그네에 앉아 몸을 흔들었다.

"흐으으으음."

남자의 입에서 신음 소리가 흘러나왔다. 언뜻 보기에 여성의 행동은 마치 취한 것 같았지만 몸을 가누지 못하는 모습은 보이지 않았다.

하지만 한밤중에 그네를 타고 모래장난을 한다는 건 저 정도로 나이를 먹은 처녀가 맨정신으로 할 행동이 아니다. 그렇다면 왜 저 여성은 저런 짓을 하고 있는가.

간단하다. 미치거나 어딘가 모자란 여자인 것이다.

"흐음."

남자는 술병을 기울이며 그 여성을 눈으로 훑었다. 하늘색 꽃 무늬가 들어간 흰색의 원피스에 한 점 티도 보이지 않는 피부, 슬 랜더한 체형에 청순해 보이는 긴 장발, 마치 어린아이와 같이 해 맑게 풀어진 얼굴. 남자는 그 모든 것을 혀로 핥듯이 꼼꼼하게 탐 닉했다.

'12년……'

출소해서 찾아가 보려 했지만 그 흔적을 알 수가 없어 찾지 못 했던 그 아이. 12년 전의 그 아이가 컸다면 저 정도일지도 모른 다. 어느새 남자의 입꼬리는 귀밑에 걸려 있다. 그 여성이 모래를 뒤집고 놀이기구를 탈 때 보이는 천진난만한 몸짓, 그 순진무구 함에 몸이 달아올랐다.

"크ㅎㅎㅎㅎㅎ…… 꺼흑."

음흉한 웃음을 흘리던 남자는 마지막으로 남아 있는 소주를 목구멍에 쏟아부은 후 가볍게 트림했다. 조금 전 머릿속으로 상 상하던 장면 속에서 등장하던 아이의 얼굴이 눈앞에 있는 여성의 얼굴로 변했다. 척추를 타고 오르는 가벼운 쾌감에 소주병을 쥐 고 있는 남자의 손이 떨렸다.

"후우, 좋아……"

남자는 엉거주춤한 폼으로 일어났다. 어째서 정신 상태가 좋 지 않은 여성이 이런 밤에 놀이터에 혼자 나온 것인지는 알 수 없지만, 남자에게 그런 이유 따위는 상관없었다. 중요한 것은 저 여성이 손을 뻗으면 닿을 만한 곳에 있다는 것, 주변에 아무도 없다는 것, 그리고 마지막으로 이제 그는 무슨 짓을 해도 더 이상 잃을 것이 없는 아무것도 남지 않은 빈털터리라는 것.

"뭐해요, 아가씨?"

마치 아이나 동물을 상대하는 것 같은 과장된 목소리에 여성은 깜짝 놀란 듯 일어나 시소 뒤쪽에 몸을 숨겼다. 그리고 잔뜩 경계하는 얼굴로 남자를 힐끔거렸다.

"아저씬 누구세요?"

어린아이와 같은 말투다. 남자는 자신의 예상이 틀리지 않았음에 기뻐하며 웃었다.

입가에서 흐르는 침을 닦아낸 남자는 조심스레 말했다.

"응, 아저씨는 아가씨가 걱정돼서 그래요. 아빠나 엄마는 어딨어요?"

여성은 고개를 저었다.

"몰라요. 일 나갔어요. 아침에 온다고 자라고 했는데 심심해서 놀러 나왔어요. 엄마는 나 못 나가게 해요."

입술을 삐죽 내밀고 투덜거리는 그 모습에 남자는 웃었다.

출소한 후에 본 모든 여자, 그들은 모두 남자를 버러지를 보듯했다. 남자와 눈이 마주친 중년 여자들이 아이들을 데리고 재빨리 사라지는 건 다반사. 낮에 놀이터에 앉아 있으면 경비원이 달려올 때도 있었다.

하지만 이 여성은 달랐다. 무방비한 순진무구한 눈동자를 보고 있자 아랫도리가 축축하게 젖는 것 같았다.

"그러면 안 되죠. 엄마 말은 잘 들어야 착한 아이죠. 응?"

"그래도……."

그 말에 여성은 풀이 죽은 얼굴로 고개를 푹 숙였다. 남자는 침을 삼키며 여성을 향해 손을 뻗었다.

"이리 와요. 내가 데려다 줄게요."

"으응, 엄마가 모르는 사람 따라가지 말랬어요."

뾰루퉁하게 입술을 내밀고 몸을 흔드는 그 모습에 남자는 애가 타는 기색을 숨겼다.

"아니에요. 나 삼촌이에요, 삼촌. 그러니까 걱정하지 마요."

아이에게도 통하지 않을 어이없는 변명이다. 하지만 그 말을 듣기 전까지는 계속 머뭇거리던 여성은 조심스레 남자에게 손을 뻗었다. 남자는 그 가느다란 손을 가만히 움켜잡았다. 꼭 쥐는 것만으로도 바스라질 것 같은 감촉. 이대로 어깨에 짊어지고 납치해 버리고 싶은 욕망이 치달았지만 남자는 간신히 정신 줄을 잡고 여성의 손을 이끌었다.

'이대로…….'

조금만 가면 된다. 이제 곧 조용한 곳으로 가기만 하면 아까부터 상상하고 있던 모든 짓을 할 수 있다. 이 여성의 어머니는 아침쯤에 돌아온다고 했으니 즐길 시간은 충분했다. 남자는 환희에 몸을 떨며 여성을 돌아봤다.

"집이 어디예요?"

"응, 이쪽으루 가서, 저기요."

멀지 않았다. 여성은 남자의 손을 잡은 채로 옆에 있는 아파트 안으로 들어갔다. 아파트 입구에 설치된 전등은 고장 났는지 불이 켜지지 않았다. 남자는 혹시나 하며 주변을 둘러봤지만 사람은 없었다. CCTV 같은 불온한 물건도 눈에 띄지 않았다.

"3층이에요. 엄마가 엘리베이터 막 타지 말랬어요. 관리비 나온대요. 나 착하니까 엘리베이터 안 타요."

"그래요? 착하네요."

계단은 좁았다. 남자는 아쉬운 듯 여성의 손을 놓았다. 그리고 마치 나는 듯한 걸음걸이로 계단을 오르는 여성의 등 뒤를 따랐다. 그렇게 계단을 올라가던 여성은 복도를 걸어가 어느 문 앞에 섰다. 그리고 주머니에서 열쇠 꾸러미를 꺼냈다.

"으응? 으응?"

하지만 여성은 제대로 문을 열지 못했다. 열쇠를 다루는 것 자체가 너무나도 서툴러 보인다. 발을 동동 구르며 주위를 살피던 남자는 여성에게 손을 내밀었다.

"줘, 줘볼래요? 삼촌이 열어줄게요."

새침한 얼굴로 남자를 바라보던 여성은 열쇠 꾸러미를 내밀었다. 낚아채듯 열쇠 꾸러미를 받아 든 남자는 떨리는 손으로 열쇠 구멍에 열쇠를 집어넣었다. 철컥 하는 소리와 함께 자물쇠가 풀어지는 소리가 들리자 남자는 웃었다. 마치 천국으로 향하는 문을 연 것처럼.

"고맙습니다, 삼초……."

문이 열리자마자 남자는 한 손으로는 여성의 입을 틀어막았다. 그리고 나머지 한 손으로는 여성의 가느다란 목을 잡아 집 안으로 끌어당겼다.

이제 한계다. 치밀어 오르는 환희에 온몸이 떨려왔다.

너무나도 놀란 듯 발버둥 치지도 못하는 여성을 방 안으로 끌고 들어가 큰방 겸 거실인 방바닥에 눕힌 남자는 여성의 위에 올라탔다.

"하아! 하아⋯⋯!"

여성 위에 올라탄 남자는 몸을 떨었다. 쭉 벌어진 입에서는 끈적거리는 침이 흘러내렸다. 남자는 그대로 혀를 내밀어 여성의 뺨을 핥았다.

"좋아, 좋아. 착한 어린⋯⋯."

순간 남자의 표정이 웃고 있는 그대로 굳었다.

마치 총이라도 맞은 것 같은 충격을 받은 듯이 말이다. 슬쩍 열린 커튼 사이로 비춰드는 빛. 그 빛에 비춰진 여성의 얼굴은 조금 전과 완전히 달랐다. 지금까지 지켜울 정도로 봐온, 남자를 매도하고 욕하며 천한 것을 보는 듯한 눈동자. 여성은 그런 눈동자로 자신의 위에 올라탄 남자를 올려다보고 있었다.

"어? 그, 그런 표정을 지으면 안 되잖아⋯ 응?"

남자는 양손을 뻗어 여성의 목을 틀어쥐었다. 그리고 얼굴을 씰룩거리며 양팔에 힘을 불어넣었다.

"이러면 안 되는 거잖아. 왜 그러는 거야? 왜 그러는 거냐구."

마치 꿈속을 헤매는 것 같은 중얼거림이었지만 폭력은 진짜였다. 고통스러워하는 표정이 여성의 얼굴 위로 급속도로 번져 나갔다. 하지만 남자는 손에 조금의 여유도 두지 않았다. 그대로 여성의 목을 졸라 버릴, 부러뜨려 버릴 기세였다.

"왜 그러⋯ 억!"

미친 듯이 애원하던 남자는 외마디 비명을 내질렀다. 이번엔 정신적인 충격 같은 것이 아니었다. 뭔가 정말로 단단한 것이 후두부를 후려갈기는 강렬한 충격이었다.

그 여성에게서 떨어져 나간 남자는 머리를 감싸 쥔 채 바닥을 굴렀다. 그리고 필사적으로 눈알을 굴렸다.

"뭐, 뭐야?"

어느새 나타난 것일까. 어둠 속에서 프라이팬을 양손으로 쥐고 있는 청년이 보였다. 그 청년은 남자가 자신을 올려다보는 모습에 프라이팬을 놓고 재빨리 손을 뻗었다. 그리고 콜록거리며 고통스러운 기침을 내뱉고 있는 여성을 끌어당겨 자신의 곁에 세웠다.

"괜찮아요? 보고 있으라고는 했지만 그럴 상황이 아닌 것 같아서……."

청년에게 매달린 채 기침을 내뱉던 여성은 눈물이 그렁거리는 얼굴로 고개를 끄덕였다.

"내 잘못이에요. 타이밍을 놓쳤네요."

잠시 숨을 몰아쉬던 여성은 방 한쪽 구석 탁자에 놓여 있는 검은색의 담뱃갑 같은 것을 집어 들었다. 그리고 아직도 영문을 모르겠다는 얼굴로 자신과 청년을 번갈아 보고 있는 남자에게 다가가 한쪽 손을 뻗었다. 앞머리를 잡힌 남자는 얼굴을 씰룩거리며 신음을 흘렸지만, 여성은 날카로운 어투로 그를 매도했다.

"이 겨울에 원피스만 입고 혼자 놀이터에서 놀고 있는 정신지체아가 어딨어? 드라마 같은 걸 너무 많이 본 거 아냐?"

"어? 어, 어? 뭐, 뭐야?"

여성은 아직도 상황을 판단하지 못하는 남자를 향해 폭언을 내뱉었다.

"하긴, 통할 거라고 생각하고 연기한 거긴 하지만. 쓰레기 같은 놈."

거기에 대답할 틈 따위는 없었다. 남자는 다음 순간 눈앞이 흔들리는 감각과 함께 의식을 잃었다. 의식을 잃기 전 그가 마지막으로 느낀 것은 목 근처에 와 닿는 차가운 금속의 느낌과 뜨겁게 타오르는 아픔이었다.

*　　　*　　　*

차에서 내리자 서리가 내린 흙이 사각거리는 느낌이 발아래에서 느껴졌다.

"후우……."

수영은 입김을 내뿜으며 사방을 둘러봤다. 번화가를 빠져나와 국도로 30분. 겨우 그것밖에 달려오지 않았지만 인적은 물론 눈에 보이는 불빛조차 없었다. 있는 거라곤 겨우 내내 방치되어 딱딱하게 언 밭과 그 옆에 있는 작은 창고뿐.

수영보다 한 걸음 앞서 차에서 내린 화연은 그 창고의 문을 흔들고 있었다.

"도와줄까요?"

"오늘 수영 씨는 보기만 하기로 했었잖아요."

말의 높낮이조차 바뀌지 않는 냉랭한 대답에 수영은 입을 다물었다.

화연은 혼자서 고집스럽게 몇 번이나 창고의 문을 잡아당겼다. 곧 문틈 사이에 얼어붙은 습기가 비산하며 문이 열리자 화연은 뒤로 한 걸음 물러서 얼굴을 찡그렸다. 그리고 부들부들 떨리는 손을 만지작거렸다.

"괜찮아요?"

수영이 걱정된 마음에 질문을 던졌지만 대답은 없었다. 잠시 그렇게 홀로 서서 손을 만지작거리던 화연은 조용히 차의 뒤쪽으로 돌아갔다. 그리고 수영이 자신을 제대로 보고 있는지 확인하듯 한 번 힐끔 쳐다본 후 트렁크를 열었다.

"으읍! 읍!"

거기에는 온몸이 묶이고 입이 막힌 채 트렁크 속에 갇혀 있던 남자가 있었다. 남자는 눈앞에 나타난 화연의 모습을 보고 묶여 있는 사지를 버둥거렸다. 그 기세에 잠시 머뭇거리던 화연은 곧 눈을 찡그리며 어느 사이엔가 손에 쥔 전기충격기를 남자의 어깨에 가져다 댔다.

"으브브브브븝!"

온몸을 부들부들 떨던 남자가 축 늘어지자 화연은 비로소 손을 뻗었다. 자신보다 거의 두 배는 나갈 남자를 겨우 트렁크에서 끄집어낸 화연은 남자의 뒷목을 양손으로 움켜잡았다. 그리고 힘겹게 한두 걸음씩 뒷걸음질치며 남자를 창고 안으로 끌고 들어갔다.

수영은 창고 안으로 들어가는 것을 망설이듯 머뭇거리며 그 앞을 서성였다.

이제 어떻게 해야 할까. 창고 안은 온통 어둠뿐이라 밖에서는 아무것도 보이지 않았다.

"들어오세요."

그때 화연의 목소리가 들려왔다. 수영은 심호흡을 하고 그 안으로 발을 들이밀었다.

여전히 아무것도 보이지 않았다. 밖에도 인가라곤 찾아볼 수 없었기에 굉장히 어두웠지만, 적어도 별빛이나 달빛은 있었다. 하지만 창고 안은 티끌만 한 빛도 없는 완전한 칠흑이었다.

바닥에 발을 끌며 조심스레 앞으로 나아가던 수영은 뭔가가 바스락거리는 것을 느끼고 움찔거리며 멈췄다.

그때 어둠 속에서 티긱거리는 소리가 들리나 싶더니 눈앞에 빛이 깜빡거렸다.

"윽."

수영은 반사적으로 눈을 찡그리며 고개를 돌렸다. 백열전구의 필라멘트가 타들어가며 만들어낸 빛은 곧 칠흑 같은 어둠을 걷어내고 창고 구석구석을 옅게 비췄다.

빛이 익숙해진 후에야 수영은 고개를 들었다. 창고의 한가운데, 전등의 바로 아래에서는 널찍한 탁자 같은 것이 펼쳐져 있다. 그리고 그 위에는 조금 전 트렁크에 실려온 그 남자가 탁자의 다리에 사지가 묶인 채 울음 섞인 신음을 흘리고 있었다.

잠시 그 남자를 바라보고 있던 수영은 고개를 숙였다. 조금 전 발에 바스락거리며 밟히던 것의 정체를 알 수 있었다.

"이 비닐은 뭐죠?"

"다른 개미가 여왕개미의 말대로 해놨겠죠."

"아니, 그러니까 왜 비닐을……."

수영은 말꼬리를 흐렸다. 어느새 구석에 놓여 있던 칼을 집어

든 화연이 탁자로 다가오고 있었다. 얼마 전에 봤던 등산나이프 같이 귀엽게 봐줄 만한 것이 아니다. 시골에서 돼지를 잡을 때나 쓸 것 같은 묵직하고 두꺼운 커다란, 거의 작은 손도끼처럼 보이는 식도였다.

칼에서 눈을 뗀 수영은 다시 한 번 창고 안을 살폈다. 범죄 드라마에서 본 적이 있었다. 이런 식으로 방 전체에 비닐을 쳐서 무슨 일이 일어나도 증거나 혈흔이 남지 않게 하는 방법을 말이다.

'이게 개미인가.'

새삼스럽게 감탄사가 흘러나왔다. 대체 얼마나 많은 수의 인간이 이 일에 동원되었을까.

당장 수영이 기억하는 것만 해도 한두 개가 아니다. 화연과 수영을 태워다준 택시 기사, 비어 있던 집, 열쇠가 꽂힌 채 아파트 주차장에 버려져 있던 차, 이 시골 국도로 들어서자마자 다른 차가 들어오지 못하게 차단막을 설치했던 남자 등등.

그나마 수영이 그런 것들에 개미들이 연루됐다는 것을 눈치챌수 있었던 것은, 어떤 일이 일어날지 미리 알고 있었기 때문이다. 아무것도 모르고 본다면 거의 무작위나 다름없는 일들 사이의 연관관계를 눈치챌 수 있는 사람은 없을 것이다.

게다가 그들은 자신들이 하는 행동이 뭘 의미하는지 알지 못한다. 마치 하나의 그림을 수십 조각으로 자르고 수많은 사람에게 하나씩 나눠준 것과도 같다.

혹시라도 경찰에 운 나쁘게 걸려 조사를 당하는 사람이 있다고 해도, 그는 아는 게 없으니 말하지 못할 것이다. 결국 그렇게 개미들의 알리바이는 보장되고, 범죄조차 성립되지 않게 된다.

새삼 개미라는 조직의 힘이, 그리고 그들을 다루는 여왕개미의 수완이 느껴졌다. 수영은 긴장한 듯 마른침을 삼켰다.

"그런데."

수영은 고개를 들었다. 조용히 말을 꺼낸 화연은 우울한 얼굴로 남자를 내려다보고 있었다.

"수영 씨는 이 남자가 무슨 죄를 지었는지 아나요?"

"화연 씨를, 그러니까, 그… 그러려고 한 거요?"

에둘러 돌아온 그 답에 화연은 눈을 질끈 감았다. 그리고 강하게 말했다.

"개미가 이 남자를 목표로 잡은 이유 말이에요."

"그거야, 예, 뭐, 대충은요."

이곳에 오기 전 아파트에서 버려두고 온 남자의 발목에 달려 있던 전자발찌. 그게 뭘 의미하는지 정도는 수영 역시 알고 있었다. 하지만 그것이 화연이 바란 답은 아니라는 건 분명했다.

"화연 씨?"

왜냐면 화연은 수영의 그 대답에 코웃음 치며 무거운 칼을 슬며시 들어 올리고 있었으니까.

"크흡! 크흐흡……."

탁자가 울리는 소리가 나나 싶더니 곧 남자의 비명 소리, 울음 소리가 이어졌다. 온몸을 꿈틀거릴 정도로 소스라치게 놀란 수영은 곧 자신도 모르게 안도의 한숨을 내쉬었다. 그리고 남자의 바로 머리 옆에 놓여 있는 칼에서 눈을 돌려 화연을 바라봤다.

칼을 탁자에 꽂아 손을 자유롭게 한 화연은 어깨에 메고 있던 가방에서 뭔가를 꺼내 들었다. 이제는 수영의 눈에 익숙해진 태블릿PC였다.

"12년 전의 일이에요."

화연은 태블릿PC의 전원을 켜며 말을 이었다.

"시골에서 어떤 아이가 납치됐죠. 경찰들도 신고를 받고 주변을 뒤졌지만 찾지 못했어요. 결국 그 아이가 발견된 건 열한 시간이나 지난 후였죠. 밭일을 하러 나가던 마을 사람이 논두렁에서 아이를 발견한 거였어요. 아이는 누군가에게 강간당한 상태였죠."

잠시 말을 멈춘 화연은 씁쓸하게 웃으며 혼잣말을 중얼거렸다.

"죽지 않은 게 다행… 아니, 불행이려나."

화연은 곧 미소를 지우고 태블릿PC를 수영에게 내밀었다.

"아이는 용의자를 기억하고 있었어요. 그 마을의 주민이었죠. 그 전에도 몇 번이나 크고 작은 일을 저질러서 모두가 알고 있는 인간이었어요. 경찰에 잡혀가서도 그놈은 계속 자기는 그런 일을 안 했다고 부정했죠. 하지만 증거를 처리할 정도로 똑똑하진 못했어요."

태블릿PC에 떠 있는 오래된 기사를 읽자 기억이 조금씩 살아났다.

예나 지금이나 하루에도 수십 건의 사건이 벌어지지만 그럼에도 불구하고 유난히 뇌리에 남는 사건이 있다. 대체적으로 충격적이고 자극적인 사건들이 그러했다.

예를 들어, 불과 8세밖에 되지 않은 어린아이를 납치해서 강간한 사건 같은 경우라던가.

수영이 기억하고 있는 사건의 전말은 이랬다. 범인은 피해자의 집의 대문이 열려 있는 것을 보고 근처 슈퍼에서 술을 사서 음주 후에 침입. 모두가 자는 사이에 아이가 떠들지 못하게 이불째로 싸들고 납치했다.

의도적으로 막 초등학생이 된 아이를 납치 후 강간한 것은 물론, 아이가 조금만 더 그대로 방치됐다면 살인죄가 추가됐을지도 모른다. 그야말로 극악무도한 중죄. 그 때문에 범인은 법정으로 인도되어 12년의 중벌을 받았다.

"12년⋯⋯."

수영은 태블릿PC에서 눈을 떼고 남자를 바라봤다. 이목구비가 약간 바뀐 느낌은 있었지만, 태블릿PC의 화면에 떠 있는 남자와 여기 누워 있는 남자는 분명히 동일 인물이었다. 그리고 12년 전에 죄를 저질러 12년형을 언도받은 남자가 이곳에 있다는 것. 그것은 이 남자가 출소한 지 얼마 되지 않았다는 것을 의미한다.

그리고 남자는, 똑같은 과오를 저질렀다.

그것도 실수라고 할 수 없는 자신의 욕구로 말이다.

"이래도 용서해 줘야 할까요?"

화연의 목소리가 조금 높아졌다. 손을 뻗어 다시 칼자루를 잡은 화연은 남자를 노려봤다. 남자는 두려운 듯 몸부림쳤다. 하지만 화연은 오히려 남자의 눈을 똑바로 노려보며 힐난하듯 외쳤다.

"사람이 바뀔 수도 있다고요? 그래요. 그럴 수도 있겠죠. 사람은 바뀔 수도 있어요. 그런데 이 쓰레기는 바뀌었나요? 12년이에요. 12년이 지났는데도 똑같아요. 오히려 더 심해졌죠. 그런데도 죗값을 치렀으니까 인권이니 뭐니 하면서 풀어놓고 대체 무슨 일이 더 생기길 기다리는 거죠? 아, 법적으로 문제가 되니까 어서 잡아넣게 일을 저지르라고 하는 건가 보군요. 그렇죠?"

말을 멈추고 잠시 몸을 부르르 떨던 화연은 수영을 돌아봤다. 그 눈은 서슬 시퍼런 살기와 분노. 그리고 조소가 섞여 차갑게 불타오르고 있었다.

"어떤 정치인이 그러더군요. 이런 범죄자는 물리적으로 거세해야 한다고. 그래요. 거세 좋죠. 그런데 현실적으로 그게 가능해요? 또 사형은 인간의 존엄성이 어쩌고저쩌고 하면서 안 된다는 정치인도 있었죠. 우리의 인권은 어쩌고 그런 소릴 하죠? 다들 국민들에게 인기 얻으려는 퍼포먼스 하는 데 정신이 팔려서는……"

잠깐 말을 멈춘 화연은 가볍게 냉소했다. 그리고 이성을 찾듯 목소리를 살짝 낮춰 말을 이었다.

"그런 말만 하면서 12년이에요. 무려 12년이 지났는데도 아무것도 바뀐 게 없어요. 여전히 벌은 가볍고, 그렇다고 그런 상황이 벌어지지 않게 하기 위한 대책도 없어요. 그러는 사이에 우리 같은 개미들은 방치되고 짓밟히고 있죠."

수영을 똑바로 바라보며 외치던 화연은 힘이 빠진 듯 칼을 늘어뜨렸다. 그리고 웃으며 힘없는 작은 목소리로 말했다.

"이제 이해가 되나요? 이 쓰레기가 왜 여기서 죽어야 하는지."

그것은 단순히 이 남자의 죽음에 대해 동의하냐는 질문이 아니었다. 수영이 이곳에 오기 전, 화연의 집에서 했던 말에 대한 확인이다.

이 일을 하는 것을 아직 망설이고 있던 수영에게 납득이 됐냐고, 난 당신을 설득했냐고 묻고 있는 것이다.

그렇기에 수영은 그 질문에 대답을 할 수 없었다. 그건 화연의 착각이었으니까.

까놓고, 개미가 사람을 죽이는 이유야 아무래도 좋았다. 개미들의 생각 전부에 찬동할 생각은 없었지만, 죽어도 마땅한 쓰레기가 이 세상에 넘친다는 것 정도는 이미 충분히 납득했고, 이해하고 있었기 때문이다.

문제는, 수영이 사람을 죽여야 하는 이유였다.

사람을 죽이는 것은 대죄다. 누가 뭐라 하든 그것은 이 사회에서 바뀌지 않는 하나의 진리에 가깝다. 개인의 양심적인 문제는 물론, 잘못해서 그런 일을 하다가 잡히기라도 하면 인생 그 자체가 끝장날 각오를 해야 한다.

그런 엄청난 불안과 위험을 안고 이 일을 해야 할 이유가 무엇이란 말인가? 이들이 죽어야 마땅할 쓰레기라는 것 외의 다른 이유는 없는가?

화연은 입을 꾹 다물고 있는 수영의 모습에 쓰게 웃으며 고개를 흔들었다.

"역시 사람을 설득하는 건 쉽지 않네요. 하지만……."

다음 순간, 화연은 깊게 숨을 들이켰다. 그리고 칼을 머리 위로 쳐들었다.

"이 쓰레기를 처리하는 데 수영 씨의 허락이 필요한 것도 아니죠."

"우읍! 읍!"

눈을 크게 뜬 남자가 몸부림치자 탁자가 덜컹거리며 흔들렸다. 조금 전과는 분위기부터가 확연히 달랐다. 화연의 눈에는 분명 날카로운 살의와 각오가 담겨 있었다.

"흡!"

화연은 숨을 멈추며 있는 힘껏 칼을 내려쳤다. 수영은 자신도 모르게 눈을 질끈 감으며 고개를 돌렸다. 다시 한 번 탁자가 커다랗게 울리는 소리에 수영은 몸을 움찔거렸다.

수영은 주먹을 꽉 움켜쥐었다. 이렇게 끝나 버린 것일까. 아직 마음을 결정하지도 못했는데.

"으윽……."

착잡한 마음에 막 한숨을 내쉬려 하던 수영의 귀에 이상한 소리가 들렸다. 고통을 억눌러 참는 신음 소리였다. 그리고 그 신음 소리의 주인은 분명 여성이었다.

살그머니 눈을 뜬 수영은 신음 소리가 들려온 쪽을 바라봤다. 그리고 눈앞에 벌어진 상황을 확인한 순간, 숨이 턱 막혀왔다.

"화연 씨?"

칼은 바닥에 굴러 떨어져 있었고, 화연은 몸을 부들부들 떨 정도로 고통스러워하며 오른쪽 손목을 움켜잡고 있었다. 화연에게 재빨리 다가간 수영은 화연의 팔목을 살피며 물었다.

"괜찮아요? 다친 거예요?"

대답하지 않는 화연을 잠시 바라보던 수영은 몸을 돌렸다. 그리고 탁자 위를 봤다. 그 위에 펼쳐져 있는 장면은 수영이 조금 전까지만 해도 상상했던 그것과 완전히 달랐다.

"후욱! 후욱!"

한껏 머리를 옆으로 비튼 남자는 가쁘게 숨을 내쉬며 공포에 질린 시선을 수영과 마주쳤다. 조금 전 그의 목이 있던 곳에는 깊은 칼자국이 파여 있었다.

수영은 무슨 일어난 것인지 대충 예상할 수 있었다. 아마도 화연이 내려친 칼을, 유일하게 묶여 있지 않은 머리를 움직여 어떻게든 피해낸 것 같았다.

"비켜… 요."

뒤에서 들려온 목소리에 반사적으로 옆으로 한 걸음 물러났다. 입술을 깨물며 아픔을 삭이던 화연은 바닥에 떨어져 있는 칼을 다시 집어 들려 했다.

"아윽…….."

칼이 다시 굴러떨어졌다. 골절? 아니면 단순히 힘줄이 상했거나 삐었을 수도 있다. 어쨌거나 팔목에서 느껴지는 아픔이 범상치 않았다. 칼을 힘껏 내려치려다가 삐끗한 탓에 손목이 나가 버린 것이 분명했다.

어긋나 버린 오른팔을 잡고 아픔을 삭이던 화연은 얼굴을 일그러뜨렸다.

"바보같이……!"

이런 결정적인 순간에 실수라니. 자기 자신을 자책하던 화연은 오른팔을 늘어뜨리고 아직 남아 있는 왼손으로 칼을 집어 들었다. 그리고 어정쩡한 폼으로 다시 머리 위로 칼을 쳐들었다.

"잠깐만 진정하고 숨 좀 돌려요. 그러다가 왼팔도 다친다고요!"

"놔요! 놓으라고!"

하지만 수영은 그 말을 듣지 않았다. 몸부림치는 화연의 어깨를 단단히 붙잡은 수영은 당황스러워 했다. 지금 화연의 모습은 도무지 이해가 되지 않았다. 개미는 결국 사람을 죽이는 집단이다. 다들 사람을 죽여본 경험이 있는 살인자인 것이다.

그런데 이건 대체 무슨 일인가.

화연의 이 모습은 마치 칼 한 번도 제대로 잡아본 적 없는 것 같은 모습이 아닌가.

"제발 놔줘……."

한참 동안 수영의 손에서 벗어나기 위해 몸부림치던 화연은 힘이 빠진 듯 그 자리에 주저앉았다. 반사적으로 동시에 몸을 숙여 화연을 부축한 수영은 부들부들 떨리는 작은 어깨와 그 아래로 떨어지는 눈물에 겨우 뭔가를 눈치챘다.

"처음… 이에요?"

사람을 죽이는 것이?

뒷말을 삼켰지만 화연도 그 말의 의미를 이해한 것 같았다. 고개를 끄덕인 화연은 자신의 몸을 지탱하고 있는 수영의 팔을 움켜잡았다.

"해야 돼요. 내가 하지 않으면… 복수도 하지 못하게 돼요."

"무슨 소리예요? 화연 씨한테 무슨 일이 있었는지야 난 모르지만 이 남자를 잡은 것처럼 여왕개미가 잡아줄……."

"그게 아니에요!"

화연은 수영의 말을 끊으며 고개를 내저었다.

"내가 이걸 안 하면! 누가 날 위해서 사람을 죽여줄 것 같아요?"

수영은 신음 소리를 간신히 입 밖으로 내지 않았다.

며칠 전의 그날. 화연이 주신이 했던 일의 진실을 이야기해 주고 수영을 설득하려 했을 때 했던 말이 머릿속에 생생하게 떠올랐다.

지금 개미는 누군가를 납치해서 죽일 때 반드시 살인자가 하나는 나오는 구조다. 과거라면 주신이 혼자서 처리했겠지만, 지금 주신은 없다. 그렇다고 해서 개미들은 개미의 활동이 멈추길 바라진 않을 것이다. 그들은 모두 누군가에게 복수하길 원하고 있으니까.

그렇기에 살인을 거부할 수는 없다. 만약 살인을 거부해서 고리를 끊어버린다면, 복수할 수 있는 기회가 사라져 버리는 것이다.

거대한 힘에 굴복당한 자들에게 여왕개미가 베푸는 복수의 만찬은 지옥에 드리워진 한줄기 거미줄. 그렇기에 평생 살인은커녕 사람 한 번 제대로 때려본 적이 없는 소시민들은 영혼에 상처를 남길 것을 각오하고 죄를 짓는다. 그 무엇보다 큰 대죄를.

"하."

그 소리에 화연은 눈물에 젖어든 얼굴을 들었다. 수영은 어이 없다는 듯, 혹은 감탄했다는 듯 피식 웃으며 얼굴을 일그러뜨리고 있었다.

"망할 인간 같으니."

수영은 이를 갈았다. 그 욕지거리의 대상은 바로 여왕개미였다.

화연과는 달리 여왕개미는 알고 있었던 것이다. 수영이 어떤 이유 때문에 자신을 설득해 보라고 했는지 말이다.

그리고 이것은 여왕개미의 답이었다.

하필 이 자리에서, 화연을 이용해서, 아직 순수한 영역 안에 있는 인간이 살인으로 인해 더럽혀지는 것을 보여주려 한 것이다.

이것이 네가 이 일을 해야 하는 이유라고, 마치 그렇게 말하는 여왕개미의 목소리가 귓가에 들리는 것 같았다.

"수영 씨?"

화연의 말에 수영은 고개를 가볍게 숙여 보였다. 그리고 아직 화연의 왼손을, 그 손에 잡혀 있는 칼에 손을 대며 조용히 말했다.

"놔요."

"안 돼요! 말했잖아요! 내가 이걸 하지 않으면……."

수영은 고개를 저으며 다시 한 번 말했다.

"놔요. 괜찮으니까."

수영의 얼굴을 올려다보던 화연은 어깨를 늘어뜨렸다. 조금 전만 해도 비키라고 소리치던 기세는 찾아볼 수도 없었다. 화연이 반사적으로 손에 쥐고 있던 힘을 빼자 수영은 칼을 움켜잡았다. 그리고 자리에서 일어났다.

"수영… 씨?"

화연은 칼을 들고 테이블 앞에 선 수영의 뒷모습에 의아한 목소리를 흘렸다. 수영은 깊게 심호흡을 하며 잠깐 눈을 감았다.

'이게 답이란 말이지.'

타인을 위해서 누군가를 죽인다는 것은, 그 대상이 악인이라고 해도 이유조차 되지 못할 핑계다. 자의식 과잉이라는 말을 들어도 할 말이 없었다.

사실, 만약 단순히 이 말을 여왕개미에게 직접 전해 들었다면 그냥 헛소리라고 코웃음치고 말았을 것이다.

하지만 살인에 대한 반감과 모순에 고통스럽게 몸부림치는 화연의 모습이, 손끝으로 전해진 화연의 온기는 그 이유에 당위성을 부여했다.

어째서, 누구를, 무엇을 위해서 수영이 그런 일을 해야 하는지 말이다.

"읍? 읍!"

다시 드러난 칼의 모습에 남자는 머리를 마구 흔들었다. 수영은 칼을 잡지 않은 왼손을 뻗어 남자의 얼굴을 잡았다. 머리가 고정되자 남자는 괴성을 지르며 전신을 흔들었지만, 수영의 손은 남자의 머리가 움직이지 않게 눈두덩을 단단히 누르고 있었다.

"미안해."

작은 속삭임이었다. 눈이 가려져 앞이 보이지 않게 되자 공포에 빠져 더욱 크게 몸부림치던 남자가 그 속삭임에 잠시 멈췄다. 하지만 다음 순간, 남자는 자신의 목울대 위를 가볍게 누르는 날카롭고 차가운 금속을 느낀 듯 괴성을 질렀다.

"우우우우우! 우우우!"

필사적으로 몸부림치는 남자를 내려다보던 수영은 작게 말했다.

"별로 미안하지 않아서."

수영은 팔에 힘을 불어넣었다. 그리고 남자의 목에 대고 있던 칼날을 앞으로 밀었다.

II부

_견습

"아, 김 대리. 요즘 잘나가네. 또 이렇게 계약을 성공시키고."

"뭘요. 과장님이 잘 이끌어주신 덕분이죠."

공을 돌리는 기준의 대답에 과장은 기분 좋은 얼굴로 웃었다. 그리고 오늘 들어 세 번째로 기준의 잔을 채웠다.

"정말 앞날이 촉망받는 인재라니까. 진급도 금방금방 하겠어. 허허."

"예, 그리고 과장님. 죄송하지만……."

기준이 말꼬리를 흐리자 이상하다는 표정을 짓던 과장은 잠시 후 알겠다는 듯 고개를 끄덕였다.

"음? 아, 그렇군. 그래그래. 걱정 마. 난 그 이상은 안 권할 테니까."

그 말투에는 약간 김샌다는 느낌도 있었지만 이해한다는 내용이 의미가 더 강했다.

그 사건 이후로 기준은 술을 되도록 하지 않으려 했다. 다행히도 이 과의 사람들은 기준을 전폭적으로 신뢰하고 있었기에 그런 그의 결심을 지지했다. 모두가 기준이 겪은 충격적인 사건을 알고 있기에 더더욱 그러했다.

거래처를 뚫거나 다른 과와의 회식 같은 것을 할 때는 어쩔 수 없이 폭음을 해야 할 때도 있었지만, 그마저도 아주 가끔 있는 일이었다.

"그런데 선배, 요즘 친구분들하고는 안 만나십니까?"

"응?"

과장이 권하는 술을 받고 제자리로 돌아온 기준은 곁에 앉아 있는 후배를 돌아봤다. 그는 비어 있는 기준의 잔을 채우며 말을 이었다.

"아니, 예전엔 친구분들하고 약속 있다고 자주 그러시더니. 요즘은 별로 그런 소리를 안 하셔서."

그 말에 기준은 대수롭지 않다는 듯 어깨를 으쓱였다.

"일이 바빴잖아. 친구들 볼 틈이 어딨냐?"

"하긴, 그랬죠. 그 인간 사라지고 나서는 일도 잘 풀리고……."

기준은 당황한 듯 목소리를 죽여 속삭였다.

"야야, 그런 소리를 함부로 하면 안 되지."

여기뿐만이 아니다. 취기가 오른 탓일까. 직원들 사이에서는 보통 때라면 입 밖으로 꺼내는 것조차 터부시되던 일이 여기저기서 흘러나오고 있었다.

"에이, 그래도 사실이잖아요. 막 말하고 다닐 건 못 되지만."

"글쎄, 그건……."

기준은 마치 떠보는 듯한 그 말에 억지로 웃을 수밖에 없었다.

진명의 실종사건으로부터 벌써 다섯 달 정도가 지났다.

진명은 아직도 발견되지 않았지만 회사는 이미 그의 존재를 잊었다. 오히려 진명이 사라진 후 홍보과의 실적은 눈에 띄게 올라갔고 분위기마저 좋았다.

오래된 인연으로 진명을 조금이라도 감싸던 사람들도 지금은 진명의 존재에 대해 이야기하는 것조차 꺼려했다. 그럴 만도 했다. 그 존재가 백해무익이었다는 것이 드러났으니 말이다.

"에이, 선배님도 솔직하지 못하시긴. 아, 근데 이번에 새로 들어온다는 신입 말인데요."

후배가 웃으면서 화제를 바꾸자 기준은 남몰래 안도의 한숨을 내쉬며 물을 마셨다. 기준으로서는 이 화제가 나오면 껄끄러울 수밖에 없다.

왜냐면 진명을 죽인 것이 바로 기준이니까.

비록 그것을 아는 것이 수영뿐이라고 해도 그 이름이 나올 때마다 일순간 머릿속이 굳는 것은 어쩔 수 없었다.

'그런데.'

입으로는 후배와 대화를 나누고 있었지만 머릿속에는 다른 생각이 흘렀다.

'진짜 왜 그러지?'

사실 기준이 친구들과 약속이 있다는 핑계를 대고 회식이나 약속에서 빠질 때는 수영을 만날 때뿐이었다. 하지만 지난 몇 달간은 그런 적이 거의 없었다. 즉, 지난 몇 달 동안 수영과의 만남은 몇 번도 없었다는 이야기였다.

'그렇게 일이 바쁜가?'

사실 약속을 대부분 거절하는 것은 수영 쪽이었다. 수영의 핑계는 항상 공장에서의 잔업. 물론 기준도 바쁜 나날을 보내고 있었기에 그럴 수도 있다고 넘어가곤 있었지만, 갑작스럽게 많아진 수영의 잔업은 의아할 정도였다.

'아니면 다른 무슨 일이라도 있나……'

두 사람의 비밀로 남겨야 할 일이 일어난 직후의 일이라 그런지 유난히 신경이 쓰였다.

하지만 곧 기준은 물잔을 쭉 들이켜 머릿속의 잡념을 비웠다. 수영을 믿는다고 다짐하지 않았던가. 만약이라도 무슨 일이 일어난다면 수영은 누구보다 자신에게 먼저 말을 해줄 것이다. 지금은 그렇게 믿는 것밖에는 할 수 없었다.

기준은 다시 회식에 빠져들었다. 다시는 폭음을 하지 않겠다는 수영과의 약속에 따라 선을 지키려고 노력하면서.

*   *   *

"아, 씨발! 개새끼들아! 사람 무시해? 엉?"

늦은 밤거리. 도로의 일차선에 서 있는 한 남자가 욕지거리를 내뱉고 있었다.

자신을 피하듯 지나가 버리는 택시들에게 분노를 내뱉던 그 남자는 뱀같이 찢어진 눈을 휘적거렸다. 그리고 주변에서 자신의 곁을 스쳐 지나가는 사람들에게까지 이를 드러냈다.

"뭘 봐, 이 새끼들이? 사람 처음 봐? 어, 씨발, 뭘 쳐다보냐고! 죽고 싶어?"

누구도 그런 남자를 멈추거나 대항할 생각은 하지 않았다. 사람들은 바쁘게 발을 옮겨 그 자리에서 피했고, 저 멀리서 남자가 난동을 부리는 것을 본 사람들은 아예 길을 건너서 돌아갔다.

곧 그의 곁에는 시비를 걸 사람들조차 사라졌다. 당연한 수순이었다.

분노를 표출할 상대들이 죄다 사라지자 남자는 씩씩거리며 발을 동동 굴렀다. 이 화를 풀기 위해 시비를 걸 만한 대상을 찾아야 했다.

"어?"

그때 남자의 얼굴이 살짝 풀어졌다. 난동을 부리던 남자를 무시했던 다른 택시들과는 달리, 잠시 조용한 틈에 그걸 모르는 택시가 남자의 앞에 선 것이었다.

멀리서 그 모습을 보던 사람들은 자신도 모르게 혀를 찼다. 저런 남자를 손님으로 태우면 어떤 일이 생길지는 보지 않아도 불 보듯 뻔했으니까.

그런 사람들의 걱정은 아랑곳없이 남자는 비틀거리며 문을 열고 택시의 뒷좌석으로 들어갔다. 그리고 거만하게 앉아 택시 기사를 향해 짧게 말했다.

"갑시다."

"예? 어디로……."

순간 택시 기사는 등 뒤에서 느껴지는 강력한 충격에 몸을 움찔거렸다.

"환구 아파트 앞! 두 번 말하게 하지 말고 얼른 가라고!"

사실 목적지는 한 번도 말하지 않았었지만 그건 남자에게는 상관없는 일이었다. 그저 택시 기사가 자신의 신경을 건드렸다는 사실만이 중요할 뿐.

좌석의 등받이를 걷어차인 택시 기사는 당황스러워하면서도 조심스럽게 차를 출발시켰다.

"씨발… 개새끼들, 사람 무시해? 내가 어떤 몸이신데. 엉?"

택시가 달리는 동안에도 남자는 붉은 얼굴로 누군가를 향해 욕지거리를 내뱉듯 중얼거렸다.

택시 기사는 백미러를 힐끔거리며 남자의 동태를 살폈다. 찡 그린 남자의 얼굴에는 만인을 향한 악의가 깃들어 있었다. 택시 기사는 남몰래 한숨을 쉬며 핸들을 꽉 움켜잡았다. 이렇게 된 이 상 빨리 이 손님을 내려놔야겠다는 생각을 한 것 같았다.

그렇게 한참 동안 겁난 얼굴로 차를 운전하던 택시 기사의 눈 이 커졌다. 최대한 조심히 브레이크를 밟아 슬그머니 차를 세운 기사는 낮은 신음을 흘리며 마른침을 삼켰다. 그리고 뒤를 슬쩍 돌아보며 입을 뗐다.

"저, 죄송합니다만."

"응? 뭐야?"

취기에 반쯤 잠들어 있던 남자의 입에서 잔뜩 뭉친 목소리가 토사물처럼 넘어왔다. 그 불쾌한 목소리에도 택시 기사는 최대한 조심스럽게, 그리고 최대한 바닥을 기는 것 같은 태도로 차를 멈 춘 이유를 설명했다.

"앞쪽이 공사 중이라고 길이 막혀 있네요. 좀 돌아가야겠습니다.”

“뭐? 이런 씨발 별……!”

또 한 번 등받이가 크게 흔들렸다.

“씨발! 장난하는 것도 아니고! 뒈질래? 엉?”

걷어차일 때마다 의자는 삐걱거리는 소리를 냈다. 택시 기사
는 아무것도 하지 못했다. 그저 얼어붙은 얼굴로 충격이 느껴질
때마다 몸을 움찔거릴 뿐이었다. 도로에 차단막을 걸고 작업을
하고 있던 세 명의 노동자가 깜짝 놀란 얼굴로 요란한 소리가 나
는 택시 쪽을 바라봤지만 남자는 아랑곳하지 않았다.

그렇게 한참이나 앞좌석을 걷어차며 분노를 퍼붓던 그 남자는
마침내 제풀에 지친 듯 가쁘게 숨을 몰아쉬며 의자에 등을 기댔
다. 그리고 공중에 손을 휘저었다.

“빨리 가! 빨리!”

“예, 예.”

택시 기사는 조심스레 핸들을 돌렸다. 원래 가려던 길을 벗어
난 택시는 한밤중이라 인적이 없는 2차선 도로로 접어들었다. 양
옆에 주차된 차들과 불이 꺼져 있는 가게들. 가로등조차 꺼진 거
리는 그야말로 쥐 죽은 듯 잠들어 있었다. 하지만 택시의 속도는
점점 올라갔다. 한시라도 빨리 이 기분 나쁜 손님을 내려놓고 싶
다는 택시 기사의 마음 때문일지도 몰랐다.

“억!”

날카로운 브레이크음과 함께 남자의 눈앞에 번쩍거리는 불똥
이 튀었다. 택시가 급정거한 탓에 앞좌석에 얼굴을 부딪친 남자
는 신음 소리를 흘리며 몸을 뒤로 뺐다.

"이 미친 새끼가!"

남자는 화를 참지 못하고 택시 기사의 머리를 손으로 후려갈겼다. 하지만 택시 기사는 그 폭력에 반응하는 대신 머리를 부여잡고 뭔가에 홀린 듯 차에서 내렸다. 그리고 멈춰 있는 차 앞으로 걸어갔다.

"뭐야? 장난해? 손님이 우습, 우습게 보여?"

차와 바닥을 번갈아보는 택시 기사를 이상한 눈으로 쳐다보던 남자는 혀 꼬인 욕지거리를 내뱉으면서 차에서 내렸다. 그리고 넋이 나간 택시 기사가 서 있는 쪽으로 비틀거리며 걸어갔다.

"대체 뭐……."

남자는 순간 입을 다물었다.

한밤중이라 유난히 더 밝게 보이는 헤드라이트는 인영을 비추고 있었다. 여자였다.

젊은 여성이 검은색 장발을 흩뿌린 것 같은 모습으로 그 앞에 쓰러져 있었고, 바닥에는 검붉은 액체가 퍼져 나가고 있었다.

정신을 잃은 듯 움직이지 않은 그 여성을 바라보며 턱을 떨던 택시 기사는 공황상태에 빠진 얼굴로 남자를 돌아봤다.

"제, 제가 잘못한 거 아니죠? 이 여자가 갑자기 튀어나온 거죠? 예?"

그 더듬거리는 질문에 남자는 답하지 않았다. 대신 잔뜩 찌푸린 얼굴을 하고 뒤로 몇 걸음 물러났다. 택시 기사는 어느새 자신에게서 멀어진 그 남자를 향해 하소연하듯 외쳤다.

"선생님?"

"몰라, 나! 씨발. 택시면 그 뭐야, 블박도 붙어 있을 거 아냐!

근데 나한테 그런 걸 왜 물어? 그딴 거는 알아서 하라고. 사람 귀찮게 하지 말고! 아, 씨발, 잡지 마!"

남자는 자신에게 손을 뻗는 택시 기사의 손을 뿌리치며 몸을 돌렸다.

만약 이곳에 남아 있다면 당연히 남자는 이 사고의 목격자가 될 것이다. 하지만 남자는 몇 번이나 경찰서에 신세를 진 경험이 있었다. 단순한 목격자라 하더라도 경찰과 얼굴을 부딪쳐야 한다는 것은 결코 내키지 않았다.

인간으로서 가지는 동정심이라는 것이 조금이라도 남아 있다면 달랐겠지만, 남자에게 그런 것은 없었다. 남자는 자신의 안녕을 위해서라면 타인은 얼마든지 희생할 수 있었다.

"재수가 없으려니 진짜."

한참 동안 걷던 남자는 뒤를 힐끔거렸다. 조금 걸어온 것만으로도 사고를 낸 택시가 보이지 않았다. 곧게 뻗어 있는 것같이 보였던 길은 사실 완만한 곡선을 그리고 있던 것 같았다. 남자는 앞을 향해 고개를 돌리고 입안으로 욕을 씹어뱉으며 비틀비틀 거리를 걸었다.

"대체 뭐야? 뭐냐고. 여긴 어딘데? 내가 왜 이런 데서 걷고 있어야 돼?"

큰길에서 조금 떨어진 외진 길이라서일까. 택시는커녕 차 한 대 보이지 않았다. 인적조차 없었다. 마치 이 순간 세상에서 인간이란 것이 하나도 남지 않은 듯한 착각이 들 정도였다.

"어우씨."

이유를 알 수 없는 한기에 몸을 부르르 떨던 남자는 문득 앞쪽에서 기척을 느끼고 고개를 들었다.

"예. 그래요. 걱정하지 마요. 아니, 그러니까 몇 번이나 해봤는데 걱정을……."

남자의 앞쪽에서 한 청년이 걸어오고 있었다. 이십대 후반이나 삼십대 초반쯤일까. 검은색의 티셔츠에 크로스백을 어깨에 걸고 있는 그 청년은 한 손에 가방을 잡은 채 다른 손으로 전화를 하고 있었다.

"응?"

청년도 기척을 느꼈는지 슬쩍 눈을 들어 남자를 바라봤다. 하지만 곧 고개를 돌리고 통화에 집중했다.

"저 새끼가……."

남자는 이를 갈았다. 아무 일도 아니었다. 하지만 청년의 그 행동이 거슬렸다. 그렇게 생각한 순간 남자의 발걸음이 빨라지기 시작했다.

"야, 야!"

비틀거리면서 청년에게 다가선 남자는 다짜고짜 청년의 멱살을 움켜잡았다.

"너, 이 새끼. 이 한밤중에 뭐하는 짓이야? 엉?"

누구에게도 통하지 않을 이유 모를 횡설수설이 남자의 입에서 튀어나왔다.

행동이 거슬린다는 것은 핑계에 불과하다. 남자는 단순히 시비를 걸 대상을 찾고 있었고, 마침 청년이 눈에 띄었을 뿐. 마침 주변에는 다른 시선도 없었다. 이대로 폭력을 휘둘러도 남자를 제지할 그 누구도, 그 무엇도 없다.

남자는 마치 이 모든 것이 자신을 위해 만들어진 상황 같다고 생각하며 주먹을 추켜올렸다.

"역시나."

청년의 짧은 중얼거림. 그 중얼거림이 무슨 의미인지 파악하기도 전, 남자는 뭔가가 가슴에 와 닿는 감촉을 느꼈다. 고개를 내리자 검은색의 담뱃갑 같은 작은 상자와 그 끝에서 튀어나온 두 개의 금속핀이 살갗에 닿아 있는 것이 보였다.

"이건 또 뭐르르르르르……!"

말이 이어지지 않았다. 온몸이 미친 듯이 떨리며 의식을 잇고 있던 퓨즈가 강렬한 소리와 함께 끊어졌다. 청년의 멱살을 잡고 있던 손은 더 이상 악력을 유지하지 못했다.

청년은 마치 실이 끊긴 꼭두각시 인형처럼 바닥에 쓰러지는 남자를 한심하다는 듯 내려다봤다.

"너무 예상대로네, 진짜."

남자의 손이 닿았던 가슴께를 턴 청년은 핸드폰에 입을 가져다댔다.

"됐어요."

[목격자는요?]

청년은 주변을 둘러봤다. 있을 리가 없었다. 이 일에서 가장 중요한 것이기에 아까부터 몇 번이고 확인했던 것이다.

"없겠죠?"

[지금 갈게요.]

청년이 가방에서 케이블타이를 꺼내 남자의 다리와 손을 묶는 사이, 몇 십 초도 지나지 않아 타이어가 아스팔트를 쓸고 지나가는 소리와 함께 차 한 대가 다가왔다. 흔히 SUV라고 하는 중형 밴이었다.

만약 지금 정신을 잃은 남자가 깨어 있었다면, 그리고 그가 좀 더 주의력이 좋았다면, 그 차가 아까 사고가 났던 택시의 옆에 주차되어 있었다는 것을 알 수 있었을지도 몰랐다.

청년은 멈춘 차에서 내리는 운전자를 바라보며 짧게 물었다.

"괜찮아요? 차에 치이는 연기하는 건 처음 봤는데."

조금 전 택시 앞에서 정신을 잃은 채 널브러져 있던 그 여성은, 가발 사이로 스며든 검붉은 물감을 닦던 수건을 차 안에 던져두며 청년의 곁으로 다가왔다.

"예전에 몇 번 해봤어요. 난 괜찮으니까 빨리 그거나 싣죠."

청년은 고개를 끄덕이며 차의 뒷문을 열었다. 그리고 그 여성과 함께 짐짝을 들 듯 남자를 들어 올려 차의 뒷좌석에 쑤셔 박았다. 다소 거칠긴 했지만 이미 전기충격기에 당해 정신을 잃은 남자는 반항조차 하지 못했다.

"가죠."

여성은 짤막한 말과 함께 주변을 살피며 재빨리 운전석에 올라탔다. 청년도 그 말에 답하듯 재빨리 뒷좌석에 올라타 남자가 정신을 차리기 전에 사지를 묶기 시작했다.

헤드라이트도 켜지 않은 중형 밴은 어둠을 헤치며 조용히 도로 위를 달리기 시작했다. 이윽고 그 도로에는 아무 일도 없었던 것 같은 침묵만이 잦아들었다.

*   *   *

"오늘은 여기예요?"

열려 있는 차고의 안으로 들어간 화연은 말없이 시동을 끄고 운전석에서 내렸다. 그 냉정할 정도의 반응은 저번과, 그리고 저 저번 때와 같았다.

수영은 화연에게 뭔가를 기대하는 대신 차에서 내렸다. 그리고 뒷좌석의 문을 열었다.

"웁! 우웁!"

그사이에 정신을 차린 남자는 뭔가를 외치고 있었지만, 그 소리는 입을 막고 있는 박스테이프를 뚫지 못했다. 나름대로 발버둥은 치고 있었지만 그 움직임은 크지 않았다. 전기충격기는 단순히 의식을 끊어내는 효과만이 있는 것이 아니다. 강렬한 전류에 감전된 인간의 몸은 꽤 오랫동안 원래의 근력을 내지 못하게 된다.

"어어? 어딜 차려고 그래?"

그렇기에 수영은 자신을 차려는 듯 흐느적거리는 남자의 발을 손쉽게 붙잡을 수 있었다.

"큽!"

수영이 그대로 발을 잡아당기자 남자의 머리가 자동차의 차체와 바닥에 연이어 부딪혔다.

"그러니까 가만히 좀 있지."

번데기처럼 몸을 꼬는 남자에게서 눈을 돌린 수영은 문 쪽을 바라봤다. 그사이 차고의 문을 닫고 주변의 인기척을 확인한 화연이 돌아오고 있었다.

"다시 한 번 확인해 보죠. 틀리진 않았겠지만."

화연은 태블릿PC를 꺼냈다. 그리고 거기에 저장되어 있는 사진을 띄웠다. 박스테이프로 눈과 입이 가려진 남자의 얼굴과 사진을 번갈아보던 화연은 고개를 끄덕였다.

"확실해요. 맞네요."

수영은 화연이 내미는 태블릿PC를 받았다. 화연은 태블릿PC에 떠 있는 텍스트를 보기 시작한 수영에게서 고개를 돌리며 딱딱하게 말했다.

"수영 씨, 난 가서 소각로를 준비할 테니까……."

"예예, 걱정하지 말고 가요. 얼마 안 걸릴 테니까. 그리고 그 머리랑 손도 좀 씻고."

화연은 아직 붉은 물이 눅눅하게 묻어 있는 머리카락을 수영이 가리키자 눈을 가늘게 뜨며 고개를 돌렸다. 그리고 저 뒤쪽에 설치되어 있는 커다란 양철통 같은 소각기 쪽으로 다가갔다.

"거 참."

살짝 고개를 들어 화연을 돌아보고 있던 수영은 다시 태블릿에 시선을 고정하며 작은 혼잣말을 중얼거렸다.

"언제쯤 되면 좀 살갑게 대해주려나……."

누구에게도 들리지 않을 한숨을 내뱉은 수영은 화연이 넘긴 태블릿에 떠 있는 정보를 눈으로 훑었다. 거기에는 이 남자의 이름과 이력에 관한 정보가 떠 있었다. 어떤 일을 저질렀고, 그로 인해 얼마나 많은 사람이 어떤 피해를 받았는지 말이다. 발밑에서 꿈틀거리고 있는 남자를 내려다보며 가볍게 혀를 차던 수영은 이내 태블릿에 시선을 고정했다.

"이창식. 47세. 폭력전과 11범. 용역깡패들의 행동대장? 파업 사태 때 사람도 죽였지만 고의성이 없고 직접적인 영향을 주지 않았다고 해서 무죄……. 정부 참 잘 돌아간다, 진짜. 무슨 아프리카도 아니고. 다들 눈이 멀었나?"

이것은 수영에게 있어서 중요한 의식이었다.

지난겨울. 수영이 개미로서 일을 하고 주신을 대신하겠다고 선언했음에도 불구하고 여왕개미는 수영을 믿지 않았다. 오히려 불신했다.

그렇기에 여왕개미는 일에 대한 세부사항을 숨기려 했다. 잡아야 할 대상이 누군지, 그리고 대상을 잡기 위해 꾸며놓은 연극이 어떻게 돌아갈 것인지, 그 모든 것을 말이다.

하지만 수영은 납득할 수 없었다. 수영은 이 일이 필요하다고 생각했기에 스스로 이곳으로 뛰어들었다. 그런데 여왕개미의 말대로라면 수영은 아무것도 모른 채 이 일을 해야 한다. 이 일이 옳은지 그른지 판단할 기회조차 주어지지 않은 채 말이다.

그때 여왕개미가 제시한 절충안이 바로 이것이었다.

일이 전부 완벽히 끝나서 더 이상 틀어질 가능성조차 없어졌을 때, 화연은 여왕개미에게 받았던 정보를 수영에게 제공한다. 그리고 수영은 거기서 대상의 죄를 품평한다.

그렇다. 품평이다. 이것은 이 남자가 죽어도 마땅할 만큼의 죄를 저질러 다른 사람의 원한을 산 악인인가를 판단해야 하는 과정이었다. 타인의 죽음을 품평한다는 것은 오만하기 그지없는 일이긴 하지만, 수영으로서는 포기할 수 없는 마지노선이었다.

"가장 최근에는 주폭을 저질렀고 피해자는 아직 병원인가? 그런 상황인데도 그렇게 취해서 다녔단 말이지……."

수영은 고개를 저었다. 고민은 끝났다. 태블릿PC의 전원 버튼을 눌러 종료한 다음 차의 보닛 위에 올려둔 수영은 살짝 몸을 숙였다. 그리고 창식의 뒤를 막고 있는 귀마개를 뺐다. 사람의 손이 닿자 움찔거리던 창식은 얼굴을 붉히며 기척이 들리는 쪽으로 고개를 돌리려 했다.

"들리지? 이창식 씨."

마치 몸으로 욕을 하듯 몸부림치던 창식은 기척이 들리는 쪽을 발길질하려 했다. 하지만 수영은 꿈틀거리는 창식의 몸을 피하며 말을 이었다.

"당신은 이제 죽을 거야."

"읍! 우우읍!"

"왜 죽는지는… 짚이는 게 너무 많을 테니까 넘어가고."

죽음의 선고를 받은 창식은 입이 막혀 있는 상태에서 비명을 내지르며 몸부림쳤다.

그러는 사이 수영은 화연에게 태블릿PC와 함께 같이 건네받은 작은 케이스를 열었다. 거기에는 작은 일회용 주사기가 들어 있었다.

주사기의 뚜껑을 연 수영은 일단 몸부림치고 있는 창식의 머리를 후려쳤다. 그리고 그 고통에 잠시 얌전해진 창식의 가슴을 무릎으로 짓누르고 비어 있는 손으로 창식의 목을 움켜잡아 머리를 고정했다.

"으으으으읍!"

수영은 주사기를 창식의 목에 깊숙이 찔렀다. 창식은 몸부림을 치며 주사기에서 도망치려 했지만 수영을 뿌리치지 못했다. 주사기에 담긴 액체는 그대로 창식의 몸 안으로 흘러들었다.

"쿠읍! 쿱!"

뒤로 물러난 수영은 창식을 가만히 내려다봤다.

그 액체의 효과가 나타나는 데는 오랜 시간이 걸리지 않았다. 창식은 더 이상 몸을 제대로 움직이지 못했다. 마치 온몸의 신경이 굳어버린 것처럼 말이다.

하지만 수영은 알고 있었다. 창식은 온몸이 마비되어 서서히 질식해 가는 와중에도 인식력만은 남아 있어 더더욱 공포에 떨 것이라는 것을.

"몇 번이나 보지만 참……."

테트로도톡신. 흔히 복어독이라고 하는 해독제조차 존재하지 않는 맹독이었다.

"화연 씨, 좀 도와줘요."

"예? 예. 알겠습니다."

수영이 주사를 놓을 때 이미 그 뒤쪽에서 서 있던 화연은, 굳어 있는 창식의 모습에 움찔거리며 수영의 곁으로 다가왔다. 힘 겹게 창식을 트레이 위로 올리는 것을 도운 화연은 뒤로 몇 발 물러났다. 그리고 머뭇거리며 수영의 기색을 살폈다.

"이제 됐으니까 나가 있어요. 혼자 할 테니까."

수영은 그런 화연을 돌아보지도 않고 말했다. 화연은 순순히 고개를 끄덕이더니 그대로 창고 밖으로 나갔다.

"자, 그러면."

이제 이곳에 남아 있는 것은 서서히 죽어가고 있는 창식과 수영뿐이었다.

수영은 트레이를 밀어 뒤쪽에 화연이 미리 준비해 둔 양철통으로 향했다.

병에 걸려 죽거나 한 대형 가축을 안전하게 제거하기 위해 만들어진 소각로는 인간 하나쯤은 충분히 들어가고도 남을 크기였다. 마치 화장터의 그것과도 비슷해 보일 정도였다. 수영은 트레이 위에 있는 창식을 받침대 위로 굴렸다.

"이창식 씨, 아직 들리지? 난 지금부터 당신을 태울 거야."

테트로도톡신에 마비된 창식은 몸이라는 감옥에 갇혀 버렸다. 그렇게 자살할 권리조차 박탈당한 창식은 아무것도 할 수 없었다. 앞으로 벌어질 자신의 운명을 알면서도.

"원래대로라면 당신이 완전히 죽은 후에 시체를 태우는 게 맞지만. 난 시간이 없거든. 내일 회사에 출근해야 하기도 하고."

그 말에는 거짓이 없었다. 일상을 위한 시간을 확보하기 위해선 어쩔 수 없을 뿐이다.

더 강력한 독을 사용하면 즉사시킬 수 있겠지만, 여왕개미가 수영에게 지급한 독은 테트로도톡신뿐. 수영이 따로 독을 구할 수 없는 이상 주어진 재료를 이용할 수밖에 없었다.

"그래도 말야, 다행인 게."

수영은 창식을 내려다봤다.

"당신한테는 그런 배려까지 해줄 필요는 없을 것 같네."

상대는 극악한 악당이다. 테이프의 틈 사이로 침과 눈물이 질질 흘러내렸지만 마음이 약해지지 않았다. 오히려 그 반대다. 죽을 때가 되어서야 자신의 목숨이 아까운 줄 알다니. 가증스럽기

짝이 없는 일이다.

"미안해."

받침대를 소각로 안으로 밀어 넣은 수영은 마지막으로 잠금장치를 점검했다.

그리고 창식에게 들리지 않을 중얼거림을 속삭였다.

"미안하지 않아서."

소각기의 버튼을 누름과 동시에 가스가 강하게 내뿜어지는 소리가 통 밖에까지 들려왔다.

화염은 폭풍처럼 통 안을 휘몰아치며 아직 살아 있는 창식의 살을 먹어치울 것이다. 그 와중에 독에 마비된 육체는 뜨거움에 몸부림치는 것조차 허락되지 않는다. 창식은 문자 그대로 죽을 때까지 계속 고통에 시달리며 산 채로 타들어갈 수밖에 없으리라.

수영은 기분 나쁜 냄새가 풍겨 나오기 시작한 소각로에서 살짝 물러났다.

"여덟 명째……."

수영은 근처에 있던 의자에 앉았다. 그리고 다시 소각로를 주시했다.

이 일을 하겠다고 결심했을 때부터 생각했던 것이 있었다. 이일은 분명 필요한 일이다. 하지만 동시에 어떠한 미사어구로도 포장할 수 없는 범죄이기도 하다.

이 일을 하는 것도 벌써 여덟 번째였지만 그때마다 수영은 잊어버리기라도 할 듯 되씹었다. 자신이나 여왕개미는 성자가 아닌 그저 악당일 뿐이라고. 이 일도 최선이 아닌 차악일 뿐이라고 말이다.

언젠가 주신이 그랬던 것처럼 수영 또한 누군가에게 심판을 받을 날이 올지도 모른다. 그리고 만약 그런 날이 온다면, 수영은 저지른 죄를 망각하거나 정당화하고 싶진 않았다. 자신이 저지른 죄조차 부정하는 이런 악당들과 똑같은 취급을 받는 것만은 절대 사양이었다.

그렇기에 수영은 자신이 저지른 죄에서 눈을 돌리는 대신 똑똑히 주시했다. 그 모습을 절대 잊지 않도록 머릿속에 새기듯이. 어차피 시간은 충분했다. 동물의 육체가 한 줌의 재로 바뀌기까지는 상당한 시간이 걸리니까.

삐이이이—

한참의 시간이 흐른 후에야 소각로가 긴 전자음을 내며 자동적으로 멈추자 수영은 깊게 심호흡을 하며 자리에서 일어났다.

"끄응."

앉아 있는 사이 굳은 몸을 가볍게 푼 후 통을 열자 이제 슬슬 익숙해지는 불쾌한 냄새와 함께 회색빛의 재, 그리고 사람의 형태로 누워 있는 해골이 보였다. 꽤 오랜 시간을 태웠음에도 불구하고 뼈의 형태는 거의 그대로 남아 있었다.

수영은 말없이 소각로 옆에 있는 작은 상자와 집게를 집어 들었다. 그리고 소각로 안에 있는 재와 뼈들을 대충 쓸어담았다.

"끝났나요?"

수영은 뒤를 돌아봤다. 소리를 들은 것인지 화연이 창고 안으로 걸어 들어오고 있었다.

"예, 다 끝났어요. 여기."

수영은 죄의 잔해가 담긴 상자를 화연에게 내밀었다. 그것은 이창식이라는 인간이 이 세상에 남긴 마지막 흔적. 하지만 그 흔적은 누구도 찾지 못하게 될 것이다. 소나 돼지 뼈들과 섞여 버려지게 될 테니까.

화연은 혐오스러운 것을 보듯 잠시 머뭇거리다가 손을 뻗어 그 상자를 받아들었다. 그리고 작게 중얼거렸다.

"수고하셨어요."

이런 일을 하는데 수고했다는 인사라니. 웃긴 소리다.

하지만 그 말이 맞을지도 몰랐다. 이제 창식이 누구도 해치지 못할 것이라는 것은 너무나도 확실했으니까. 마음속에서 충돌하는 죄책감과 뿌듯함에 수영은 답을 내지 못하고 한숨을 내쉬었다. 그런 수영의 모습에 화연은 말없이 몸을 돌려 주변을 정리하기 시작했다.

"좀 쉬고 있으세요. 정리할 테니까."

"아니에요. 나도 돕죠. 빨리 돌아가고 싶으니까."

화연은 그 도움을 사양하진 않았다. 둘은 주변을 정리하기 시작했다. 오늘 밤 이곳에서 아무런 일도 없었던 것처럼 만들어놔야 했다. 이곳의 키를 여왕개미에게 내준 개미조차 무슨 일이 있었는지 알 수 없도록 말이다.

주변 정리는 순식간에 끝났다. 소각로는 원래부터 어느 정도 더러운 상태였기 때문에 사람이 태워졌다고 해도 딱히 티가 나진 않았다. 화연은 주변을 둘러보며 빼먹은 것이 없나 살피고 있는 수영을 바라보며 가만히 말을 걸었다.

"꽤 익숙해진 것 같네요, 수영 씨도."

"한두 번 해본 것도 아니니까. 이제 익숙해져야죠."

"그런가요?"

미묘한 감정이 담긴 대답에 수영은 고개를 돌려 조심스레 화연의 표정을 살폈다. 왠지 모르게 어두워 보였다. 사실 당연한 일이다. 아니, 사람을 죽이는 일을 거들었는데 마음이 복잡해지지 않을 사람이 어디에 있겠는가. 화연 역시 수영과 마찬가지로 보통 사람인데.

"그럼 이제 가죠?"

그 말에 화연은 고개를 끄덕였다. 수영은 지친 얼굴로 조수석으로 들어가 앉았다. 그리고 머리를 뒤에 기대고 눈을 감았다. 지칠 수밖에 없었다. 사람을 납치하고, 죽이고, 뒷정리를 하는 것은 육체적으로나 정신적으로나 결코 간단한 일이 아니었다.

그러는 사이 운전석에 올라탄 화연은 차키를 잡았다. 그리고 시동을 걸려 하다가 손을 멈추고 옆을 돌아봤다. 그리고 눈을 감고 있는 수영에게 뭔가를 말하고 싶다는 듯이 입술을 뗐다. 하지만 정작 말소리는 나오지 않았다. 화연은 그저 물고기처럼 입을 벌렸다가 닫을 뿐이었다.

"으음… 왜 그래요. 무슨 일 있어요?"

차가 출발하지 않자 반쯤 잠들었던 수영이 슬그머니 눈을 뜨고 옆을 돌아봤다. 화연은 수영의 눈을 피하듯 황급히 고개를 돌리며 열쇠를 비틀었다.

"아무것도 아니에요. 가는 사이에 눈이라도 좀 붙여요."

시동이 걸리자 엔진이 낮은 소리로 울기 시작했다.

오늘따라 이상한 반응을 보이는 화연을 실눈을 뜨고 바라보던 수영은 다시 깊은 숨을 내쉬며 등을 기댔다. 그런 것에 대해서 신경 쓰기에는 너무나도 피곤했다.

　차가 움직이기 시작하자 수영은 비로소 깊게 숨을 들이켜며 머리를 비웠다. 내일 출근을 위해서는 지금이라도 조금 잠을 자 둬야 했다.

_균열

"후우."

기준은 와이셔츠 아래로 흐르는 땀에 한숨을 내쉬었다.

엘리베이터의 천장에서는 끊임없이 에어컨의 찬바람이 흘러 나오고 있었지만, 제한 인원에 아슬아슬하게 걸릴 정도로 꽉 들어찬 사람들이 뿜어내는 열기는 그보다 더 강했다. 하지만 불행 중 다행으로 엘리베이터는 중간에 멈춰 서는 일 없이 계속 위로 올라갔다. 버튼이 눌러져 있는 층도 한 곳뿐. 아마도 이 엘리베이터에 타고 있는 사람들의 목적지는 모두 같은 것 같았다.

엘리베이터가 멈추고 문이 열리자 사람들은 마치 썰물이 빠져나가듯 쏟아져 내렸다. 힘들이지 않고 엘리베이터 밖으로 빠져나온 기준은 엘리베이터에서 몇 걸음 떨어진 자리에서 흐트러진 옷매무새를 가다듬었다. 그리고 가볍게 헛기침을 한 후 사람들이 모여서 웅성거리고 있는 쪽을 향해 걸어갔다.

"어, 기준이 왔네? 야, 오랜만이다."

익숙하지는 않지만 알고는 있는 목소리. 기준은 눈을 돌렸다. 기준에게 말을 건 두 남자의 모습은 머릿속에 담아두고 있던 기억과는 약간 달랐다. 하지만 기준은 순식간에 머릿속에서 그 오차를 수정했다. 벌써 몇 년이 지났으니 외모가 약간 변했다고 해도 이상할 것은 없었다.

"그래, 민수, 창식이. 오랜만이다. 너희는 그동안 잘 살았냐?"

그 말에 로비 구석에 서 있던 두 남자는 잠시 눈치를 보더니 어깨를 으쓱였다.

"뭐 어떻게 대충 살고 있지."

"근데 준석이가 너 못 올 거라고 하던데?"

기준은 가방에서 축의금 봉투를 꺼내며 말했다.

"이쪽에 일 있다는 사람이랑 스케줄 바꿔서 일 끝나자마자 왔어. 그래도 오래는 못 있어. 다른 일도 있어서."

그 말에 성식은 팔짱을 끼며 고개를 살짝 기울였다.

"뭐야, 그러면 피로연은?"

"눈치없기는. 곧 간다잖냐."

민수의 점잖은 지적에 성식은 멋쩍게 머리를 긁적였다.

"바쁘면 어쩔 수 없지 뭐. 근데, 그럼 언제 가려고?"

"식 끝날 때까지는 있을 거야. 결혼사진은 찍어야지."

"그래? 그나마 다행이네."

기준은 예전과 달라지지 않은 오래된 친구들의 모습에 가볍게 웃었다. 이 둘과 오늘 결혼식의 주인공인 준석은 초등학교 때의 동창이었다. 오래된 인연으로 얽혀 있는 친구들. 자주는 아니었지만 그래도 가끔 경조사가 있을 때나 동창회 때는 빠지지 않고 얼굴을 보곤 했다. 둘의 모습을 보며 웃고 있던 기준은 문득 생각났다는 듯 주변을 둘러봤다.

"그런데 다른 사람들은? 없어?"

"지방에서 올라오려면 힘들지. 우리야 서울 사니까 왔지만. 그래도 대신 다들 축의금은 미리 걷어서 나한테 보내놨어. 아, 우리는 아까 내버렸는데. 너 오는 줄 알면 기다릴 걸 그랬다."

"괜찮아. 그럼 난 이거 내고 준석이 좀 보고 올게."

민수의 알겠다는 손짓을 뒤로하고 기준은 식장 앞에 마련되어 있는 신랑 측 자리로 다가갔다. 그 앞에 앉아 있던 청년은 기준이 내미는 축의금 봉투를 받으며 공손히 인사를 던졌다.

"감사합니다. 여기 식권 있습니다."

그 청년에게서는 조금 어린 티가 났다. 아마도 신랑 측의 사촌쯤이나 되겠지. 기준은 고개를 끄덕이고 식권을 받으며 질문을 던졌다.

"신랑 쪽 대기실이 어딥니까? 아, 나 준석이 초등학교 동창인데."

"동창분이세요? 지금 대기실에 없으시고 신부분이랑 사진 찍고 계시는데⋯⋯. 저쪽으로 들어가 보시면 될 거예요."

그 짤막한 안내에 기준은 고개를 끄덕이고 청년이 가리킨 쪽을 향해 발을 옮겼다. 주변의 사람들은 다들 웃고 떠들고 있었지만 왠지 모를 긴장감 또한 감돌고 있었다. 당연했다. 결혼식이 인생에서 최고로 행복한 날이라고는 하지만, 역으로 그런 날이기에 조금의 실수라도 하지 않기 위해 긴장해야 한다. 그 결혼식의 주인공이나 하객들 모두 말이다.

방 안에 슬쩍 들어가서 밝은 조명이 비춰지는 곳을 보자, 반은 억지로, 반은 행복해서 웃고 있는 두 남녀가 있었다. 평소는 물론이고 명절에도 입지 않을 호화로운 한복을 입은 둘은 카메라 렌즈 앞에서 환하게 웃고 있었다.

"자, 두 분 웃으시고요. 예, 됐습니다. 이제 일어나 주시고요."

카메라 앞에서 경련을 일으킬 정도로 웃던 준석은 볼에 바람을 넣고 우물거리며 자리에서 일어났다. 그러다가 문 쪽에서 모습을 드러낸 기준의 모습을 본 듯 깜짝 놀란 표정을 지었다.

"어? 기준이 왔구나."

"근처에 일이 있는 김에 잠깐 들렀어."

"그래? 와줘서 고맙다, 진짜."

그때 카메라 앞에 서 있던 카메라 기사가 기준과 준석을 힐끔거렸다.

"저기, 죄송한데요."

"아아, 예. 잠시만요. 기준아, 미안한데 나 지금 바빠서……."

기준은 알겠다는 듯 손을 흔들고 웃으며 그 자리에서 물러났다. 기준도 과거에 결혼식을 성대하게 치렀기에 그 고통을 잘 알고 있었다. 사진이니 뭐니 시달릴 것이 한두 개가 아니다. 결혼식이 끝난 후에도 찾아온 하객들을 배웅해야 하며, 피로연까지 치러야 한다. 결혼식이 끝난 후 떠난 신혼여행 첫날밤에 힘들고 피곤해서 그대로 곯아떨어졌을 정도였다.

어쨌든 얼굴은 비췄으니 목적은 달성한 셈이었다. 뒤로 물러난 기준은 조금 전 동창들이 서 있던 곳으로 향했다.

"어?"

거기에는 어느새 또 한 명의 새로운 손님이 서 있었다. 묘하게 간사스러워 보이는 길쭉한 얼굴은 예나 지금이나 똑같아 보였다.

"도식이?"

"응? 어어, 그… 기준이구나. 그래, 반갑다. 오랜만이네."

기준은 자신에게 내밀어진 도식의 손을 잠시 내려다봤다. 도식과는 그다지 좋은 기억이 없었다. 민수나 성식도 마찬가지였다. 매번 다른 아이들을 괴롭혔으니 그럴 만도 했다.

하지만 곧 기준은 그 손을 마주 잡았다. 옛날은 옛날, 지금은 지금이었다.

"오랜만이다. 기자 됐다고 들었는데?"

"그래, 바빠서 동창회도 거의 못 나갔었지."

손을 놓은 기준은 식장 입구의 반대편에 있는 작은 문을 가리켰다.

"너도 준석이 볼 거면 저 안쪽에 있어. 사진 찍느라 바쁘더라."

"아아, 아냐. 얼굴만 비추러 온 거야. 요즘 바쁜 일이 있어서."

"바쁜 일?"

호기심이 가득 찬 성식의 질문에 도식은 입가에 음흉한 미소를 띠었다.

"음, 이거 말해도 되나?"

말하고 싶어서 안달이 난 얼굴이었다. 기준은 왠지 모르게 기분이 나빠졌지만 아무 말도 하지 않았다. 그저 한 걸음 뒤로 물러서서 팔짱을 낄 뿐이었다.

"그래, 그럼 너희만 알아라. 다른 데다 말하지 말고."

헛기침을 한 도식은 누가 들을세라 목소리를 낮췄다. 주변에서 하객들이 웅성거리는 소리에 묻혀서 거의 들리지 않을 정도였지만 도식은 조용히 말을 이어갔다.

"김지호 알지? 그 R&R엔터테인먼트 사장."

셋은 서로를 잠시 쳐다봤다. 김지호의 이름을 모르는 사람이 있을 리가 없다. 그 자신도 과거 연예계를 주름잡던 베테랑 배우였지만, 은퇴한 후 스스로 소속사를 만들어서 방송계에 한 획을 그은 남자. 그가 만든 R&R엔터테인먼트는 수많은 가수와 연예인을 배출해 냈고, 그 결과 지금 한국의 연예계에 그의 손이 닿지 않은 곳이 없다고 할 정도였다.

"알지. 근데 왜?"

무뚝뚝한 민수의 대답에 도식은 씨익 웃었다.

"며칠 전에 뇌졸중 때문에 병원에 실려 갔다는 소리가 있거든."

순간 셋은 할 말을 찾지 못했다. 놀란 눈으로 서로를 바라보던 세 명의 남자 중 가장 먼저 정신을 차린 것은 성식이었다.

"뭐? 진짜? 그런데 기사가 왜 안 떠?"

"회사 주식 떨어질까 봐 쉬쉬하고 있는 모양이야. 쓰러졌는데 구급차 부르는 대신 직원들이 차에 태우고 응급실로 달렸다더라고. 의사가 흘린 정보라서 100% 확실해. 회사에도 안 보이고. 비밀리에 미국 갔다고 하는데 비행기표는 끊지도 않았고."

도식이 바쁘다는 게 이해가 됐다. 그게 사실이라면 분명 특종이다. 아직 아무도 알지 못하고 있다면 더더욱 그러했다. 셋의 놀란 표정에 도식은 득의만만한 얼굴로 웃으며 어깨에 끼고 있는 가방을 두드렸다.

"그러니까 너희 어디 SNS 같은 데다가 올리지 마라. 다른 데 다가는 말한 적 없으니까. 유출되면 가만 안 있을 거야."

"근데 왜 이미 다 안다면서 기사는 안 쓰는데?"

성식의 말에 도식은 다시 가방을 두드렸다.

"빼도 박도 못하게 확 덮쳐서 사진 찍어야지. 원래대로라면 오늘이 덮치기에 딱 좋은 날인데……."

도식은 시큰둥한 얼굴로 식장을 돌아봤다.

"준석이한테는 이래저래 신세진 게 많아서 안 올 수도 없고. 그래서 잠깐 후배 놈 보고 준비하라고 시켜놓고 왔지. 뭐, 밤에 가면 되니까."

"무슨 신세를 졌는데. 돈이라도 빌렸냐?"

순간 도식의 표정이 찡그려졌다. 그것은 기분 나빠 하는 얼굴이라기보다는 아픈 곳을 찔린 것 같은 얼굴이었다. 성식은 도식의 그 건방진 태도가 마음에 들지 않았던 듯 그 반응에 약간 기분이 풀린 얼굴로 웃었다.

"하긴 예전부터 준석이는 애들 잘 챙기는 편이었으니까."

"그랬지, 준석이 말고도 그… 누구였더라? 정… 정 뭐였지?"

"정수영?"

민수는 기준의 대답에 고개를 끄덕였다.

"맞아. 걔랑 둘이서 애들 챙기려고 하고 그랬잖아. 도식이 너 다른 애들 괴롭히다가 수영이한테 맞은 적도 있었지?"

그 말에 도식은 콧바람을 흥 하고 내뿜으며 대놓고 기분 나쁜 얼굴로 중얼거렸다.

"그렇게 오지랖이 넓은 것도 문제야. 어릴 때도 그러더니 다

커서도 괜히 이상한 일에 끼어드니까 그런 일이나 당하지."

"그런 일?"

성식은 무슨 소리냐는 듯 물었지만 도식은 그 말에 답하는 대신 고개를 돌렸다.

거준은 지금 도식이 무슨 소리를 하는지 알 것 같았다. 예전에 수영에게서 직접 무슨 일을 당했었는지를 들었기 때문이다. 비록 담당이 다르다고는 하나 도식 역시 기자라는 것은 분명했고, 그런 엄청난 사건에 관한 세부 내용을 알고 있다고 해서 이상할 것은 없었다.

'이 자식이 근데.'

기분이 나쁠 수밖에 없었다. 그런 엄청난 일을 당한 것을 마치 잘됐다는 듯 말하다니. 거준은 노골적으로 표정을 일그러뜨리며 무뚝뚝하게 말했다.

"남을 돕는 게 나쁜 게 아니잖아? 그리고 지금은 나름대로 잘 살고 있으니까 됐지 뭘."

그 퉁명스러운 말에 도식은 거준을 돌아봤다.

"어? 뭐라고?"

"뭐냐니?"

거준은 가볍게 도식의 말을 반문했다. 그리고 팔짱을 낀 채 도식을 빤히 바라보며 퉁명스럽게 답했다.

"그러니까 수영이 말야. 잘 살고 있다고."

"뭐? 무슨 헛소리를……."

자신의 말을 비웃는 도식의 중얼거림에 거준은 목소리를 살짝 높였다.

"헛소리는 뭘 헛소리야. 나 이쪽으로 올라와서 얼마 안 됐을 때 수영이 만났거든? 그때부터 계속 연락하고 지내고 있어. 잘 지내고 있는 거 맞다고."

그 말에 도식의 눈이 커졌다. 조금 전만 해도 얼굴에 띄우고 있던 웃음이 싹 사라진 도식은 기준의 어깨를 붙잡고 약간 당황한 어투로 말했다.

"정말로? 다른 사람이랑 착각한 건 아니고?"

"너야말로 대체 뭔 소릴 하고 싶은 건데? 내가 수영이랑 몇 년이나 연락하고 지냈는데 그걸 착각하겠냐?"

기준은 도식의 손을 거칠게 떼어냈다. 뒤로 몇 걸음 물러난 도식은 눈을 깜빡이더니 마치 주문을 외듯 입속으로 뭔가를 중얼거렸다. 뭔가 생각할 때 주위 시선도 신경 쓰지 않고 혼잣말을 중얼거리며 땅을 바라보는 것은 도식의 기분 나쁜 버릇 중 하나였다.

셋의 떨떠름한 표정도 아랑곳하지 않고 한참 동안이나 그렇게 서 있던 도식은, 갑자기 정신을 차린 듯 고개를 쳐들었다.

"아, 나 지금 가봐야겠다. 축의금은 저기다 내면 되지?"

"뭐?"

기준이 대답하기도 전에 도식은 식장 앞에 있는 신랑 측 자리로 다가갔다. 그러고는 축의금 봉투를 마치 던지듯 내려놓더니 방명록에 이름이 적히는 것을 확인하지도 않고 곧장 엘리베이터로 뛰어갔다. 그런 도식의 모습을 바라보던 성식은 혀를 차며 나지막이 중얼거렸다.

"쯧, 기분 나쁜 놈 왔다 가네. 삼류 찌라시 기자 주제에."

둘 중 누구도 그 말에 태클을 걸지 않았다. 오히려 동감한다는 듯 고개를 끄덕였다. 잠시 후 엘리베이터를 기다리다가 뒤를 힐끔거린 후 계단 쪽으로 뛰어가는 도식의 모습에서 눈을 뗀 민수는 기준을 돌아봤다.

"창피 당했다고 도망치는 건 초딩 때랑 똑같네. 어쨌든 기준아. 나중에 수영이도 나중에 한번 얼굴 좀 보자고 전해줘. 연락이 끊겨서 뭐하고 지내나 궁금했는데. 잘됐네."

"음, 말해둘게."

그 말에 선선히 고개를 끄덕이던 기준은 다시 계단 쪽을 힐끔거렸다. 당황해하는 도식의 모습은 분명 통쾌했지만 마음에 걸리는 것이 있었다. 도식이 저런 반응을 보인 것은 기준이 수영에 대해서 말했을 때부터였다. 어째서 도식은 그런 것일까. 그리고 이렇게 급히 돌아간 이유는 대체 무엇일까.

[곧 식이 시작될 예정이오니, 하객 여러분들은 자리에 착석해 주시기 바랍니다.]

그때 사회자의 목소리가 들려왔다. 주변을 서성이던 하객들은 천천히 식장 안으로 들어가기 시작했다.

"식 시작하나 본데?"

"그래, 그럼 우리도 들어가자."

식장 쪽으로 걸어가던 민수는 뒤를 돌아봤다. 그리고 아직도 계단 쪽을 바라보고 있는 기준을 향해 외쳤다.

"뭐해? 식 시작한다잖아."

"응? 아, 그래, 지금 갈게."

그 재촉에 기준은 이미 사라진 도식의 등에서 겨우 눈을 떼고 발을 옮겼다. 그리고 마른침을 삼켰다. 마치 머릿속에 걸려 넘어가지 않는 의문을 지우듯이.

*   *   *

"으으으음, 이상한데."

지저분하게 어질러진 책상 앞. 몇 시간째 컴퓨터 모니터와 책상 위의 종이 뭉치를 들여다보고 있던 도식은 손에 들고 있던 서류를 책상 위에 내던졌다. 그리고 의자에 몸을 길게 기대며 혼잣말을 중얼거렸다.

"아무리 당한 놈이 어떻게 됐든 신경을 안 썼다고 해도……."

그때 누군가가 도식의 어깨에 손을 올렸다. 도식은 찡그린 얼굴로 슬쩍 고개를 틀었다. 두 겹으로 겹쳐져 있는 기름진 턱이 보였다.

"이번에는 정말로 잘했어. 오랜만에 특종 하나 제대로 따왔구나."

자신을 띄워주는 그 말에 도식은 씩 웃었다.

"내가 문 거 언제 놓치는 거 봤습니까? 부장님."

"그래그래, 잘했어. 음음, 얼굴은 괜찮아?"

그 말에 도식은 혀로 볼 안쪽을 핥았다.

"예, 뭐, 그렇죠."

아직도 뺨 안쪽이 얼얼했다. 누군가의 주먹에 맞았기 때문이다. 바로 김지호의 측근에게서 말이다. 그리고 그 결과 오늘 아침, 김지호의 뇌졸중 기사는 도식의 이름이 박힌 채 조간으로 뽑혀 나갔다. 그것도 병실에 누워 있는 김지호의 사진과 함께 말이다.

요 며칠 사이에 도식 이외에도 어렴풋이 기색을 느낀 기자도 있었던 것 같았지만, 결국 특종을 맨 처음으로 낸 것은 도식이었다. 그렇기에 도식은 딱히 그를 고소하거나 신고하진 않았다. 특종을 낸 것을 생각하면 오히려 싼 축에 드는 대가였다.

그렇게 도식을 띄우던 부장은 도식의 앞에 있는 모니터를 힐끔거렸다.

"그런데, 뭐 보는 거야?"

"재미있을지도 모르는 걸 찾아서 말이죠."

"재미있는 거?"

부장은 안경을 고쳐 쓰더니 모니터를 뚫어져라 쳐다봤다.

"어디 보자……. 아아, 이거 7년 전쯤에 있었던 킬러J 사건이구만. 그런데 이건 왜? 범인 잡혔잖아. 정신병원에서 탈출하다가 차사고 나서 죽었고. 뭐야, 혹시 살아 있기라도 한대?"

도식은 피식 웃더니 고개를 저었다.

"그건 아니고, 그러니까 그 마지막 피해자 말입니다."

"마지막 피해자? 누구였더라. 어차피 그놈한테 죽었으니까 범죄자였겠지만."

그 말에 도식은 다시 한 번 피식 웃었다. 당연하다면 당연한 반응이었다. 연쇄살인범이나 극악무도한 사이코패스들이 잡혔을 때. 대중들이 그들에게 당한 피해자에 대한 세부사항을 기억하는 경우는 많지 않다. 언론에서 사건명을 만들 때 피해자의 이름이 들어갔을 때나 자꾸 듣다 보니 기억하는 수준이랄까.

도식은 턱을 긁으며 장난기가 가득한 미소를 지었다.

"부장님도 그렇게 모르시면 특종이 될지도 모르겠는데요."

"뭐? 무슨 일인데?"

"그러니까 이 사건 말입니다."

도식은 집어 든 펜으로 모니터를 탁탁 두드렸다.

"범죄자가 아니라, 정주신을 경찰에 신고했다가 찔린 인간이 있거든요."

그 말에 부장은 겨우 기억났다는 듯 고개를 끄덕였다.

"아, 맞아맞아, 그랬지. 그거 때문에 잡힌 거잖아. 그런데 그 마지막 피해자가 왜?"

"그때 기사를 보면 다 죽었다고 기사가 떠 있단 말입니다?"

"그렇겠지? 연쇄살인범의 마지막 피해자니까."

의자를 빙글 돌린 도식은 부장을 올려다보며 씨익 웃었다.

"근데 살아 있다네요?"

"허? 뭐야?"

도식은 팔짱을 끼고 다리를 꼬아 앉았다.

"뭐, 저도 죽은 줄 알고 있었는데……. 사실 그 피해자란 인간이 초등학교 동창이었거든요. 근데 요번에 본 동창 중 하나가 그 피해자랑 연락하고 지낸다더라고요. 다들 죽은 줄 아는 피해자가 살아 있다……. 특종까지는 아니더라도 재미있는 기사 거리는 나올 것 같지 않습니까?"

그 말에 동감하듯 고개를 끄덕이던 부장은 다시 한 번 확인하듯이 질문을 던졌다.

"전부 죽었다고 했다고? 신문에서도 말이지?"

"우리 신문에서도 냈었던데요? 다른 신문은 물론이고, 정정기사도 한 건도 없어요."

어깨를 으쓱이는 도식의 모습에 부장은 생각에 빠진 듯 땅을 내려다봤다.

"이상하구만. 상당히 큰 사건이었으니까 다들 눈에 불을 켜고 기사 쓸 거리를 찾았을 텐데. 그런데 다들 죽은 줄 알았던 피해자가 살아 있다고? 흠……."

생각에 잠겨 있던 부장은 고개를 들었다. 그리고 도식의 어깨를 가볍게 두드렸다.

"좋아, 해봐. 7년이 지난 지금 심경고백 같은 걸로 해도 괜찮을 것 같고. 요즘은 피해자에 대한 무관심 같은 것도 말이 많으니까 자극적으로 쓰면 팔리겠어. 일단 그때 우리 쪽에서 그 기사 담당이 선규였으니까. 가서 왜 그렇게 썼는지도 물어보고."

"옛썰."

부장은 도식이 장난스럽게 경례를 붙이는 것을 보며 저 뒤쪽으로 걸어갔다. 잠시 그 뒷모습을 보고 있던 도식은 깊게 숨을 들이켰다.

"흐으으음, 그러면. 일단 선규 선배나 보러 가볼까. 이 시간이면 아직 있으려나."

의자에서 일어난 도식은 대충 걸쳐 놨던 양복 상의를 집어 들었다. 그리고 지금 이 자리에 없는 누군가에게 말하듯 혼잣말을 중얼거리며 계단 쪽으로 걸어갔다.

"기준이 이 새끼. 정말 헛것 보거나 한 건 아니겠지? 그냥 나 놀리려고 아무 말이나 한 거면 진짜 가만 안 둘 거라고."

*　　*　　*

사각거리는 소리가 TV에서 흘러나오는 앵커의 목소리에 섞여 조용한 방 안에 퍼져 나갔다.

흔히 정보화 시대라고 하는 것에 들어서면서 인류의 읽는 문화는 크게 바뀌었다. 인터넷으로 수많은 책이나 기사를 찾아볼 수 있고, 모니터에 표시되는 특유의 질감을 싫어하는 이들을 위해 전자책이라는 것까지 나올 지경이다.

하지만 그럼에도 불구하고 전통적으로 종이에 인쇄되는 매체들은 여전히 시장의 주류로서 많은 사람이 찾는 물건들이다. 지금 수영이 자르고 있는 것도 그런 인쇄물 중 하나였다.

[…정 모 씨가 전자발찌를 제거한 후 실종되어 경찰이 상황 파악에 나섰습니다. 정씨는 성폭행으로 체포되어 8년형의 징역을 받았으나, 지난달 가석방되었습니다. 정씨의 가족은 정씨가 성범죄 알림이 시스템으로 인해 신상이 알려져 일자리를 얻지 못하고 주변 사람들에게도 매도당하는 것을 항상 괴로워했다고 하며, 성범죄 알림이 시스템의 폐지 운동을 펼쳐 나갈 것을 표명했습니다. 경찰은 실의에 빠진 정 모 씨가 자살했을 가능성도 배제해 두지 않고…….]

수영은 가위를 잠시 멈추고 TV 쪽을 돌아봤다. 개미의 일원으로서 저지른 첫 번째 일이 생각나는 사건이었다. 하지만, 개미와 연관이 없을 것이라는 것은 분명했다. 수영은 저 남자를 본 적이 없으니 말이다. 아마도 저 정 모 씨라는 남자는 정말로 자살했거나, 아니면 다른 범행을 저지르기 위해서 도망친 것이리라.

"또 일 저지르는 게 아니라면 차라리 자살하는 게 낫지."

무심히 혼잣말을 중얼거린 수영은 고개를 돌리고 다시 종이를 자르기 시작했다. 보험 사기를 위해 연인을 계획적으로 살해한 남자에 관련된 기사를 프린트한 종이였다.

가능하다면 진짜 신문을 구하고 싶었지만, 특정한 날짜의 오래된 신문은 도서관에서나 구할 수 있었고, 도서관에나 있는 신문들은 이런 식으로 자를 수 있는 것이 아닌 보관품이다.

하지만 그중에는 진짜 신문이 있었다. 사흘 전에 발간된 지역 신문이었다. 수영은 그 신문의 끄트머리에 있는 실종 신고란을 오려낸 후 남은 신문과 쓰레기들을 한데 모아 책상 구석으로 밀어놓았다.

"그럼 이건 다 됐고……."

수영은 의자에서 일어났다. 그리고 책장 위와 천장 사이의 빈 공간 안쪽에 손을 넣어 상자를 꺼냈다. 묵직한 하드보드지 상자를 바닥에 내려놓은 수영은 뚜껑을 열었다. 그 안에 들어 있는 것은 낡은 스크랩북이었다.

다시 의자에 앉은 수영은 스크랩북의 페이지를 넘겼다. 거기에는 온갖 범죄를 저지른 인간들에 관련된 기사가 스크랩되어 있었다. 하지만 거기에 실려 있는 이들의 공통점은 단순히 범죄자라는 것뿐만은 아니었다.

지금 수영이 비어 있는 페이지에 붙이려 하는 남자와 마찬가지로, 그 범죄자들은 이미 이 세상에 존재하지 않았다.

"후우."

기사와 종잇조각을 붙여 페이지를 완성한 수영은 그것을 비닐에 넣은 후 스크랩북을 덮었다. 잠시 그렇게 스크랩북을 바라보던 몸을 앞으로 숙였다. 그리고 스크랩북을 첫 번째 페이지부터 한 장씩 넘기기 시작했다.

"서른 명……."

방금 자신이 스크랩한 남자까지 포함한 숫자였다. 얼마 전에 처리한 용역깡패는 마무리 기사가 뜨지 않아 미뤄져 있는 상태라는 것까지 합치면 총 서른한 명. 원래 이 책에 실려 있던 스물세 명을 제외한 여덟 명은 수영의 손을 거쳐 간 이들이었다.

"증거 같은 걸 남기는 건 바보 같은 일이지만 말야."

수영은 가볍게 자조했다. 만에 하나라도 잡힐 경우에 이것은 커다란 증거가 될 것이다. 하지만 그것을 감안하고라도 수영에게 있어서 이 스크랩북은 중요한 의미가 있었다.

주신이 어떤 기분으로 이 스크랩북을 만들었는지는 모른다. 하지만 몇 달 전 이 스크랩북을 이어가기로 마음먹었을 때, 수영은 이것을 자신의 오해로 인해 잃어버린 친우에 대한 그리움을 담는 것과, 동시에 죄를 잊지 않기 위한 족쇄로 생각하기로 했다.

그때 책상 한쪽에 있던 핸드폰이 요란하게 진동하기 시작했다. 수영은 놀라지도 않고 손을 뻗어 자연스럽게 전화를 받았다.

[나야.]

"넌 줄 알아. 일은 끝났어?"

[그래, 슬슬 나와라. 먼저 가 있을게.]

"알았어."

오랜만에 하는 전화치고는 짧은 대화였다. 전화를 끊은 후 스크랩북을 상자에 담아 책장 위에 올린 수영은 책상 구석에 쌓여 있는 종이 뭉치와 그 옆에 놓여 있는 수동 세절기를 번갈아봤다. 고개를 돌려 시계를 본 수영은 한숨을 짧게 내쉬며 지갑과 열쇠, 그리고 전화를 챙겼다.

"으음, 저건 갔다 와서 치워야겠네."

수영은 종종걸음으로 대문 쪽으로 다가가 신발을 신었다. 가벼운 발걸음이었다.

*　　　*　　　*

"우와, 진~ 짜로 오랜만이다!"

과장된 기준의 외침에 수영은 그만 피식 웃고 말았다.

"뭐가 오랜만이야."

"오랜만이지, 그럼. 아니, 나도 바빴다지만 진짜 너무한 거 아냐? 직장에서 진급하려고 공부라도 해?"

"공부는 무슨. 그냥 서로 시간이 안 맞은 거지 뭘."

기준은 그 말을 납득하지 못하겠다는 듯 얼굴을 찡그렸지만, 수영은 태연하게 잔을 내밀어 기준의 입을 막았다. 사람을 죽이느라 시간을 못 냈다고 말할 수는 없는 일이었다.

6개월 만에 여덟 번. 결코 쉬운 일이 아니었다. 정신적인 문제는 제쳐 두고라도 물리적으로 말이다. 물론 그냥 찌르고 잡힌다면 어려울 것도 없겠지만, 수영은 잡힐 생각이 없었다. 그 때문에 여왕개미의 지시대로 리허설도 해야 했고, 많은 지식을 머리에 쑤셔 박아야 했다.

만에 하나 흔적이 남는 것을 방지하기 위한 방법, 사람과 부딪혔을 때 둘러대는 법, 무기의 사용법, 사람을 제압할 때 효율적인 방법 등.

대부분이 여왕개미가 메일로 보내는 것을 읽은 다음 연습해 보는 것이 전부긴 했지만, 거기에 소요되는 시간도 결코 적진 않았다.

잠시 말을 멈추고 입술을 삐죽거리던 기준은 짧게 콧방귀를 뀌더니 소주병을 들었다.

"아무리 그래도 시간이 너무 안 맞잖아. 야근 너무 자주 하는 거 아냐?"

"그러게. 어쩌다 보니 그렇게 됐네."

수영은 다시 가볍게 둘러대며 소주잔을 내밀었다.

사실 그 때문에 여왕개미도 수영에게 제안을 했다. 지금 하는 일을 그만두고 화연처럼 자신의 손이 닿는 회사에 유령직원으로 등록하라고 말이다.

물론 그 말대로 했었다면 지금처럼 시간이 부족하진 않았을 것이다. 일은 하지 않고 오직 여기에만 시간을 집중할 수 있으니까.

하지만 수영은 거절했다.

당연했다. 돈을 받고 사람을 죽인다니. 여왕개미는 그래 봤자 사람을 죽이는 것에는 변함이 없지 않냐고 비꼬았지만, 수영은 그렇게까지 살인이라는 행위에 무뎌진 킬러 같은 짓은 하고 싶지 않았다. 어디까지나 자신이 하는 일은, 약한 자들을 돕기 위해라고는 하지만 범죄일 뿐이었다.

그때 소주병을 내려놓은 기준이 빈 잔을 앞으로 내밀었다.

"어쨌든 오랜만에 만났으니까 마셔보자고. 아, 나도 이렇게 편한 자리에서 술 먹는 게 얼마 만인지 모르겠다."

"적당히 해, 적당히."

"그 적당히 하란 말도 무지하게 오랜만에 듣는 것 같은데?"

가볍게 가시가 돋친 말이었지만 수영은 그것도 웃어넘겼다. 자신의 잔에 술을 따르는 수영의 손을 멍하니 보고 있던 기준은 문득 눈을 살짝 크게 떴다. 그리고 깜짝 놀란 듯 말했다.

"어, 뭐야? 너 그 팔, 웬 근육이야? 그리고 보니 몸도 좀 좋아진 것 같고……. 너 뭐 운동 같은 거라도 하냐? 운동하느라고 시간 없었던 거였어?"

그 말에 수영은 가볍게 어깨를 으쓱였다.

"응? 응, 뭐어… 그렇지. 나이 먹으니까 몸 관리 좀 해야 할 것 같아서."

"으, 난 점점 인덕이 붙는데."

기준이 장난스럽게 배를 만지면서 말하자 수영은 술잔을 흔들며 가볍게 말을 받았다.

"우리 나이에 너보다 아저씨 같은 사람들도 많아. 아직 멀쩡한데, 뭘."

"나야 계속 왔다 갔다 하는 게 일이잖아. 그러고도 이러니 문제지. 아, 돌아버리겠다, 진짜."

수영은 기준의 투덜거림을 웃어넘기며 몰래 안도의 한숨을 내쉬었다.

여왕개미의 플랜들은 대부분 완벽을 기하기 위해 최대한 수영의 영향을 받지 않게 만들어지곤 했지만, 결국 일을 하는 건 수영이었다. 만에 하나 싸움이라도 일어날 때면 상대를 신속하게 제압해야 했고, 그게 아니더라도 힘을 쓰는 일은 결코 적지 않았다.

당장 전기충격기로 기절시킨 상대를 신속하게 차량 트렁크에 쑤셔 박는 것만 해도 쉬운 일이 아니었다. 몸이 자연히 단련됐다고 해도 이상할 것도 없었다.

"나도 운동이나 시작할까? 아직 젊은데 벌써부터 이러니 원. 그래도 술 줄이고 나서는 괜찮아진 것 같기도 한데."

잔을 부딪친 수영은 가볍게 질문을 던졌다.

"일은 잘돼?"

"너무 잘되서 힘들어. 일도 많아졌고……. 이러다가 진짜 과로사 하겠다, 과로사."

"엄살은. 일 잘되면 좋지, 뭘."

마음이 편해지는 것 같았다. 이런 평범한 의사소통은 정말로 오랜만이었다.

지난 몇 달 동안 공장에서 직원들과 일에 대한 대화한 것을 빼면, 여왕개미나 화연에게 이번 타깃은 누구냐, 어떻게 해야 하냐에 대해 말하는 것이 타인과 대화하는 것의 전부였다.

"아, 맞다. 그러고 보니까."

한참 동안 회사에서 자신이 한 일들에 대해 과장되게 말하던 기준은 문득 생각났다는 듯 화제를 돌렸다.

"그러고 보니까. 그 일 하느라 서울 가면서 준석이 결혼식 갔었는데. 초등학교 동창들이 언제 한번 보자고 그러더라? 다들 너 기억하더라고. 보고 싶다던데?"

"글쎄……."

수영은 고개를 저었다.

"난 기억이 안 나서. 보면 좀 어색할 것 같은데."

시큰둥한 반응에 기준은 머쓱한 표정을 지었다. 하지만 수영의 입장에서는 그런 반응이 당연할 수밖에 없었다. 수영은 초등학교 때의 일을 거의 기억하지 못했다. 사람의 기억은 절대로 사라지지 않는다는 말도 있지만, 사실이 그런데 어쩌란 말인가.

기준을 만나기 전에는 거의 10년이 넘도록 기억을 되살릴 일 없이 계속 묻어뒀으니 그럴 만도 했다. 남아 있는 건 기껏해야 그때 당시에 누군가와 친했다거나, 싸웠다거나 하는 어렴풋한 기억뿐이었다. 그나마도 정작 누구와 친했고 누구와 싸웠는지는 알수 없었다.

"아, 그런데 너 도식이 기억… 못 한다고 했었지 참."

수영은 잔을 내려놓으며 재빨리 그 말을 받았다.

"그 기자 됐다는 놈? 왜?"

"어? 도식이는 기억해?"

"저번에 말했었잖아, 겨울에."

"응? 그랬었나……."

"말한 놈이 기억 못 하는 건 뭐야. 그런데 왜?"

기준은 당황한 내색을 하지 않으려 하며 가볍게 헛기침했다.

"흠흠, 아니, 그러니까. 결혼식 갔다가 그놈도 만났는데. 막 네 험담을 하잖아. 그래서 화나서 너 잘산다고 했더니 엄청 당황하더라? 왜 그랬을까?"

"아아, 그거."

수영은 고개를 끄덕였다. 대충 이유는 짐작이 됐다.

"왜 그러는지는 알겠는데."

"응? 왜?"

"그때 나 죽었다고 기사 떴잖아. 아마 그래서 그럴걸."

태연한 대답에 기준은 이번엔 당황한 기색을 숨기지 못했다.

"뭐? 진짜?"

"사실 심장은 한 번 멈췄다고도 하고. 의사도 포기했는데 심장이 다시 뛰었다더라. 아마 나 죽었다고 하니까 다들 특종 실으려고 가는 바람에 그 뒷일은 못 본 거겠지, 뭐."

기준은 어이가 없는 얼굴로 외쳤다.

"그러면 정정기사 같은 걸 실어야 할 거 아냐. 사람이 죽었다고 헛소리 해놓고 그걸 내버려 두는 게 말이나 돼?"

화를 내는 기준과 달리 수영은 태연히 잔을 기울였다.

"그때 그 자식 추종자들도 많았잖아? 괜히 이상한 일 당할까 봐 의사나 경찰한테도 그냥 죽었다고 해달라고 했었어. 외국 같으면 증인보호니 뭐니 하기라도 하지 우리나라는 그런 것도 없잖아. 또 그게 아니더라도……."

잠시 말꼬리를 흐리던 수영은 고개를 숙였다.

"다 귀찮아서 아무것도 하기도 싫었으니까."

"하긴……."

기준은 알겠다는 듯 고개를 끄덕였다. 기준 역시 수영이 그 살인마와 어떤 관계였는지는 대충 들어서 알고 있었다. 사실 기준도 예전에 이 이야기를 듣고 나서야 수영의 성격이 초등학교 때에 비해 엄청나게 바뀐 것을 이해했었다. 친구에게 찔리고 죽을 뻔한 것은 가히 충격적인 경험일 테니 이렇게 사람이 바뀌었다고 해도 이상하진 않았다.

"어쨌든, 도식이? 그 자식도 그때는 기자 일 안 했겠지만 큰 사건이었으니까 신문 본 대로 기억하고 있었겠지. 그러니까 내가 살아 있다고 하니까 놀란 걸 거고. 야, 근데 그건 모르는 게 이상한 거야. 신문에서도 엄청나게 떠들어댔었는데."

"아니, 난 그다지 관심이 없었거든."

멋쩍은 듯 머리를 긁적이며 웃던 기준은 순간 뭔가를 깨달은 듯 얼굴을 찡그렸다.

"으, 그럼 내가 말한 것 때문에 눈치채고……."

"뭐 별일 있겠어? 벌써 몇 년이 지났는데. 신경 쓰지 마."

"음, 그래도 말야."

뭔가 걸린다는 듯 중얼거리던 기준은 슬쩍 수영에게 머리를 가까이 하며 작게 속삭였다.

"야, 그럼 혹시 너 조사하려고 스토킹하거나 그럴 수도 있나?"

"설마 그렇게까지 하려고… 라고 하고 싶지만. 뭐, 특종 따려고 독이 바짝 올라 있으면 그럴 수도……. 왜 그래?"

얼굴을 일그러뜨리며 한숨을 내쉰 기준은 어리둥절해하는 수영의 뒤쪽을 향해 턱짓했다.

"그게… 저쪽에 앉은 커플 말야. 남자가 아까부터 자꾸 이쪽을 힐끔거리더라고. 난 그냥 이쪽 말소리가 신경 쓰여서 그러나 보다 하고 생각했는데 혹시……."

그 말에 수영은 그만 웃어버리고 말았다.

"설마 그러려고. 애초에 날 따라올 정도면 집을 안다는 소리잖아. 그럼 그냥 집에 와서 직접 인터뷰를 하든지 할……."

기준이 바라보는 쪽을 향해 고개를 돌리던 수영의 얼굴이 굳었다.

"어? 수영아?"

이번에 당황한 건 기준 쪽이었다. 샐쭉한 얼굴로 자리에서 일어난 수영은 그대로 그쪽으로 걸어갔다. 두 남녀가 마주앉아 있는 테이블에 다다른 수영은 팔짱을 끼고 그 둘을 번갈아봤다. 그리고 어이없다는 감정이 짙게 묻어나는 낮은 목소리로 으르렁거렸다.

"그거 가발이에요? 확실히 머리스타일 바꾸고 안경 쓰면 인상이 확 변하긴 하네요. 왜 영화에서 사람들이 슈퍼맨을 못 알아보는지 좀 알 것 같아요."

"예? 아니, 저."

남자가 당황해하는 사이 건너편에 앉아 있던 짧은 생머리의 여성이 담담히 답했다.

"효과가 있으니까 변장이라는 게 쓰이는 거겠죠."

"그러게요. 나도 참. 이렇게 관찰력이 모자라서야."

수영은 탁자에 양손을 짚고 그 여성의 코앞에 얼굴을 들이밀었다.

"그런데 설명 좀 해볼래요? 왜 오랜만에 친구랑 만나는데 변장까지 하고 날 스토킹한 건지?"

그 말에 여성은 입술을 작게 내밀었다. 그리고 어쩔 줄 몰라하는 눈앞의 남성을 향해 짧게 말하며 고개를 끄덕였다.

"됐습니다. 이제 가보세요."

"아, 예……."

자리에서 일어난 평범한 외모의 남자는 몇 번이나 뒤를 힐끔거리면서도 가게 밖으로 나섰다.

"저 사람은 뭐예요. 저 사람도 개미예요?"

"남자친구예요."

예상외의 대답에 할 말을 찾는 듯 다물고 있는 수영을 가만히 올려다보던 화연은 살짝 눈을 피했다.

"농담이에요. 수영 씨 말대로예요. 이런 술집에 혼자 있으면 눈에 띄니까요."

"이봐요, 화연 씨. 지금 농담할 때가……."

"여왕개미의 명령입니다."

수영의 말을 끊은 화연은 도수가 없는 안경을 벗으며 중얼거렸다.

"나도 좀 꺼려지긴 했지만, 여왕개미의 말을 거절할 수는 없으니까요. 친구분이 눈치를 잘 챘네요."

"그러게요. 기준이 아니면 끝까지 모르고 있을 뻔했네."

유쾌한 듯 대답하고 있었지만, 수영의 그 태도가 비꼬는 것이라는 걸 모를 정도로 화연은 바보가 아니었다. 아무 말 없이 테이블 위로 깍지를 낀 손가락을 꼼지락거리는 화연의 모습에 수영은 깊게 한숨을 내쉬었다.

"대체 무슨 감시를 하는 건데요? 까놓고 말하자면 내가 주범이나 다름없는데. 내가 배신하거나 일에 대해서 누구한테 말하거나 할 리가 없잖아요. 안심해도 된다고요."

"여왕개미의 속은 나도 모르니까요. 나야 시키는 대로……."

"화연 씨가 노예도 아니고 적당히 거절하면 되잖아요."

막 말을 내뱉은 수영은 화연의 입술이 아주 살짝 얇아진 것을 눈치챘다. 입술을 조금 깨문 것이다. 잠시 화연에게 눈을 돌리고 주변을 두리번거리던 수영은 입을 손으로 문질렀다. 그리고 짧게 말했다.

"미안해요."

"괜찮아요. 사실이니까요."

"아니에요. 내가 말이 심했네요. 화연 씨도 좋아서 이 짓 하는 거 아니라는 건 아는데."

둘 사이에 어색한 침묵이 흘렀다. 그때 저 뒤쪽에서 작은 외침이 들려왔다.

"야, 괜찮은 거야?"

계속 둘이 뭔가를 속닥이는 것을 보고 있던 기준이 둘의 대화가 끊기자 재빨리 말을 건 것이었다. 수영은 목소리를 살짝 높여서 괜찮다는 듯 말했다.

"어, 그래. 이쪽은… 회사 동료야."

엉겁결에 내뱉은 대답이었지만 기준은 그 말을 의심하지 않았다.

"그래? 아아, 다행이다. 난 또 진짜 기자나 그런 건 줄 알았네."

안도한 듯 한숨을 내쉬던 기준은 자리에서 일어나서 성큼성큼 걸어왔다. 그리고 고개를 꾸벅거리며 화연에게 인사를 던졌다.

"안녕하세요. 수영이 친굽니다. 이것 참. 죄송하네요. 괜히 신경이 날카로워서……. 일행분도 가버리셨고. 야, 너 그분한테는 대체 뭐라고 한 거야?"

"응? 난 아무것도……."

"아니에요. 저도 그렇게 같이 있고 싶은 사람은 아니었어요.

김화연이라고 합니다. 김기준 씨죠? 이야기 많이 들었어요."

수영의 말허리를 가로챈 화연은 인사를 던지며 다시 안경을 썼다. 수영은 화연의 태연한 연기에 등골이 오싹해지는 것을 느꼈다. 마치 다른 사람으로 변신한 것처럼 보일 정도였다. 하지만 그것을 알 리가 없는 기준은 싱글벙글 웃으며 그 인사를 받았다.

"예, 반가워요. 아, 괜찮으시면 합석하실래요?"

"뭐?"

수영은 반사적으로 화연을 돌아봤다. 잠시 눈이 마주쳤지만 의견의 교환은 없었다. 화연은 수영에게서 무시하듯 눈을 돌리더니 눈을 동그랗게 뜨며 약간 호들갑스럽게 말했다.

"어머나, 그래도 괜찮으시겠어요?"

"뭘요, 저희 잘못 때문에 일행분도 가셨는데. 아, 제가 쏘는 거니까 걱정하지 마시고."

둘의 대화에 수영은 입에서 신음 소리가 절로 흘러나오는 것을 억지로 참았다. 그러는 사이 이미 화연은 가방을 챙겨서 조금 전 수영과 기준이 앉아 있던 자리로 가서 앉고 있었다.

'이 여자가 진짜.'

가슴 아래에서 뭔가가 울컥했지만 수영은 가까스로 평정심을 유지하며 원래의 자리로 돌아갔다. 그사이 기준은 왠지 모르게 즐거운 얼굴로 서빙을 하는 직원을 향해 손을 흔들었다.

"이모, 여기 잔 하나 더 갖다 주세요. 소주도 한 병 더 주시고요."

"야, 잠깐. 아직 화연 씨가 계속 있겠다고 한 것도 아닌데……."

수영은 황급히 외쳤다. 이 둘이 한자리에 있다는 사실만으로도 기분이 나빠졌다.

화연은 수영에게 있어서 터부시할 수밖에 없는 일의 상징적인 존재다. 그런 존재가 일상에까지 섞여 영역을 침범하려 하는 것을 보자 부아가 치밀었다.

그런 수영의 불편한 기운을 감지한 것인지 화연이 지나가듯 말했다.

"걱정 마세요, 수영 씨. 오늘은 평범하게 있을게요. 수영 씨가 누구 뒷담하는 성격은 아니니까 다른 선배들한테 고자질할 게 있을 것 같지도 않고. 그죠?"

"수영이가요? 에이, 이놈은 남의 험담은 잘 하지도 않아요."

그냥 흘리는 농담 같았지만, 수영은 화연의 말에 뼈가 있다는 것을 알 수 있었다.

화연은 이렇게 말하고 있었다. 다른 선배, 즉 여왕개미나 개미에 연관된 이야기 같은 것만 안 하면 된다고. 그러면 자기는 그냥 회사 동료일 뿐이라고.

수영은 아무것도 모르고 웃는 기준과 의미심장하게 웃는 화연을 한 번씩 번갈아봤다.

어쩔 수 없었다. 이대로 화연을 쫓아내면 기준은 자책감에 빠져들 것이고 분위기가 이상해질 것은 분명했다. 수영으로서는 화연의 말을 믿는 수밖에 없었다.

"그럼 좀 있다 가세요. 아직 초저녁이기도 하고."

수영은 화연의 웃는 얼굴을 피하듯 고개를 돌렸다. 그리고 어떻게든 다시 웃으려고 노력하며 아까 따라 놓았던 소주잔을 입에 털어 넣었다.

*　　　*　　　*

"더워……."

방에 들어선 화연은 혼잣말을 중얼거리며 곧장 에어컨을 켰다.

눈을 감은 채 차가운 바람 앞에서 몸을 흔들던 화연은 긴 한숨과 함께 어깨에 메고 있던 가방을 바닥에 떨어뜨렸다. 그리고 가발과 도수 없는 안경. 걸치고 있던 옷을 허물 벗듯이 하나하나 흘리며 화장실로 향했다. 술에 취해 눈도 뜨기 힘들었지만 수년 동안 몸에 배어 있는 버릇은 화연의 몸을 어떻게든 움직이게 했다.

"후우."

화장을 씻어낸 얼굴을 닦으며 화장실 밖으로 걸어 나온 화연은 순간 비틀거리며 그 자리에 주저앉았다. 이제 정말로 더 이상 움직일 여력이 없었다. 막 옆으로 쓰러지려 하던 화연은 순간 뭔가가 움직이는 것을 보고 깜짝 놀라며 그쪽을 돌아봤다.

"아."

화장대 거울 안의 자신과 눈이 마주친 화연은 자신도 모르게 피식 웃었다. 하지만 곧 고개를 내젓더니 얼굴을 찡그리며 바닥에 머리를 박고 쓰러졌다.

절로 신음이 나올 정도로 한심하고 무방비한 모습이다. 저 뱃속 깊은 곳에서 자기혐오가 스멀스멀 기어 올라왔다.

"으으윽……."

하지만 그 자기혐오도 뇌가 눌리는 아픔에 슬며시 사라졌다. 화연은 태아처럼 몸을 움츠렸다. 지난 몇 년 사이에도 술은 마신

적은 있었다. 목표를 유혹하거나 유인하기 위해서 말이다. 하지만 오늘처럼 취한 적은 없었다.

"바보같이."

화연은 짧은 자학과 함께 알코올 향이 스민 숨을 깊게 내뱉었다.

원래 계획대로라면 이렇게까지 엉망진창으로 마실 생각은 없었다. 어디까지나 화연은 수영의 감시역으로 갔던 것이니까 말이다.

그렇다면 뭐가 문제였을까. 어디서부터였을까. 반쯤 감긴 눈을 깜빡이며 실마리를 더듬어 올라가던 화연은 뭔가를 떠올리고 입술을 꽉 깨물었다.

"화연 씨 수영이랑 꽤 친한가 봐요?"

수영이 잠시 화장실을 간 사이 기준이 슬며시 꺼냈던 말.

"수영이는 다른 사람들한테는 별로 말도 잘 안 하고 화도 안 내거든요. 그 뭐라고 해야 되나. 무시한다고 해야 되나? 근데 좀 친하다 싶을 정도가 되면 말투가 험해지는 게……. 아까 분위기 보니까 화연 씨한테도 그러는 것 같더라고요. 예? 예, 저한테도 그러죠, 좀. 어쨌든 잘해주세요. 화연 씨가 싫어서 그러는 건 아닐 테니까요."

그동안 수영의 태도와 행동을 보면 납득이 되는 말이었다. 물론 개인적으로 친해지거나 할 수 있는 관계 같은 것은 아니다. 그렇게 할 생각조차 없다.

하지만 이러니저러니 해도 화연 역시 수영을 신뢰하고 있었다. 아니, 사실 당연할 수밖에 없지 않을까. 무겁고 검은 비밀을 공유하며 같이 그 일을 하고 있는 두 사람이니 말이다.

그리고 그것을 인식한 순간, 뭐라 말할 수 없는 껄끄러움이 화연의 몸을 뒤덮었다.

거기부터인 것 같았다. 화연의 페이스가 조금씩 무너지기 시작한 것이.

"말해야 했는데."

화연은 눈을 감은 채 중얼거렸다.

사실 화연에게는 수영이 이 일을 하기 위해 결심했던 그날 말했어야 했던 것이 있었다.

하지만 겁이 나서 말하지 못하고 계속 넘어간 것이 벌써 몇 달째. 얼마 전에 일을 했을 때는 거의 말해 버릴 정도까지 용기를 냈지만, 그 용기는 끝까지 가지 못했다.

신뢰하고 신뢰받는 사람을 속인다. 그렇기에 더더욱 죄책감이 깊게 느껴졌다.

"죄책감……."

그렇다. 이것은 죄책감이다. 홧술인 것이다.

화연은 주먹으로 자신의 이마를 가볍게 두드렸다. 마치 자신에게 벌을 주듯이.

띠리리링—

그때 핸드폰의 벨소리가 날카롭게 울렸다. 소스라치게 몸을 움찔거린 화연은 어두운 눈으로 사방을 둘러보며 움직이지 않는 몸을 버둥거렸다. 겨우 바닥에 놔뒀던 가방에 손이 닿은 화연은 그 안에서 울리고 있던 핸드폰을 꺼냈다.

"으……."

액정에 표시되는 발신자를 보던 화연은 억지로 상체를 일으켰다. 그리고 몇 번 헛기침을 하며 목청을 다듬었다.

"여보세요."

[늦군요, 화연 씨.]

"죄송합니다. 막 집에 들어온 참이라."

화연은 애써 태연하려 했지만 전화 너머에 있는 자의 예리함은 범상치 않은 것이었다.

[목소리를 들어보니 꽤 취한 것 같군요. 괜찮습니까?]

화연은 등골이 서늘해지는 느낌에 마른침을 삼켰다. 그리고 최대한 담담히 말했다.

"감시 도중에 수영 씨에게 들켜서 그대로 같은 테이블에서 마시느라 그랬습니다. 수영 씨의 친구에게 정체가 들키거나 하지는 않았어요."

[그렇군요. 뭔가 문제될 만한 상황은 없었나요?]

"예, 수영 씨도 개미에 대한 말 같은 것은 하지 않았습니다. 다만……."

[다만?]

기억을 되살리듯 가볍게 얼굴을 문지른 화연은 벽에 등을 기댔다.

"초등학교 때 동창들이 수영 씨가 살아 있다는 걸 알게 된 것 같은데. 그중에는 기자가 있는 것 같습니다. 기준이라는 사람이 걱정하는 걸로 봐서는 문제가 있을지도 모르겠습니다. 일단 조사를 해봐야……."

[화연 씨.]

술기운에 휘둘려 횡설수설하듯 말을 늘어놓던 화연은 여왕개미의 부름에 입을 다물었다.

가쁘게 숨을 쉬며 전화에 귀를 기울이던 화연은 부드럽게 들려오는 여왕개미의 속삭임에 어깨를 떨었다.

[어떻게 해야 할지 생각하는 건 납니다. 화연 씨는 보고만 하면 되는 거고요. 알겠습니까?]

"예……."

작은 대답이었다. 하지만 그 말이 여왕개미에게 들린 것은 분명했다. 여왕개미는 잠시 후 분위기를 바꾸듯 말을 이었다.

[좋습니다. 그 건은 내가 알아서 할 테니 화연 씨는 신경 쓰지 않아도 됩니다. 그리고 수영 씨에게 연락하도록 하세요. 일이 있습니다.]

"일… 요? 지금?"

[예, 일입니다. 정말로 안 취한 게 맞나요?]

의심스러워하는 것 같은 여왕개미의 말에 화연은 황급히 답했다.

"아뇨, 알아들었습니다."

화연이 그런 반응을 보인 것은 일이라는 것이 뭘 의미하는지 몰랐기 때문이 아니다. 오히려 잘 알고 있었기에 의아해할 수밖에 없었던 것이다.

지금까지 그 일의 간격이 가장 좁았던 것이 2주 정도. 하지만 지난번 일이 끝난 것은 겨우 일주일밖에 되지 않았다. 이번엔 다시 일을 시작하는 것이 너무 빨랐다.

하지만 여왕개미는 그런 화연의 반응은 눈치채지 못한 듯 계속 말을 이어갔다.

[그리고 이번에는 조금 특이한 일입니다. 자세한 건 나중에 말하겠지만 화연 씨는 빠지세요.]

순간 할 말을 잃고 입을 벌리고 있던 화연은 따지듯 외쳤다.

"예? 잠깐만요. 빠지라뇨? 일을 그만두란 겁니까? 전 아직……."

[진정하세요.]

가볍게 화연의 입을 막은 여왕개미는 조용히 말했다.

[이번에만 일에 직접 참가하지 말란 이야깁니다. 제 말을 수영 씨에게 전하는 메신저 역할만 하면 됩니다.]

"그럼 수영 씨 혼자서 일을 하게 되는데요?"

[예, 그렇지요. 두 명이나 위장시켜서 들여보내기에는 너무나 힘든 곳이라서 어쩔 수가 없습니다. 그렇기 때문에 연습이나 사전답사 같은 것도 하지 않을 겁니다. 게다가 무엇보다 화연 씨가 이번 일을 하는 건…….]

여왕개미는 잠시 침묵했다.

[여기까지 말할 건 없겠군요. 화연 씨는 그렇게만 알면 됩니다.]

무엇이든 이용할 수 있는 것은 이용해서 만에 하나라도 실패할 상황을 만들지 않는 것이 여왕개미의 대단함이다. 그런데 그런 여왕개미가 굳이 위험을 감수하고 일을 벌이려고 하는데다가 수영 홀로 일을 하게 하려 하다니. 그것뿐만이 아니다. 화연은 여왕개미가 이렇게 말꼬리를 흐리는 것을 본 적이 없었다.

이상했다. 모든 것이 말이다.

"저……."

화연은 살짝 벌렸던 입을 재빨리 닫았다.

[왜 그러죠, 화연 씨?]

어째서 이렇게 뭔가를 숨기는 것일까. 왜 일을 이렇게나 급하게 잡은 걸까. 화연을 일에서 배제하려 하는 것은 어째서일까.

하지만 여왕개미는 더 이상 화연에게 정보를 주려 하지 않고 있다. 즉, 더 이상 뭘 아무리 집요하게 묻든 답해주진 않을 것이 분명했다. 그저 조금 전에 했던 것처럼 그냥 입을 다물 것을 종용할 것이다.

"아뇨, 아닙니다."

알고 싶지만 알 수가 없다면 넘어가는 것 이외에 다른 선택지는 없었다. 하지만 그것은 화연의 입장에서는 그야말로 강요일 뿐. 기분 나쁜 감정이 스멀스멀 번져 갔다.

무력하다. 자신이 그저 노예일 뿐이라는 사실이 뼛속 깊이 느껴졌다.

하지만, 그런 생각을 하면서도 화연은 그저 넘어가는 것밖에는 할 수 없었다.

"그럼 일단 수영 씨에게 말을 전하면 됩니까?"

[그렇습니다. 자세한 이야기는 내일 하도록 하지요. 기본적인 자료는 보내놓겠습니다.]

"알겠습니다."

전화를 끊은 화연은 눈을 감았다. 억지로 몰아내고 있던 술기운이 다시 덮쳐들었다.

"후우."

옆으로 쓰러진 화연의 눈이 작게 깜빡이며 서서히 감겨갔다.

이제 정말로 생각할 기운조차 없었다. 이대로 눈을 감으면 잠들 듯 죽을지도 모른다는 생각이 들 정도였다.

그렇게 화연은 서서히 정신을 잃어가며 안도했다. 깊이를 알 수 없는 죄책감도, 오장육부로 파고드는 무력함도 더 이상 느껴지지 않았다.

*   *   *

"사람 간 떨어지게 할래요?"

"그럼 밖에서 기다리고 있을 걸 그랬나요?

돌아온 담담한 반문에 할 말을 잃은 듯 멍하니 서 있던 수영은 고개를 저었다.

"아니, 그야 사람들 눈 생각하면 이러는 게 낫긴 하지만, 그렇다고 이건……."

말을 끊고 깊게 한 차례 심호흡을 한 수영은 어깨에 메고 있던 가방을 책상 위에 올렸다. 그리고 점퍼를 벗어 옷걸이에 대충 걸어놓고 방의 한쪽 구석에 앉아 있는 화연의 앞쪽에 앉았다. 한참 동안이나 입을 다물고 화연을 노려보던 수영은 머리를 긁적이며 한숨을 내쉬듯 물었다.

"대체 문 비밀번호는 어떻게 알았어요?"

조금 전. 막 일이 끝난 수영은 집에 돌아와 문을 열고 들어온 순간 기겁하고 말았다.

당연했다. 원래대로라면 아무도 없어야 할 집에 젊은 여성이 앉아 TV를 보고 있었으니까.

질문을 받은 화연은 잠시 수영과 눈을 마주치다가 슬쩍 고개를 돌렸다.

"다음 일에 대해 말하려고 왔습니다. 더워서 에어컨 켰는데 괜찮겠죠?"

"그건 상관없는데……. 어물쩍 넘어가지 말라고요. 아, 진짜. 비밀번호 바꾸든지 해야지."

머리를 벅벅 긁던 수영은 가볍게 투덜거리며 다시 화연을 노려봤다.

"근데 일? 너무 빠르잖아요. 저번 일 끝나고 일주일 정도밖에 안 되지 않았나?"

"정확히는 8일입니다만. 저도 여왕개미에게 그렇게 말했지만 어쩔 수 없다고만 하더군요. 이번 일은 미룰 수가 없다고."

"그래요? 그럼 그건 그렇다고 치고. 왜 전화로 안 하고 직접 온 건데요?"

화연은 말없이 가방에서 태블릿PC를 꺼냈다. 그리고 수영에게 내밀었다.

"어? 그건 왜요?"

수영은 놀란 기색을 감추지 못했다. 저 태블릿PC가 어떤 역할을 하는지는 수영도 알고 있었다. 여왕개미는 저것으로 일에 대한 세세한 지령을 화연에게 전하고, 화연은 그것을 관리하며 수영에게 어떻게 움직일 것인지 말해주곤 했다.

수영이 이 태블릿PC를 만질 때는 모든 일이 일단락되었을 때, 마무리를 하느냐 마느냐를 결정할 때뿐이었다.

그렇게 당황해하는 수영의 모습과는 달리 화연은 담담히 말했다.

"이번 일은 수영 씨가 직접 여왕개미에게 지령을 받게 됩니다. 일에 대한 세세한 부분이나 목표에 대한 정보 같은 것도 모두요. 제가 아는 건 이번 일은 연습이나 사전답사도 할 수 없다는 거랑 수영 씨 혼자 해야 한다는 것뿐이에요."

잠시 화연과 태블릿PC를 번갈아보던 수영은 손을 내밀었다.

"좀 갑작스러운데……."

그렇게 느껴지는 것도 당연했다. 바로 일주일 전까지만 해도 여왕개미는 그 어떤 세세한 부분도 수영에게 가르쳐 주려 하지 않았다. 수영을 불신하고 있었으니 말이다.

수영은 태블릿PC의 전원을 켜며 마음속으로 중얼거렸다.

'그만큼 이번엔 위험하단 건가?'

한 주 사이에 수영에 대한 평가가 극적으로 뒤집혔을 리도 없다. 그럼에도 불구하고 수영을 단독으로 쓰겠다는 건 어쩔지도 모르는 상황에서 화연을 아껴두고 싶다는 말이 아닐까.

물론 그렇다고 수영이 잘못되면 또다시 개미의 살인 시스템에 문제가 생기니, 재고 처리 하듯 수영을 보내 버리거나 하진 않겠지만.

수영이 그런 생각을 하는 사이 화면이 켜지자 화연은 손을 뻗어 태블릿PC의 화면의 여기저기를 가리켰다.

"여왕개미가 보내주는 파일은 이쪽 메일로 받습니다. 일단 문서를 열어보면 어디에서 어떻게 움직여야 하는지에 대한 내용이 써져 있고. 주변지역의 사진 또한 동봉되어 있습니다. 그리고 보통 때 수영 씨에게 보여주기 위한 범죄자에 대한 개인정보가 담긴 파일은 따로 있을 겁니다."

"잠깐만요. 다시 한 번 말해줄래요? 어디를 어떻게 하라고요?"

아무리 수영이 완전히 컴맹 같은 것이 아니라고 해도, 평소에 거의 써보지 않은 전자기기를 갑자기 자기 마음대로 사용할 수 있을 리가 없었다. 화연은 다시 한 번 천천히 손가락으로 화면을 가리키며 조목조목 설명했고, 잠시 후 수영은 겨우 파일을 불러내 화면에 띄울 수 있었다.

"아, 됐다. 그럼 이제… 어? 왜 그래요?"

막 불러온 텍스트를 읽으려 하던 수영은 어느새 고개를 돌리는 화연의 기척에 고개를 들었다. 수영의 시선에 화연은 눈을 살짝 돌리며 퉁명스럽게 답했다.

"여왕개미가 이번 일에 대해서는 제가 알면 안 된다고 했습니다. 그러니 보지 않으려는 것뿐이에요."

"일에 대해서도 알면 안 된다고요?"

그 말은 사실일지도 모른다. 화연이 여왕개미의 말을 날조할 리는 없으니 말이다.

하지만 그게 본심일 것이라는 생각은 들지 않았다.

그 증거로 화연은 태블릿PC를 자꾸 힐끔거리고 있었다. 약간 의외기도 했다. 항상 냉랭하고 침착한 모습을 보이던 화연이 이렇게 안절부절못하는 것은 처음 보는 것 같았다.

약간 의심도 들었다. 어쩌면 화연은 연기하는 것일 수도 있다. 이것 자체가 여왕개미의 또 다른 시험일지도 모른다. 정말로 수영이 자신의 말대로 화연에게 아무것도 보여주지 않는가를 시험하는 것 말이다. 사실 수영의 입장에서는 딱히 고민할 필요도 없는 일이기도 했다. 화연을 무시하기만 하면 되는 간단한 문제였다.

'하지만…….'

수영의 머릿속에 어젯밤 화연이 돌아가고 나서 둘이 남았을 때 기준이 했던 말이 떠올랐다.

"잘해봐라."

지금 생각해 봐도 코웃음이 나올 망언이다. 만약 기준이 개미에 대한 것을 안다면 그런 말은 하지 못했을 텐데 말이다. 하지만 수영은 그 말을 완전히 무시하지는 못했다.

기준은 그런 말을 함부로 하지 않는다. 그 소심한 성격 탓이다. 대화 상대가 타인과의 관계를 오해받는 것에 대해 불쾌하게 생각할지도 모르니까 말이다. 그런데도 불구하고 기준이 그런 말을 했다는 것은 그만한 이유가 있는 것이다. 예를 들어, 수영이 자신이 생각하는 것 이상으로 화연을 스스럼없이 대하고 있다거나.

'잘해볼 마음 같은 건 없는데.'

수영이 고개를 들자 태블릿PC를 힐끔거리던 화연이 다시 눈을 돌렸다. 기준의 말이 떠오른 탓일까. 그 시침 떼는 모습이 묘할 정도로 친근하게 느껴졌다.

'망할 자식이 쓸데없는 소리를 해서…….'

고개를 숙인 수영은 눈을 꽉 감았다. 누가 뭐라 하든 화연과는 넘을 수 없는 선이란 것이 있다. 어디까지나 같이 일을 하는 동료일 뿐이라는 선이 말이다.

"그런데요."

"예?"

수영은 태블릿PC를 앞으로 내밀었다.

"이거 어떻게 확대하나요? 태블릿PC는 별로 안 써봐서."

화연은 눈을 살짝 찡그렸다.

"알잖아요?"

"몰라요."

"그동안 몇 번이나 써봤으면서."

"조금씩 만져 본 것뿐이잖아요. 그걸로 기능을 다 알 것 같아요?"

수영이 그 정도도 모를 리가 없다는 건 화연도 알고 있다. 지금까지 몇 번이나 일을 하면서 마지막에는 태블릿PC로 죄인들의 정보를 봐왔으니 말이다. 마치 핑계를 대는 것 같은 수영의 모습에 멍하니 눈을 깜빡이던 화연은 진지한 얼굴로 고개를 들었다.

"정말 몰라요?"

"모른다니까요."

수영은 눈을 피하듯 고개를 돌렸다. 수영은 화연과의 개인적인 관계를 만들 생각은 없다. 하지만 화연은 수영이 이 일을 할 때 유일하게 신뢰할 수 있는 상대라는 것도 사실이다.

그런 상대에게 호의를 베푸는 것은 결코 나쁜 일이 아니었다. 누가 뭐래도 앞으로도 계속 이 일을 함께해야 할 테니 말이다.

그러는 사이에 눈을 돌린 화연은 태블릿PC를 보며 고민했다. 지금까지 화연은 여왕개미의 명령을 어긴 적이 없었다. 평소 같았다면 화연은 그 호의를 단칼에 거절했을 것이다.

하지만 지금 화연은 망설이고 있었다.

"하지만 여왕개미가 보지 말라고……."

"보라고 한 적 없잖아요? 어떻게 하는지 방법만 가르쳐주라고요."

등을 떠미는 듯한 수영의 뻔뻔한 대답에 화연은 고개를 숙였다.

'그야 궁금하긴 하지만……'

마음속으로 혼잣말을 중얼거리던 화연은 고개를 저었다.

아니, 아니다. 이건 궁금하다거나 하는 단순한 호기심 같은 것으로 정의할 수 있는 감정이 아니다.

의심스러운 것이다.

너무나 갑작스러운 일의 변화는 화연에게 깊은 의구심을 불어넣고 있었다. 그것이 화연의 본심. 평소처럼 밖에서 약속을 잡는 대신 수영의 방에 들어와 있었던 것도 사실 그것 때문이었다. 원래대로라면 여왕개미의 눈도 닿지 못하는 곳에서 직접 그 지령을 열어볼 생각이었던 것이다. 결국 여왕개미의 존재에 대한 공포 때문에 마지막 한 발을 내딛지는 못했지만.

하지만 지금은 수영이 협력해 주고 있었다. 어째서 수영이 그렇게까지 하는지는 알 수 없었지만 그건 아무래도 상관없다. 중요한 것은 이것이 기회라는 것.

"어쩔 수가 없군요. 잘 보세요."

화연은 마른침을 삼키며 태블릿PC를 받아 들었다. 화면에는 이미 뭔가 떠 있었다. 수영의 버릇 때문일까. 아니면 원래 세세한 일의 과정보다는 대상이 얼마나 악독한지에 더 관심을 두는 성격 때문일까. 화면에 떠 있는 것은 바로 이번 목표에 대한 자료였다.

"이렇게 이 부분을 손가락으로 터치한 다음에……"

손가락 두 개를 살짝 벌려 화면을 확대한 순간, 화연의 움직임이 거의 완전히라고 해도 좋을 정도로 멈췄다. 크게 떠진 화연의 두 눈은 화면에서 떨어질지 몰랐고, 몸은 마치 석상처럼 굳어버렸다.

"흠, 흠?"

화연이 한참 동안이나 움직이지 않자 수영은 가볍게 헛기침을 하며 눈치를 봤다.

그 헛기침에 화연은 깜짝 놀란 듯 깊게 숨을 들이켜며 고개를 들었다. 화연과 눈이 마주친 순간 수영은 가슴이 철렁하고 내려앉는 것을 느꼈다. 핏기가 빠져나가 새하얗다 못해 시체처럼 보이는 화연의 얼굴을 모르고 지나치는 게 오히려 이상할 정도였다.

"아."

떨리는 입술을 벌려 소리를 낸 화연은 마른침을 삼켰다. 그러더니 다시 태블릿PC를 내려다보며 더듬더듬 말을 이었다.

"그리고 알겠지만 이렇게 손가락으로 화면을 밀어내듯이 하면 됩니다."

자료가 빠르게 스크롤되면서 화연의 눈이 번뜩였다.

"그리고 파일을 닫을 때는 이쪽의 뒤로 가기를 누르면 되고요."

마지막으로 파일을 닫은 화연은 떨리는 손으로 태블릿PC를 수영에게 내밀었다. 마치 고장 난 인형처럼 온몸을 삐걱거리는 화연의 모습은 이상하게 보이기에 충분했다.

"괜찮아요?"

"예? 예, 전 괜찮……."

적잖이 당황해하며 고개를 끄덕이던 화연은 말도 끝마치지 못하고 깜짝 놀라며 손을 움츠렸다. 수영은 바닥에 떨어진 태블릿PC를 집어 들며 화연을 바라봤다. 화연은 떨리는 손으로 주머니에서 핸드폰을 꺼내고 있었다.

"여보세요? 예, 예. 지금 막 만났습니다."

수영도 그 주인공이 누구인지 알 것 같았다. 아니, 틀림없다. 분명히 그 인간일 것이다.

"예, 알겠습니다."

화연의 긴장이 전염된 것일까. 쿵쾅거리는 심장을 억누르던 수영은 화연이 앞으로 내미는 전화에 짜증내는 기색이 역력한 한숨을 내쉬었다. 그러고는 가볍게 전화를 받아 들었다.

"솔직히 댁이랑은 직접 이야기하기 싫은데."

[화연 씨는 만났나 보군요.]

불쾌한 변조된 목소리. 수영은 자신의 확신이 빗나가지 않았다는 것을 확인하며 투덜거렸다.

"그래, 만났는데. 왜?"

수영은 다시 화연을 힐끔거렸다.

[그럼 이번 임무에 대해서도 들었습니까?]

"화연 씨는 알면 안 된다고 했다며?"

바닥에 떨어져 있는 태블릿PC에 눈이 갔다. 혹시 화연에게 이걸 보여준 건 실수가 아니었을까. 하지만 수영이 그것에 대해 고민하기도 전에 여왕개미는 계속 말을 이어갔다.

[그렇습니다. 가장 중요한 주의사항은 전달받은 것 같군요. 그럼 내용은 다 봤습니까?]

"아직……. 지금 막 받았어."

수영은 태블릿PC를 집어 들고 파일을 열었다. 그사이 수영은 슬쩍 화연을 힐끔거렸다. 전화가 오기 전 화연이 보였던 그 반응이 신경 쓰였기 때문이다. 하지만 지금 화연의 표정은 도저히 읽을 수가 없었다. 화연은 고개를 푹 숙인 채로 뭔가를 생각하고 있는 것 같았다.

[봤습니까?]

"아, 거 참. 성질 급하네. 막 받았다니까?"

마치 화연이 왜 이러는지 생각할 틈을 주지 않는 것 같은 재촉에 수영은 버럭 화를 냈다. 하지만 여왕개미는 수영이 화내는 것이 아무렇지도 않은 듯 담담히 말했다.

[그럼 빨리 보도록 하세요.]

수영은 입속으로 욕지거리를 중얼거리며 파일을 열었다. 빠르게 그 내용을 읽어가던 수영은 자신도 모르게 헛웃음을 흘렸다.

"내일 밤? 급해도 너무 급한 거 아냐? 너무하잖아, 이거."

[원래대로라면 그렇게 급하게 할 일은 아니었지만……. 어쩌다 보니 그렇게 됐군요.]

신음을 흘리던 수영은 문득 시선을 느꼈다. 실이 끊긴 인형같이 늘어져 있던 화연은 어느새 마치 귀신에라도 들린 것 같은 초점 없는 눈으로 수영을 바라보고 있었다. 수영은 찌르는 것 같은 그 시선을 억지로 외면하듯 고개를 돌렸다.

"원래대로? 원래대로라면 어떻게 하려고 했는데?"

[그것까지 말해줄 이유는 없을 것 같군요. 중요한 건 상황이 변했고, 내일이 절호의 기회라는 겁니다. 전부 읽고, 거기에 써져 있는 시간에 써져 있는 장소로 가 있도록 하세요. 알겠습니까?

그리고 앞으로 연락은 수영 씨의 핸드폰으로 하겠습니다. 내 전
화번호를 보면 받도록 하세요. 스팸이라고 넘기지 말고.]

"너무 막무가내잖아. 직접 나한테 말하기로 했으면 제대로 말
이라도 해줘야… 여보세요?"

끊긴 전화를 화난 얼굴로 내려다보던 수영은 통화 종료 버튼
을 눌렀다. 그리고 떨떠름한 얼굴로 화연을 향해 슬쩍 고개를 돌
렸다. 화연은 여전히 입을 다문 채 고개를 푹 숙이고 있었다. 수
영은 슬쩍 화연의 앞으로 핸드폰을 밀며 조심스레 말을 던졌다.

"화연 씨, 괜찮아요?"

화연이 고개를 들자 수영은 자신도 가볍게 진저리쳤다.

"가겠습니다."

"예? 아니, 화연 씨?"

비틀거리며 자리에서 일어난 화연은 수영이 말릴 틈도 없이
자신의 핸드폰을 낚아챘다. 그리고 그대로 문을 열고 사라졌다.

방 안에 혼자 덩그러니 남겨진 채 화연이 사라진 쪽을 바라보
고 있던 수영은 이마를 손으로 감쌌다.

"괜한 짓 했나."

조금 전 화연의 얼굴에 씌워져 있던 그 표정. 조금의 인정머리
도 없어 보이는 인형과 같은 냉랭한 얼굴은 마치 첫 만남 때와 같
았다. 뭔가가 잘못됐다는 것은 어렵지 않게 알 수 있었다. 그리고
그것을 누구에게도 상의할 수 없다는 것도 말이다.

"대체 뭐가 어떻게 돌아가는 거야? 이거."

갑작스럽게 바뀌어 버린 일. 예전의 냉랭함으로 되돌아간 화
연의 태도. 예고도 없이 갑작스럽게 덮쳐온 이 변화와 의문에 머

리가 지끈거렸다. 그리고 그 무엇보다 짜증나는 것은, 이 상황에 그저 무력하게 휩쓸릴 수밖에 없다는 현실이었다.

"으아아아아아아아아—! 이런 망할."

바닥에 드러누운 수영은 얼굴을 손으로 감싸고 이를 악물었다. 지금 수영은 비명 같은 신음을 쥐어 짜내는 것밖에는 할 수 있는 것이 없었다.

_인연

"음?"

막 화장실 앞을 지나치려 하던 경비원은 발걸음을 멈췄다. 그 안에서 소리가 들린 것 같았다. 지금은 한밤중. 12시가 넘어 1시가 가까워지는 시간이다. 환자들의 면회객은 이미 오래전에 모두 돌아가고 환자들도 잠에 빠져 있을 시각. 그런 시간에 5층 화장실에서 소리가 난다는 것은 분명 이상한 일이었다.

"뭐지? 물이라도 새나."

잘못 들었을 가능성도 있었지만 일단 확인은 해야 했다. 경비원은 손에 들고 있던 손전등을 켜고 불이 꺼져 있는 화장실 안쪽을 슬쩍 비췄다. 수도꼭지나 소변기 같은 곳을 살피던 경비원은 화장실의 맨 안쪽 칸에 '수리 중'이라는 딱지가 붙어 있는 것을 눈치챘다.

"수리 중?"

잠시 기억을 더듬어봤지만 어제까지만 해도 거기에 그런 딱지는 없었다. 고개를 갸웃거리던 경비원은 조용히 그쪽으로 다가갔다.

착각일지도 모르지만 경비원으로서 돈을 받고 있는 이상 의심되는 상황을 그냥 넘길 수는 없었다. 문제라도 생길 경우 가장 먼저 책임을 추궁받는 것이 바로 경비원이기 때문에.

문 앞에 선 경비원은 수리 중이라는 글자를 손전등의 끄트머리로 슬쩍 민 후 재빨리 뒤로 물러났다.

문은 아무런 소리 없이, 그리고 아무런 저항감 없이 열렸고 아무 일도 일어나지 않았다. 경비원은 열린 문 안쪽을 손전등으로 비췄다. 안에 아무도 없는 것을 확인한 경비원은 좀 더 가까이 다가가 안쪽을 살폈다.

"누가 이래 놓은 거야, 이거?"

변기 자체는 별 문제가 없어 보였지만, 커버가 조각조각 부서져 있었다. 어제만 해도 말이 없었던 걸 보면 오늘 청소를 하던 청소원이 사고를 친 것 같았다. 어쩌면 방문객이 사고를 쳤고, 청소원은 단순히 표시만 해둔 것일지도 모를 일이다.

이유는 어찌 되었든, 왜 이런 딱지가 이곳에 붙어 있는지는 충분히 설명이 됐다.

"에이, 쓸데없이 시간만 버렸네."

부서진 변기 커버에서 물러난 경비원은 다시 한 번 손전등으로 화장실의 여기저기를 비췄다. 그러고는 멋쩍은 기분을 지우려는 듯 닫혀 있는 화장실의 문을 하나하나 손으로 밀어 안쪽을 확인한 후에야 화장실 밖으로 나갔다.

하지만 경비원이 생각하지 못한 곳이 있었다.

"...후우."

경비원이 발소리가 더 이상 들리지 않자 짧은 한숨 소리가 새어나왔다. 화장실에 들어온 경비원이 유일하게 건드리지 않았던 곳. 청소 도구 보관함에서 말이다. 잠시 후 온통 검은 옷을 입은 남자가 청소 도구 보관함에서 걸어 나왔다. 수영이었다.

"들킬 뻔했잖아. 아, 진짜 이 망할……."

막 안도하려 하던 수영은 깜짝 놀라며 손에서 진동하는 핸드폰을 내려다봤다. 곧 신경질적으로 통화 버튼을 누른 수영은 화를 억누른 떨린 목소리로 말했다.

"대체 왜 전화한 거야?"

[그야 시간이 됐으니까요. 자고 있을 것 같아서 전화한 겁니다만.]

그 말에 수영은 조금 전까지만 해도 자신이 들어가 있었던 좁은 청소 도구함을 돌아봤다.

"여기 꼴을 눈으로 직접 보면 자고 있을 것 같다는 소리는 안 나올 텐데."

겨우 한 사람이 앉아 있을 정도의 공간이 비워져 있는 도구함에는 대걸레나 솔, 세제 등과 함께 작은 의자가 놓여 있었다. 좁고 냄새나고 불편한 곳이었지만, 그나마 그 의자라도 있는 것이 다행이었다. 그게 없다면 수영은 계속 서 있었어야 했을 것이다.

[그나저나 무슨 일입니까? 왜 전화를 끊었죠?]

"경비가 지나가는데 끊어야지 그럼. 계속 잡고 있을까?"

잠깐의 정적 후 전화 너머에서 작은 중얼거림이 들려왔다.

[순찰이 끝났을 시간이었을 텐데. 이상하군요.]

"사람이 기계도 아니고 좀 늦을 수도 있고 빠를 수도 있지."

[어쨌든, 방금 경비원이 지나갔다면 앞으로 한 시간 사이에는 순찰이 없을 겁니다. 확실히 하기 위해 3분 정도만 더 있다가 움직이도록 하세요.]

"알아, 안다고!"

수영은 신경질적으로 머리를 긁적였다.

"경비원 지나가고 나면 전화하려고 했었는데. 정말 이건 아군인지 적군인지……."

짜증을 토해내던 수영은 말꼬리를 흐리며 팔을 큿큿거렸다. 덜 마른 걸레에서 풍겨 나온 독한 표백제 냄새가 몸에 밴 것 같았다. 당연하다면 당연했다. 이 좁은 곳에서 걸레의 옆에 거의 다섯 시간 동안이나 앉아 있었으니 말이다.

[그럼 일단 해야 할 일에 대해서 다시 한 번 체크해 보죠.]

"아까도 몇 번이나 말했잖아. 무슨 세뇌하는 것도 아니고 자꾸 왜 이래?"

한숨 소리가 들려왔다.

[같은 말 반복하는 게 싫은 건 알겠지만. 이번 일은 여러모로 위험합니다. 수십 번을 확인하고 조심해도 충분하지 않아요.]

굳어 있는 몸을 풀던 수영은 입을 다물었다. 어쨌거나 여왕개미의 말은 맞았다. 이번 일은 사전 연습이나 조사도 없이 진행해야 하다 보니 변수도 많았고 위험도도 높았다. 방금 전의 그 경비원이 그 증거였다. 평소였다면 완벽한 사전 준비를 통해 경비원이 이곳에 오는 일 자체가 일어나지 않았을 것이다.

[목표는 누구죠?]

"쓰레기."

[자세히요.]

수영은 짜증을 억누르듯 시큰둥하게 답했다.

"연예계 지망생들 착취하고 벗겨먹은 쓰레기라며. 지망생들 낙태도 몇 번 시켰고, 어린애들 데리고 성 접대도 시켰다고 했지? 조폭들 불러서 자기 말 안 듣는 연예인 손봐줬다는 소문도 있고. 그런데 이거 확실한 거지? 꾸며내거나 한 거 아니고? 나도 인터넷에서 돌아다니는 소문은 봤지만 진짜 그런 놈일 줄은 몰랐는데."

의심스러워하는 수영의 중얼거림에 여왕개미는 태연히 답했다.

[확실합니다. 피해자가 분명히 있으니까요. 어쨌든. 그 정도로 힘이 있는 상대다 보니 처리할 수 있는 상황을 만드는 게 힘들었습니다. 마침 이런 절호의 기회가 잡혔지요.]

"불행 중 다행이네."

[그럼 슬슬 준비하죠.]

수영은 그 말에 답하는 대신 곧장 움직였다. 어떻게 움직여야 할지 계획은 미리 암기해 둔 상태였다. 다시 청소 도구함으로 들어간 수영은 구석에 처박혀 있는 비닐봉투를 열고 그 안에서 가방을 꺼냈다. 수영의 소지품이 아니다. 수영이 이곳에 오기도 전에 누구인지 모를 개미가 미리 놓아둔 물건이었다.

"옷, 마스크, 장갑……."

세면대 앞에 선 수영은 봉투의 내용물을 꺼내 늘어놨다. 눈과 입을 제외한 다른 부위를 철저하게 가리는 스키 마스크와 갈아입을 옷과 신발, 장갑 등등.

"그리고……."

가방 맨 아래에서 금속질 특유의 차가운 감각이 손끝에 만져졌다. 수영은 마지막으로 가방에서 꺼낸 물건을 내려다보며 마른 침을 삼켰다. 그것은 식칼. 날이 시퍼렇게 선 식칼이었다.

[물건은 다 있습니까?]

"응? 응. 다 있어."

여왕개미의 재촉에 대답한 수영은 마지막으로 식칼을 세면대에 올려놨다.

[일정대로 보호자는 자리를 비웠습니다. 여유는 10분 정도밖에 없다고 생각하세요. 지문 안 찍히게 장갑 잘 끼도록 하고.]

"알고 있어."

[그리고, 도주로에 있는 CCTV는 아무래도 피할 수 없을 것 같습니다. 찍히는 건 각오하세요.]

그것 역시 알고 있었다. 사실 옷을 갈아입은 것도, 마스크를 쓰는 것도 CCTV에 찍힐 것을 각오하고 하는 변장이다. 찍히더라도 용의선상에 오르지 않기 위한 방도인 것이다.

수영은 핸드폰을 세면대에 올려두고 다시 한 번 밖을 확인한 다음 재빨리 옷을 갈아입기 시작했다.

[그리고 병원이라 잘못하면 살려낼 가능성이 있으니 확실히 죽여야 합니다. 알겠습니까? 그 식칼은 아무 데서나 흔히 구할 수 있는 식칼이니까 사용 후에 그냥 놔둬도 됩니다.]

여왕개미가 계속 말을 하는 사이에 옷을 전부 갈아입은 수영은 벗은 옷과 신발을 가방에 쑤셔 넣은 다음 등에 짊어 멨다.

마지막으로 장갑을 착용한 후에 막 스키마스크를 쓰려 하던 수영은 눈앞의 거울을 멍하니 바라봤다.

"…완전 강도네."

거울 속의 남자가 쓰게 웃었다. 수영이 막 거울을 봤을 때 거울 속의 남자는 마치 출근을 앞둔 회사원처럼 평범하게 짜증을 내고 있었다. 병원에 홀로 숨어 있다가 사람을 찔러 죽이고 도망가야 하는 상황인데도, 재수없을 정도로 무감각한 얼굴로 말이다.

거울에서 눈을 돌린 수영은 칼을 집어 들고 깊게 심호흡했다. 몇 번이나 이 일을 했지만, 직접 사람을 찔러 죽여본 것은 단 한 번뿐.

맨 처음 화연을 돕기 위해 살인을 했을 때뿐이다.

그때의 기분을 다시 떠올려 보던 수영은 고개를 내저었다. 특별한 감정은 느껴지지 않았다. 물론 끔찍하다든지 피비린내가 난다든지 하는 기분 나쁜 기억은 조금 있었지만, 거기까지다. 그 일로 잠을 못 이루거나 할 정도로 앓거나 한 적은 없었다.

"할 수 있겠지?"

자기 자신에게 질문하듯 중얼거린 수영은 칼을 집어 들었다.

[수영 씨, 도주로는 기억하고 있겠죠?]

"당연하잖아."

[그럼 마지막으로 주의점을…….]

수영은 맨손으로 잡았던 칼날 부분을 옷에 문질러 지문을 지우며 여왕개미의 말을 가로챘다.

"CCTV 조심하고, 지문이나 머리카락 조심하고, 상처 입어서 피 같은 거 흐르지 않게 조심하고, 죽은 거 확실한지 확인해야 하고. 됐지? 이제 전화 끊을 거야. 내 쪽에서 연락할 때까지 전화하지 마."

[30분 후에도 연락이 없으면 전화하죠.]

여왕개미가 먼저 전화를 끊자 사방이 조용해졌다.

"그러면."

수영은 눈을 감고 하루 종일 외우고 있던 병원 구조를 떠올렸다.

512호실은 멀지 않다. 일단 그곳에 가서 일을 처리한다. 그다음에 경비의 눈을 피해 비상계단을 통해 1층으로 향한 다음 열려 있는 응급실을 지나쳐 밖으로 도주. 병원 밖에 준비되어 있는 차는 번호판이 바뀌어 있기 때문에 나중에라도 경찰이 차를 확보할 수도 없을 것이다.

마지막으로 목표의 얼굴을 머릿속에서 되새김질한 수영은 감았던 눈을 떴다. 그리고 머리에 걸치고 있던 스키마스크를 깊게 눌러썼다. 연습도 사전조사도 할 수 없었기에 이미지 트레이닝은 이 정도가 한계. 이제 어떻게 되든 움직일 수밖에 없었다.

"가볼까."

다시 한 번 머릿속에서 모든 상황을 점검한 수영은 칼을 든 채로 조심조심 복도로 나왔다. 수영은 온 감각을 곤두세우고 통로의 저 너머를 경계했다.

병원은 죽음과 삶, 고통과 환희가 섞여 있는 곳이기에 픽션에서 단골소재로 사용되기도 한다. 특히 밤의 병원은 그 정제된 고요함에 따른 을씨년스러운 분위기 때문에 공포물에서 사용된다. 하지만 의외로 병원은 밤이라고 해도 인적이 있을 수밖에 없는 구조다.

당장 간호사가 정해진 시간에 순회를 돌기도 하고 환자의 보호자들이 왔다 갔다 하기도 하기 때문이다. 다만 그런 상황이 모두 제어된 상황이라면, 극도의 정적인 공간이라고 해도 괜찮을 것이다. 바로 지금처럼 말이다.

그렇다. 조용했다. 수영은 엄청나게 조심해서 발을 옮겼지만 그래도 작은 발소리가 울렸다. 누군가가 이 발소리를 의심하지 않기를 바랄 수밖에 없었다. 수영은 머릿속으로 목적지를 떠올리며 최소한의 조명만이 유지되고 있는 복도를 빠르고 조심스럽게 걸었다.

그러면서도 수영은 계속 생각했다. 만약 누군가 튀어나온다면 어떻게 해야 할까. 여왕개미의 말대로라면 경비원이나 간호사의 순회는 앞으로 몇 분 사이에는 없다. 하지만 만에 하나 화장실 따위 때문에 복도로 나온 환자와 마주치거나 하면 어떻게 될까? 혹은 환자가 급히 호출한 간호사가 올라와 버린다면?

만약 이 병원이 좀 더 여왕개미에 의해 잘 조정됐다면 그런 일은 없을 것이라 장담할 수도 있었다. 개미들의 손에 의해 CCTV는 고장 나고 환자들은 수면제를 먹어 깊은 잠에 빠졌을 테니까. 하지만 이곳은 개미들의 손이 극히 미치지 않는 일반적인 곳이었다. 개미도 겨우 가방 하나를 숨겨놓을 수 있던 것이 전부였다.

지금까지 수영이 적을 함정으로 끌어들여서 잡았다면, 이번은 적지 한가운데에 던져진 셈이었다. 그것도 홀로 말이다. 그렇기에 어떤 일이 일어난다고 해도 이상할 것은 없었다. 신경을 집중하고 주변을 끝없이 경계해야 했다.

만약 지금의 수영이 누군가의 눈에 띈다면, 어떤 의심을 받아도 부정할 수 없을 것이다. 검은 옷에 스키마스크, 손에 든 칼을 대체 뭐라고 변명하겠느냐 말이다. 만약 그런 돌발 상황이 생긴다면, 수영은 그것을 자신의 선에서 처리해야 했다.

"아."

"어?"

그것을 알고 있었기에 막 코너에서 걸어 나온 간호사의 모습을 본 순간, 수영은 간호사와 눈을 마주친 채로 굳어 있거나 하지 않았다.

"읍! 으읍!"

간호사의 모습이 눈에 새겨지자마자 수영의 몸은 거의 반사적으로 움직였다.

순식간에 간호사의 뒤로 돌아가 목을 휘감고 입을 틀어막은 수영은, 그대로 먹잇감을 사냥한 맹수처럼 간호사를 질질 끌어 빛이 비추지 않는 계단으로 몸을 숨겼다.

'어쩌지? 그보다 뭐야, 이 간호사? 대체 왜 여기에서 갑자기 튀어나와? 발소리도 안 났는데? 아니, 근데 누가 불렀나? 환자가?'

조금 전까지만 해도 평정을 유지하고 있던 심장이 쿵쾅거렸다. 일단 몸이 움직인 것은 다행이었지만 이제 어떻게 해야 할지는 알 수 없었다. 간호사는 괴로운 듯 수영의 손을 두드렸지만 수영은 더욱더 손에 힘을 줬다. 수영은 이 간호사를 어떻게 처리해야 할지 고민하고 있었다.

'목을 졸라서 기절시켜? 아니지, 그런 건 배우지도 못했는데. 잘못하면 죽일지도 몰라. 전기충격기는 다칠 거고. 그럼 그냥 묶고 입 막고 놔둬? 그래도 소리 같은 건 내잖아. 병원이니까 어디

수면제……. 아, 젠장! 좀 제대로 된 아이디어 없나?'

그렇게 고민하던 수영의 손끝에 강렬하고 깊은 아픔이 파고들었다. 만약 의식을 거기에 집중하고 있었다면 참았을지도 모른다. 하지만 다른 생각에 빠져 있던 수영은 거의 반사적으로 손을 펼쳤고, 간호사는 그 틈을 타 깊게 숨을 들이켰다.

끝장이 날지도 모른다. 비명을 지르거나 하면 정말로 그렇게 될 가능성이 있다.

수영은 상황이 완전히 뒤집어지는 것을 각오하며 재빨리 간호사의 목에 식칼의 칼날을 가져다 대며 작게 외쳤다.

"조용히 해!"

"나예요."

익숙하고 차가운 목소리가 곧장 돌아오자 수영의 눈이 크게 떠졌다.

그 간호사는 자신의 목을 누르고 있는 식칼을 가만히 내린 후 수영에게서 살짝 떨어지며 고개를 돌렸다.

"어? 어어?"

수영은 혼란스러운 기척을 감추지 못하고 그 간호사의 얼굴을 바라봤다.

"화연 씨? 뭐하는 거예요, 여기서?"

"여왕개미의 명령입니다."

"여왕개미가요?"

화연은 짙은 화장에 검은 뿔테, 질끈 묶은 갈색 곱슬머리 가발로 위장하고 있었다.

수영은 화연을 위아래로 훑어봤다. 화연이 입고 있는 연파란

색 재질의 직원복은 분명 이 병원의 간호사들이 입는 옷들과 같은 것이었다. 그렇게 수영이 당황해하며 화연의 모습을 살피는 사이, 화연은 자신을 목을 매만져 상처가 없는 것을 확인한 다음 작은 목소리로 속삭였다.

"상황이 바뀌었습니다. 여왕개미가 수영 씨를 도우라고 하더군요."

"하지만 좀 전에 통화할 때까지만 해도 아무 말도 없었는데요?"

그 말에 화연은 고개를 저었다.

"여왕개미의 속마음은 아무도 모르니까요."

그렇긴 했다. 그건 수영으로서는 영원히 알 수 없을지도 몰랐다.

"어쩌면 저를 일단 떼어놓고 수영 씨가 얼마나 냉정하게 일을 할 수 있는지 보려 한 것일 수도 있겠죠. 그보다 여기서 계속 시간 지체해도 되는 겁니까?"

"아뇨, 가야 하긴 하는데……."

수영은 화연을 힐끔거렸다. 화연의 등장에 긴장감이 풀린 것이 사실이기도 했다. 매번 일을 할 때는 콤비로서 일을 했으니 그럴 만도 했다. 하지만 해명은 했지만 의문은 완전히 가시지 않았다. 그 때문에 마치 돌을 씹은 것 같은 불쾌감이 머릿속 가득히 번져 나갔다.

"어서 가죠."

화연은 수영이 고민하게 두지 않았다. 그대로 몸을 돌린 화연은 중환자실을 향해 빠르게 걷기 시작했다. 수영은 앞서가는 화연의 뒷모습에 신음을 흘렸다. 이상하다. 석연치 않은 무언가가 있는 것이 분명했다. 하지만 지금 가장 중요한 것은 아무런 차질

없이 일을 마무리해야 한다는 것. 그리고 시간이 없다는 것이다. 일단 이러니 저러니 해도 어떤 상황에서든 화연이 일을 방해하지는 않을 것이라는 것만은 무조건적으로 확신할 수 있었다.

목표를 죽이고 도망친다. 수영은 그것만을 생각하려 애쓰며 화연의 뒤를 쫓았다.

*　　*　　*

개인 병원들은 개인실을 그다지 많이 만들어두지 않는다. 작은 병원의 입장에서는 되도록 공간을 많이 활용해야 한다. 아무리 개인실이 비싸다고 해도, 차라리 그만한 공간에 더 많은 환자를 받는 편이 이득일 수밖에 없다.

게다가 돈을 써도 개인적인 프라이버시를 원하는 환자들이, 그 프라이버시의 관리에 명백히 한계가 있는 작은 개인 병원에 올 이유도 딱히 없지 않은가. 커다란 대학병원의 개인실은 마치 5성급 호텔의 스위트룸처럼 꾸며져 있는 경우까지 있는데 말이다.

하지만 그럼에도 불구하고, 작은 병원 중에서도 어느 정도 프라이버시를 요하는 환자를 위한 VIP룸으로써 개인실을 준비해두는 경우는 아주 드물게 존재한다.

지금 지호가 있는 이 병원처럼.

"으으……."

악몽이라도 꾼 듯 신음을 흘리며 눈을 뜬 지호는 한참 동안 얼굴을 씰룩이다 마른침을 삼켰다. 목이 말랐다. 하지만 몸은 움직이지 않았다.

"어으으으!"

화를 내며 소리를 내지르던 지호는 이를 악물었다.

"끄어어어어억!"

간병인을 부르려 했지만 머릿속에서 생각한 단어가 입으로 나오지 않았다.

평생 너무나도 당연하다고 생각했던 것이 되지 않는 것에 화가 났다. 게다가 평생 이렇게 살아야 한다고 생각하니 욕이 절로 나왔지만, 지호는 그 욕마저도 시원하게 내뱉을 수 없었다. 아무리 욕을 하려 해도 입에서는 의미 불명의 중얼거림만 나올 뿐이었다.

모든 것이 다 저주스럽다. 머리를 열어서 수술한 끝에 자신을 말도 제대로 하지 못하고 움직이지도 못하는 반병신으로 만들어놓은 의사도, 24시간 자신의 수발을 들게 하기 위해 비싼 돈을 주고 고용했지만 어딘가로 자리를 비운 간병인도 말이다.

물론 자신이 쓰러지자마자 이런 허름한 곳에 처박아놓고 뒷일을 어떻게 처리할지 고민하고 있는 가족들이나, 남의 불행을 먹이로 삼는 하이에나 같은 기자 놈들도 빼놓을 수 없었다.

지금 누워 있는 방도 성에 차지 않았다. 수십 년간 대한민국의 큰손으로 활동해 온 자신이 이렇게 볼품없는 곳에 숨어 있어야한다니. 도무지 분노가 가시지 않았다.

"끄으으으!"

한참 동안 분노가 스민 신음을 내지르던 지호는 철컥거리는 소리에 입을 다물었다. 어두운 방 안으로 복도에서 빛이 비춰져 들어왔다. 지호는 간신히 눈알을 굴려 누군가 연 문 쪽을 바라봤다.

"어으어?"

짜증이 났다. 잠시 어디 갔던 간병인이 돌아온 것이라면 좋으련만, 보인 것은 간호사였다.

사실 그가 얼마 전에 묵었던 병원에서 부득이하게 이런 초라한 곳으로 옮겨야 했던 이유는, 병원 내부의 누군가가 기자에게 정보를 흘렸기 때문이었다. 그렇기에 지호는 별일이 없는 한 이곳에 간호사나 의사가 오는 것도 거부하고 있었다. 이 병원에서도 이곳에 그가 입원하고 있다는 사실을 아는 자도 극히 일부였다.

"으어! 어으거어……?"

욕지거리를 내뱉으며 간병인을 소리쳐 부르던 지호의 목소리가 점차 잦아들었다.

간호사는 안으로 들어오지 않았다. 먼저 문으로 들어온 것은 한 남자. 온통 검은색의 옷에 스키마스크로 얼굴을 가린, 등에는 가방을 짊어지고 있는 괴한이었다.

그 괴한은 가벼운 발걸음으로 지호의 곁으로 다가왔다. 그러고는 잠시 지호를 살피는 듯하더니 고개를 갸우뚱거렸다.

"으음? 당신 김지호 맞아?"

그 질문에 지호는 엉겁결에 머리를 끄덕였다. 그러자 괴한은 놀란 듯 가볍게 탄성을 흘렸다.

"남자는 머리빨이라더니 머리를 다 밀어놓으니 알아보기 힘드네. 잘못 찾아온 줄 알고 깜짝 놀랐네. 안 그래요. 화연 씨? 하긴, 수술 받아서 엉망이기도 하니까."

괴인이 왜 그런 말을 하는지 지호는 알지 못했다. 애초에 그가 누구인지, 왜 그런 이상한 꼴을 하고 여기에 있는 건지도 알 수 없었다. 하지만 그 괴인은 지호의 눈에 담겨 있는 의문을 읽어낸 듯 가볍게 자기소개를 했다.

"아, 난 정수영이고. 당신이랑 딱히 관계는 없는 심판… 음, 아니지."

수영은 고개를 흔들며 자신의 말을 정정했다.

"심판자같이 멋진 건 아니고. 그냥 살인자야."

"어어으어… 으으읍!"

지호는 소리를 크게 지르지 못했다.

"어이쿠, 시끄럽게 하면 안 되지."

순식간에 지호의 입을 휴지로 틀어막은 수영은 살짝 고개를 숙였다. 그리고 가쁘게 콧김을 내뿜으며 눈알을 굴리는 지호를 내려다보며 말을 이었다.

"좀 더 부연설명을 하자면, 당신이 지금까지 벌인 일에 대해서 복수 대행하려고 온 거고. 억울하진 않지? 저지른 일이 워낙 많으니까."

"읍! 으읍!"

지호는 거의 움직이지 못하는 몸을 꿈틀거리며 뭔가를 외치려 했다. 그 저항이라고도 할 수 없을 허무한 몸놀림을 보며 수영은 짧게 혀를 찼다.

"인과응보라더니 하늘이 무심하진 않구만. 그냥 이대로 살라고 놔두는 게 더 치욕스러울 것 같기는 한데, 댁이 이렇게라도 살아 있는 것도 싫은 사람들이 있는 것 같아서."

"으, 으으으!"

"응? 왜 그러는데. 아, 잘못했다고?"

살려면 무슨 말이든 못할까. 지호는 자신이 지금 할 수 있는 최대 한도로 고개를 끄덕였다. 하지만 수영은 냉랭하게 웃었다.

"근데 어쩌나. 늦었는데. 엄청 늦었다고."

지호의 목을 잡은 수영의 손에 힘이 들어갔다.

"당신 같은 인간들이 무슨 생각 하는지야 뻔하지, 뭐. 이 자리만 벗어나면 뭔 말이든 일단 말하고 보자는 거 아냐? 진짜 잘못했다고 생각하고 뉘우치려고 했으면 진작 그랬어야지. 그럴 기회가 몇 년이나 있었는데."

수영은 칼을 꺼내 들어 지호의 목 위에 올렸다. 이대로 칼을 깊숙이 내리그어 숨통과 경동맥을 갈라 버리면, 아무리 여기가 병원이라고 해도 지호가 다시 살아나는 일은 없을 것이다.

"으! 으으!"

그 차가운 감각에 소스라치게 놀란 지호는 더욱 심하게 몸부림치려 했지만, 뇌졸중에 의해 자유롭지 못하게 된 몸은 꿈틀거리는 것조차 만족스럽게 하지 못했다.

"어쨌든 미안해."

전신을 꿈틀거리며 저항하는 지호를 한심하게 내려다본 수영은 손에 힘을 불어넣었다.

"별로 미안하지도 않……."

수영은 말을 끝맺지 못했다. 온몸에 일순간 알 수 없는 아픔이 스쳤다.

온몸의 세포가 일순간 오그라들었다가 풀리는 것 같은 감각. 심장이 멈추고 혈류가 일순간 늦춰졌다가 재개되는 느낌. 선 채로 몸을 경련하듯 튕기던 수영은 그대로 옆으로 쓰러졌다.

"어? 어어?"

근육이 마음대로 경련하고 있었기에 몸은 움직일 수 없었지만, 정신은 멀쩡했다. 대체 무슨 일이 일어난 것일까.

수영이 억지로 뒤쪽을 돌아보려 할 때, 어느새 가까이 다가온 화연이 몸을 숙였다. 그러고는 손에 들고 있던 것을 바닥에 놓고 수영이 방금 전 떨어뜨린 식칼을 집어 들었다.

"화연… 씨?"

머릿속이 새하얗게 변했다. 배신? 다른 사람도 아닌 화연이? 그럴 리가 없다고 현실을 부정할 틈도 없다. 그 화연이 바로 눈앞에서 칼을 집어 들고 싸늘한 눈으로 자신을 내려다보고 있는 것이다. 이게 무슨 짓이냐고 할 틈조차도 없다. 잘못하면 이대로 당해 버릴지도 모른다.

"윽! 으윽!"

수영은 몸을 어떻게든 움직이려 했지만, 여왕개미가 개조한 특제 전기충격기에 당한 수영의 몸은 좀처럼 마음대로 움직이지 않았다. 마치 저 침대 위에 누워 있는 지호같이 말이다.

"나 기억해요?"

그 다정한 속삭임은 이상했다. 모를 리가 없지 않는가. 수영은 억지로 고개를 비틀어 화연을 바라본 후에야 방금 그 말이 자신을 향한 것이 아님을 알았다.

화연은 어느새 침대 옆에 서 있었다.

"아, 변장하고 있지. 참."

간호모를 벗어 침대 옆의 탁자에 올려놓은 화연은 가발과 안경을 벗었다. 그리고 상체를 숙여 지호의 얼굴 가까이 입술을 가져갔다.

"어때요, 이제 알아보겠어요?"

작은 속삭임이지만 그것은 수영에게도 들렸다.

'아는 사이야? 설마?'

그렇다면 여왕개미가 화연을 이 일에서 배제하려 한 이유도 납득이 된다. 목표와 아는 사이면 당연히 일을 하는 데 지장이 생길 테니까. 아니, 오히려 그 목표를 도우려 하거나 할 수도 있다. 바로 지금처럼.

"어?"

그때 뭔가가 수영의 얼굴에 튀었다. 그리고 거기에선 어떤 냄새가 느껴졌다. 얼굴에 쓰고 있는 스키마스크에 스민 비리고 뜨거운 냄새는, 상상 속의 세계에 빠져 있던 수영을 현실로 잡아 끌어냈다. 익숙한 냄새다. 수영이 최근 6개월 사이에 많이 맡을 수밖에 없었던 냄새.

막 인간의 몸에서 뿜어져 나온 신선한 피의 냄새였다.

"기억하냐고 묻잖아요, 지호 씨?"

지호의 허벅지에 내려꽂았던 칼을 뽑아 든 화연은 여전히 수영에게서 등을 돌린 채 질문을 던졌다. 그러자 지호는 신음을 흘렸다. 아마도 지호 나름대로의 대답일 것이다. 그러나 지호가 답을 하고 말고는, 화연에게 있어서 아무런 의미도 없는 것이었다.

"날! 기억! 하냐고! 묻고! 있잖앗!"

칼이 지호의 육체에 꽂힐 때마다 덜 마른 시멘트를 찌르는 것 같은 불쾌한 소리와 함께 잘린 혈관에서 핏방울이 분수처럼 솟아나와 벽과 천장, 바닥을 적셨다.

"끄으으! 끄읍! 읍!"

지호는 온몸이 조금씩 도려내지는 공포와 아픔에 신음과 비명을 내지르며 몸을 떨었지만, 자신의 온몸에 구멍이 뚫리는 것은 막을 수 없었다.

"이! 이! 내가! 지금까지! 얼마나!"

미친 듯이라는 표현이 이렇게 정확한 경우가 또 있을까. 수영은 솟아오르는 피분수의 모습에 왜 자신이 바닥에 누워 있는지조차 잊어버린 것 같은 얼빠진 얼굴로 화연을 올려다봤다.

'대체 뭐야?'

미끄러지는 칼날에 화연의 손에 상처가 났다. 당연하다. 식칼은 원래 그런 식으로 쓰기 위해 만들어진 것이 아니니까. 하지만 화연은 개의치 않고 계속 지호의 전신에 식칼을 내려쳤다. 꼼꼼하게. 어디 한 군데라도 안 찌른 곳이 없는지 더듬듯이.

핏방울이 사방으로 튀고 흰색의 이불보가 붉게 물들어가는 것을 바라보던 수영은 겨우 정신을 차렸다. 그리고 생각했다. 지금왜 자신이 여기에 있는지, 자신의 임무가 무엇인지.

"그만… 해요!"

수영의 육체가 간신히 뇌의 명령에 복종했다. 비틀거리며 몸을 억지로 일으킨 수영은 화연을 뒤에서 끌어안아 잡아당겼다. 하지만 화연은 멈추지 않았다.

"놔! 놔요! 난! 나는!"

뒤로 당겨지면서도 화연은 계속 칼을 휘둘러 댔다. 피에 젖은 이불이 칼에 찢기며 철퍽거리는 소리가 피와 함께 사방으로 튀었다.

"으아아아아아아아!"

수영은 화연을 옆으로 있는 힘껏 끌어당겼다. 바닥에 쓰러진 화연은 가벼운 신음 소리를 내며 일어나려 했지만, 그러지 못했다. 어느새 수영은 화연을 덮치듯 위에 올라타서 몸을 짓누르고 있었다.

"왜 이러는 거예요? 대체 왜 이러는 거냐고요!"

"아아아아아악……!"

바득바득 이를 갈며 몸부림을 치던 화연은 마치 건전지가 닳은 자동인형처럼 서서히 멈췄다. 마치 귀신에라도 들린 것 같은 무서운 모습은 온데간데없었다. 평소와 같은, 아니, 평소보다 더 무방비하게 보이는 평화로운 얼굴이었다.

혼이 빠져나간 듯 정신을 잃고 축 늘어진 화연에게서 몸을 일으킨 수영은 피에 젖은 침대 쪽으로 다가갔다.

"으, 으윽."

신음이 절로 흘러나왔다. 딱히 숨을 쉬는지 확인하거나 할 필요도 없어 보였다. 심장이 아직 멈추지 않았는지 상처 입은 동맥에서 피가 크게 뿜어져 나왔다가 멈췄다가 하고 있긴 했지만, 이걸 되돌릴 방법은 없을 것이 분명했다. 코끼리라도 이렇게 전신을 난도질당하면 죽을 것 같았다.

"젠장."

수영은 피에 젖은 침대보를 꽉 움켜쥔 채 그 자리에 주저앉았다. 그리고 이빨을 갈아 씹어 뱉어낼 것 같은 짓눌린 음성으로 낮게 외쳤다.

"대체 왜 이런 거야, 대체."

으스러뜨려 버릴 듯 꽉 쥔 양 주먹이 떨려왔다.

"내가 왜 이 일을 하게 됐는데!"

화연과 같은 개미가 살인에 대한 죄책감을 느끼는 일이 없게 하기 위해서. 그런 소시민들이 복수를 하고 스러져 가는 대신 내 일을 살아갈 수 있게 하기 위해서가 아닌가.

그런 감정을 느끼게 된 시발점을 만든 것이 바로 화연 자신이 니, 화연도 수영의 생각을 모르지 않을 것이다.

그런데, 그럼에도 불구하고 화연은 수영의 그 결의에 깊은 상흔을 내고 말았다. 스스로의 손으로 살인을 저지름으로써 말이다.

"대체 왜……."

수영은 그 자리에 주저앉은 채 같은 말을 반복할 뿐이었다. 감정이, 이성이 제어되지 않는다. 하지만 화를 낼 의지조차 없었다. 그러는 사이에 머릿속에 담겨 있는 정신이 흰개미에게 파 먹히는 목조건물처럼 야금야금 붕괴되어 갔다.

온몸에서 신경을 잡아당기는 불쾌감과 뭐라고 말할 수 없는 고통이 번져 나가며 뇌수가 새까맣게 타들어가는 것 같았다. 멀쩡했던 사람이 조용히 미쳐 가는 과정이었다.

"어?"

누군가의 목소리. 갑작스러운 외부의 자극에 붕괴하던 수영의 정신이 불완전하게 재가동했다.

누구지? 모르는 남자. 불청객. 간병인인가? 시간은 아직 10분도 지나지 않았다. 하지만 생각해 보면 화연도, 자신도 소리를 질렀다. 그걸 듣고 놀라서 뛰어왔다고 해도 이상할 것은 없다.

수영의 머릿속에서 빠르게 생각이 스쳐 가는 중에도 그 간병인인 듯한 남자는 화연과 수영, 그리고 피에 젖은 침대를 보며 뒷걸음질치려 하고 있었다. 만약 간병인이 이대로 도망친다면, 그래서 누군가를 불러온다면 도망칠 틈도 없을 것이다. 그리고 만약 그렇게 된다면.

정말로 모든 게 끝이다.

"큭!"

순식간에 상황을 파악한 수영은 부서진 정신과 의지를 있는 힘껏 긁어모았다. 그러고는 바닥에 떨어져 있는 전기충격기를 집어 들고 문 쪽으로 뛰어갔다.

"어어어? 다, 당신! 뭐… 켁!"

이 이상 소란을 피우게 둬서는 안 된다. 간병인의 목을 기도가 어그러질 정도로 강하게 움켜잡은 수영은 곧장 스턴건을 갈비뼈의 아래에 찔러 넣었다. 일순간 간병인의 몸이 경련하나 싶더니 그대로 축 늘어졌다. 수영은 쓰러지는 간병인의 무게를 이기지 못한 듯 무릎을 꿇었다.

"망할……."

간병인의 목에서 뗀 손이 부들부들 떨렸다. 평소에 하지 않는 욕지거리가 감탄사처럼 튀어나왔다. 겨우 급한 불은 끈 셈이다. 하지만 비명은 다른 사람도 들었을 테니 시간을 낭비할 수는 없었다. 수영은 정신을 추슬러 이제 무엇을 해야 하는지를 떠올렸다.

도망쳐야 한다.

정신이 붕괴되어 바보가 되든 괴로워하든, 여기서 도망친 후에 해도 늦지 않다. 여기에서 정신줄을 놓고 있다가 잡혀 버리면 선택의 여지조차 없게 된다.

"미치겠군."

특제 스턴건에 맞은 덕분에 몸 상태는 여전히 최악이었다. 마음대로 경련하는 근육 때문에 몸이 마음대로 움직이지도 않았다. 어떻게든 간신히 문에 손을 짚고 일어선 수영은 뒤를 돌아봤다.

'대체 왜?'

대체 이것이 무슨 일이었는지 알 수 없다. 하지만 화연이 잠깐이나마 수영을 배신한 것은 분명하다. 여왕개미가 일을 시켰다는 것도 거짓말일 가능성이 높다. 그러니 이대로 버리고 가는 게 나을지도 모른다.

하지만, 몇 초 만의 고민 끝에 수영은 고개를 저었다.

"왜 그랬는지는 들어야겠어. 왜 이랬는지."

화연의 입에서 그것을 듣지 못한다면 이 배신감은 끝까지 사라지지 않게 될 테니까.

마침내 결론을 내린 수영은 방 안을 둘러봤다.

'증거… 는 어쩌지?'

여왕개미는 칼을 버리고 오라고 했지만, 이젠 그럴 수도 없다. 땅에 떨어져 있는 칼과 아까 화연이 벗어놓은 간호모를 배낭에 대충 찔러 넣은 수영은 주변을 둘러봤다. 온통 피투성이다. 화연의 피나 지문이 어디에 묻어 있을지는 알 수도 없었다.

물론 그걸 알지 못한다고 해도 증거를 처리할 방법은 없는 것은 아니다. 간단한 방법이 있다.

예를 들어, 불을 지르거나 하면 된다.

"…미쳤냐? 미친 거야?"

수영은 억지로 목소리를 뱉어내 머릿속에 스친 생각을 부정했다. 그런 생각을 했다는 사실에 온몸에 소름이 끼쳤다. 그런 것은 방법이라고 할 수 있는 것도 아니다. 잘못하면 수많은 사람이 희생당한다. 선택의 여지가 없다. 이젠 그저 증거가 남지 않았기를 바라는 수밖에 없다.

마지막으로 수영은 바닥에 늘어져 있는 화연을 내려다봤다. 억지로 어금니를 꽉 깨물고 온몸에 힘을 불어넣은 수영은 축 늘어져 있는 화연을 어깨에 짊어졌다.

"끄응……!"

악다문 입 사이에서 절로 신음이 흘러나왔다. 몸은 여전히 휘청거렸고 다리는 제대로 움직이지 않았지만 그래도 움직여야 한다. 수영은 억지로, 간신히 발을 뗐다. 그리고 쓰러지듯이 발걸음을 옮겨 병실에서 벗어났다.

*　　*　　*

꿈도 꾸지 않고, 중간에 깨거나 불안감에도 시달리지 않으며, 그저 깊고 깊은 무의식의 세계에 의식을 놓아두는 것.

그것을 단잠의 정의라고 한다면 화연은 단잠을 자본 적이 없었다.

연예계에서 스타로서 성공하겠다며 시궁창에 뛰어들었을 때부터 말이다.

하루에 서너 시간도 자지 못하며 연습에 연습. 겨우 데뷔한 후에도 유명하지 않은 행사에 끌려 다니며 인기 있는 다른 연예인들의 시중을 드느라 편한 날은 없었다.

하지만 그건 문제가 아니었다. 피를 토하고 생리가 멈출 정도로 몸이 망가져 가는 고통은, 계속 엑스트라로만 머무르고 있다는 정신적인 고통에 비하면 사소한 것이었다.

그러다가 악몽을 꿨다. 여든 살이 넘는 노인네가 되어서도 아직도 드라마 세트 뒤쪽에서 일당을 받는 모습이었다. 동기들은 전부 성공하는데 자신은 노숙자가 되어 더러운 삶을 사는 모습이 비춰지기도 했다.

성공하고 싶다. 유명해지고 싶다. 그 욕망이 걷잡을 수 없이 폭주하기 시작했을 때, 화연은 돌이킬 수 없는 선택을 했다. 유명해질 수 있다면 그 정도의 희생 따위는 충분히 감수할 만하다고 생각했기 때문이다.

하지만 그토록 바라던 명예와 유명세는 얻지 못했다.

돈은 더없이 풍족하게 쓸 수 있었다. 하지만 그것은 바라던 것이 아니었다. 잠시 멈췄던 악몽이 다시 반복이 됐다. 초조함이 더해져 갔다.

그래서 화를 냈다. 약속하지 않았냐고 따졌다.

그리고 그 순간, 모든 것을 잃었다.

연예계는커녕 살아갈 용기조차 가지지 못할 정도로 철저하게 망가졌다. 정신적으로든 육체적으로든 모두.

그때부터는 악몽의 내용이 달라졌다.

야수 같은 이빨이 돋아 있는 그림자에게 발끝부터 자근자근 씹어 먹혔다. 얼굴을 알 수 없는 수많은 무언가에게 죽을 때까지 두들겨 맞기도 했다. 악몽에서 죽음을 경험하면 잠에서 깨어났고, 그렇게 깨어나면 또 며칠을 제대로 자지 못했다.

그것이 몇 년이나 반복되었다. 바로 어제까지.

"하아."

화연은 깊게 들이마셨던 숨을 내뱉었다. 자연스럽게 눈이 떠졌다. 머릿속이 깨끗했고, 피곤하지도 않았다. 평소에 항상 뻑뻑해서 아팠던 눈도 부드럽게 움직였다. 정말로 오랜만에 단잠을 잔 것 같았다.

'어째서?'

그 이유에 대해 생각하던 화연은 감고 있던 눈을 떴다. 천장은 아직 마감도 제대로 되지 않은 철골과 시멘트가 보였다.

조용히 상체를 일으킨 후 주변을 둘러보자 사방이 뻥 뚫려 있었다. 건물의 기초만 다져져 있는 모습. 텅 빈 창밖으로는 차가 도로를 가르는 소리가 울렸다. 이곳이 어딘가에 있는 공사 중인 빌딩이라는 것은 어렵지 않게 알 수 있었다.

"일어났어요?"

정신이 번쩍 들었다. 화연이 등지고 있는 쪽에서 목소리가 들려왔다. 고개를 돌리자 좀 떨어진 어둠 속에 누군가가 앉아 있는 것이 보였다. 화연은 살기 띤 도끼눈을 뜨고 자신을 노려보고 있는 그 남자의 이름을 가만히 불렀다.

"수영 씨."

대답은 없었다. 수영은 여전히 잡아먹을 것 같은 얼굴로 화연을 노려봤다.

수영이 왜 그렇게 화연을 노려보고 있는지에 대해서는 생각할 것도 없었다. 그것이 화연이 단잠을 잔 이유기도 했으니까.

"얼마나 지났죠?"

"별로 안 됐어요. 두 시간 정도?"

그때 응응거리는 진동이 들려왔다. 수영은 곁에 놓아두고 있던 핸드폰을 집어 들었다. 그리고 번호조차 확인하지 않고 종료 버튼을 누른 후 다시 화연을 바라봤다. 화연은 그 눈을 피하듯 핸드폰을 바라보며 작게 중얼거렸다.

"그거… 안 받아도 되나요?"

"그러게요. 병원에서 무슨 일 생겼는지 알고 계속 전화 거는 것 같긴 한데. 그런데 그 전에."

수영은 또다시 울리기 시작한 전화를 한 번 힐끔거린 후 무시하고 말했다.

"화연 씨한테 듣고 싶은 말이 있었는데 말이죠. 두 시간이나 이러고 있다 보니까 이런저런 생각이 들더라고요. 좀 들어볼래요?"

잠시 멈칫한 화연은 순순히 고개를 끄덕였다.

"처음에 화연 씨가 날 지졌을 때는 아는 사람 도우려고 날 배신한 줄 알았는데, 일단 그게 아니란 건 확실해졌죠."

수영이 가리킨 것은 화연이 입고 있는 피투성이 간호사복. 그리고 찢어낸 천에 묶여 지혈되어 있는 손이었다.

"그럼 남은 건 하나밖에 없는데……."

조금만 생각해 보면 알아차릴 수밖에 없다. 화연이 선선히 고개를 끄덕이자 수영은 깊은 한숨을 내쉬었다.

"여왕개미도 이번 대상이 화연 씨의 원수니까 화연 씨를 이 일에서 뺀 것 같은데. 그러면 그 병원에 들어가 있던 것도 여왕개미가 시킨 게 아닐 거고. 여왕개미가 나 도우라고 했다는 것도 거짓말일 거고."

잠시 말을 멈춘 수영은 지끈거리는 머리를 눌렀다. 잠시 입을 꽉 다물고 있던 수영은 마른침을 삼켜서 목을 튼 후 작게 중얼거렸다.

"대체 왜 그랬어요?"

대답이 없다. 자리에서 일어난 수영은 화연에게서 눈을 돌리고 그 주위를 걸으며 하소연하는 것 같은 말투로 말했다.

"처음에 날 꾈 때도 평범한 사람들은 죄책감 때문에 사람을 못 죽이니 어쩌니 하던 사람이 어떻게 그럴 수가 있어요? 아니, 날 속인 건 둘째치고라도. 화연 씨 얼굴은 CCTV에도 찍혔을 거고 목격자도 있어요. 게다가 그놈이랑 화연 씨가 정확히 어떤 관계일지도 모르지만, 원한 관계가 있으면 당연히 화연 씨도 조사할 거 아니에요. 솔직히 말해서 화연 씨는 잘못하면 잡힐 상황이라고요."

"그건 각오하고 있었어요. 처음부터 이럴 생각이었으니까."

수영은 순간 뭔가에 얻어맞은 듯 입을 다물었다가 힘겹게 입을 뗐다.

"뭐라고요?"

"맞아요. 수영 씨를 이 일에 끌어들이기 위해서 개미들에 대해서 이야기했었죠."

그것을 기점으로 말을 하는 사람과 듣는 사람이 바뀌었다.

"개미들은 평범한 사람들이라 타인을 죽이면 그게 나쁜 놈이라도 죄책감에 시달리게 된다고, 그래서 그 죄책감을 대신 짊어져 줄 사람이 필요하다고. 그래요. 수영 씨한테는 그렇게 말했었죠. 하지만 그건 나한테 중요한 게 아니었어요. 진짜 중요한 건, 다들 대가를 거부하기 때문에 내 차례가 늦어지고 있다는 거였죠. 정말 다들 개미답죠. 혼자서는 아무것도 못하고, 우글우글 몰려다니기만 하고."

화연은 피가 배어나오는 자신의 손을 내려다봤다.

"자기 손에 피도 안 묻히려고 하면서 무슨 복수를 하겠다고⋯⋯."

지금 화연은 평소의 어수룩한 인형 같은 분위기가 아니었다.

그 냉소하는 얼굴의 아래에서 붉은 생기가 흐르고 있는 것같이 느껴졌다.

"그거 알아요? 수영 씨, 나 이래 봬도 예전에 연기자였어요. 어릴 때부터 꿈이었죠. 언젠가 유명해질 거라고 하면서 엄청나게 노력했어요."

과장된 몸짓으로 가슴에 손을 올리던 화연은 잠시 말을 멈추더니 고개를 떨궜다.

"하지만 재능이 없었죠. 없는 재능 대신에 엄청나게 노력했지만. 뻔했어요. 결국 좀 예쁘장한 엑스트라나 단역 정도가 한계였죠. 그걸 그냥 인정했으면 됐을 텐데⋯⋯."

화연은 어느새 멈춰 서 버린 수영을 올려다보고 있었다.

"그래요. 인기를 끌고 싶었어요. 그래서 난 그래서 김지호에게 매달렸죠. 천하다고 더럽다고 해도 상관없어요. 그때 난 내 꿈을 위해서라면 뭐든 할 수 있었으니까."

그 묘하게 날아가는 것 같은 어투에 수영은 조용히 전율했다. 소름이 끼쳤다. 이게 정말 그 화연이란 말인가? 마치 얼음으로 만든 것처럼 조용하고 냉소적이며 항상 정적이었던 그 화연이 맞느냐는 말이다.

"근데, 김지호에게 난 그냥 애완동물이었죠."

어느새 수영의 앞에 선 화연은 자신의 얼굴을 앞으로 내밀었다.

"나, TV에도 단역으로 몇 번 나왔었어요. 그런데 날 알아보는 사람이 없죠. 단 한 명도. 왜 그러는지 알아요?"

수영이 고개를 내젓자 화연은 작게 웃었다.

"후후후, 성형수술 했거든요. 나 안 띄워주냐고 대들었다가 맞아서 얼굴이 망가지는 바람에요. 그래도 얼굴 좀 바뀌고 끝난 게 다행이에요. 정말 죽을 뻔했었으니까."

자신의 얼굴을 매만지던 화연은 웃음을 거뒀다.

"그때 죽여 버리겠다고 생각했어요. 반드시 내 손으로 말이에요."

말을 멈춘 화연은 깊게 심호흡을 한 후 수영을 똑바로 바라봤다.

"이 정도면 대답이 되나요?"

"예?"

"왜 내가 그랬냐고 물었잖아요? 여기저기 막 하고 다닐 이야긴 아니지만, 수영 씨는 들을 자격… 권리가 있으니까."

그 말에 수영은 어쩐지 현기증을 느꼈다. 간신히 넘어지지 않고 조심스레 화연의 앞에 앉은 수영은, 기둥에 기대앉은 화연에게 더듬거리며 물었다.

"그럼 전부 연기였다고요? 지금까지 내 앞에서 했던 게?"

"그렇다고 하면요?"

수영의 몸이 분노로 떨리기 직전, 화연의 말이 이어졌다.

"난 재능없는 연기자였다니까. 그렇게 계속 사람을 속일 수 있을 정도로 연기를 잘했다면 지금 여기에서 이러고 있지는 않았겠죠. 그랬다면 인생이 바뀌었을 테니까."

또다시 할 말을 잃은 듯 입을 다문 수영을 빤히 바라보던 화연은 작게 웃었다.

"내가 지금까지 수영 씨 앞에서 한 연기는 하나뿐이에요. 내 손으로 복수를 할 것이라는 걸 여왕개미에게 숨긴 거."

그 말에 수영은 마치 패배를 인정하기 싫은 것처럼 고집스럽게 입을 열었다.

"하지만 죄책감은? 무섭진 않아요?"

"무서워요? 뭐가?"

"아니, 살인죄로 잡히면… 안 잡히더라도 도망 다녀야 하잖아요. 여왕개미가 자기 말을 어긴 화연 씨를 도울 리가 없는데."

"그렇겠죠. 근데 말했잖아요, 그건 각오하고 있다고. 그리고 죄책감은… 사실 조금 느끼긴 해요. 사람을 죽인 거니까. 하지만……."

잠시 말꼬리를 흐리던 화연은 확신하듯 고개를 끄덕였다.

"그래요. 사실 나도 복수는 아무것도 낳지 않는다고, 복수는 또 다른 복수를 낳는다는 말을 여기저기서 들으면서 그게 옳은 말이 아닐까라고 생각하긴 했어요. 용서하고 자기 삶을 사는 게 좋지 않을까 하는 그런 생각도 들었고요."

그렇다. 화연은 분명 자신의 생각에 깊은 확신을 가지고 있었다.

"하지만 막상 이렇게 되니까 후련하네요. 응, 후련해요."

화연의 얼굴에는 처음 보는 밝은 미소가 있었다. 하지만 그 미소는 어디서 본 것이기도 했다.

"아."

수영은 신음을 흘리는 입을 손으로 막았다.

마치 데자뷔와 같았다. 몇 달 전. 진명의 사망이 완전히 묻히고 나서 기준과 나눴던 대화와 그 표정이 머릿속에서 되살아났다.

마치 자신의 인생에서 가장 큰 아픔을 내려놓은 것 같은 미소. 지금 화연은 그때의 기준과 거의 비슷한 웃음을 짓고 있었다.

복수에 빠져 평생을 고통스럽게 사느니 차라리 상대를 용서하는 것이 정답인 사람이 있는가 하면, 도저히 상대방을 용서하지 못해 복수를 해야 후련해지는 사람도 있을 것이다.

십인십색이라고 하던가. 그렇기에 수영은 화연이 틀렸다고도, 맞았다고도 말할 수 없었다.

"하지만, 이 말은 해야겠네요."

잠시 후 얼굴에서 미소를 지운 화연이 조심스럽게 말했다.

"미안해요, 수영 씨. 이 일에 끌어들여서."

수영이 거기에 답하지 않자 화연은 깊게 숨을 들이마셨다.

"미안해요."

"하지 마요."

두 번째에는 수영도 곧장 반응했다. 수영은 여전히 화가 난 얼굴로 화연에게서 눈을 돌리고 중얼거렸다.

"시작이야 어찌 됐든. 이 일을 하기로 한 내 선택이 틀린 건 아니니까."

그 고집스러운 시선을 좇듯 고개를 움직이던 화연은 무릎으로 기어 수영의 곁으로 다가왔다.

그리고 깜짝 놀라는 수영을 그대로 지나쳐 저 뒤쪽으로 손을 뻗었다.

"여보세요."

진동하고 있던 수영의 핸드폰을 집어 든 화연은 자리에서 일어나 수영에게서 멀어지며 전화를 이어 나갔다.

"예, 저예요. 그래요. 맞아요. 내가 했습니다. 걱정하지 마세요. 잡히기라도 하면 모두 내가 한 일이라고 할 테니까. 어차피 개미라는 조직이 있다고 해서 경찰에서 믿어줄 리도 없잖아요? 그런가요. 알겠습니다. 그러죠. 시키는 대로 하겠어요. 괜찮습니다. 그 정도라면. 예. 여기요? 여왕개미가 수영 씨에게 말해준 그 공사하다가 멈춘 빌딩인 것 같네요."

잠시 후 화연은 다시 수영에게 다가왔다. 그리고 끊은 전화를 수영에게 내밀었다.

"새 호적을 만들어준다고 하네요. 지금까지 자기 일 도와준 답례래요. 혹시라도 잡히기라도 하면 아무 말도 하지 말라는 입막음이기도 하겠지만."

답은 하지 않았지만 수영은 내심 안심했다. 다행이라면 다행일까. 평소의 여왕개미가 하는 어투나 행동을 보면 생각할 수 없는 의외의 인정이었다.

"차를 보낸다니까 밖에 나가서 기다려야겠어요. 수영 씨에게는 조금 있다가 다시 전화한다고 하니까……."

"알았으니까 가버려요. 빨리."

핸드폰을 받아 든 수영은 앉은 채로 몸을 돌려 화연을 등졌다. 마치 이 이상 이야기하기 싫다는 듯이. 그러는 사이에 등 뒤에서 발소리가 멀어졌다. 수영은 그 발소리를 들으며 눈을 꾹 감고 천장을 올려다봤다. 화연의 의도가 어찌 되었든 자신은 절대 틀린 선택을 한 것이 아니다. 그렇게 곱씹으면서.

"윽?"

몸이 크게 흔들렸다. 언제 다시 돌아온 걸까. 수영은 등 뒤에서부터 뻗어나와 자신의 가슴을 감고 있는 가느다란 피투성이 팔을 내려다 봤다.

등 전체에서 포근하고 따뜻한 인간의 체온이 느껴졌다. 여름이라 땀에 젖은 것 때문일까. 어쩐지 등이 축축하게 느껴졌다.

"고마웠어요, 정말로."

뿌리칠까 말까 잠시 고민하는 사이, 수영의 몸을 꼭 안고 있던 팔이 스르륵 풀렸다.

"미안해요."

곧 울먹거리던 그 목소리와 함께 기척이 밖으로 사라졌다. 수영은 여전히 뒤를 돌아보지 않았다. 갑작스러운 접촉에 가슴이 두근거리는 것이 멈추지 않았다.

이것도 연기였던 것일까? 그렇다면 어째서 모든 것이 끝난 지금 이런 연기를 할 필요가 있었던 것일까. 이제 전부 끝났는데. 앞으로는 볼 일도 없을 텐데.

"아."

멍하니 서 있던 수영은 문득 탄식을 흘렸다.

뒤를 돌아봤지만 당연하게도 거기엔 아무도 없었다. 텅 빈 공간을 그렇게 한참 동안 바라보고 있던 수영은 바닥을 내려다봤다.

"맞다."

정말로 중요한 것이 생각났다. 그것에 비하면 방금 전 화연의 행동에 스며있는 의도는 아무래도 상관없는 것이었다.

수영은 기운이 빠진 목소리로 혼잣말을 중얼거렸다.

"이제 진짜 혼자네."

_숙련

후끈거리는 공기가 차갑게 변하고 손끝에서 습기가 사라지는 계절. 전신을 휘감는 싸늘함은 사람들의 감성을 건드리고, 개중에는 그 우울함을 해소한다며 다소 자폭에 가까운 짓을 저지르기도 한다.

"사장 오라 그래! 이게 말이 돼? 엉?"

"선생님들. 너무 취하신 거 아닙니까?"

"나 안 취했어!

"그래! 나도!"

아직도 취기가 빠지지 않아 혀가 꼬인 취객은 문을 가로막고 있는 직원에게 계산서를 내던졌다. 계산서를 던지며 자신의 몸에 휘둘리듯 온몸을 휘청거리던 취객은, 쏟은 술에 젖은 탁자를 짚고 선 채로 씩씩거렸다.

"398만 원? 장난하냐고! 엉? 이런 양주 마시지도 않았다고!"

"야, 한 병은 마셨어."

"응, 그런가? 어쨌든!"

직원은 아직도 술기운에서 헤어 나오지 못하는 세 남자를 보며 가볍게 냉소했다.

"아니, 저희가 그럼 안 드신 걸 여기에 썼겠습니까?"

"그러니까 안 먹었다고!"

취객은 반쯤 애원하듯 소리를 질렀다. 그의 눈에는 눈물마저 그렁거리고 있었다.

평소라면 룸소주방 같은 곳에서 소주나 몇 잔 마시고 말았을 것을 세 명의 소시민들. 그들에게 오늘 있어서 가장 최악의 선택은 큰맘을 먹고 처음으로 발을 들이민 단란주점이 흔히 말하는 바가지 업소라는 것에 있었다.

타인의 빈틈을 노려 피를 빨아내는 자들에게 있어 그들은 그야말로 그물 안으로 뛰어든 먹이. 그들이 이런 곳에 익숙하지 않으면서도 허세를 부리고 있다는 것을 쉽사리 눈치챈 포식자들은 서로 눈짓을 보내며 덫을 치기 시작했다.

우선 세 남자의 옆에 앉은 여성들은 마치 독사 같은 소곤거림으로 남자의 자존심을 자극했다.

"남자라면 이 정도는 마셔야죠."

"에이, 남자가 겨우 그 정도예요?"

여성들이 콧소리를 흘리며 애교를 부릴 때마다 그들은 자신의 눈앞에 놓여 있는 술잔을 비웠고, 그럴 때마다 여성들은 박수를 치고 환호하며 다시 잔을 채웠다. 그들이 한계를 넘어 필름이 끊기는 데는 불과 두 시간도 걸리지 않았다. 그 후부터는 노래를 하며 웃고 떠들어도 이미 이성은 남아 있지 않았다. 여성들은 그들에게 가슴과 허벅지가 주물러지면서도 웃을 뿐이었다.

뜨겁게 타오르던 열기가 완전히 싸늘하게 식었을 때 그들은 잠에 빠져들었다. 여성들의 신호에 밖에서 대기하고 있던 직원들은 조용히, 그러면서도 재빨리 룸으로 들어와 탁자 위에 비어 있는 양주병들과 안주 그릇을 쌓았다.

마침내 그들 중 가장 먼저 일어난 남자는 계산서를 보고 혼비백산하며 자신의 친구들을 깨웠다. 그들 역시 반응은 다르지 않았다. 직원은 우왕좌왕하는 남자들을 보며 웃을 뿐이었다.

"못 내! 못 낸다고!"

"그, 그래. 경찰 불러봐. 누가 잘못했는지 가려보자구."

"이 미친놈아, 뭰 경찰이야! 넌 좀 닥쳐!"

그물에 걸려든 사냥감을 감상하듯 웃고 있던 그 직원은 누군가가 거칠게 문을 열자 재빨리 그쪽으로 고개를 돌렸다.

"오셨습니까, 고병규 실장님."

"어, 그래."

이것이 정해진 수순의 마지막. 이 정도의 돈을 순순히 내겠다고 하는 이들은 없다. 그렇기에 그물에 걸려든 사냥감을 해체하고 피와 살을 뽑아내기 위한 힘이 필요했다. 희생자의 골수조차 쥐어 짜낼 수 있는 야만적인 힘이 말이다.

그 기묘한 분위기를 느낀 것일까. 취객들은 직원이 깍듯이 인사한 실장이라는 남자를 쥐 죽은 듯 바라봤다. 자신을 바라보는 그 시선을 마주하던 병규는 씩 웃으며 가볍게 박수를 쳤다.

"아~ 참. 손님들. 술 잘 마시고 아가씨들 잘 주물렀으면 낼 건 내셔야 하지 않겠습니까? 예? 남자답게 말이죠. 이러니저러니 핑계 대면서 어영부영 넘기려고 하는 건 남자답지도 않잖습니까~"

연기하는 것 같은 껄렁거리는 말투. 병규가 무슨 목적으로 이곳에 왔는지는 너무나도 뻔했다. 그럼에도 불구하고 남자들은 겁을 먹지 않았다. 과도하게 혈관에 부어진 알코올은 남자들의 위기 감각을 지독하게 뭉툭하게 만들고 있었다.

"야이, 깡패 새끼야. 먹지도 않은 걸 먹었다고 그러면, 응? 우리가 낼 것 같냐?"

남자들 중 하나가 호기롭게 양주병 하나를 집어 들고 앞으로 나섰다. 양주병을 거꾸로 든 남자는 그 끝으로 문을 막아서고 있는 병규의 가슴을 꾹꾹 눌렀다.

"칠래? 쳐 봐. 어디 한 번. 씨발, 쳐 보라고! 깽값 한번 받아보자. 응?"

"어이쿠, 그럴 순 없지요. 어떻게 손님에게 감히 손을 대겠습니까?"

자신의 가슴을 쿡쿡 찌르는 남자의 모습에 헛웃음을 흘린 병규는 옆을 향해 손짓했다.

"야, 그거 가져와."

"아, 예."

곁에서 서 있던 직원은 룸에서 뛰어 나갔다. 몇 십 초 후 그 직원은 손에 들고 있는 뭔가를 병규에게 내밀었다. 태블릿PC였다.

"세상 좋아졌단 말야. 옛날엔 이렇게 코앞에서 보여주기 참 힘들었는데. 야, 이거 잘 찍혔네."

실장은 자신의 앞에 있는 남자에게 그 화면을 내밀었다. 깜짝 놀라며 뒷걸음친 남자는 소파에 걸려 넘어져서도 멍하니 화면에 비추고 있는 사진을 바라봤다.

"손님. 어렵게 가신다면 말리진 않겠는데. 보아하니 가정도 있으신 분들이 이래도 되나? 응?"

여자의 가슴을 주무르며 노래를 부르는 모습, 입술을 탐하는 모습. 마치 소돔과 고모라의 현대판을 보는 것 같은 부끄러운 모습이다. 비록 섹스를 하는 모습은 없었지만, 이것만으로도 협박 거리로는 충분했다.

남자들은 몸을 부들부들 떨며 눈을 피했다. 아무리 생각해도 기억에는 없었지만, 그 사진에 있는 인물들은 분명히 자신들이었다.

"우리 가게는 할부도 되니까. 슬슬 계산해 주셨으면 하는데?"

"더, 더러운 새끼가……."

그 말에 눈을 동그랗게 뜬 병규는 다시 한 번 웃었다.

"이거 아직 술이 덜 깨셨구만."

병규는 태블릿PC를 옆의 직원에게 던진 후 앞으로 걸어갔다. 그러고는 뒤로 물러설 공간도 없는 그 남자의 가슴 위에 발을 올렸다. 다소 강하고 빠르게 말이다.

"크헉!"

"너희 패 죽이는 거 할 줄 몰라서 안 하는 거 아니거든? 돈이 안 나오니까 그렇지. 한번 죽어볼래? 시체 셋 정도 숨길 데도 없을 것 같아?"

가슴을 밟힌 남자가 고통스러운 신음을 흘렸다. 하지만 병규는 발을 떼지 않은 채 뒤를 향해 손짓했다.

"내놔, 얼른."

"아, 옙."

카드 리더기를 받아 든 병규는 다시 한 번 발에 힘을 주며 손을 앞으로 내밀었다.

"어떻게 해드릴까. 10개월 할부? 세 명이면 한 달에 10만 원씩만 모아도 되겠구만. 응?"

서로를 마주보던 세 사람은 눈짓을 하다가 고개를 끄덕였다. 눈치를 보던 남자 중 한 명이 주머니에서 지갑을 꺼냈다. 그러고는 부들부들 떨리는 손으로 카드를 빼 들었다. 이제 끝이다. 병규는 만족스럽게 웃으며 남자의 가슴에서 발을 치운 후 그 카드를 받아 들려 했다.

"형님!"

그때 커다란 목소리가 들려왔다.

"형님?"

잠시 동안 기다려 이어지는 정정이 없는 것을 확인한 병규는 뒤를 향해 일갈했다.

"실.장.님! 이 새끼야! 여기선 실장님이라고 하라고!"

하지만 막 룸으로 뛰어 들어온 남자는 마치 그런 병규의 말을 씹어버리듯 외쳤다.

"짭새가 왔어요!"

"뭐?"

"단속이에요, 단속!"

어이없는 얼굴을 하고 있던 병규는 가볍게 이를 갈았다.

"아, 씨발."

혀를 차던 병규는 고개를 돌렸다. 그리고 다시 수군거리기 시작한 남자들을 향해 외쳤다.

"뭘 안심하고 있어? 왜, 경찰에 말하려고? 사진 누가 가지고 있는지 잊은 건 아니지? 우리가 죽으면 너희도 죽는 거야. 입 닥치고 있어. 알았어?"

하지만 그건 미봉책에 가까웠다. 결국 남자들은 얼마 가지 않아 여기에 있던 일을 경찰들에게 말할 것이다. 그리고 그 상황을 없는 것으로 할 수 있는 건 일단 병규가 이 자리에서 사라지는 것이다.

"야, 적당히 가격 맞춰서 계산서 빨리 다시 써."

병규는 옆에 서 있던 직원에게 카드 리더기를 넘겼다. 그러고는 빠른 걸음으로 룸에서 빠져나왔다. 막 단속을 병규에게 알린 그의 부하는 룸과 직원을 번갈아보더니 재빨리 병규의 뒤를 따랐다.

"어쩌죠?"

"어쩌죠는 뭘 어쩌죠야. 뒷문으로 빠져야지, 등신아."

실장님이라는 표면상으로 불리기 위한 허울 좋은 이명. 결국 그 근본은 희생자들에게 고혈을 짜내는 조폭이다. 괜히 여기에 있다가 경찰과 마주쳐서 좋을 일은 없었다. 술렁이는 가게 안을 지나간 병규는 더 이상 사람들의 눈이 보이지 않게 되자 재빨리 비상구로 뛰어갔다.

어렵지 않게 부하와 함께 재빨리 건물 밖으로 뛰쳐나온 병규는 주변을 두리번거렸다. 다행히 뒷문 쪽에는 아무도 없었다. 병규는 막 자신의 뒤를 따라 밖으로 나오려 하는 부하의 가슴을 툭

쳐서 밀어냈다.

"야, 넌 기다리고 있다가 누가 뛰쳐나오면 저쪽으로 도망가."

"예? 어째서⋯⋯."

"머리가 안 돌아가냐? 니가 유인해야 내가 도망칠 거 아냐."

"그러면 저는요?"

부하의 떨떠름한 얼굴에 병규는 얼굴을 구기며 손을 들었다.

"아오, 이 새끼가, 정말. 형님이 위험한데 뭐가 어째? 니 몸 살
리겠다고?"

목을 움찔거린 부하가 억지로 고개를 끄덕이자 병규는 비로소
문에서 떨어졌다.

"알았어? 기다리고 있어! 똑바로 있으라고!"

"예, 예⋯⋯."

그때 가게 안쪽에서 누군가 따라오는 것 같은 발소리가 났다.
병규는 재빨리 주변을 둘러봤다. 길은 두 방향. 하지만 똑같이 보
이는 그 두 길은 분명히 다른 점이 있었다. 어둡다. 무슨 일인지
모르지만 이 가게를 중심으로 왼쪽 길은 가로등이 모두 꺼져 있
었다.

그 깊은 어둠은 몸을 숨기려 하는 자에게 있어서 굉장히 매혹
적인 것이었다. 병규는 재빨리 부하를 한 번 더 노려본 후 그쪽
길을 향해 달렸다.

"뭐야? 저거 누구야?"

"거기 서!"

뒤쪽에서 들리는 쫓고 쫓기는 외침과 발소리에 병규는 뒤를 슬
쩍 돌아봤다. 저쪽의 밝은 길로 도망가는 부하와 사복경찰들이 보

였다. 여전히 발은 멈추지 않고 내달리던 병규는 그들의 발소리가 사라지고 외침만이 메아리로 들리게 되자 비로소 걸음을 늦췄다.

"아오, 개판이네, 진짜."

병규는 상체를 숙이고 다리에 손을 기댄 채 한참 동안 가쁜 숨을 몰아쉬었다.

"아, 씨. 이 사장 새끼, 돈 안 먹었냐? 뭔 뜬금없이 단속이야, 대체?"

물론 그렇지는 않을 것이라는 건 알고 있었다. 이런 장사를 하는 이들 중에 크고 작은 문제를 부드럽게 넘기기 위해 경찰에게 뇌물을 쓰지 않는 경우가 몇이나 있을까. 특히 사기를 치는 일이 잦아 걸리는 것이 많은 그 가게의 사장이라면 더더욱 그랬을 것이다. 하지만 그럼에도 불구하고 단속이 왔다. 병규에게는 그 결론이 중요했다.

"이 사장 새끼, 설마 날 물 먹이려고 한 건 아니겠지?"

혼잣말을 중얼거린 병규는 허리를 펴고 일어나며 흐르는 땀을 닦았다.

"아, 그나저나 아깝네. 쌍. 다 넘어갔었는데……. 응?"

병규는 눈을 살짝 찡그렸다. 어둠에 익숙해진 눈이 저 앞에 있는 뭔가를 찾아낸 것이다.

온통 검은색의 트레이닝복을 입고 있는 인간. 그건 사실 별로 이상하지 않았다. 일단 사람이 사는 도시니 누가 무슨 복장을 하고 밤거리를 돌아다니든 그건 개개인의 자유니까.

문제는 다른 것이었다.

"뭐야, 저놈?"

어째서 그 남자는 흰색 해골 무늬의 마스크를 쓰고 있으며, 손에 들고 있는 저것은 무엇인가.

"억!"

갑자기 닥쳐든 날카로운 아픔에 병규는 외마디 비명을 내질렀다. 무슨 일이 일어난 것인지 알 수가 없었다. 분명한 건 가슴에 엄청난 고통이, 뭔가가 살갗을 뚫고 뼈를 부숴 살 속으로 파고드는 것 같은 아픔이 느껴진다는 것. 반사적으로 아픔이 느껴진 부분에 손을 가져갔던 병규는 피가 살짝 묻어 손에 굴러떨어지는 것의 모습에 눈을 깜빡였다.

그것은 육각형으로 날카롭게 깎여 있는 금속너트였다.

"이, 이……."

병규가 뭐라고 외칠 틈도 없이 너트가 다시 날아들었다. 이번엔 이마 한복판. 마치 총알이 뇌를 관통하는 것 같은 충격에 병규는 눈을 감으며 그 자리에 주저앉았다. 비명조차 지르지 못하고 쓰러진 병규의 머릿속에 그 남자가 뭘 하고 있는지에 대한 결론이 뒤늦게 떠올랐다.

'새총?'

어린애의 장난감으로 치부하는 이들도 있지만, 그 이름대로 새총은 작은 들짐승이나 날짐승을 어느 정도의 거리를 두고 사냥하기 위해 만들어진 도구다. 하물며 그것이 특별히 개조된 것이라면, 그리고 그 탄자가 무겁고 단단한 금속이라면.

새총은 사람을 죽이는 것도 충분히 가능한 무기가 된다.

"억!"

세 발째. 이번엔 쓰러져 고개를 숙이고 있던 탓에 정수리 한복판이다. 그 충격에 병규는 그대로 뒤로 넘어졌다. 뭔가를 해야 한다. 오직 폭력 하나만으로, 가오로 먹고사는 조폭이 아닌가.

지금 당장에라도 욕지거리를 내뱉고 폭력을 휘둘러 자신에게 이런 허튼짓을 한 저 개놈을 제압해야 한다. 아니, 죽여 버려야 한다.

"이 개… 어윽!"

막 어떻게든 고개를 들려 하던 병규의 등허리가 고통에 활처럼 휘었다. 어느새 병규의 코앞까지 다가온 그 남자는, 막 주머니에서 칼을 꺼내 든 그 손을 인정사정없이 짓밟고 있었다.

"아아아아아악!"

뼈가 으스러지는 아픔에 병규는 다시 비명을 내질렀다. 건물 사이사이에 메아리치며 사라지는 그 비명 소리가 신경 쓰이는 듯 잠시 주변을 둘러본 그 남자는, 병규가 손에 들려 했던 칼을 저 멀리로 차버린 후 마스크를 조금 젖혔다.

"조병규? 맞지?"

"으, 으! 너, 뭐하는 새끼야! 씨발! 죽여 버린다!"

남자는 거기에 답하는 대신 고개를 끄덕였다.

"그런 식으로 대답하는 놈들은 보통 본인이 맞더라고. 혹시나 다른 사람이 아닐까 했는데 다행이다. 엉뚱한 사람을 이렇게 다치게 하면 좀 그래서 말야."

"이 개새… 으아아아아악!"

병규는 버둥거리며 자신의 손을 완자처럼 으깨듯 더더욱 강하게 짓밟는 남자의 다리를 붙잡고 떼어내려 했다. 하지만 남자는 오히려 더더욱 다리에 무게를 실었다.

"조병규. 그동안 딸딸이파에서 많이 해 처먹은 건 안 잊었지? 근데 조직 이름이 이건 뭔…… . 쪽팔리지도 않아? 어쨌든, 사실 나도 피곤해서 너 죄목 전부 못 외웠거든. 요즘 갑자기 일이 많아 져서 말야. 그래도 당장 폭력전과 13범에 강도, 협박, 사람도 죽여 놓고 다른 사람한테 뒤집어 씌웠다는 정도는 기억하고 있지만. 아, 혹시나 해서 묻는데. 뉘우치거나 하거나 할 생각 없어?"

"씨발! 이거 치워! 이 개새꺄! 내가 누군지 알아? 죽여 버린다! 치우라고!"

그 판에 박은 것 같은 대사에 그 남자는 한숨을 내쉬었다. 병규는 알 수 없었지만 그것은 한심하다거나 하는 이유 때문이 아니었다. 그건 안도의 한숨이었다.

"아아아악! 이 새끼가! 발 치우… 어?"

정말로 발이 치워지자 병규는 영문을 모르겠다는 듯 멍한 얼굴을 쳐들었다. 하지만 남자의 얼굴을 보진 못했다. 막 병규의 시선이 남자의 얼굴에 닿으려 할 때, 철판을 댄 워커의 콧등이 그대로 병규의 복부를 걷어찼다. 아주 강렬하게 말이다.

"어으으윽! 어극!"

엎드려 있던 병규는 순식간에 거품을 물고 그대로 벌러덩 뒤집어졌다.

"좋네. 그럼 본론으로 들어가자고."

남자는 그대로 병규의 목을 강하게 짓밟았다.

이번엔 욕지거리를 할 틈도 없었다. 성대가 으깨지고 목뼈가 삐걱거리는 소리를 내는 공포가 그대로 뇌수를 타고 전신으로 흘러들었다. 단두대에 목을 걸친 것 같은 강력한 죽음의 예감에 병

규는 손을 세워 남자의 다리를 쥐어뜯으려 했다

"윽! 큭!"

온몸을 뒤흔들어 필사적으로 저항했지만, 남자의 다리는 조금의 흔들림도 없었다. 지금 병규는 마치 채집되어 핀이 박힌 채 사지를 바르작거리는 곤충과도 같았다.

"진짜 마지막까지 정말 고맙다."

남자는 마스크를 다시 제대로 고쳐 쓰며 마지막으로 중얼거렸다.

"미안하다는 생각이 눈곱만큼도 안 들게 해줘서."

"으……! 켁."

작은 소동물을 통째로 짓밟으면 날 것 같은 기묘한 가는 소리. 그것이 병규라는 이름으로 불리던 인간 모양의 고깃덩이에서 마지막으로 새어 나왔다.

남자는 아직도 부들부들 떨리는 사지를 힐끔 쳐다봤다. 그것은 생명의 흔적이 아닌, 죽은 신경에서 흘러나간 명령이 아직 멈추지 않은 것에 불과했다. 하지만 남자는 만에 하나라는 경우도 용납하지 않으려는 듯 다시 한 번 발에 힘을 줬다. 목뼈가 우직거리며 확실히 으깨지는 감각이 발바닥에서 희미하게 전해져 오자 남자는 확신하듯 고개를 끄덕였다.

등에 짊어지고 있던 가방을 벗어 땅에 내린 남자는 그 안에서 운동화와 모자를 꺼냈다. 그러고는 입고 있던 겉옷과 새총, 피가 묻은 워커, 마스크까지 한데 구겨 그 안에 집어넣었다.

모자를 쓰고 운동화에 발을 밀어 넣던 남자는 뭔가 생각난 듯 고개를 들었다. 그러고는 시체의 옆에 떨어져 있는 너트를 회수해 가방에 넣었다. 가방의 지퍼를 잠근 남자는 골목의 옆에 주차

되어 있는 차들 중 한 대에 가까이 다가갔다.

"33로 XXXX……."

입으로 소리를 내 차 번호를 읊어 머릿속의 기억과 비교한 남
자는 주머니에서 꺼낸 리모컨을 눌렀다. 소리없이 열린 트렁크는
텅 비어 있었다. 가방과 열쇠를 트렁크의 안에 집어넣은 남자는
다시 한 번 주변의 기척을 살폈다. 그러고는 조용히 트렁크를 닫
았다.

마지막으로 시체를 한 번 본 남자는 착잡한 얼굴로 고개를 내
저었다. 그리고 애써 태연한 표정을 한 채로 건물과 건물 사이로
이어진 좁은 샛길로 들어섰다.

비명과 인간의 기척, 숨소리. 그것이 완전히 사라진 골목에는
시체 한 구만이 남아 정적이 쌓여갔다. 밤 내내 길을 막고 있던
공사 중 펜스가 어느 순간 사라져 그쪽으로 걸어온 한 여자가 비
명을 내지르기 전까지.

$$* \qquad * \qquad *$$

"수영 씨, 요즘 무슨 일 있어?"

"예?"

일과가 끝난 저녁, 막 땀에 젖은 옷을 갈아입던 수영은 어느샌
가 자신의 곁에 다가온 진수를 돌아봤다. 진수는 어리둥절해하는
수영의 표정에 안심하라는 듯 손을 흔들었다.

"아니, 별건 아니고. 요즘 피곤한 것 같아서 말이야. 뭐 다른
일이라도 하나?"

분명 다른 일은 하고 있다. 하지만 수영은 조금의 움찔거림도 없이 태연하게 답했다.

"아뇨, 별일은 없는데……. 왜 그러십니까?"

"으음, 그게 말야."

말하기 곤란하다는 듯 입술을 깨물고 있던 진수는 조심스레, 하지만 확실한 어투로 자신의 의사를 수영에게 전했다.

"요즘 수영 씨 태도가 안 좋다는 소리가 있어서 그래. 윗분들이 그러시더라고. 수영 씨가 볼 때마다 잠만 자고 있고. 근무 중에도 눈은 반쯤 감고 일한다고."

그 말에 수영은 사물함을 닫으며 담담히 말했다.

"효율은 안 떨어졌잖습니까? 야근도 가끔 하고 있고. 일만 제대로 하면 쉬는 시간이야 어떻게 쓰든 제 마음 아닌가요? 담배 피우는 것보다 이쪽이 더 효율적이기도 하고……."

그 담담한 답에 약간 당황해하던 진수는 이내 고개를 끄덕였다.

"아, 그래. 나도 그렇게 생각해. 사실 뭐 수영 씨는 공사가 확실하니까 말야. 일만 잘하면 되긴 하지. 그래도 수영 씨, 요즘 피곤해 보이긴 해서. 그렇게 피곤한 상태에서 일하다가 사고 날 수도 있고. 그래서 무슨 일 있나 싶어서 물어보는 거야."

수영은 고개를 저었다.

"아뇨, 별일은 없습니다. 요즘 운동을 해서 그럴지도 모르겠네요. 익숙하지 않은데 몸을 자꾸 움직이니까 피곤해지더라고요."

"운동? 음, 운동……."

진수가 고개를 갸웃거리는 사이 가방을 든 수영은 슬그머니 문 쪽으로 다가갔다.

"그럼 이만 가보겠습니다."

"응? 그래, 아. 잠깐만."

수영의 발을 멈춰 세운 진수는 진지한 표정으로 말했다.

"수영 씨, 그래도 좀 신경 쓰는 게 좋을 것 같아. 수영 씨가 뭘 어쨌든 일 잘하는 건 내가 잘 알긴 하지만, 이제 수영 씨도 곧 있으면 진급을 노려야 할 텐데 윗분들 눈 밖에 나면 좀 그렇잖아?"

그 말의 반은 진심. 그리고 나머지 반은 부하가 윗사람에게 밉보여 그 불똥이 자신에게까지 튀는 것을 걱정하는 마음. 수영은 선선히 고개를 끄덕이며 가방을 어깨에 걸쳤다.

"걱정해 주셔서 고맙습니다, 홍 대리님."

"응, 그래. 그럼 잘 들어가."

수영은 뒤도 돌아보지 않았다. 몇몇 직원이 잠시 시선을 수영에게 뒀다가 자기들끼리 무슨 이야기를 시작했지만, 수영은 그것에 전혀 신경 쓰지 않았다. 피곤했다. 그런 것에 신경 쓰느라 정신력을 낭비하기는 싫었다.

"으으……."

공장의 정문을 지나자 수영은 긴 신음과 함께 몸을 휘청거렸다. 공장 사람들에게 보이지 않기 위해 안간힘을 쓰며 참고 있었지만, 그것도 한계였다. 수영은 피곤함에 찌든 눈을 깜빡였다. 눈에 보이는 밖의 세상은 밝았지만, 수영의 머릿속은 짙은 안개가 짙게 껴 있었다. 뭔가를 생각하려 해도, 떠올려 보려고 해도, 그 모든 것은 안개 속처럼 희뿌옇게 보일 뿐이었다.

그래도 수영은 움직였다.

버스의 늦어지는 배차시간, 실수로 부딪힌 타인의 사과, 수영을 칠 뻔하다가 급정거 후 경적을 울리는 택시 기사. 주변에서는 수많은 일이 일어났지만 수영은 그 무엇에도 반응하지 못했다. 지금 수영은 마치 죽은 인간처럼, 살아 있는 시체처럼 그저 본능으로 앞을 향해 움직이고 있을 뿐이었다.

"아."

한참을 걸어가던 수영은 발을 늦추며 양손으로 얼굴을 문질렀다. 주머니에 손을 넣어 요란하게 울리고 있는 핸드폰에 표시되어 있는 이름을 확인한 수영은 긴 한숨을 내쉬었다. 그리고 핸드폰을 귀에 가져다댔다.

"웬일이냐?"

[너 지금 끝났지? 오늘 시간 괜찮으면 한잔 어때? 나 오랜만에 널널하다만.]

짐짓 태연하게 말을 걸었던 수영은 곧장 들려오는 본론에 절로 신음 소리가 나올 것 같은 입을 막았다. 그리고 눈앞에서 흔들리고 있는 자신의 집을 바라봤다. 수영은 질끈 눈을 한번 감아 피로함을 물리쳐 최대한 피로한 기색을 억누르며 말했다.

"미안한데, 오늘은 좀 그래."

[왜? 또 잔업이야?]

"아니, 그런 건 아니고. 그러니까……."

핑계거리를 찾던 수영은 입을 다물었다. 어째서 자신은 거짓말을 하려 하고 있을까? 피곤하다는 것 정도는 솔직히 말해도 되지 않는가. 마치 타인을 속이고 기만하며 자신에 관한 모든 것을 숨기는 것이 버릇이 된 것 같았다.

"좀 피곤해서."

[피곤해?]

수영의 머릿속으로 순간 아차 하는 생각이 지나갔다. 기준에게는 오히려 억지로 피곤한 척을 해서 핑계를 대는 것처럼 보일지도 몰랐다.

[음, 피곤하다면 어쩔 수 없지. 그래, 그럼 쉬어. 나중에 보자.]

하지만 다행히도 기준은 별다른 생각을 하지 않은 것 같았다. 수영은 억지를 부리거나 쓸데없는 농담으로 신경을 긁지 않고 넘어가 주는 기준의 배려에 안도했다.

"응, 그래. 미안하다."

전화를 끊은 수영은 곧장 건물 안으로 들어갔다. 계단을 올라가 필사적으로 문의 비밀번호를 입력한 수영은 방 안에 들어서자마자 무릎을 꿇었다. 등 뒤로 문이 닫히며 철컹거리는 소리를 내자 눈이 뒤집어지는 것 같았다. 겨우 유지하고 있던 모든 긴장이 풀리는 기분이었다.

"윽."

총이라도 맞은 것처럼 그 자리에서 쓰러진 수영은 잠시 눈을 감았다.

그리고 정말 잠시 후. 눈을 뜬 수영은 상체를 쳐들고 벽에 걸려 있는 시계를 바라봤다.

시계가 가리키고 있는 시계바늘은 8시 40분.

"뭐야, 이거."

잠깐 눈을 감았다 떴다고 생각했는데, 벌써 두 시간이 넘게 지나 있었다.

어이가 없었지만 이틀 동안 거의 잠을 자지 못했으니 당연하

다고 할 수 있었다. 수영은 몸을 비틀어 엉덩이를 바닥에 붙이고
앉아 아직 신고 있던 신발을 벗었다. 그리고 몸에 걸치고 있던 옷
을 옷걸이에 걸었다.

그때 전화가 울렸다. 불길한 예감이 머릿속을 스쳤다.

"으......"

그 예감은 어김없이 맞아 떨어졌다. 전화를 건 사람의 이름을
확인하자마자 얼굴을 우그러뜨리며 이를 갈던 수영은 통화키를
꾹 눌렀다.

[뭐하고 있나요?]

"지금 막......"

다시 한 번 시계를 바라본 수영은 짐짓 태연한 듯 말을 이었다.

"집에 들어왔는데. 왜, 이번에는 3일 연짱이야?"

그 비명, 하소연에 가까운 외침에 여왕개미는 담담히 답했다.

[난 수영 씨가 일을 할 때 문제가 생기지 않도록 철저하게 계
산해서 수많은 일을 만들고 있습니다. 고작 이틀 연이어 일한 정
도 가지고 죽는 소리를 해도 곤란합니다만. 그나저나 갑자기 왜
그럽니까? 이번엔 그냥 안부전화일 뿐입니다.]

"댁이랑 나랑 그런 거 하고 지낼 사이는 아니지? 일 관련 아니
면 끊어."

[너무하군요. 난 수영 씨가 걱정되......]

그대로 끊어버린 전화를 던져 버리려는 듯 머리 위로 쳐들었
던 수영은 부들부들 떨리는 팔을 힘없이 늘어뜨렸다. 화를 낼 힘
조차 없었다.

꾸르르륵.

그러는 사이에도 배는 요란한 소리를 냈다. 수영은 눈을 문지르며 냉장고로 다가갔다. 꽉 닫혀 있는 냉장고의 문을 열자 냉기가 낀 기묘한 냄새와 함께 맥주들이 보였다.

그리고 맥주. 맥주. 맥주. 또 맥주.

"끙…… . 뭐 다른 거 없나?"

냉장고를 뒤지던 수영은 맥주캔 뒤쪽에서 마침내 식빵 봉지를 찾아냈다. 수영의 표정이 일순간 환해졌지만, 식빵에 끼어 있는 파란 곰팡이를 보자 급속히 어두워졌다. 그러고 보면 시장을 봐온 것이 언제인지 기억도 나지 않을 정도였다.

"미치겠네."

냉장고를 닫은 수영은 먹을 걸 찾기 위해 찬장 주변을 뒤지기 시작했다.

화연이 이 일에서 빠지게 된 계기가 된 2개월 전의 사건. 그 일로 수영이 더 폭넓은 일을 할 수 있게 됐다는 확신을 얻은 것일까. 이제 여왕개미는 대상을 실종처리 되게 하기 위한 수고를 많이 들이지 않았다. 과거 주신이 있었던 때처럼.

누군가의 눈에 띄지 않게 사람을 통째로 납치하는 것은 굉장한 수고가 들어가는 일이다. 그 작업을 제외할 경우 일의 공정은 절반 이하로 줄어든다. 즉, 여왕개미로서는 더 많은 일을 만들어낼 수 있다는 의미였다. 물론 그 대신 시체는 그 자리에 남고 당연히 살인사건이 된다. 위험부담은 늘어나지만, 여왕개미는 수영이 실수하지 않는 이상 경찰의 수사망에 걸리는 일은 생기지 않게 일을 설계했다. 살인사건이 생기더라도, 그걸 미제로 남기게할 수밖에 없을 정도로 증거를 줄이는 것은 여왕개미의 계획 안에서는 쉬운 일이었다.

그 결과가 바로 2개월 사이에 무려 19회. 지난봄과 여름 사이 6개월 동안 겨우 아홉 번의 일을 저질렀던 것과 비교해 보면 무시무시할 정도의 강행군이다. 여왕개미는 주신이 죽고 난 후 밀렸던 일을 전부 처리해 버리려는 듯 수영에게 끊임없이 일을 부여했다.

"응? 여기에 라면 놔둔 적이……."

막 싱크대 아래를 열자 라면 한 봉지가 보였다. 언제부터 여기에 있었던 것일까. 수영은 미심쩍은 듯 유통기한을 확인하며 허리를 폈다.

"후우."

막 시선이 싱크대의 위로 올라오자 곧바로 한숨이 나왔다. 이제 가을이라 파리가 날리거나 하진 않았지만, 싱크대에 쌓여 있는 설거지거리는 언제부터 저기에 있었는지 알 수가 없었다.

수영은 방 한구석에 멍하니 앉아 부서뜨린 생라면을 기계적으로 입에 집어넣으며 혼잣말을 중얼거렸다.

"어쩌다가 내가 이렇게 됐지?"

사실 그 답은 이미 나와 있었다. 그것은 수영이 현실의 삶과 여왕개미가 말하는 정의를 양립하려 하고 있기 때문이었다. 낮에는 평범하게 공장에 가서 일을 하고, 밤에는 여왕개미의 말대로 죄인을 처단한다. 두 사람 분의 일을 혼자 하니 당연히 시간이 부족했다.

게다가, 지난 두 달은 마치 창고 대방출을 보는 것 같았다. 연속으로 이틀 동안 일을 해야 했던 적도 있었고, 심지어 하루에 두 번 일을 해야 할 때도 있었다.

수영으로서는 죽어야 마땅한 인간이 이렇게나 많다는 것에 감탄하면서도 동시에 쏟아지는 일에 괴로워할 수밖에 없었다.

수면 시간을 줄이고, 그나마 자는 것도 몇 십 분 단위로 쪼개서 자며 최대한 치밀하게 시간을 나눠 썼다. 제대로 된 식사는 하루에 한 끼. 당연하게도 개인적인 취미생활 같은 것은 할 시간도 없었다. 삶이 급격히 피폐해지는 것도 당연했다.

그렇게 라면을 오물거리며 주변을 둘러보던 수영은 문득 책상 위에 쌓여 있는 신문을 보고 신음을 흘렸다.

"저것도 엄청 밀렸었지."

혼잣말을 중얼거린 수영은 고민되는 얼굴로 싱크대와 책상 위를 번갈아봤다. 하지만 곧 고개를 내저으며 라면 봉지를 집어 들고 책상 앞에 앉았다. 그리고 먼지가 살짝 앉아 있는 신문을 펼쳤다.

스크랩되지 않고 밀려 있는 것은 모두 여섯 건. 그나마 다행인 것은 요즘의 일은 이전의 일과는 달리 살인사건으로 처리되는 만큼 행방불명으로 처리되는 사건보다 더 빨리, 더 많이 기사화되고 있다는 점이었다. 그러다 보니 아무 신문이나 휘적휘적 넘기다 보면 스크랩거리는 찾기 쉬웠다.

"일단 이거 먼저 하고 설거지는 시간 남으면……."

혼잣말을 중얼거리던 수영의 가위질이 순간 멈췄다.

"진짜 어쩌다가 이렇게 된 거야?"

수영은 이를 갈며 얼굴을 감쌌다. 원래 이 스크랩북은 자신이 하는 짓 역시 죄라는 것을 잊기 않기 위한 각오와 주신의 의지를 이어간다는 것을 잊지 않기 위해서 시작한 것이다. 그런데 그런 각오의 증거가 겨우 설거지와 저울질하는 수준까지 내려가다니.

그것뿐만이 아니다. 살인에서 느껴지는 약간의 죄책감을 희석시키기 위해 이 일이 누군가에게 도움이 될 거라며 마음속으로 행하던 자기합리화도 점점 줄어들었다. 그건 누군가에게 도움이 되지 않을 거라고 생각되기 때문이 아니다.

더 이상 살인이 터부시되어 느껴지지 않고 있는 것이다.

지금 수영에게 있어서 살인은 공장에서 부품을 만드는 작업과 다를 바 없을 정도였다.

2개월 동안 열아홉 번이라는 무시무시한 일의 횟수는 수영을 일에 찌든 노동자처럼 사고하게 만들었다. 아무리 바쁘고 피곤했다고는 하지만 이렇게 변하고 만 자신에 대한 씁쓸한 느낌은 사라지지 않았다.

"난 미치광이 살인마 같은 게 아니잖아."

새삼스럽게 각오를 입으로 말하며 되새김질하던 수영은 문득 뭔가를 떠올렸다.

"일 때려치울까?"

기발한 생각 같았다.

밤의 일을 말하는 것이 아니다. 낮의 일. 공장에 관한 것이었다.

공장에 나가 일을 하고 타인과 커뮤니케이션을 하는 이 불편한 시간만 줄어들어도 수영의 시간은 여유롭게 남을 것이다. 적어도 아까처럼 자신이 뭘 하는지도 모르고 허우적거리는 반 시체 같은 상태는 되지 않을 것이라는 것은 분명했다.

어차피 수영은 평소에 씀씀이가 헤프지 않은 편이다. 술도 담배도 즐기지 않고, 딱히 돈이 드는 취미 같은 것도 없다. 게다가 수영은 공장을 다니면서도 딱히 미래에 진급을 하고 더 많은 돈을 모아 가정을 꾸린다거나 하는 꿈은 가지고 있지 않았다.

그렇다면 가능하지 않을까? 여왕개미가 예전에 화연을 지원했던 것처럼 수영을 지원해 준다면 충분히⋯⋯.

"뭐야."

막 거기까지 생각했던 수영은 헛웃음과 함께 입술을 깨물었다. 그리고 자기 자신에게 욕지거리를 내뱉었다.

"씨발, 방금 전에 살인마가 아니라고 해놓고는 뭔 이딴 병신 같은 생각을."

멍청이 같은 생각이다. 본말전도였다.

수영이 이 일을 하는 이유는 굳이 말하자면 악인 동시에 정의이기 때문이다. 자기합리화에 가깝긴 하지만, 필요악이 있어야 하는 현실에서 그 필요악을 맡은 것뿐이다. 그런데 돈을 받고 살인을 한다니. 그건 그냥 살인을 직업으로 삼는 살인 청부업자로 타락하는 것 아닌가.

"으, 제길."

수영은 멍한 머리를 손으로 꾹 눌렀다. 사람이 피곤하면 비이성적이고 단순하게 된다고는 들었지만, 그것을 자신의 머리로 시험하게 되는 날이 올 줄이야.

피곤함을 억지로 조금 떨쳐낸 수영은 바쁘게 손을 움직였다. 그러는 와중에도 자신의 의지와는 관계없이 하품이 흘렀고, 눈은 모래라도 들어간 것처럼 아렸다. 필사적으로 저항하는 육체를 억지로 조정하며 신문에서 원하는 것을 전부 오려낸 수영은, 신문 뭉치 제일 아래에 있던 스크랩북을 펼쳤다.

"이제 붙이기만 하면……."

수영은 마치 자기 자신을 설득하듯이 중얼거리며 떨리는 손으로 풀을 집어 들었다. 그리고 눈을 반쯤 감은 채로 신문지에 풀칠을 하기 시작했다.

"다 했… 다."

겨우 마지막 스크랩을 마친 후 스크랩북을 덮은 수영은 자신도 모르게 그 위에 엎드렸다.

이러고 있으면 안 되지만, 그래도 조금만 이렇게 있자. 그리고 조금 후에 일어나 바닥에 이불을 깔고 누워서 자자. 그렇게 생각하면서.

*　　　*　　　*

당연하게도 특종감은 귀중한 존재다. 수많은 기자들은 특종을 찾아 여기저기를 어슬렁거리고 있고 특종의 털끝이라도 보이면 곧장 달려든다. 그렇기에 대부분 기자들의 눈을 피한 특종 거리는 보통은 보이지 않는 아주 깊은 곳에 파묻혀 있게 마련. 당연하게도 찾아냈다고 한들 쉽게 캐낼 수 있는 것도 아니다.

노다지를 발견했다고 해도 그것이 지하 수십 미터의 아래에 파묻혀 있는 것이라면 그것을 파낼 기술과 힘이 필요한 것은 당연한 것이다.

도식은 항상 자신에게 그런 능력이 있다고 뻐기고 다녔다. 신문사의 인간들은 그런 도식을 아니꼬워했지만 중요한 것은 결국 실적. 도식이 이런 작은 신문사에서 벌써 몇 개의 특종을 찾아내

신문의 판매부수를 올려놨다는 사실은 아무도 부정할 수 없는 것이었다.

그랬기에, 지금 도식은 불쾌감을 감추지 못하고 있었다.

"아오, 씨발. 이게 말이 되나?"

책상 위에 쌓여 있는 종이 뭉치들을 보며 욕지거리를 중얼거리던 도식은 저 옆에서 다가오는 인기척을 느끼고 일부러 고개를 돌렸다. 하지만 그 기척은 똑바로 도식을 향해 다가왔다.

"어때? 잘되어가?"

도식은 옆을 돌아보지 않았다. 부장의 능글맞은 얼굴이 자신을 내려다보고 있을 것만 생각해도 속이 뒤틀렸다.

"글쎄요. 뭐, 그럭저럭."

잘되고 있지 않다. 그 말이 도저히 입에서 나오지 않았다.

지난 두 달 동안 도식은 다방면으로 수영에 대한 정보를 쫓았다. 그때 당시 수영을 치료했던 의사나 사건의 담당 형사. 그때 당시 사건을 취재했던 기자들 등등.

일단 도식이 맨 먼저 쫓은 것은 수영의 사망선고를 내렸던 의사. 그를 찾는 것은 어렵지 않았다. 여전히 그때와 같은 대학병원에서 일하고 있었으니 말이다.

그는 수영이 심장 가까운 곳에 칼을 찔려 실려 왔고, 결국 과다출혈로 인한 쇼크로 사망했다고 기억하고 있었다. 이미 의학적인 처치를 끝낸 이상, 거기서 인간이 되살아나는 기적은 있을 수가 없다. 의사는 그렇게 중얼거리며 수영이 살아 있다는 도식의 말을 믿지 않았다.

두 번째로 찾은 것은 그때 사건의 세부사항을 맡았던 담당 형사였다. 하지만 정작 본인을 만나는 건 쉽지 않았다. 폭력 조직과의 싸움에서 다쳐 불구가 되어 은퇴한 뒤에 종적을 감췄기 때문이었다. 도식은 기어코 그의 흔적을 찾아내 시골까지 갔지만, 그곳에 있는 것은 폐허가 된 시골집 한 채뿐. 결국 담당 형사는 찾을 수 없었다.

당연히 기자들도 아는 것은 없었다. 피해자에 대해 겉핥기로 취재한 기자는 몇 개 있었지만, 그들이 취재한 것은 아무것도 하지 않은 도식도 아는 수준의 내용이었다. 고아였던 수영이 수도권으로 올라가 대학 다니다가 봉변을 당했다는 것 말이다.

결론적으로, 도식이 찾은 것은 없었다. 아무것도.

"그래, 뭐, 네가 그렇게 쉽게 찾을 정도의 기사 거리라면 다른 놈들이 먼저 찾았겠지."

자존심에 입은 상처를 후벼파는 중얼거림. 생각에 잠겨 있던 도식은 울컥한 기분을 억누르지 못하고 고개를 돌렸다. 그리고 그런 도식의 태도에 깜짝 놀라는 부장을 올려다보며 외쳤다.

"그게 무슨 소립니까, 부장님. 내가 지금까지 특종을 몇 건이나 물어왔는데?"

그 격한 반응에 잠시 멍하던 부장의 얼굴이 일그러졌다.

"난 그냥 원숭이도 나무에서 떨어진다 싶어서 한 소리야. 어쨌든. 슬슬 뭔가 좀 성과를 보여줘야 하지 않아? 국장님이 성화라고. 도식이 너 지금 이거 조사한다고 다른 건 손도 안 대고 있잖아. 네가 쓴 마지막 기사가 김지호 살인사건인 거 알아? 그것도 취재하다 말고 곧장 후배한테 넘겨놓고서는."

"나도 놀고 있었던 건 아니라고요. 아니, 끓일 만큼 끓여야 밥

이 되는데 생쌀을 내놓으라는 겁니까, 지금?"

도식은 벌컥 화를 내면서 책상 위의 파일 중 하나를 부장에게 내밀었다.

기분 나쁜 얼굴로 파일을 낚아채듯 받은 부장은 그쪽으로 눈을 돌렸다. 파일을 펼치자 그 안에서 종이 몇 장이 들어 있었다. 하지만 그 무엇보다도 먼저 부장의 눈에 띈 것은 클립에 끼워져 있는 두 장의 사진이었다.

먼저 한 장은 예전 신문기사를 오려낸 것 같은 흑백 사진. 그리고 그 옆에 있는 또 다른 한 장은 훨씬 선명한, 멀리서 몰래 찍은 것 같은 구도의 사진이었다.

"어? 뭐야, 이거. 이 사진은 어디서 났어?"

도식은 심드렁하게 그 말을 받았다.

"회사에서 퇴근할 때 멀리서 찍어놨죠."

"회사?"

"집 주소, 일하는 데, 전부 찾아놨단 말입니다. 나도 놀고 있었던 거 아니라고요."

그 두 장의 사진에는 수영의 얼굴이 박혀 있었다. 특히 두 번째 사진은 특별했다. 도식이 직접 먼 거리에서 확인용으로 찍은 것이었으니까.

도식에게는 불행 중 다행으로, 수영을 찾는 것은 어렵지 않았다. 본명을 쓰는 데다가 딱히 몸을 숨기지도 않고 이 도시에 살고 있었으니 말이다.

수영이 사는 곳과 일하는 공장도 미행으로 쉽게 알아냈다. 물론 수영이 그 일이 일어난 후에 어떻게 살아났고 어떻게 살아왔는지는 조금도 알지 못했지만.

"그래? 어째 좀 인상이 사나워진 것 같구만."

두 사진을 번갈아보던 부장은 좀 누그러진 얼굴로 파일을 책상 위에 툭 던졌다.

"그러면 이제 뭘 어쩌려고? 찾아가서 인터뷰라도 할 거야?"

"아, 저도 생각이 있다니까요."

그 건방진 태도에 부장은 다시 눈을 찡그렸다가 고개를 돌렸다. 이러니저러니 해도 도식은 이 삼류 신문사에 있어서 굴러들어온 호박, 황금알을 낳는 거위다. 어째서 이런 신문사에 계속 있는지도 알 수 없을 정도였다. 말투가 건방지다고 해도 함부로 대할 순 없었다.

"그래, 그럼 국장님한테는 잘 말해둘 테니까. 되도록 빨리 뭔가 좀 보여드릴 만한 거라도 가져와 봐. 알았지?"

"예예, 그러죠."

명백히 비꼬는 대답에 울컥하는 기분이 들었지만, 부장은 더 말을 하는 대신 고개를 돌리고 화를 삭이며 자신의 자리로 되돌아갔다. 잠시 그 뒷모습을 보던 도식은 고개를 돌리며 턱을 괸 채 이를 갈았다.

"하기야 특종 물어다 준 게 두 달 전이니……. 슬슬 약발이 떨어질 때가 됐지."

도식이 굳이 이런 삼류 신문사에 들어온 이유. 이 신문사의 사람들은 그 이유를 도식이 폭력사건 등의 전과가 있는 데다가 학력도 좋지 못한, 난폭한 인간이라는 것 때문이라고 생각한다.

하지만 사실 그건 표면적인 것. 도식에게는 그보다 더 큰 이유가 있었다.

그건 바로 이곳이 삼류라는 것이다.

일류 신문사라면 아무리 도식이 개인적으로 뛰어나다고 해도 윗사람에게 이런 식으로 대응하면 점점 밉보이게 되다가 좌천이나 가는 신세가 되고 만다. 큰 권력을 상대로 했을 때 개인이 아무리 설쳐 봤자 무력할 수밖에 없으니까.

하지만 이 삼류 신문사에서는 아니다. 그들은 도식을 자를 수 없었다. 자신들의 밥을 먹여주는 자의 목을 칠 수는 없지 않는가. 그렇기에 그들은 도식이 아무리 버릇없이 행동하고 자신들을 욕하거나 비난해도 슬그머니 넘어가고 오히려 용서를 빌곤 했다. 자신들보다 손아랫사람인데도, 직책상으로 훨씬 아래에 있는 인간인데도 말이다.

하지만 그것이 가능한 것도 도식이 황금알을 낳을 때까지다. 만약 도식이 황금이 아닌 보통 알을 낳는다면, 그들은 곧장 도식의 목을 비틀어 버릴 게 뻔했다.

도식은 흔히 말하는 건방진 인간이었지만, 동시에 똑똑했다. 자신의 성질을 받아주며 두둑한 월급도 챙겨주는 신문사가 여기 정도밖에 없다는 것은 잘 알고 있었다.

즉, 도식으로서는 이 최적의 보금자리를 지키며 자신의 멋대로 살고 싶다면, 그만큼 그들의 입을 다물게 할 특종을 가져와 처먹여야 했다.

"이걸 해야 돼? 진짜?"

부장이 놔두고 간 파일을 펼친 도식은 그 안에 있는 내용을 눈으로 쫓았다. 한참 동안 아무 말 없이 종이를 넘기던 도식은 등받이에 몸을 깊게 파묻고 볼펜을 입에 물어 자근자근 씹었다.

　도식은 언제나 포식자의 입장에 서는 것을 즐겼다. 타인을 자신의 마음대로 화나게 하고 상처 입히고, 그 인생을 조롱하는 게 너무나도 즐거워서 견딜 수가 없었다. 기자라는 직업을 택한 것도 타인의 약점을 캐내고 괴롭히는 것이 정당화된다는 점 때문이었다.

　문제는 이번 일이 어느 길로 가든 모두 막다른 곳이라는 것이다.

　"으으으으. 미치겠네."

　이제 단서는 하나밖에 남아 있지 않았다. 바로 그 당사자인 수영이다. 수영을 살살 달래서 모든 걸 토해내게 해야 했다. 즉, 배를 뒤집고 꼬리를 흔드는 개처럼 굴어야 한다는 것이다.

　하지만 도식은 자신이 그러는 걸 상상하는 것만으로도 견딜 수가 없었다.

　"아~! 이건 정말 안 내키는데."

　물론 지금 찾아낸 소재만으로도 대충 기사는 만들어낼 수 있다. 하지만 수영이 표면으로 드러나는 순간 수많은 기자들이 달려들어 머리카락 수까지 파악해 낼 것이다. 그렇게 된다면 정작 맛있는 부분은 다른 신문사에 빼앗기게 된다. 그야말로 죽 쒀서 개 주는 꼴이었다.

　"씨발, 꼬리 흔드는 짓거리를……."

　그렇다면 포기할 것인가?

　큰 신문사의 누군가에게 적당히 이 이야기를 흘려 빚을 지게 만드는 용도로 사용할 수도 있다. 분명 나쁜 일은 아니다. 이런 큰 건이라면 되돌려 받을 수 있는 것도 클 테니까.

"끄응."

그렇게 자기 자신에게 질문을 던지던 도식은 신음을 흘렸다.

결론은 결국 하나였다.

포기할 순 없다. 자기가 찾아내고 여기까지 끌어올린 특종 거리다. 이걸 어떤 형태로든 남 좋으라고 쓴다는 것 또한 참을 수 없을 정도로 짜증이 나는 일이었다.

"쌍."

씹던 볼펜에서 우득거리는 소리가 났다. 부러진 볼펜을 책상 위에 뱉어낸 도식은 전화를 들었다. 그리고 파일의 귀퉁이에 써져 있는 전화번호를 확인했다.

"누구한테 머리 숙여본 건 초딩 때가 마지막인데."

*   *   *

"배달도 되는지 몰랐는데."

마트에서 한 달은 버틸 정도의 통조림이나 즉석밥, 컵라면 등을 구입한 후 배달을 요청해 둔 수영은 홀가분한 발걸음으로 집을 향해 발을 옮기는 중이었다.

"하기야 평소에는 그렇게 산 적도 없으니까. 으음, 일단 들어가서 설거지나 할까."

마음이 편한 탓일까. 발걸음도 한결 빨랐다. 수영은 집에 가서 할 일을 머릿속에서 그렸다. 설거지, 그리고 방 청소도. 밀려 있는 빨래도 있다. 하지만 그것도 모두 오늘 내로 끝내는 것이 가능하다.

그리고 나면 푹 쉬며 재충전을 할 것이다. 세상을 바로잡을 일을 하기 위해서 말이다.

그렇게 걷던 수영이 집 앞에 다다를 무렵, 갑자기 전화가 울렸다.

"어, 벌써 배달인가?"

수영은 깜짝 놀라며 전화를 쳐들었다.

핸드폰 시계에 찍혀 있는 시간은 딱 8시. 수영은 마트에서 배달 전 확인전화가 갈 거라고 말했던 것을 기억했다. 마트에서 여기까지는 차로 몇 십 초밖에 걸리지 않을 거리다. 이것이 그 확인전화라고 해도 이상할 건 없었다. 수영은 재빨리 통화 버튼을 눌렀다.

"여보세요?"

[정수영 씨 되십니까?]

어쩐지 불쾌감이 느껴지는 굵은 남자의 목소리였다.

"맞는데, 누구시죠?"

[맞나. 하하하, 이것 참. 나 도식이야, 도식이. 알지?]

기대와는 전혀 다른 사람이었다.

묘하게 친한 척하는 그 남자의 이름을 기억 속에서 꺼내는 것은 힘들었다. 왜냐면 정말로 수영의 기억 속에는 그 이름에 대한 것이 거의 없었으니까. 잠시 후 수영은 간신히 예전에 기준과 대화하며 언급했던 그 이름을 생각해 냈다.

"아, 그 신문기자 한다는 도식이?"

[그래. 반갑다, 야. 10년 만인가? 15년 만인가. 어쨌든 오랜만이야.]

반가울 리가 있을까. 수영의 머릿속에는 이미 초등학교 때의 추억이나 기억은 완전히 증발한 것같이 남아 있지 않았다. 기준과 대화를 하며 그 도식이라는 인간이 자신과 그다지 사이가 좋지 않았다는 것만은 다시 새겨둘 수 있었지만 말이다.

"미안하다. 난 별로 기억이 안 나. 그런데 웬일로?"

그 냉랭한 대답에 수화기 너머에서 가식적인 웃음이 사라지는 것 같은 기척이 느껴졌다.

하지만 수영으로서 그런 반응은 당연했다. 이상했기 때문이다. 당연하게도 도식과 수영을 연결해 주는 것은 아무것도 없다. 기껏해야 기준 정도다. 하지만 기준이 도식에게 수영의 전화번호를 알려줬을 리가 없다.

그런데 도식은 어떻게 수영의 전화번호를 알아낸 것일까?

그리고 대체 왜 그 기자가 수영에게 전화를 한 것일까?

[…음, 그러니까. 내가 기자 하는 건 기준이 놈한테 들어서 알지? 지금 쓰고 있는 기사가 있는데, 가능하면 인터뷰를 좀 해줄 수 있냐?]

지금 하고 있는 일이 일인만큼, 수영의 머릿속에는 불길한 예감이 스쳤다. 어쩌면 무슨 냄새를 맡았을지도 모른다. 하지만 확신할 수는 없었다. 수영은 조심스레 다시 질문을 던졌다.

"인터뷰? 무슨 인터뷰?"

[요즘 이런저런 사건 많잖아? 그런데 보면 피해자가 어떤 일을 당했는지는 생각하지 않고 포커스를 용의자한테만 맞춰서 기사를 자극적으로만 쓰고 그런단 말야. 거기에 대해서 기사를 쓰려고 하는데… 너도 그런 일 당한 적 있잖아? 게다가 언론에서는 너 죽었다고 그래놓고는 정정기사 한 번도 안 띄웠고.]

불길한 예감이 순식간에 가셨다. 수영은 멈추고 있던 발을 움직여 계단을 오르며 어이없이 웃었다. 어쩜 이렇게 그 수작이 뻔히 들여다보일까. 이런 형편없는 말재주로 어떻게 사람들에게서 사건을 캐내며 기자 일을 하는지 알 수 없을 정도였다.

"됐어. 난 관심 없어."

[어, 왜 그래? 이건 전부 너한테 좋은 일이야. 피해는 절대 안 갈 건데.]

"좋은 일?"

수영이 문의 비밀번호를 누르느라 말을 하지 않는 사이 도식은 당황한 듯 말을 이어갔다.

[신문사 같은 데도 정정기사 안 냈다고 정신적 충격 같은 걸로 고소라도 하면 합의금 나올 수도 있고. 잘하면 TV 프로그램 같은 데도 나갈 수 있어. 그러면 유명해질 수 있기도 하고. 또…….]

더 이상 대화를 할 가치가 없다. 그렇게 생각한 수영은 문의 비밀번호를 누르며 고개를 내저었다.

"됐다니까. 끊는다. 관심 없으니까 앞으로 전화하지 마. 잘 지내고."

[야, 잠깐…….]

전화를 끊은 수영은 막 열린 문 안으로 들어갔다. 그리고 문 앞에 선 채로 재빨리 방금 전 전화가 걸려온 번호를 스팸번호로 등록했다. 이 이상 말을 섞는 것조차 역겹다. 가식적이기 이전에 탐욕스러운 악의가 느껴졌다.

"이건 뭐하자는 수작이야, 진짜."

불을 켠 수영은 핸드폰을 책상 위에 슬쩍 던져두고 버릇대로 TV를 켰다. 그리고 옷을 벗어 벽에 걸어둔 후 방금 전 이 우습지도 않은 불쾌감을 털어버리려는 듯 일부러 소리 내어 말하며 베란다 쪽으로 다가갔다.

"그러면 일단 빨래를 돌리고……."

막 수영이 자리에서 일어났을 때, 책상 위에 던져 둔 핸드폰이 울리기 시작했다.

"음……."

막 발을 멈춘 수영은 슬며시 핸드폰을 집어 들어 번호를 확인했다.

"누구야, 이건 또?"

수영은 어이없다는 듯 중얼거렸다. 어쩌면 도식이 다른 사람의 핸드폰을 빌려 전화를 하는 것일 수도 있지만, 마트 직원이 거는 전화일 수도 있다. 그런 경우 이 전화를 무시하면 물건이 배달이 안 될 수도 있었다. 물론 이것도 저것도 아닌 그냥 스팸 전화일 가능성도 충분했다.

"이렇게 고민할 줄 알았으면 배달을 안 시키는 건데."

미심쩍은 듯 핸드폰을 바라보던 수영은 결국 통화 버튼을 눌렀다.

"여보세요?"

대답이 없었다. 설마 정말로 또 도식인 것일까.

수영이 짜증을 낼까 어쩔까 잠시 고민하는 사이. 갑자기 저 너머에서 작은 목소리가 들려왔다.

[지금 주변에 아무도 없나요?]

도식은 아니다. 100% 아니었다. 그건 어떤 여성의 목소리였다.

하지만 마트 직원일 리도 없었다. 마트 직원이 이런 식으로 집에 있냐고 물어볼 리가 없지 않는가. 어쩌면 잘못 걸린 전화일지도 모른다. 지인에게 전화를 하는 것 같은 말투를 보면 그런 것 같기도 했다.

[혼자 있나요?]

그 막무가내식의 속삭임에 조금 기분이 나빠졌지만 수영은 짧게 답했다.

"그런데요. 누구시죠?"

전화기 너머에서 숨을 고르는 것 같은 소리가 잠시 들려왔다. 수영은 그것이 잘못 건 전화에 당황해하는 것 같다고 생각했다.

"전화 잘못 거신 것 같……."

[당신에게 그 일을 시키는 그 사람.]

말허리를 끊듯 겹쳐진 그 목소리에 가슴이 덜컥 주저앉았다.

[당신을 속이고 있어요.]

"뭐라고요? 무슨 소리 하는 겁니까?"

[믿지 마세요.]

"여보세요? 여보세요?"

전화는 이미 끊긴 상태였다. 수영은 당황한 듯 끊긴 전화를 내려다봤다. 그럴 수밖에 없었다. 기껏해야 잘못 걸린 전화가 아닐까 생각했는데, 갑자기 치명적인 곳이 찔리고 말았으니까.

"대체 누구야, 이거?"

전화번호는 남아 있다. 그렇다면 이곳으로 전화해 보면 되지 않을까? 하지만 정말로 전화해도 되는 것일까? 어쩌면 상대는 그걸 노리고 있는 것일지도 모르는데 말이다.

"…응?"

그러는 사이에 어떤 기억이 떠올랐다. 인간의 기억은 그다지 순발력이 있는 것이 아니다. 능동적으로 뭔가를 기억하려 하지 않으면, 외부에서 입력된 정보에 대한 답 또한 한두 박자 정도 늦게 마련이다.

전화를 통한 목소리라 완전히 확신할 수는 없지만, 이 오랜만에 듣는 목소리는 분명 수영의 기억 속에 있는 것이었다.

수영은 끊긴 핸드폰을 다시 내려다봤다. 그리고 믿을 수 없다는 듯 기억 속 그 인물의 이름을 되뇌었다.

"화연 씨?"

『개미들』 2권에 계속…